데어 벗 포 더

THERE BUT FOR THE
by Ali Smith

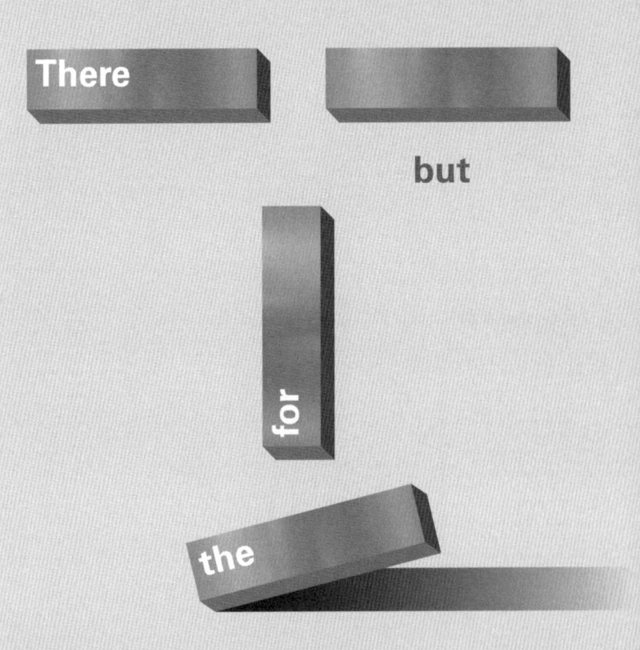

Ali
Smith

데어 벗 포 더

앨리 스미스

민음사

서창렬 옮김

감사의 말

이 책에서 노래에 얽힌 이야기는 얼마간 필립 푸리아와 마이클 래서의 『미국의 노래』(루틀리지, 2006)에 신세를 졌다. 또한 첫 번째 장에서 사용한 정보는 캐럴라인 무어헤드의 『인간 화물: 난민을 찾아서』(샤토 앤드 윈더스, 2005)에 신세 졌다.

체리, 고마워. 루시, 고마워.

산드라, 고마워, 베키, 고마워.

세라와 로리, 고마워.

메리, 고마워.

카시아, 고마워.

앤드루, 고마워. 트레이시, 고마워.

그리고 와일리네 모든 사람들 고마워요.

사이먼, 고마워.

케이트 톰슨, 특별히 감사드립니다.

재키, 고마워.

세라, 고마워.

재키 케이에게

세라 픽스톤에게

세라 우드에게

인간적인 것의 본질은 완벽을 추구하지 않는 것이고,
때로는 충의를 위해 기꺼이 죄를 짓는 것이며,
다정한 교제를 불가능하게 할 만큼 금욕주의를 밀어붙이지 않는 것이고,
결국엔 삶에 패배하여 부서질 준비를 하는 것이다.
이것이 다른 인간에 대한 단단한 사랑의 불가피한 대가다.

— 조지 오웰

자기 삶을 미스터리로 살아가는 사람만이 진정으로 살아 있는 사람이다.

— 슈테판 츠바이크

나는 미스터리를 증오한다.

— 캐서린 맨스필드

경도에서, 어두운 일식이 언제 어디에 있는지 표시하는 것 외에
우리에게 달리 무슨 방법이 있는가?

— 존 던

눈을 깜빡일 때마다 어떤 새로운 은총이 태어날 것이다.

— 윌리엄 셰익스피어

차례

사실은 이렇다. 예비 침실에서 실내 운동용 자전거에 앉아 있는 남자를 상상해 보라. 그는 무척 평범한 남자다. 눈과 입에 우편함 뚜껑 같은 것을 부착한 것처럼 보인다는 점을 제외하면 말이다. 좀 더 가까이 다가가서 보니 눈과 입이 각각 회색의 조그만 직사각형 물체에 가려져 있다. 그것들은 사람의 신원을 알아보지 못하게 하려고 얼굴을 디지털 방식으로 흐릿하게 만들거나 화상을 여러 화소로 나누어 모자이크 처리하는 방법이 나오기 이전 시절에 신문이나 잡지에서 사람의 눈을 가리기 위해 사용했던 기다란 네모 띠와 비슷하다.

때때로 이런 네모 띠나 네모 막대나 네모 상자는 사람들에게 보여서는 안 될 어떤 신체 부분들을 시청자나 독자들이 보지 못하게 가리는 보호 수단으로 사용되기도 했다. 주로 사진 속 인물의 정체를 알아보지 못하도록 보호하려는 용도였다. 하지만 실제로는 부정직하거나 치사하거나 의심스럽거나 또는 나쁜 일이 일어난 것처럼 보였다. 말할 수 없이 나쁜 무언가에 대한 증거처럼 보이게 만들었던 것이다.

자전거에 앉은 남자가 머리를 움직이면 말이 머리를 움직일 때 말의 눈가리개가 함께 움직이듯이 그의 얼굴에 부착된 조그만 막대들도 함께 움직인다.

앉아 있는 이 사람의 옆에는 조그만 소년이 그와 얼굴 높이가 나란하게 서 있다. 소년은 남자의 눈 위에 부착된 회색 막대를 식사용 나이프로 떼어 내는 중이다.

아야, 남자가 말한다.

저는 최선을 다하고 있어요, 소년이 말한다.

소년의 나이는 열 살쯤 되었다. 장발이고, 앞머리도 길게 자랐다. 허리에 노란색과 자주색 수가 놓인 나팔 청바지를 입었고, 앞쪽에 스누피 그림이 있는, 파란색과 빨간색이 어우러진 티셔츠 차림이다. 열심히 힘을 쏟은 결과 드디어 남자의 눈에서 회색 막대가 떨어진다. 그것은 우스꽝스러운 모양으로 휙 날아가다가 뎅그렁 금속 소리를 내며 바닥에 떨어진다.

자전거를 탄 남자가 맨 처음으로 본 것은 소년의 티셔

츠다.

티셔츠에 그려진 스누피는 뒷다리로 서 있고 가슴에 장미 모양의 리본을 달았다. 리본에 '영웅'이라고 쓰여 있다. 스누피 위에는 노란색으로 더 많은 말이 쓰였는데 그것은 스누피 캐릭터가 항상 하는 말이다. "지금은 영웅이 행동할 시간이다."

그 티셔츠는 까맣게 잊고 있었어, 이게 소년이 입에 붙어 있던 쇠막대를 떼자마자 남자가 맨 처음 한 말이다.

네, 이건 좋은 티셔츠예요. 그런데 비글*을 안아 줘라고 쓰인 오렌지색 티셔츠는 알아요? 소년이 말한다.

남자가 고개를 끄덕인다.

입을 때마다 어색하고 이상했지만 그걸 입으면 여자애들이 늘 나한테 무척 잘해 주었어요, 소년이 말한다.

남자가 웃으며 수긍한다. 그는 자신의 발을 내려다본다. 거기에 떼어 낸 직사각형 회색 막대 두 개가 떨어져 있다. 그중 한 개를 집어 들어 손으로 그 무게를 가늠해 본다. 눈 주변과 입가의 얼얼한 부위를 만져 본다. 그는 그것을 다시 바닥에 떨어뜨리고 나서 손을 앞으로 쭉 뻗어 스트레칭을 한다. 그가 소년의 손을 바라본다.

난 내 손이 어떻게 생겼는지, 어떻게 보이는지 잊어버

---

* 스누피는 비글종의 강아지다.

렸어. 그가 말한다.

좋아요, 우린 지금 그걸 했어요. 그럼 내가 지금 보여 줄까요? 소년이 말한다. 지금 알고 싶어요?

남자가 고개를 끄덕인다.

좋아요, 소년이 말한다. 알았어요.

소년이 바닥에서 빈 종이 두 장을 집어서 그중 한 장을 남자에게 준다. 소년은 침대에 앉아 다른 종이 한 장을 들어 올린다.

그럼, 소년이 말한다. 나를 따라 하세요. 그 A4 용지를 반으로 접어요. 아니요, 그렇게 하지 말고 세로로. 모서리가 딱 맞게 정확히 반으로 접어요.

그래, 남자가 말한다.

이제 한쪽 모서리를 접어요, 소년이 말한다. 위쪽 모서리를. 그런 다음 다른 쪽 모서리도 접어요. 그러면 윗부분이 삼각형인 책처럼 보일 거예요. 이제 접은 부분의 끝을 약간 넉넉하게 밑으로 내려서 접어요. 그러면 봉투처럼 보일 거예요. 그러고 나서 한쪽 모서리를 다시 접어요. 방금 전에 접은 꼭지 부분이 약간 삐져나와 있어야 해요. 반대편 모서리도 그렇게 접어요. 맨 위쪽 끝은 날카롭게 두지 말고 조금 접어서 뭉툭하게 만들어 주세요. 뭉툭한 게 좋거든요.

잠깐, 잠깐, 남자가 말한다. 좀 천천히.

네, 됐어요. 접은 자락에서 밑으로 삐져나온 조그만 삼각형 있죠? 소년이 말한다. 그 조그만 삼각형을 접은 자락 위로 올려 접어요. 이제 그걸 안이 아니라 밖이 되게 반으로 접어요. 작은 삼각형이 밖으로 나오게 말이에요. 좌우가 잘 들어맞아야 해요. 그런 다음 위를 잡고 한쪽을 접어서 첫 번째 날개를 만들어요. 이어서 뒤로 젖혀 똑같은 방법으로 다른 쪽 날개를 만들어요. 대칭이 되도록 잘 만들어야 해요. 그러지 않으면 제대로 날지 않을 테니까.

남자는 손에 들린 비행기를 바라본다. 그는 비행기를 오므렸다가 펴 본다. 바깥쪽 모습은 종이로 접은 비행기처럼 보인다. 그 밑의 속을 들여다보니 종이접기처럼, 작은 기계처럼 매우 깔끔한 모습으로 종이가 단단히 겹쳐지고 접혀 있다.

소년은 자신의 비행기를 들어 방의 저쪽 끝을 향해 겨눈다.

이게 완성품이에요, 소년이 말한다.

비행기가 구석 쪽으로 매끄럽게, 똑바로, 멋지게 날아간다.

공기 역학이로군, 남자는 생각한다. 종이 한 장으로 만든 것치고는 대단해. 접어서 만들기 전보다 훨씬 더 무겁게 느껴지는데. 하지만 그렇지 않잖아? 어떻게 그럴 수 있지?

그러고 나서 그는 비행기를 문 옆의 반대쪽 구석을 향해 날린다. 비행기는 정확히 비행경로를 따라 날아간다. 너무 정확해서 오만해 보일 정도다.

남자는 크게 웃는다. 소년이 고개를 끄덕이며 어깨를 으쓱한다.

간단해요, 소년이 말한다. 그렇죠?

There
데어

거기(There) 한 남자가 있었다. 어느 날 밤 그는 디너파티의 주요리가 끝나고 디저트가 나오기 전에 2층으로 올라가서는 파티를 주최한 주인집 침실 가운데 하나로 들어가 안에서 문을 걸어 잠갔다.

삼십 년 전에 이 남자를 만난 적이 있는 여자가 있었다. 둘 다 열일곱 살일 때 여름의 한 중반에 여자는 두 주 정도 남자를 가볍게 알고 지냈다. 그 뒤로 직접 만난 적은 없지만 몇 년 동안 드문드문 크리스마스카드 같은 것을 주고받기도 했다.

지금 애나라는 이름의 이 여자가 마일스라는 이름의 남자가 들어간 침실의 잠긴 문 밖에 서 있다. 그녀는 팔을 들어 올려 손으로 무슨 동작인가를 하려던 참이었다. 그런데 뭘 하지? 두들길까? 점잖게 노크를 할까? 이 아름다운, 완벽하게 꾸민, 완벽하게 따분한 집은 소음을 견디지 못할 텐데. 귀에 거슬리는 날카로운 소리는 이 집에 대한 모욕일 터였다. 여주인은 못마땅한 표정으로 두 걸음쯤 뒤에서 있었다. 그런데도 애나가 거기 서서 1980년대식 혁명의 진부한 상징처럼 들어 올린 주먹은 가만히 있지 않고 뭔가를 할 태세였다. 탕탕. 쿵쿵. 쾅쾅. 레인블로.*

레인블로라. 이상한 표현이로군. 레인블로 너머 어딘가에.** 그녀는 그에 대한 기억이 많지 않았다. 하지만 그가 썰렁한 언어유희를 즐기는 부류의 사람이 아니었다면 애초부터 그들은 친구가 되지 못했을 것이다. 만약 그가 밖에 서서 안에 있는 사람으로 하여금 문을 열게 하려고 애쓰는 사람이라면 지금 애나와 달리 그는 닫힌 문에 대고 무슨 말을 해야 하는지 아는 사람일까? 그는 맨발인 발가락으로 아래층 나무 바닥을 딛고 다섯째 계단에 놓인 두 손으로 턱을 괴고서 조그만 몸을 쭉 뻗은 채 계단 위에 엎드려 지켜보는 여자아이에게 몸을 돌려 놀고 있는 버섯 두 개를 뭐라고 부르게?라는 적절한 농담을 곧바로 꺼낼 수 있는 그런 유형의 사람일까? 레인블로라는 표현이 어디서 왔는

* rain blow. '마구 강타함'이라는 뜻.
** 『오즈의 마법사』의 주제곡인 「Somewhere Over the Rainbow」(무지개 너머 어딘가에)에서 rainbow 대신 rain blow를 사용한 언어유희.

지 등에 대해 즉석에서 구구절절 얘기해 줄 수 있는 그런 재미난 사람들*에 속할까?

애나 뒤에 서 있는 여자가 한숨을 쉬었다. 동굴에서 울리는 것 같은 한숨 소리였다. 그러자 침묵이 한층 더 커졌다. 애나는 목청을 가다듬었다.

마일스. 그녀가 나무 문에 대고 말했다. 당신 거기 있어요?

하지만 가녀린 목소리는 그녀의 존재를 더 미미하게 만들었다. 아, 그래, 알겠다. 그 아이의 앞뒤 재지 않는 행동, 필요한 건 바로 그거였다. 선머슴 같은 구석이 있긴 해도 어느 모로나 여자아이인 그 애는 팔꿈치로 층계를 밀치며 몸을 일으키더니 계단을 뛰어 올라가서 문을 두드렸다.

쾅, 쾅, 쾅.

애나는 마치 아이가 자기 가슴을 두드리기라도 하는 것처럼 문 두드리는 소리 하나하나가 자신을 뚫고 지나가는 느낌을 받았다.

나와, 지금 있는 곳에서 나오란 말이야, 아이가 소리쳤다.

아무런 반응이 없었다.

열려라 참깨, 아이가 외쳤다.

아이는 애나의 팔 아래로 몸을 수그리고 노크를 했다.

---

* fun guys. 버섯을 뜻하는 fungus의 복수형인 fungi의 발음을 이용한 언어유희. '버섯 두 개를 뭐라고 부르게?'에 대한 답이기도 하다.

그러고는 팔 아래에서 애나를 올려다보았다.

이렇게 하면 산자락에 있는 바위가 열려요, 아이가 말했다. 동화책에서는 이렇게 말하니까 바위가 스르르 열렸다고요.

아이는 문에 입을 갖다 대고 다시 말했다. 이번에는 소리 지르지 않았다.

똑똑, 아이가 말했다. 거기 누구세요?

거기 누구세요?

애나 하디의 인생에서 그 특별한 순간에 그녀 자신이 거기 있었다는 게 무슨 의미를 띠는지 궁금해한 데에는 몇 가지 이유가 있었다.

하나는 이제 막 그만둔 그녀의 일이었다. 그녀와 동료들은 그 일을 농담조로 '노령자 연락 업무'라고 불렀고, 반쯤 농담조로 그곳을 '임시 영구 센터'(또는 순서를 바꿔 '영구 임시 센터')라고 불렀다.

다른 하나는 두 주쯤 전 사십 대 중반인 그녀가 한밤중에 잠을 깼는데 꿈에서 흉곽 뒤에 있는 자신의 심장을 보았다는 사실이었다. 심장은 매우 힘겹게 뛰고 있었다. 아침에 일어나 눈가에서 떼어 내는 눈곱 같은 막이 심장을 두툼하게 감싸고 있었기 때문이다. 잠에서 깬 그녀는 침대에 앉아 가슴에 손을 얹었다. 그런 다음 몸을 일으켜 화장실로 가서 거울을 들여다보았다. 거기에 그녀가 있었다.

그 구절은 「이브닝 뉴스」의 데니가 언젠가 그와 두 번째이자 마지막으로 점심시간을 함께했을 때 그녀에게 해준 이야기를 떠올리게 했다. 그녀는 데니와 주민 관계망 뉴스 건으로 같이 작업을 한 적이 있었고 개인적으로도 짧은 관계를 가졌다. 데니는 다정한 남자였다. 처음 만났을 때 그는 부엌에 있는 그녀 앞에 서서 아주 부드럽게, 유감스러워하면서도 기대에 찬 표정으로 자신의 성기를 내밀었다. 발기한 데에 대해 약간 미안해하면서 동시에 자랑스러워하는 태도였다. 그녀는 그게 좋았다. 그에게 끌렸다. 하지만 두 번의 점심시간이 전부였고, 두 사람 모두 그래야 한다는 것을 알았다. 데니에게는 실라라는 이름의 아내가 있었다. 두 딸과 아들이 클레몬트 고등학교에 다녔다. 애나는 차를 끓인 다음 그가 차를 어떤 식으로 마시는지 잘 몰라서 설탕과 우유를 쟁반에 모두 올려놓았다. 그 쟁반을 들고 2층으로 올라가 다시 침대로 미끄러져 들어갔다. 1시 15분이었다. 이제 삼십 분도 남지 않았다. 그는 담배를 피워도 되느냐고 물었다. 그녀는 괜찮다고 대답했다. 마지막 점심이기 때문이었다. 그가 빙긋 웃었다. 그런 다음 침대에서 몸을 뒤집어 담배에 불을 붙이고는 화제를 돌렸다. 그는 지난 육십 년간의 저널리즘을 자신이 여섯 마디로 요약할 수 있다는 걸 아느냐고 물었다.

그럼 말해 봐요, 그녀가 말했다.

내가 거기에 있었다, 거기에 내가 있었다. 그가 말했다.

평범한 거예요, 그가 말했다. 20세기 중반까지는 모든 중요한 보도가 이런 식이었어요. 내가 거기에 있었다. 오늘날에는 이래요. 거기에 내가 있었다.

이제 곧 일곱 마디가 되겠군요, 애나가 말했다. 새로운 세기는 이미 일곱 번째 마디를 덧붙였죠. 거기에 내가 있었어요, 여러분. 데니와 그녀는 웃고, 차를 마시고, 다시 옷을 입고, 각자 일터로 돌아갔다. 그들이 마지막으로 이야기를 나눈 것은 몇 달 전이었다. 레모네이드 병에 오줌을 담아 정신 병원의 아이들에게 마시라고 준 동네 아이들에 관한 기사를 어떻게 다룰지에 대한 이야기였다.

몇 달 후 한밤중에 애나는 자신의 가슴을 쥐고 아무런 느낌도 없이 화장실 거울 속의 자기 모습을 들여다보았다. 거기에 그녀가 있었다. 그것은 거기에 있는 그녀의 겉모양이었다.

그러고는 이틀 전 그녀는 다시 거기에 있었다. 여름날 저녁 그녀는 집 안 곳곳의 열린 창문을 통해 이웃집 텔레비전들에서 흘러드는 윔블던 테니스 경기의 중계 소음을 들으며 노트북 컴퓨터 앞에 앉아 있었다. 그녀의 텔레비전에서도 윔블던 경기가 나오고 있었다. 그녀의 텔레비전 음량은 작았다. 런던 날씨는 화창했고 윔블던의 잔디는 밟힌 자국이 약간 있을 뿐 여전히 밝은 녹색이었다. 노트북 화면 너머 저편에서 텔레비전 화면이 홀로 휙휙 움직였다. 공을 치는 퍽 하는 소리와 우, 아 하는 탄식이 발원지로부터 기이하게 분리된 채 그녀가 두드리는 자판의 작은 소음과 뒤섞였다. 외부 세계의 모든 것이 텔레비전 사운드트랙 같았다. 어쩌면 테니스선수정신질환이라는 신종 정신병이 있는지도 모른다. 이 질환은 관중이 자기 행동 하나하나에 깊은 감명을 받아 자신의 모든 반응에, 모든 결정적인 순간에 기쁨, 흥분, 실망, 쾌감을 나타내면서 언제나 자신을 지켜보고 있다고 믿으며 살아가는 병이다. 아마도 프로 테니스 선수라면 누구나 이와 유사한 병이 있을 것이며, 여전히 신을 믿는 사람들도 어느 정도는 그러할 것이다. 하지만 이 말이 테니스선수정신질환을 갖고 있지 않은 사람들은 스스로 덜 주목받는다고 느끼기 때문에 이 세상의 거기에 더 미약하게 존재한다는 것을, 아니면 최소한 거기에 다른 방식으로 존재한다는 것을 의미할까? 차라리 테니스 선수들이 믿는 신에게 기도를 드리는 게 낫겠군, 그녀는 생각했다. 우리는 다른 누구에게 빌기보다는 그 신에게 세상의 평화를 빌고, 우리를 안전하게 지켜 주기를 비는 게 나을지도 몰라. 작은 날개 무더기와 바스러지는 속이 빈 작은 뼈들을 지나 먼지 속으로 가라앉은 모든 죽은 새들을 부활시키고, 이제 그 새들이 저 문턱 위에 앉아(앞에는 작은 새들이, 뒤에는 큰 새들이 앉아) 「바이바이 블랙버

드」를 열렬히 합창하게 해 달라고 비는 게 나을지도 몰라. 이는 그녀가 어렸을 때 아버지가 휘파람으로 불곤 했던 노래인데 오랫동안 듣지 못했다. 여기선 누구도 날 사랑하거나 이해하지 못해. 오, 사람들이 모두 내게 신세타령을 늘어놓네. 그런 가사였던가? 아무튼 신세타령에 관한 내용이었어. 그녀가 인터넷에서 노래 가사를 검색해 보려던 찰나 띠링 하는 작은 전자음과 함께 그녀의 메일함에 새로운 메일이 하나 도착했다.

새 메일은 꽤 길었고, 애나는 제가 지금 죽어 가고 있어요, 당신의 도움이 필요해요, 이 계좌로 돈 좀 부쳐 주세요 등의 낚시성 메일이려니 여기며 메일을 무시해 버릴 뻔했다. 그러나 삭제 키를 누르려던 그녀는 뭔가가 눈길을 붙잡는 느낌에 손가락을 멈추었다. 메일은 그녀 앞으로 온 것이었고, 이름은 맞았지만 성의 이니셜은 틀린 채였다. 친애하는 애나 K. 그 이름은 그녀인 동시에 그녀가 아니었다. 그에 더해 그 이름의 무언가가 그녀를 붙잡고 응시한다는 느낌이 들었다. 그것은 여름이라는 단어가 그랬듯이 무언가를 느끼게 했다. 무엇보다도 책등이 오래되고 해진 펭귄 클래식 페이퍼백을 연상시켰다. 그렇다, 카프카의, 프란츠 카프카의 낡은 페이퍼백을 떠올리게 했다. 그녀는 열여섯 살인가 열일곱 살이 되던 해 여름에 그 책을 읽었다.

친애하는 애나 K

제가 당신에게 메일을 쓰게 된 것은 저와 제 남편이 더 이상 참을 수 없는 지경에 이르렀기 때문이에요. 우리는 당신이 우리를 도울 수 있게 해 달라고 하느님께 기도하고 있습니다.

열흘 전에 우리는 마일스 가스를 그리니치의 우리 집 디너파티에 초대했습니다. 당신도 마일스 가스를 알 거라고 믿어요. 사실 그 사람은 친구의 친구이기 때문에 우리는 그를 거의 모릅니다. 당신도 상상하실 수 있겠지만 그 때문에 이 상황이 우리로서는 대단히 어렵고 납득이 안 간답니다. 간략히 얘기하자면 가스 씨가 우리 집 예비 침실로 들어가서 문을 잠가 버렸어요. 저는 그 침실에 욕실이 딸린 것을 그나마 다행으로 여기고 있습니다. 그 사람은 그 방에서 나오지 않으려 합니다. 집이 어디인지는 모르지만 그 사람은 문을 열고 자기 집으로 돌아가기를 거부할 뿐 아니라 그슬린 사람*과도 이야기하지 않으려 한답니다. 그런 지 열흘이 되었어요. 그 원치 않는 손님은 문 밑으로 종이 한 장을 내미는 것으로만 의사소통을 해 왔습니다. 우리는 그 문 밑으로 아주 얇게 포장한 칠면조와 햄을 넣어 주고 있는데 문과 바닥 사이의 틈이 좁아서 그보다 더 부피가 큰 것은 제공할

---

* singe soul. '그 누구와도' 이야기하지 않으려 한다는 뜻으로 쓴 single soul의 오타.

수가 없답니다.(그 예비 침실의 문은, 아니 우리 집 2층의 모든 문들은 18세기에 만든 것으로 여겨집니다. 집은 1820년대에 지어졌지만 말입니다. 당신은 제 걱정을 이해하실 거예요. 게다가 경첩이 문 안에 달려 있지요. 저는 그 사람이 그 18세기 문의 손잡이 밑에도 의자 하나를 밀어 넣어서 막아 놓았다고 믿을 만한 근거가 있답니다.)

저는/우리는 왜 가스 씨가 우리 집을 골라서 바리케이드를 치고 안에 틀어박혔는지 그 이유를 전혀 모릅니다. 저와는 상관이 없고, 제 남편이나 딸과도 상관이 없다는 것은 확실합니다. 당신도 짐작하시겠지만 열흘은 결코 짧지 않은 시간입니다. 우리는 그 사람의 직장 동료를 찾아보려 했지만 헛수고였습니다.

그렇지만 우리는 무례하게 굴고 싶지 않습니다. 우리는 현재 아주 부드러운 방식을 사용하고 있으며, 경찰의 조언도 받고 있지요.

제가/우리가 가스 씨와 관련하여 찾아낼 수 있는 몇 안 되는 중요한 인물 중 한 사람으로서 당신에게 연락하고 있는 것도 바로 이 때문입니다. 우리는 다행히 그 사람의 휴대 전화 속 주소록에서 당신의 이메일 주소를 찾았습니다. 그 사람이 예비 침실로 들어갈 때 휴대 전화를 재킷하고 차 열쇠와 함께 우리 집 거실에 두고 갔거든요. 우리는 그의 차를 잠시 친구네 집 진입로로 옮겨 놓았답니다. 하지만 거기에 무한정 주차해 둘 수는 없습니다.(애초에 그 사람 차는 거주자 우선 주차 구역에 불법으로 주차되어 있었답니다.)

당신이 어떤 식으로든 저와 제 남편을 도와주실 수 있다면 저는/우리는 정말로 감사하고 기쁠 거예요. 우리 집 전화번호는 이 이메일의 맨 밑에 있습니다. 가능한 한 빨리 우리에게 연락해 주신다면 정말로 고맙겠습니다. 당신이 이 일에 도움을 주지 못하더라도, 메일을 받았다는 것을 저에게 알려 주시기만 해도 말입니다.

대단히 감사합니다. 저는/우리는 당신의 답을 기다리고 있습니다.

젠 리(제네비브와 에릭 리) 드림

그런데 마일스 가스가 누구지?

마일스라.

맞아.

유럽에 갔을 때였어.

애나는 메일을 다시 한번 읽었다.

그슬린 사람과도 이야기하지 않으려 한답니다.

그날 저녁 늦은 시간에 그녀는 일에 대해, 차례로 떠오르는 관계가 원만하지 못했던 사람들의 얼굴에 대해 생각하는 대신에(그녀는 매일 밤 어둠이 내릴 때, 그리고 매일 아침 빛이 차오를 때 그런 생각들을 했다.) 그 그슬린 사람이라는 개념에, 가볍게 탄 사람이라는 개념에 빠져들었다. 그슬린 양털 냄새가 나는 듯했다.

그녀는 잠자리에 들기 전에 다음과 같이 메일을 써 보냈다.

친애하는 리 부인,

당신의 이메일 잘 읽었습니다. 참으로 엉뚱한 곤경에 처하셨군요. 하지만 저에게 연락을 하신 것은 소용없는 일 같습니다. 저는 정말 마일스 가스나 그에 관한 어떤 것도 아는 바가 없거든요. 아주아주 오래전에, 1980년도에 아주 잠깐 그 사람을 만났을 뿐입니다. 제가 당신을 도울 수 있을 것 같지는 않습니다. 그럼에도 제가 도움이 될 거라고 생각하신다면 기꺼이 시도해 보겠습니다. 제가 어떻게 하기를 바라시는지요?

애나 하디 드림

그 이틀 후였다.

마일스, 그녀가 문 저편에 있는 사람에게 말했다. 당신 거기 있어요?

그러면 애나는 정확히 어디에 있는가? 그녀는 그날 아침에 승객이 꽉 들어찬 열차를 탔다. 고어텍스 재킷을 입은 남자는 그녀의 옆에 앉아 휴대 전화로 포르노를 보고 있었다. 그녀는 지하철역 벽에 붙은, 이번 시즌의 속죄를 광고하는 포스터들을 지나치며 수도 런던을 횡단했다. 광고 아래에는 부엌 쓰레기통 그림이 있고 주둥이에 빈 깡통을 먹는 것이 내 권리야라고 쓰인 말풍선이 달려 있었다. 그리고 그 아래에는 당신의 쓰레기통의 권리를 거부하십시오라고 쓰여 있었다. 지하철역을 나와 다음 역까지 산책을 하면서 강둑 위로 낡은 연골처럼 솟아오른 세인트폴 대성당을 보았다. 그녀는 다시 열차를 타고 어렸을 때 생각한 미래의 모습처럼 생긴 장소를 지나갔다. 이제 그녀는 아름다운 건물들과 일부러 세월의 흔적이 느껴지게 꾸민 집들이 늘어선 뜨거운 여름 거리를 걸으며 시간과 관련이 있는, 그리니치가 의미하는 바를 다시 한번 떠올려 보려 애썼다. 그녀가 정확한 주소지에 이르렀을 때 청바지 위에 밝은 노란색 옷을 입은 여자아이가 맨 위 계단에 앉아 문 양옆으로 아담하게 꾸며진 조약돌 화단에서 작은 돌멩이들을 고르고 있었다. 아이는 「오즈의 마법사」에서 주디 갈랜드가 부르는 노래와 약간 비슷한 선율을 휘파람으로 되풀이해 불면서 돌멩이들을 길가의 배수구를 향해 던졌다. 아마도 돌멩이를 배수구의 격자 구멍 속에 넣으려는 모양이었다. 배수구 뚜껑과 그 주변 도로 위에 조그만 흰 돌들이 점점이 흩어져 있었다.

안녕, 애나가 말했다.

나는 브룩*이에요, 아이가 말했다.

나도 그래,** 애나가 말했다.

정말이에요? 아이가 말했다.

그래, 애나가 말했다. 거의 완전히. 굉장한 우연의 일치구나. 옷을 그렇게 껴입으면 덥지 않니?

괜찮아요. 아이는 그렇게 말하며 초인종을 향해 손을 뻗었다. 이 옷들을 다 입지 않으면 나를 올바르게 대하는 태도가 아니거든요.

그러나 초인종 소리를 듣고 나온 사람은 흰색과 베이지색 여름옷을 입은 백인 여성이었다. 그녀는 아이를 한쪽으로 밀며 애나에게 손을 내밀어 악수했다.

제네비브 리예요, 그녀가 말했다. 젠이라고 불러 주세요. 와 주셔서 정말 고마워요.

그녀는 여전히 애나의 손을 잡은 채 애나를 거실로 안내했다. 애나가 재킷을 벗은 다음 접어서 소파의 팔걸이 위에 내려놓자 제네비브 리는 부자연스러울 만큼 오랫동안 그 재킷을 응시했다.

죄송해요. 재킷을 보니 겁이 나서요, 제네비브 리가 말했다.

---

* 이름이 브룩(Brooke)인데 브록(broke)으로 발음함.

** 브룩을 빈털터리라는 뜻으로 이해하고 대답함.

제 재킷이 겁나세요? 애나가 말했다.

이젠 우리 집에서 외투를 벗은 사람은 절대 우리 집을 떠나려 하지 않을지도 모른다는 끔찍한 두려움이 생겼답니다, 제네비브 리가 말했다.

애나는 재빨리 재킷을 집어 들었다.

죄송해요, 애나가 말했다.

아니에요, 괜찮아요. 지금은 그걸 거기에 놓아두어도 돼요, 제네비브 리가 말했다. 하지만 당신도 이해할 거예요. 우린 정말 당신 친구 마일스를 더 이상 참을 수 없는 지경에 이르렀어요.

그렇군요. 그런데 제가 얘기했듯이 그 사람은 제 친구가 아니에요, 애나가 말했다.

정말이에요, 우린 오유티에 대한 더 많은 정보를 얻을 수 없었답니다, 제네비브 리가 말했다.

네? 애나가 말했다.

우리의 원치 않는 거주자*요, 그녀가 말했다.

아, 알겠어요, 애나가 말했다.

왜 오유티라고 하는지, 제네비브 리가 말했다.

아니, 제 말은……, 애나가 말했다.

오유티라고 말하는 것은 남편 에릭과 제가 긍정적 사고

---

* Our Unwanted Tenant. 앞에서 제네비부는 머리글자만 따서 마일스를 오유티(OUT)라고 불렀다.

훈련이라고 여기는 것을 행하는 거랍니다,* 제네비브 리가 말했다.

제네비브 리는 현재 카나리 부두에서 일하는 사람들을 대상으로 하는 프리랜서 인사 복지 조정관이었다. 부두 노동자들에게 경제적, 정서적, 혹은 실제적인 문제가 생기는 경우에 회사는 그녀와 연락하고, 그러면 그녀가 공적인 영역과 사적인 영역 모두에서 어떤 도움을 이용할 수 있는지 그들에게 이야기해 주었다.

짐작하시겠지만 최근엔 일이 너무 복잡하고 다양해요, 그녀가 말했다. 지금 무슨 일을 하세요?

지금은 실업자 신세네요, 애나가 말했다.

그 문제는 제가 도와 드릴 수 있어요, 제네비브 리가 말했다. 그 문제에 대해 얘기하는 게 아주아주 중요하다는 점을 명심해야 해요. 제 명함 받으세요. 어느 분야에서 일하셨죠?

노령자 연락 업무요, 애나가 말했다. 그런데 바로 얼마 전에 제가 그만뒀어요.

이런, 그만두다니요, 제네비브 리가 말했다. 아마 더 좋은 계획이 있나 보군요.

더 좋은 게 있겠지요, 애나가 말했다. 안 그러면 죽어

* OUT이라는 단어에 '나가다'라는 뜻이 있어 일부러 그렇게 말한다는 의미다.

버릴지도 몰라요.

제네비브 리가 다 안다는 듯한 웃음을 터뜨렸다.

그녀는 애나에게 남편은 '계측 및 제어 연구소'에서 일하며 3시에 집에 돌아올 거라고 말했다.

그들을 따라 집 안으로 들어온 여자아이는 창가에 놓인 복고적인 동시에 현대적인 안락의자에 앉아 맨발 뒤꿈치로 의자의 앞부분을 툭툭 쳤다.

그렇게 발로 차면 안 돼, 브룩, 제네비브 리가 말했다. 그거 로빈 데이*거든.

로빈 데이? 아이가 말했다. 오늘이 로빈 데이예요?

브룩, 우린 바빠, 제네비브 리가 말했다.

로빈 데이는 크리스마스가 더 가까워져서 더 좋은 날이라고 생각하는 게 좋겠어요, 아이가 말했다. 로빈 데이에 관한 것은 아주 좋은 생각이에요. 그렇지만 사실 지금은 겨울이 아니고 여름이잖아요. 로빈 데이가 아직 자리 잡지 못한 게 바로 그 때문일 거예요. 우리가 밸런타인데이, 아버지의 날, 어머니의 날, 크리스마스에 대해서 아는 만큼 로빈 데이에 대해서 아는 사람이 아무도 없는 이유가 바로 그 때문일 거라고요.

애나는 아이의 말이 놀랍도록 점잖고 옛날식이라는 것

* 영국의 가구 디자이너. 여기서는 그가 만든 가구를 가리킴.

을 새삼 깨달았다.

네 엄마가 널 부르고 있는 것 같구나, 제네비브 리가 말했다.

아주머니가 말씀하신 것과 비슷한 소리가 제 귀에는 전혀 들리지 않는데요, 아이가 말했다.

그럼 내가 다른 방식으로 말할게, 브룩. 널 원하는 다른 곳이 있을 것 같구나, 제네비브 리가 말했다.

아주머니 말씀은 여기선 절 원하지 않는다는 뜻이군요. 말 말 말,* 아이가 말했다.

아이는 안락의자에서 뛰어내렸다. 그러더니 애나 옆의 소파 옆구리에서 물구나무서기를 했다.

『햄릿』에 나와요, 아이가 거꾸로 선 채 자기 옷 아래에서 말했다. 윌리엄 셰익스피어의 희곡인데 이미 알고 계실 거예요. 말 말 말. 말 말 말. 말 말 말.

아이는 허공에 대고 다리를 찼다. 제네비브 리가 일어나서 비난하는 듯한 얼굴로 문 앞에 섰다. 아이는 몸을 일으키고 두 발로 반듯이 선 다음 옷매무새를 가다듬었다.

나중에 터널을 걷고 싶지 않으세요? 아이가 애나에게 말했다. 터널은 1902년에 건설되었는데 강 밑으로 뚫려 있어요. 거길 걸어 본 적 있어요?

---

* words words words. 『햄릿』 2막 2장에 나오는 구절이다.

아이는 만약 자기가 삼 년 전에 이곳에 왔다면 실제 커티삭*을 볼 수 있었을 거라고 애나에게 말했다.

왜냐하면 나는 그 역을 보고 싶은 게 아니거든요, 아이가 말했다. 아주머니는 아마 이미 그 사실을 다 알고 있을 거예요. 그것은 그냥 역이었던 게 아니라 원래는 배였잖아요. 불이 나기 전에는 그 배가 여전히 거기 있었어요. 아주머니나 내가 커티삭이라고 부르는 역에서 나와 출구에서 오른쪽으로 돌면, 그러니까 우리의 왼쪽으로 돌면 커티삭이라는 배를 볼 수 있었을 거예요. 내 말의 요점은 나는 지난해까지 이곳에 살지 않았다는 거예요. 그래서 난 그 배가 옛날의 영광스러운 모습으로 복구될 때까지 그걸 볼 수 없어요. 그러나 아주머니는 아마 내 나이나 나보다 조금 더 많은 나이에, 그러니까 그 배가 불타기 전에 진짜 그 배를 보았을 거예요.

안타깝구나, 애나가 말했다. 나는 살면서 한 번도 그 배를 보지 못했어. 사진은 보았지. 텔레비전에서 영화로도 보았고.

그건 직접 보는 거랑 달라요, 아이가 말했다. 그러나 직접 볼 날이 오겠죠. 와야 해요.

아이는 문간에서 요란스럽게 기쁨의 춤을 추었다.

---

* 1869년 건조된 영국의 대형 쾌속 범선. 그리니치에 영구히 보존됨.

브룩, 제네비브 리가 말했다. 나가라. 당장. 그리고 내 집 돌멩이들을 가만둬. 그거 돈 주고 산 거예요. 스코틀랜드 강에 있던 조약돌들이랍니다, 그녀가 애나에게 말했다.

굉장히 비싸겠네요, 애나가 말했다.

그녀는 나가는 아이를 향해 한쪽 눈을 찡긋했다.

안녕히 계세요, 아이가 말했다.

들어 보니 브룩은 아홉 살이고 모퉁이에 위치한 학생 아파트에서 산다고 했다. 부모는 대학의 연구원이거나 대학원생이었다.

우리랑은 잘 안 맞는 아이예요, 제네비브 리가 말했다. 하지만 매우 귀엽죠. 꽤나 조숙하고.

제네비브 리는 커피를 따르며 애나에게 그날 밤의 디너파티에 대해 이야기해 주었다. 그녀와 남편 에릭은 대개 사람들이 휴가를 즐기러 떠나기 전인 초여름에 해마다 한 차례 디너파티를 연다고 했다. 그들 부부는 일 년에 한 번 휴고, 캐럴라인, 리처드, 해나 같은 늘 보는 친구들뿐 아니라 흔히 만나는 사람들과 조금 다른 사람들을 초대하는 걸 좋아했다. 그렇게 인간관계를 넓히는 것은 언제나 흥미로웠다. 지난해에는 무슬림 부부를 초대했다. 지지난해에는 팔레스타인 남자와 그 아내, 유대인 의사와 그 파트너를 초대했다. 그렇게 하니 저녁 시간이 대단히 즐거웠다. 올해는 휴고와 캐럴라인의 지인인 마크 파머라는 사람이 마일스 가스를 데리고 왔다.

마크는 게이예요, 제네비브 리가 설명했다. 휴고와 캐럴라인의 지인이죠. 우리는 마일스가 마크의 파트너일 줄 알았는데 그렇진 않은 모양이에요. 만약 파트너라고 가정하면 두 사람의 나이 차이가 너무 많기 때문에 그건 아닐 거예요. 이십 년 이상 나거든요. 두 사람은 자주 함께 뮤지컬을 보러 가는 것 같아요. 마크 파머는 뮤지컬을 좋아하죠. 그러니 그게 자연스럽잖아요? 그렇죠? 마크는 육십 대랍니다. 휴고와 캐럴라인의 친구죠.

제네비브 리는 이어서 브룩의 부모인 베이우드 부부도 초대했으며, 그들 역시 파티에 참석했다고 이야기했다. 그들은 근래에 이사를 왔는데 아프리카가 아니라 해러게이트*에서 왔다고 했다.

어쨌든 우리 모두 저녁을 맛있게 먹었어요, 제네비브 리가 말했다. 모든 게 다 너무 좋았어요. 주요리를 먹은 뒤에 그 사람이 갑자기 자리에서 일어나 2층으로 올라가기 전까지는 말이에요. 우리는 당연히 그가 화장실에 간 모양이라고 생각했죠. 그래서 전 디저트를 준비하지 않고 기다렸어요. 디저트 준비가 간단한 일이 아니었거든요. 브륄레를 불로 지져야 했으니까요. 하지만 그는 내려오지 않았어

* 잉글랜드 북부 노스요크셔주의 도시.

요. 십오 분이 지나도 말이에요. 아마 그 이상이었을 거예요. 우린 기분이 무척 좋았어요. 기분이 딱 좋을 만큼 술을 마셨거든요. 그 사람에 대해선 다른 느낌이었지요. 그는 술을 마시지 않았는데, 우리가 저녁 식사 자리에 가거나 저녁 식사를 대접할 때 어떤 사람은 술을 마시지 않고 우리 모두가, 그러니까 그 한 사람을 제외한 모든 사람이 술을 마신다면 늘 그걸 의식하게 되잖아요. 어쨌든 저는 커피를 끓이고 브륄레를 준비해서 나머지 모든 사람들에게 대접한 다음에 손님들을 두고 부리나케 2층으로 올라가 화장실 문을 두드리며 "괜찮으세요?" 하고 물었죠. 물론 아무 반응이 없었어요. 그는 화장실에 없었으니까요. 그는 이미 예비 침실로 들어가 문을 걸어 잠그고 있었죠.

그는 당신이 대접한 전채 요리와 주요리가 끔찍이 싫었던 거예요, 애나가 말했다.

제네비브 리는 매우 흥분했다.

그는 그런 사람이에요? 그래요? 그녀가 말했다. 다른 사람들이 가리비와 초리조를 먹어서 그 사람이 그토록 화가 났을까요?

어, 글쎄요, 저는 몰라요. 저는 그저, 음, 농담을 했을 뿐이에요, 애나가 말했다.

웃을 일이 아니에요, 제네비브 리가 말했다.

그럼요, 애나가 말했다. 웃을 일이 아니고말고요.

이게 우리에게 얼마나 끔찍한 일인지 당신은 몰라요, 제네비브 리가 말했다. 그 방엔 아주 멋진 가구들이 있어요. 정말 근사한 방이랍니다. 거기에서 지내 본 사람들은 모두 그렇게 말했지요. 지난 십삼 일 동안은 지옥이었어요.

지옥, 예, 그랬을 것 같아요, 애나가 말했다.

그녀는 바닥의 목재를 뚫어지게 보았다.

그다음엔 남편이 올라갔어요, 제네비브 리가 말했다. 남편도 화장실 문을 두드렸고, 저와 똑같은 반응을 얻었지요. 아무런 반응도 없었던 거예요. 커피를 따를 때 우리는 모두, 아홉 사람 모두가 그를 조금 걱정했어요. 그러자 애초에 그를 데려온 친구 마크가 위로 올라갔어요. 잠시 후 되돌아온 마크는 화장실 문을 열어 보았는데 잠겨 있지 않았다고 말하더군요. 화장실 안에 아무도 없었다는 거예요. 비었더래요. 그래서 남편이 올라가 살펴보았고, 그다음엔 저도 다시 살펴보았지요. 텅 비어 있었어요. 우리 모두는 그 사람이 그냥 집에 가 버렸나 보다 생각했답니다. 작별 인사도 없이 그냥 현관문으로 몰래 빠져나갔나 보다 생각한 거지요. 그가 그런 무례한 행동을 할 이유는 없었지만 말이에요. 그런데 왜 재킷을 놔두고 갔는지 모르겠더라고요. 우린 모든 손님들과 작별한 후 소파 위에 놓인 옷을 보고서야 그걸 알아차렸죠.

제네비브 리가 손으로 소파를 가리켰다. 애나는 소파를

쳐다보았다. 제네비브 리도 소파를 쳐다보았다.

두 사람 다 소파를 쳐다보았다.

제네비브 리가 다시 말을 이었다.

나이 많은 게이, 마크가 가장 속상해했어요, 그녀가 말했다. 사람들은 좋은 방식으로든 나쁜 방식으로든 히스테리를 부릴 수 있답니다. 어쨌든 에릭이 아스다 마트에서 찾아냈다는 게 믿기지 않을 만큼 매우 훌륭한 오렌지색 뮈스카 포도주와 커피를 마신 뒤에 다들 기분 좋게 집으로 돌아갔어요. 마크만 빼고요. 마크는 곤혹스러운 표정이 역력했지요. 얼마 후 에릭과 저는 잠자리에 들었어요. 다음날 아침이 되어서야 우린 그 사람의 차가 여전히 거주자 우선 주차 구역에 있다는 걸 알았어요. 이미 주차 위반 딱지가 붙어 있었죠. 저는 그 과태료는 내지 않을 거예요. 우리 딸 조시가 아래층으로 내려와서 왜 예비 침실 문이 잠겨 있는지, 자기가 바닥에서 발견한 쪽지의 뜻이 무엇인지 물었어요.

쪽지에 뭐라고 쓰였던가요? 애나가 물었다.

물은 됐습니다. 그렇지만 곧 먹을 게 필요할 거예요. 아시다시피 저는 채식주의자입니다. 참아 주셔서 감사합니다.

그 아이의 목소리였다. 안락의자 뒤에서 들려왔다. 아이는 나가지 않았던 것이다. 아이가 살금살금 기어서 다시 들어왔는데 둘은 기척을 듣지도 알아차리지도 못했다.

당신이 이메일에서 그 사람한테 햄을 주었다고 쓴 것으로 아는데요? 애나가 말했다.

얻어먹는 사람은 주는 대로 먹는 수밖에요, 제네비브 리가 말했다.

이분들은 그 사람이 거기서 너무 편하게 지내는 걸 원치 않아요, 로빈 데이 안락의자가 말했다.

제네비브 리는 그 말을 무시했다.

틀림없이 그 사람은 항상 거기에 있는 게 아닐 거예요, 그녀가 말했다.

항상 거기에 있어요, 아이가 의자 뒤에서 말했다. 그 사람이 거기 아닌 다른 어디에 있을 수 있겠어요?

제네비브 리는 아이가 거기에 없는 것처럼 그 말도 무시했다. 그녀는 몸을 앞으로 내밀고 은밀한 태도로 말했다.

우린 연줄이 닿는 사람을 찾을 수 있어서 정말 기뻤어요. 마크는 그 사람을 거의 모르기 때문에 문을 열라고 설득하기에 적합하지 않거든요. 그 사람은 주로 혼자 지내나 봐요. 당신의 마일스 말이에요.

애나는 마일스 가스를 거의 모른다고 다시 말했다. 삼십 년쯤 전에 전국의 십 대 아이들에게 유럽 여행을 보내주는, 어느 은행이 후원한 고등학생 글짓기 대회에서 둘 다 선발된 게 그를 알게 된 계기였을 뿐이라고 했다. 그녀와 마일스는 1980년 7월에 나이가 열일곱 살, 열여덟 살인 마흔여덟 명의 학생들과 함께 같은 관광버스를 타고 두 주를 보냈다.

그리고 그 뒤로 오랫동안 연락하며 지냈고요, 제네비브 리가 말했다.

음, 아니에요, 애나가 말했다. 전혀 그렇지 않아요. 그 후 일이 년 동안 그 모임에서 만난 아이들 예닐곱 명과 연락하며 지냈지만 그 뒤론 잘 아실 거예요. 흐지부지되어서 다들 연락이 끊기잖아요.

그렇지만 그 사람에겐 그 오래전의 일이 몹시 중요한 의미를 가진 아름다운 추억이었나 봐요, 제네비브 리가 말했다.

그렇지 않아요, 애나가 말했다.

그가 처음으로 깊이 상심한 고통스러운 이별이어서 절대 잊을 수가 없나 보죠, 제네비브 리가 말했다.

아니에요, 애나가 말했다. 솔직히 말씀드리는 거예요. 전 그렇게 생각하지 않아요. 우린 먼 친구 사이였을 뿐이에요. 다른 건 없었어요. 어떤 의미 있는 일 같은 건 전혀 없었어요.

어떤 의미 있는 이유가 전혀 없는데 그 사람은 왜 오랜 세월 동안 당신 이름과 주소를 지니고 살아온 걸까요, 제네비브 리가 말했다.

제네비브 리의 얼굴이 발갛게 상기되었다.

설령 뭔가 이유가 있다 해도 전 그게 뭔지 몰라요, 애나가 말했다. 그가 어디서 이메일 주소를 구했는지 저로선 짐작도 안 가요. 우리가 서로 연락하지 않은 지, 맙소사, 이십 년도 훨씬 넘어요. 이메일이 있기 훨씬 전이라고요.

뭔가 아주 특별한 일이 있었을 거예요. 그 여행에서 말이에요.

제네비브 리는 이제 소리를 질러 댔다. 하지만 애나는 오랫동안 해 온 일 덕분에 상대가 화났을 때 잘 대처할 수 있게 훈련이 되어 있었다.

자리에 앉으세요, 그녀가 말했다. 제발. 자리에 앉으면 제가 기억하는 걸 정확히 얘기해 드릴게요.

효과가 있었다. 제네비브 리는 자리에 앉았다. 애나는 팔짱을 풀고서 달래듯이 차분히 이야기했다.

첫 번째로 기억나는 것은 두 주간의 여행 첫머리에 주최 측이 런던에서 제공한 중세 전통 연회 음식을 먹고 식중독에 걸린 일이에요, 애나가 말했다. 생전 처음으로 파리를 보고 에펠탑과 사크레쾨르 대성당을 구경한 것도 기억나요. 브뤼셀에서는 할 게 아무것도 없었던 기억이 나네요. 우린 문을 닫은 옛 풍물 장터를 발견하고 그곳을 한가로이 돌아다녔지요. 하이델베르크 호텔의 음식은 정말 싫었어요. 루체른에는 나무다리가 있었지요. 베네치아에 관해 기억나는 건 내부가 매우 어두운 몹시 웅장한 호텔에서 묵었다는 것뿐이에요. 우리가 베네치아에 머무는 동안 이탈리아 북부 어딘가의 철도역에서 폭탄이 터져 많은 사람이 죽었고, 우리 일행인 남학생들 사이에서 약간 소동이 있었답니다. 왜냐하면 그 사건이 일어난 후 호텔 직원이 학생들을 엄하게 대하면서 시끄럽게 굴지 말라고 했기 때문이죠. 맥주병인지 맥주 캔인지를 호텔 창밖으로 던지는 행위와 관련해서 꽤 심각한 언쟁이 있었던 게 기억나요. 그 일이 있었던 곳이 이탈리아인지 아닌지 확실치 않군요.

이야기가 프랑스에서 독일로 옮아갈 때 제네비브 리는 옆에 있는 작은 탁자에서 집어 든 연필을 한 손에서 다른 손으로 옮겼다. 이탈리아 이야기를 할 때 즈음에는 그 연필로 탁자를 두드리기 시작했다.

그런 일들이 있었어요, 애나가 말했다. 이메일을 받은 후 사진을 찾아보았지요. 많지 않더라고요. 겨우 열두 장이었어요. 필름을 한 통만 사용한 게 틀림없어요. 마일스 가스가 나온 사진은 한 장뿐이었지요. 음, 그게 마일스라는 걸 전 알아요. 저는 사진을 들여다보고 그게 마일스라는 걸 확신할 수 있지만 당신은 그의 얼굴을 볼 수 없어요. 사진 속의 그는 아래를 내려다보고 있어서 정수리만 보이니까요. 일행 모두를 찍은 단체 사진도 한 장 있는데 우리가 출발하기 전에 은행 밖에서 찍은 거죠. 너무 멀리 찍어서 모든 사람이 다 흐릿하게 나왔지만 아무튼 그는 거기에 있어요. 뒤쪽에. 키가 컸거든요.

그의 키가 크다는 건 저도 이미 알고 있어요, 제네비브 리가 말했다. 그가 어떻게 생겼는지도 알아요.

그가 해진 청바지 끝자락에서 떼어 낸 실로 조그만 바게트 조각을 묶었던 게 생각나요, 애나가 말했다. 우린 그걸 이용해서 베르사유 궁전의 호수에 있는 금붕어를 낚으려 했죠. 그가 사진에서 아래를 내려다보고 있는 이유가 그거랍니다. 빵을 묶어서 매듭을 짓는 모습이에요. 그리고…… 그게 전부예요.

그게 전부라고요? 제네비브 리가 말했다.

애나는 어깨를 으쓱했다.

제네비브 리가 들고 있던 연필을 둘로 뚝 부러뜨렸다. 그런 다음 양손에 쥔 부러진 연필을 놀란 표정으로 내려다보더니 그 연필 조각을 탁자 위에 가지런히 내려놓았다.

그들이 2층으로 올라간 것은 그때였다.

애나가 주먹을 치켜들고 서서 뭔가를 할 태세를 취한 것은 그때였다. 정확히 뭘 하려는 거지?

마일스. 당신 거기 있어요?

침묵.

그때 쾅 쾅 쾅 아이가 문을 두드렸다.

당신이 누구인지 그에게 말해 주세요, 제발, 제네비브 리가 애나에게 초조한 목소리로 낮게 말했다.

마일스, 나는 애나 하디예요, 애나가 말했다.

(무반응.)

1980년 바클레이스 은행 유럽 순회 여행에서 만난 애나예요, 그녀가 말했다.

(침묵.)

빵 조각과 실로 금붕어를 낚으려 했던 얘기를 해 주세요, 아이가 말했다.

마일스, 리 부부는 당신이 문을 열고 방에서 나오기를 간절히 바라는 것 같아요, 애나가 말했다.

(침묵.)

리 부부는 집이 다시 원래대로 돌아가기를 바라는 것 같아요, 그녀가 말했다.

(무반응.)

그에게 말해요, 당신이라고. 애나 K가 말하고 있는 거라고, 제네비브가 소곤거렸다.

애나는 여전히 바보스럽게 치켜들고 있는 자신의 주먹을 바라보았다. 그 주먹을 나무 문에 가만히 댔다. 그녀는 주먹을 내렸다. 그리고 제네비브 리를 향해 몸을 돌렸다.

죄송해요, 애나가 말했다.

그녀는 어깨를 으쓱했다.

제네비브 리가 고개를 끄덕였다. 그녀는 조그맣지만 정확한 손동작으로 애나에게 이제 다시 아래층으로 내려가라는 신호를 보냈다.

두 여자는 계단 밑에 섰다. 더 이상 할 말이 없었다. 애나는 문을 통해 거실을 바라보았다. 극장 공연 무대 위에 꾸며진 현대적이고 멋진 거실 같았다. 그녀는 벽난로 옆에 기하학적으로 쌓여 있는 통나무를 보았다. 이어 천장을 보고, 거대한 들보를 쳐다보았다. 들보는 거실 뒤쪽에서 그녀의 머리 위를 지나 현관으로 쭉 뻗어 나갔다.

굉장한, 어, 목재로군요, 애나가 말했다.

제네비브 리가 그것은 트라팔가르 해전에 참전한 배에서 나온 목재로 추정된다고 설명했다. 거실을 개조하고 확장하지 못한 게 바로 그 이유라고 했다. 이런 내용을 설명하는 동안 그녀는 눈에 띄게 차분했다. 그녀가 현관문을 열고 문을 잡아 주었다. 한낮의 열기가 서늘한 구식 현관 안으로 몰려들었다.

부동산 시장이 좋아지면 우리 집도 머잖아 블랙히스의 저택 수준으로 높이 평가받을 거예요, 그녀가 말했다. 남편은 3시에 집에 돌아와요. 그이는 당신과 얘기를 나누고 싶어 해요.

그러니까 제가 3시에 다시 여기로 오길 바란다는 말씀인가요? 애나가 현관 계단에서 말했다.

친절을 베풀어 주실 수 있을까 해서요, 제네비브 리는 말했다. 3시 직후가 딱 좋겠어요. 3시 10분쯤.

문제는, 애나가 말했다. 제가 지금 가면 덜 비싼 열차를 타고 집에 갈 수 있는데, 그때까지 여기 있으면 교통비가 두 배로 든다는 거죠.

그렇게 해 주시면 정말 고맙겠어요, 제네비브 리가 말했다. 정말 감사드려요.

그녀는 문을 닫으려고 걸음을 옮겼다.

하나만요, 애나가 말했다.

제네비브 리는 반쯤 닫힌 문을 잡고 멈춰 섰다.

애나 K 말인데요, 애나가 말했다.

네? 제네비브 리가 말했다.

이메일에 친애하는 애나 K라고 쓰셨잖아요. 또 조금 전 2층에서도 그랬고, 애나가 말했다. 당신은 저를 애나 K라고 불렀어요. 그건 제 이름이 아니에요. 제 이름은 애나 H. 하디예요.

제네비브 리는 손을 들어 말을 막고 현관 안으로 들어갔다. 그녀가 검은 재킷을 가지고 돌아왔다. 재킷의 안쪽 호주머니에서 휴대 전화를 꺼내 들어 보였다.

그 이름이 이 안에 저장되어 있어요, 그녀가 말했다.

그런 다음 휴대 전화를 다시 호주머니에 넣고 애나를 향해 재킷을 던졌다. 애나는 자신을 향해 똑바로 날아온 재킷을 잡지 않을 수 없었다. 제네비브 리가 부드럽게 이야기했다.

이제 그건 당신 책임이에요, 그녀가 말했다. 저는 이 일이 다 끝났을 때 예기치 않게 우리 집에 놓인 재킷 안에 예기치 않게 들어 있던 은행 카드나 신용 카드의 사용과 관련하여 어떤 고소도 원치 않고 받아들이지도 않을 것임을 지금 확실히 해 두고 있는 거예요.

그런 다음 그녀는 문을 닫았다. 딸깍하는 소리가 들렸다. 애나는 현관 계단에 서 있었다.

에릭과 젠. 젠과 에릭.* 맙소사. 제네비브는 해마다 여러 부류의 일반인들에게 저녁을 대접하는 특별한 연례 디너파티에 그들을 초대했다. 제네비브 리와 마일스 가스 사이에, 혹은 에릭 리와 마일스 가스 사이에, 혹은 그들의 딸이나 다른 어떤 사람과 마일스 가스 사이에 무슨 일이 일어나고 있는지 누가 알겠는가? 누가 그런 일에 신경 쓰겠는가? 마일스 가스가 경기 침체의 시기에 최소한 얼마 동안이라도 규칙적으로 먹을 것을 제공받는 완벽한 공짜 하숙 방법을 창안했다 한들 누가 그런 일에 신경 쓰겠는가? 그가 왜 혐오스러운 집의 혐오스러운 방에 틀어박히기를 선택했는지 그 이유에 대해 누가 신경 쓰겠는가? 그녀는

* Gen and Eric. 다음에 나오는 generics(일반인들)와 발음이 비슷한 점을 이용한 언어유희.

집에 갈 작정이었다. 음, 아무튼 지금은 그녀가 집이라고 부르는 곳으로 갈 생각이었다.

그녀는 보도에 내려서서 역이 있는 방향으로 발걸음을 돌렸다.

아이가 옆에서 팔짝팔짝 뛰었다.

터널? 아이가 말했다.

너, 학교 안 갔니? 애나가 말했다.

아니요, 아이가 말했다. 수업이 일찍 끝났어요. 돼지 독감 때문에. 아주머니는 정말 재미있는 억양으로 말하네요.

고맙다, 애나가 말했다.

난 그게 마음에 들어요, 아이가 말했다. 나는 그게 싫지 않아요.

오래전에 나는 스코틀랜드 사람이었어, 애나가 말했다.

거기에 가 봤어요, 아이가 말했다. 다 알아요, 나는 거기가 마음에 들었어요. 거기가 싫지 않았다고요. 그러므로 나는 다시 갈 거예요. 거기엔 엄청나게 많은 나무가 있었어요.

아이가 애나에게 뭔가를 건넸다. 연필 조각이었다. 거실에 있을 때 제네비브 리가 둘로 부러뜨린 연필이었다. 아이가 다른 하나를 들어 보였다.

고맙다, 애나가 말했다. 그런데 연필심이 있는 것은 네가 가졌구나. 그건 불공평해.

그래요. 하지만 아주머니는 어른이니 문방구나 슈퍼마켓 같은 데서 연필깎이를 살 수 있잖아요. 아이는 팔짝팔짝 뛰며 앞으로 가면서 말했다. 그런 다음 뛰는 동작에 리듬을 맞추어 이야기했다. 아니면 연필깎이를, 그냥 집어서, 호주머니 속에, 집어넣으세요, 그러고 싶다면, 말이에요, 그러면 아주머니는, 돈을 낼 필요가, 없을 테니까요, 왜 그런가 하면, 연필은 항상, 연필깎이와 함께, 있어야 하니까요, 연필깎이가 없다면, 연필이 무슨, 소용이 있겠어요? 우리는 모두, 연필깎이를 공짜로, 얻을 수 있어야 해요.

바로 그게 내가 무정부 상태라고 부르는 거야, 애나가 말했다.

그녀가 옛 기억을 떠올린 것은 그때였다.

(유럽. 인터레일의 대륙. 해외라고 알려진 곳. 클리프 리처드와 몇몇 소년과 소녀들이 이십 년 전에 2층 버스를 타고 돌아다녔던 곳. 그러나 지금 1980년대의 초입에 클리프 리처드는 실종된 소녀에 대해 노래 부르고 있다. 어쩌면 살해되었을지도 모르는 소녀는 3층에 있는 방을 사용했는데 우편물을 받을 새 주소뿐 아니라 어떤 것도 남기지 않았다. 남긴 거라곤 공중전화 벽면에 쓰인 이름뿐이다.

유럽. 영국의 한 은행이 기획한 홍보 행사인 2000년의 영국에 대한 2000자 이하의 단편 소설이나 에세이 쓰기 대회에서 뽑힌 전국 각지의 영국 십 대 청소년들 쉰 명이 순회 여행을 떠나는 곳. 그중 한 명인 애나는 가장 먼 북쪽에서 왔으며 유일한 스코틀랜드 학생이다.

1980년. 이십 년 후에는 삶이 어떤 모습일지에 관한 글로 상을 받은 애나 하디가 프랑스 베르사유 궁전에서 클립을 펴 한쪽 귓불이 막히지 않도록 뚫어 대다가 귀에 염증이 생기고 사흘 동안 가볍게 열이 나서 두세 나라를 여행하는 동안 항생제를 먹어야 했던 해. 그때 스위스의 브루넨에서 본 산과 호수와 호수에 비친 산 풍경은 정말 굉장했다.

그러나 그보다 먼저 런던, 파리, 베르사유를 방문한다. 미래상에 관한 글로 상을 받은 쉰 명의 작가들은 나흘째를 맞이한다. 이틀째 되던 날 잠에서 깬 모든 학생들은 이제 자신들이

떠들썩한 파티를 좋아하는 사람이거나

별난 공부벌레이거나

완전한 아웃사이더

가운데 한 사람이라는 것을 알게 된다.

애나는 이미 난생처음으로 열일곱 살 먹은 별난 공부벌레에게 엉덩이를 찔리는 장난을 당했다.(그 녀석은 이십 년이 지난 뒤 세계적으로 유명한 이론 물리학 교수가 될 거라고 했다.) 짓궂은 장난을 당했을 때 그녀는 무슨 일이 일어났는지 전혀 알 수가 없었다. 엉덩이와 허벅지 사이에서 설명할 수 없는 고통을 느끼지만 뒤에 서 있는 얼굴이 발개진 습진이 심한 빨간

머리 남학생은 그녀의 고통과 전혀 아무 관계도 없어 보였다. 그런데 이후 두 주 동안 그 녀석이 다른 여학생의 등 뒤 가까이에 서 있는 모습을 보고, 이어 그 여학생이 펄쩍 뛰어 녀석에게서 멀찍이 떨어지는 모습을 보았을 때 상황을 다 이해하게 되었다. 떠들썩한 파티를 좋아하는 부류 가운데 몇몇 짓궂은 녀석들은 이미 파리의 호텔에서 저녁을 먹으면서 어떤 별난 공부벌레의 음료에 술을 타서 취하게 만들었다. 그리고 침실에서 취한 그 애를 강제로 제압하여 영국 공군 전쟁 영웅의 수염 같은 조그만 콧수염의 절반을 깎아 버렸다. 오늘 그 애는 베르사유 궁전의 여름 아지랑이 속을 날개 하나를 잃은 기록 담당 천사*처럼 기우뚱한 모습으로 거닐고 있다. 왜 그 애는 수염을 마저 깎지 않은 걸까? 그녀는 궁금하다. 그 짓을 저지른 아이들이 그를 볼 때마다 자신들의 야비한 소행을 마주하기를 바라는 걸까? 아니면 기른 수염의 절반을 잃고 싶지 않고, 나머지 절반을 정확히 복원하고 싶기에 그런 걸까? 애나로서는 알 수 없다. 애나는 그와 이야기한 적이 없었다.(그녀는 누구하고도 거의 이야기를 나누지 않았다.) 그녀는 그의 이름이 피터라는 것을 안다. 그 애가 런던에서의 첫째 날 중세 전통 연회장에서 모두에게 자신은 특별히 베르사유 궁전 관람을 고대한다고 선언한 것도 안다. 1차 세계 대전이 끝날 무렵에 평화 조약을 체결했던 역사

---

* 인간의 선악 행위를 기록하는 천사.

적인 거울의 방을 보고 싶다는 것이었다. 빛바랜 커다란 거울들 하나하나에 비친 자신의 전쟁 상흔을 들여다보고 있는 그 애를 생각하니 참 아이러니하다.

애나는 완전한 아웃사이더들 중 하나다.

왜냐하면 여행단에서 그녀만 유일한 스코틀랜드 사람이고 나머지 마흔아홉 명은 모두 목소리 크고 자신감 넘치며, 발음이 좋은 잉글랜드 사람이기 때문이다. (또한 처음으로 자기소개를 하며 정보를 교환하는 첫째 날 저녁 시간의 태반을 중세 전통 연회 음식을 먹고 식중독에 걸려 베이스워터에 있는 호텔 방에서 혼자 구토를 하며 보냈기 때문이기도 할 것이다.)

지금 그녀는 자리에 앉아 포장된 점심과 함께 나온 바게트를 뜯어서 입으로 가져가는 중이다. 그녀는 거대한 호수의 언저리에 앉아 있다. 호수 중앙에는 화려한 분수가 있다. 분수대의 금빛 말들이 몸부림치고 있다. 발굽과 입과 갈기 모두 겁에 질린 모습이다. 저 말들은 망각의 나락으로 떨어질까 봐, 아니면 물속 깊이 빠졌다가 수면으로 다시 떠오르는 게 몹시 두려워서 저리도 겁을 집어먹은 걸까?

오늘을 포함해서 열하루가 남았다.

오늘도 하루의 일부가 지나갔다.

대충 하루의 3분의 1이 지났다.

쉰 명의 미래 작가들을 태운 버스가 이번 유럽 순회 여행 중에 사고가 나서 차에 탄 사람들이 모두 죽어 버리고 그녀가 다시는 집에 돌아가지 못하면 어떡하지?

만약 지금 그녀에게 여권이 있다면 집에 갈 수 있을 것이다. 파리의 호텔로 돌아가서 가방을 들고 가 버리면 그만이다. 프런트에 쪽지를 남겨 두면 된다. 집안의 누군가가 아프다는 쪽지나 혹은 가족에 관한 나쁜 꿈을 꾸었는데 꿈이 너무 강렬하고 직감적이어서 비록 전화하거나 연락한 사람은 없지만 당장 집으로 돌아가는 게 낫겠다고 결정했다는 쪽지를 남기는 것이다. 아니야. 그건 너무 감상적이야. 그리고 감상적인 것과 상관없이, 꿈과 상관없이 모든 여권을 은행 회계원이자 다섯 명의 수행 요원(수행 요원 한 사람당 열 명의 미래 작가를 담당하는 모양이다.) 가운데 한 사람인 바바라가 안전하게 보관하고 있다. 애나는 자신의 여권을 머리에 떠올려 보았다. 아마도 알파벳순으로 다른 마흔아홉 개의 여권과 함께 고무줄에 묶여 어디 안전한 곳에, 어쩌면 금고 속에, 호텔의 금고 속에 들어 있을 것이다. 아니면 회계원인 바바라가 서류 가방 안에 늘 넣어 가지고 다닐까? 여권 사진 속의 애나는(여권 사진은 6월 초에 집 근처 우체국에 있는 부스에서 찍었는데 즉석 사진 촬영 부스가 그토록 상서롭고 그토록 반가워 보인 적이 없었다. 안에 있는 조그만 커튼조차 부러울 지경이었고, 집에 돌아와서도 같은 기분이었다.) 수지 앤 더 밴시스* 티셔츠를 입고 있다. 눈은 까맣다. 표

---

* 영국의 록그룹.

정은 근엄하고 불만이 있는 듯하고 처량해 보인다. 왜 그런 표정이냐고 묻지 않는 게 좋겠다. 이것이 그녀가 스물일곱이라는 많은 나이를 먹을 때까지 이 세상에서 계속 가져가야 할 모습이고 자아다. 스물일곱이면 아마 완전히 다른 사람이 될 테고, 모든 게 달라질 것이다. 삶이 쉬워지고, 조리가 서고, 모두 이해될 것이다.

그녀는 오늘도 같은 티셔츠를 입었다. 화려한 프랑스 호수에 비친 자기 모습과 수지의 가면 같은 얼굴이 너울거린다.

애나는 자신이 이토록 수줍음을 타는 사람인지 미처 몰랐다.

애나는 자신이 바깥세상에 나왔을 때 이토록 심하게 이상한 부류임을 발견하게 될 줄은 미처 예상하지 못했다.

룸메이트로 정해진 돈이라는 아이는 애나를 퍽 상냥하게 대하지만 명백히 떠들썩한 파티를 좋아하는 부류여서 서로 할 말이 없다.

애나는 스물네 시간 동안 누구에게도 열한 마디 이상을 하지 않았으며, 그마저도 제대로 구색을 갖춘 문장으로 말한 게 아니었다.

(잘 자.

잘 잤니?

안녕.

이거 공짜야?

응.

고마워.

잘 가.)

저 푸른 하늘을 봐. 호수면에 짙게 비친 하늘을 봐. 저 기세 등등한 모습으로 정지한 황금빛 말들을 봐. 이건 천국이야. 이건 성공이야. 그녀가 북부 지역에서 대상을 차지하여 이번 여행단에 선발되었다는 기사가 실린 신문들에서도 그렇게 말하지 않았던가. 그러니 그녀는 괜찮은 사람일 것이다. 그녀는 그림엽서에 그렇게 써서 그녀를 몹시 자랑스러워하는 부모님께 보낼 것이다. 여긴 놀라운 곳이에요. 나는 정말 행운아예요. 우리는 매일 밤 호텔에서 저녁을 먹어요. 에펠탑을 보았어요. 정말 아름다운 성당도 보았고요. 오늘은 베르사유에 있어요. 천국 같아요. 배를 빌려서 노를 저을 수도 있어요. 히히. 오늘은 이만. 사랑하는 딸 애나 올림. 진짜 하고 싶은 말은 학교에서 가장 친한 친구인 더글러스에게 보내는 그림엽서에 쓸 것이다. 모든 방문지에서 빠짐없이 엽서를 보낼 것이다. 아니, 엽서의 글은 그보다 더 재치가 넘칠 것이다. 대화인 척 가장한 노래 가사 같을 것이다. 그녀가 마음먹고 노력을 기울인다면 다음과 같은 뜻으로 해석될 노래 가사를 생각해 낼 수 있을 것이다. 이 여행에서 나 혼자만 염병할 스코틀랜드 사람이고, 나 혼자만 염병할 다른 지역에서 온 사람이야. 다른 사람들은 다 잉글랜드 사람인데, 걔들은 그걸 이해하지 못해. 더글러스에게. 지금은 플라스틱 시대인 걸까? 나 자신의 달콤한 자아를 반영한 것들을 사 본다. 아마 녹아내리겠지. 너의 벗 애나가.

추신. 그들은 이름을 원하지 않아. 숫자만을 원할 뿐이야.

아니, 훨씬 재치 있어야 할 것이다. 그녀는 특별히 유로비전 히트곡을 고를 것이다. 매 시간 딩어동 노래하라, 당신이 꽃을 꺾을 때.* 그녀는 커다란 성당의 종탑 사진이 담긴 그림엽서를 찾아서 거기에 이걸 적어 보낼 것이다. 더글러스는 그걸 보고 정말 재미있다고 생각할 것이다. 딩어동, 들어 봐. 그건 편견일지도 몰라. 당신 애인이 떠나간다, 간다, 간다 해도 딩댕동 노래 불러 봐.

호숫가, 그녀 가까이에 키가 크고 야윈 남자애가 있다. 여행단 중 한 명이다. 그는 분명히 이 무리의 일원이다. 잔디밭에 앉은 그 애 옆에는 파란색 서류 홀더가 있다. 그녀는 그를 본 적이 있다. 이제 기억이 난다. 인기 있는 아이들 중 한 명이다. 인기 있는 못된 아이들 중 한 명인가, 아니면 덜 못된 아이들 중 한 명인가? 그런데 그녀는 방금 전에 생각하고 있었던 유로비전 노래를 큰 소리로 흥얼거린 것일까? 틀림없이 그런 모양이다. 왜냐하면 남자애가 그 멜로디를 휘파람으로 불기 시작했기 때문이다. 그 애가 무작위로 몇 년 전에 유행한 이 노래를 마침 이때 생각했을 리는 없다. 그녀가 더글러스하고만 통하는 농담을 생각하고 있던 순간과 정확히 똑같은 순간에 말이다.

---

* 1975년 유로비전 송 콘테스트에서 우승한 「딩어동(Ding-a-dong)」이라는 노래로 네덜란드의 티치인(Teach-In)이 부름.

그는 다른 노래를 휘파람으로 불기 시작한다. 아바의 「나에겐 꿈이 있어요」란 노래다. 그는 아바를 좋아할 유형의 사람으로 보이지 않는다.

그가 만약 당신이 동화 같은 기적을 믿는다면 실패할지라도 당신에겐 미래가 있어요라는 대목을 부른다. 목소리가 상당히 좋다. 그는 꽤 크게, 그녀가 그의 노래를 또렷이 들을 만큼 큰 목소리로 노래 부르고 있다. 마치 그녀를 위해 노래하는 것만 같다.

그럼 그다음에 그가 정말 이렇게 노래를 불렀나?

나는 엥겔스*를 믿어요.

만약 그가 이렇게 노래 불렀다면 믿기 힘들 만큼 재치 있는 것이다. 그녀는 분명히 잘못 듣지 않았다. 그것은 그녀의 정말 좋은 친구만이 그녀의 주의를 끌기 위해 부릴 줄 아는 그런 재주다.

그러고 나서 남자애가 말한다. 그녀를 향해 하는 말이다.

자, 그가 말한다.

그는 그녀가 노래 부르기를 원하는 것 같다.

그녀는 최대한 상대를 주눅 들게 하는 눈초리로 그를 쏘아본다.

농담하지 마, 그녀가 말한다.

---

* 천사(angels)를 엥겔스(Engels)로 바꾸어 부름.

난 정말 심각한 일에 관해서만 농담을 해, 그가 말한다. 불러 봐. 내가 보는 모든 것에 좋은 면이 있어요.*

나 그 노래 몰라, 그녀가 말한다.

알잖아, 그가 말한다.

정말 몰라, 그녀가 말한다.

정말 알잖아, 그가 말한다. 왜냐하면 아바의 노래는, 아바의 노래를 아는 사람은 다 아는 사실이지만, 사람의 뇌에 물리적으로 각인되도록 기술적이고 화성적으로 구성되어 있으니까 말이야. 마치 그 노래를 절대로 절대로 잊을 수 없게 만들려고 산으로 뇌를 부식시키듯이 말이야. 이십 년이 지나도 아바의 노래는 여전히 불릴 거야. 아마 지금보다 더 많이 불릴지도 모르지.

2000년의 영국에 대해 쓴 네 글은 그거였니? 그녀가 말한다. 아바에 의해 뇌가 손상된 세대?

아마 그럴 거야, 그가 말한다.

그럴 리 없어, 그녀가 말한다.

그럼 넌 뭘 썼는데? 그가 말한다.

내가 먼저 물었잖아, 그녀가 말한다.

내 것은 이렇게 시작해, 그가 말한다. 한때 데이트 복장으로 펑크스타일 티셔츠를 입은 한 소녀가 있었다…….

---

* 아바의 노래 가사.

이건 데이트 복장이 아니야! 애나가 말한다.

……프랑스의 역사적인 궁전에 있는 호숫가에 앉아…….

아주 재밌네, 애나가 말한다.

그녀는 아주 재미있는 소녀였다, 그가 말한다. 아니 정말 그랬던가? 그건 아무도 몰랐다. 아무도 알아내지 못했다. 왜냐하면 그녀는 말을 하지 않고 혼자 가만히 있으려고 굳게 마음먹었기 때문이다. 만약 그녀가 그날 베르사유 궁전의 호숫가에서 마일스가 부르는 아바의 노래에 동참하기만 했더라면 모든 게 마법처럼 잘되었을 것이다. 하지만 불행히도 아주 어린 시기에 형성된 그녀의 기질에 자리 잡은 어떤 완고한 태도가…….

난 완고하지 않아, 그녀가 말한다.

불행하게도 그녀의 기질에 자리 잡은 어떤 거만한 태도가……, 그가 말한다.

난 거만하지도 않아, 그녀가 말한다. 무슨 뜻으로 한 얘기이든 간에 말이야. 다만 내가 아바 노래를 부르는 일은 절대 없을 거야.

그녀는 절대 아바 노래를 부르지 않겠다고 생각한다, 그가 말한다. 나는 아바 노래는 부르지 않아. 혁명 노래는 부르지만. 불행히도 어떤 보수적인, 크고 작은 어떤 보수적인 태도가…….

난 아바 노래도 혁명 노래도 부르지 않아, 그녀가 말한다.

그리고 네 이야기는 너무 터무니없어. 난 사실 그 노래 가사를 모르기 때문에 사실 동참하지 않는 거라고.

그건 사실 내가 지어낸 거야, 그가 말한다. 어쨌든 사실 유로비전 팝송을 부르기 시작한 건 사실 내가 아니고 사실 너야. 이십 년 후 미래에 한때 한 소녀가 있었는데, 그 소녀는 눈알을 굴리며 '사실'이라고 말하지 않고서는 전혀 의사소통을 하지 못하는 아이였다. 거기에. 이제 네 이야기의 첫 부분을 얘기해 줘.

네가 먼저 네 이야기의 진짜 첫 부분을 얘기해 줘, 그녀가 말한다.

그는 그녀에게 더 가까이 다가앉았다.

이름이 뭐니? 그가 말한다.

애나, 그녀가 말한다.

이름이 아바와 비슷하구나, 그가 말한다.

이 말에 그녀는 하마터면 크게 웃을 뻔한다.

한때, 단 한때, 그가 말한다. 딱 한때 거기에.

그게 네 글의 첫머리야? 그녀가 말한다. 정말?

그가 눈길을 돌린다.

썩 좋은데, 그녀가 말한다.

고마워, 그가 말한다.

다만 한때, 단 한때라고 말하고 나서 다음 줄에 그 말을 다시 하잖아. 그러니 넌 한때라는 단어를 세 번 말한 거야. 그건 한때가 결코 한때를 의미하는 것이 아닌 게 돼, 그녀가 말한다.

한때 단어 사용에 지나치게 비판적인 한 소녀가 있었다, 그가 말한다. 아니, 어쩌면 단어 사용에 적절하게 비판적인 소녀였는지도 모른다. 그럼 당신 글의 첫 부분은 무엇인가요, 비평가 선생?

미래는 외국이다. 거기서 사람들은 다르게 산다, 그녀가 말한다.

그 문장은 나도 알아. 네 글의 첫 부분은 뭐냐니까? 그가 말한다.

그때 그가 그녀를 향해 한쪽 눈을 찡긋한다. 아니면 눈에 뭐가 들어갔는지도 모른다.

L. P. 하틀리*의 책에서 빌려 온 말이야, 그녀가 말한다. 하틀리 소설의 새로운 해석 같은 거지. 너도 알잖아. 과거는 외국이다. 『중매인』이라는 소설의 첫 문장.

알아, 그가 말한다. 그런데 내 생각엔 L. P. 하틀리가 쓴 원래의 문장이 네 것보다 모음 운의 관점에서 더 나은 것 같다.

가서 너나 모음 운을 잘 밟도록 해, 그녀가 말한다.

알았어, 그럴게, 그가 말한다. 하지만 링컨과 케네디 대통령을 대상으로 모음 운을 밟을 때와 똑같은 효과를 얻지는 못할 거야.**

---

* 영국의 소설가(1895~1972).

** '암살하다'라는 단어 assassinate를 써야 할 자리에 발음이 비슷한 '모

그녀가 이번에는 크게 웃는다.

아무튼, 그가 말한다. 네 이야긴 무슨 내용이었니? 사실상 말이야.

이십 년 동안 잠들어 있다가 2000년에 깨어난 여자애 이야기야, 애나가 말한다. 그 여자애는 2000년에도 모든 게 지금과 거의 비슷하다는 것을 알게 돼. 단, 글을 읽으려 할 때 모든 글자가 거꾸로 인쇄된 것 같다는 점을 제외하곤 말이야. 잠에서 깬 여자애는 부엌으로 가서 시리얼 상자를 꺼내지. 그런데 그게 지금의 콘플레이크 상자와 똑같아 보여. 상자에 쓰인 글자가 거꾸로라는 점만 빼고. 여자애는 여전히 그 글자들을 읽을 수 있어. 하지만 뭔가 좀 이상해. 상자를 거꾸로 돌려 보지. 그런데 잘 읽히지 않아. 왜냐하면 단어들의 순서가 반대로 인쇄되었으니까. 그러고 나서 신문을 읽으려고 하는데 이번에도 똑같다는 걸 깨닫게 되지. 단어들이 전부 거꾸로 인쇄되어 있는 거야. 그래서 공황 상태에 빠지고, 자기 머리가 어떻게 되었나 보다 생각하게 돼. 여자애는 가장 좋아하는 오래된 책 한 권을 살펴보려고 책장으로 가지. 이십 년 전에, 그러니까 요즘에 읽었던 책인데 L. P. 하틀리의 『중매인』이야. 이 책을 펼쳐. 이 책은 글자들이 모두 똑바로 되어 있어. 깊은 안도의 숨을 내쉬지. 얼마 후 집을 나와 시내로 가는데 버스 앞에 쓰인 글자들이 거꾸로인

음운을 밟다'라는 뜻을 지닌 assonate를 쓰고 있다.

거야. 가게 이름도 모두 거꾸로 쓰여 있어. 그런데 그걸 큰 문제로 여기는 사람은 아무도 없어. 여자애는 참으로 의아해서 이십 년 전 1980년에 늘 드나들었던 서점을 일부러 찾아가서는 같은 『중매인』 새 책을 서가에서 꺼내 봐. 아니나 다를까, 표지에 제목이 거꾸로 쓰였고, 내용을 간략히 소개한 뒤표지의 글도 거꾸로야. 책을 펼치니 모든 페이지의 글들이 거꾸로 인쇄되어 있어. 그렇게 한나절이 지나고 점심시간이 되었을 무렵엔 그 애도 거꾸로 쓰인 글자들에 익숙해지게 돼. 뇌가 알아서 처리하는 거지. 그리고 글의 끝부분에 이르면 글자들이 거꾸로 쓰였다는 걸 더 이상 알아차리지도 못해.

그녀는 말을 멈춘다. 큰 목소리로 그렇게 많은 말을 했다는 사실이 갑자기 겸연쩍어진다. 또 피곤하기도 하다. 집을 떠난 이후 해 온 말들을 합친 것보다 더 많은 말을 한꺼번에 했다.

아, 좋다, 남자애가 말한다. 매우 전복적이야. 전복적인 잠자는 미녀. 그런데 어떻게 깨우지? 입맞춤으로는 깨울 수 없을 텐데.

그것은 입에 발린 말이 아니다. 그가 추파를 던지고 있는 게 아니다. 그는 실제로 이야기에 깊이 빠진 것처럼 보인다.

그는 매우 재치 있고 단연 똑똑하다. 아마도 여행단 학생들 중에서 옥스퍼드 대학이나 원하는 대학에 갈 수 있는 아이들 가운데 한 명일 것이다. 그러나 집이 부유한 것 같지 않고, 비싼 학교에 다닐 것 같지 않다. 그는 이미 그녀를 정말 웃게 만들었다. 그녀는 그에게 남자애의 수염을 반만 깎은 아이들에 관해 아는 게 있는지 묻고 싶다. 그는 그런 짓을 할 부류의 아이처럼 보이지 않는다.

그는 머리가 검고 코가 크다. 코만 아니라면 잘생긴 얼굴일 것이다. 조용한 성격으로 보인다. 아마 실제로는 보이는 것보다 덜 조용한 성격일 것이다. 이렇게 가까이에서 보니 조금 피곤해 보인다. 머리가 긴 편이지만 많이 길지는 않다. 파란색 조끼를 입었다. 가슴이 꽤 넓다. 조끼에서 나온 어깨와 팔은 기름하고 야위고 창백해서 몸에 어울리지 않아 보인다. 그러나 청바지의 다리 부분에 붙은 조그만 진딧물인지 뭔지를 획 튀길 때 보니 동작이 부드럽고 정확하다.

그녀는 그를 바라보는 것을 멈춘다. 그가 그녀를 보기 시작했기 때문이다.

뭐 해? 그때 그가 말한다.

그녀는 어깨를 으쓱하며 고갯짓으로 자기 서류 홀더의 맨 앞에 있는 일정표를 가리킨다.

일정표에서 다음에 할 일이 무엇인지 보며 기다리는 중이야, 그녀가 말한다.

아니, 그 얘기가 아니고. 그걸로 뭘 하고 있는 거냐고? 그가 말한다.

그가 그녀의 얼굴을, 귀를 가리키고 있다. 그들이 이야기를 나누는 동안 그녀는 서류 홀더 속의 '유익한 정보' 문서철에 끼워 둔 클립을 펴서 자기도 모르게 그 끝으로 귀에 뚫어 놓은 구멍을 찌르고 있었다.

아, 그녀가 말한다. 귀고리를 만들려고.

클립으로? 그가 말한다.

귀고리를 한 짝밖에 안 가져왔어. 집에서 말이야, 그녀가 말한다. 난 귀고리 구멍이 막히는 게 싫거든.

텔레비전 드라마에서 머리핀이나 클립을 펴는 사람들은 그걸로 자물쇠를 열거나 그 비슷한 행위를 하려고 그러더라, 그가 말한다. 그런데 넌 그걸로 귓불의 구멍을 찔렀단 말이지. 그건 1976년도 방식이야.

난 그렇게 해. 20세기 방식이야, 그녀가 말한다.

아마 프랑스에서는 그러는 게 여전히 새로운 흐름일 거야, 그가 말한다. 아니, 여전히 누벨바그일 거야라고 말해야겠지. 이봐, 네 성이 K로 시작한다면…….

그녀는 곁눈으로 그를 본다.

넌 UK(영국)의 애나 K일 텐데, 그가 말한다.

그가 이제 그녀를 놀리며 웃는다.

그녀도 자조적으로 웃는다.

바로 지금 영국에 있는 거면 좋겠어, 그녀가 말한다.

네 귀고리가 너한테 그렇게 중요한 거야? 그가 말한다. 와. 난 안 그래. 난 여기가 좋아. 나는 붕괴된 역사의 장소들을 좋아해. 붕괴되었지만 그럼에도 매우 훌륭해 보이는 것들을 간직한 장소들을 말이야. 나는 모든 여행을 즐기지. 하지만 넌…… 넌 여기를 떠나 거기에 있고 싶은가 보구나.

애나는 고개를 끄덕인다.

이곳이 재미가 없나 보네, 그가 말한다.

애나는 그에게서 고개를 돌려 호수를 바라본다.

흠, 그가 말한다. 넌 갈 수 있어. 그냥 가면 돼. 그냥 집으로 가 버리는 거야.

그래, 맞아, 애나가 말한다. 여권만 있다면 그럴 거야. 최소한 내게 선택권이 있으면 좋겠어.

그거 좀 보자, 그가 말한다.

뭘? 그녀가 말한다.

네 여권, 그가 말한다.

수행 요원들이 가져갔어, 애나가 말한다. 그 사람들이 내 여권을 가져갔다고. 네 것도 가져가지 않았어?

어서 보여 줘, 그가 말한다. 도와줄게. 네 여권을 보여 주면 국경을 넘을 수 있도록 내가 도와줄 거야.

그는 엄숙한 표정으로 그녀의 점심 도시락 봉지에서 삐져나와 있는 바게트를 가리키며 손을 뻗는다.

이거 말이야? 그녀가 말한다.

파사포르테,* 그가 말한다. 내 것은 다 먹어 버렸어.

---

* 브라질식 핫도그를 일컫는 말이며, 스페인어로는 여권이라는 뜻이다. 여기서는 바게트를 여권을 뜻하는 passport와 발음이 비슷한 passaporte로

너 정말 못 말리는 애구나, 그녀가 말한다.

하지만 그녀는 그에게 바게트를 건넨다.

좋았어, 그가 말한다. 자, 따라와.

그가 일어선다.

어디 가는데? 애나가 말한다.

낚시하러, 그가 말한다.

두 사람은 호수에 빵 조각을 던지고 수면에 나타나는 물고기들의 입을 바라보며 오후 시간을 보낸다. 물고기의 입이 몸에서 분리된 듯한 모양으로 열렸다 닫혔다 뻐끔거린다. 파리로 돌아가기 위해 모두가 복닥거리며 버스에 올라 자리에 앉을 때 그가 탁자 옆을 지나가는 그녀의 옷자락을 잡는다. 그리고 비어 있는 옆자리로 옮겨 앉는다. 그녀는 거기 앉는다.

이 친구는 애나 K, 그가 그 탁자에 앉아 있는 다른 두 명에게 말한다. UK의 애나 K, 그리고 UK가 아닌 곳에 있을 때도 애나 K.

버스를 타고 가며 그녀가 가방에서 책을 꺼냈을 때 이번에는 기분이 안 좋아서 그런 게 아니다. 파리로 돌아가는 내내 주변 아이들이 모두 그녀도 같은 패인 것처럼, 그녀 역시 줄곧 그들과 같이하고 있는 것처럼 이야기를 나눈다. 그녀는 심지어 몇 차례 대화에 참여하기도 한다.

부르며 언어유희를 함.

호텔 방으로 돌아온 그녀는 저녁을 먹기 전에 침대에 앉아 문서철에서 수상자 명단을 꺼낸다. 마일스는 한 명뿐이다. 마일스 가스. 이름 옆에 '리딩'이라고 쓰여 있다. 그가 거주하고 있는 지역이다.

한때, 단 한때, 딱 한때 거기에.

그녀는 이것이 정말 그가 쓴 글의 첫 부분일까 궁금하다. 나머지는 어떤 이야기인지 물어볼걸 하는 아쉬움이 인다. 다음에 얘기를 나누게 되면 잊지 말고 물어보자고 속으로 중얼거린다.

그날 저녁 호텔에서 식사를 하러 내려갔을 때 돌아오는 버스에서 옆자리 앉았던 아이들 몇 명이 그녀의 자리를 잡아 놓고 있다. 그녀는 겉보기와 달리 몹시 수줍음을 타는 한 여자애와 친구가 된다. 그 애는 뉴캐슬에서 왔다. 둘은 아무것도 아닌 이야기를 얼마 동안 나누고 나서 이제 남은 열흘 동안 필요할 땐 언제든 부담 없이 함께 어울리며 시간을 보낼 수 있다는 것을 확인하고 서로를 향해 고개를 끄덕인다. 그러는 동안 마일스는 호텔 식당의 다른 쪽에 있는 수행 요원 탁자에 서서 웃으며 이야기를 나누고 있다. 그녀는 멀리서 그 모습을 보며 그를 둘러싼 분위기가 온화하고 유쾌한 듯한 인상을 받는다. 마일스와 마일스 가까이에 앉은 사람들이 모두 누군가의 말에 웃는 것을 본다. 그 재미있는 말을 한 사람은 틀림없이 마일스일 거라고 그녀는 확신한다.

저녁 식사 후에 그녀는 자꾸 삐걱거리고 금속 문이 위험해 보이는 오래된 호텔 엘리베이터를 타려고 줄을 서서 기다린다. 그때 난데없이 그가 옆에 나타난다. 그는 아주 살짝 그녀의 어깨에 몸을 기대고 있다.

나는 사이로 들어갔어, 그의 목소리가 그녀의 귀에 대고 말한다.

에이?* 그녀가 말한다.

나는 엘리베이터를 전용하기 위해 엘리베이터의 심장부에 침투했어, 그가 말한다.

에이? 그녀가 다시 말한다.

에이는 아바의 A, 그가 말한다. 비는 밴시스의 B. 시는 은밀한 범죄** 행위의 C.

그가 뭔가를 내민다. 여권이다. 사진이 있는 페이지가 펼쳐진 채다. 그녀의 사진이다.

나는 숲의 심장부로 침투했어, 그가 말한다. 나 자신을 희생해서 집에 데려다주었지, 너를 말이야.

그녀에게 여권을 건넨다. 그가 빙긋 웃는다. 딱 한 번 고개를 끄덕인다. 거기에 네가 있어, 그가 말한다.)

---

* Eh? 뭐, 뭐라고? 의문, 놀람을 나타내거나 동의를 구하는 소리. 미국에서는 주로 'huh'를 사용한다.

** covert criminal.

이것이 그로부터 삼십 년 후인 지금 팔짝팔짝 뛰며 앞서가는 꼬마 여자아이와 함께 런던 그리니치에서 길을 걷는 동안 애나의 머릿속에 불현듯 떠오른 오래전 그때의 일이다. 그 집에서 풍기던 나무 광택제 같은 특이한 냄새와 오랜 학교 친구였던 더글러스의 옷에서 나던 냄새가 떠오른다. 유럽 여행 중에 파리 시내에서 한때 머물렀던 호텔의 엘리베이터 문은 진짜 문이 아니라 철조망처럼 생긴 금빛 쇠창살이어서 타고 올라갈 때면 문 사이로 바닥의 콘크리트를 볼 수 있었던 것도 떠오른다. 희망과 불만이 거칠게 교차하던 시간들. 그녀가 살고 있는 시대에 대한 느낌을 입 속에서 실제로 맛을 느끼듯이 생생히 인식했던 일. 그리고 매우 또렷하게 떠오르는 그의 목소리와 말. 거기에 네가 있어.

그녀는 재킷 두 벌을 들고 알지 못하는 길을 걷고 있었다. 하나는 그녀의 것이었다. 다른 하나는 맵시 있고 비싸고 탐나고 천이 가벼운 재킷으로 호주머니가 유난히 컸다. 그녀는 재킷 호주머니 안에 손을 넣어 거기 들어 있는 마일스 가스의 휴대 전화와 지갑을 만져 보았다.

직장을 그만둔 지 얼마 되지 않은 어느 날 한밤중에 그녀는 우연히 텔레비전에서 막스 형제*의 영화가 나오는 것

* 미국의 유명한 희극 영화배우 4형제를 가리킴.

을 보고 그 앞에 앉았다. 영화 속의 하포는 예상외로 늙어 보였다. 몇몇 폭력적인 졸개들이 참치 캔 안에 숨겨 둔 다이아몬드 목걸이를 찾기 위해 나이 든 하포를 벽에 밀어붙여 놓고 그의 옷을 뒤졌다. 졸개들은 낡은 외투 호주머니에 든 것들을 꺼내 그들 뒤에 있는 방에 넣었다. 호주머니들은 상상할 수 없을 만큼 깊었다. 졸개들이 끄집어내서 뒤쪽 방에 쌓아 둔 온갖 잡동사니 중에는 커피포트, 우유병, 설탕 그릇, 자동차 타이어, 휴대용 뮤직 박스, 썰매, 의족 한 쌍에다 조그만 개도 한 마리 있었다. 개는 몸을 털며 위엄을 되찾은 다음 사뿐사뿐 걸어서 방을 나갔다. 졸개 한 명이 하포의 뺨을 매우 세게 때렸다. 하포는 천재였다. 그는 대단히 기뻐하는 미소를 짓더니 똑같이 졸개의 뺨을 때렸다. 정말로 웃기는 것은 졸개들이 하포 막스의 입을 열게 하려고 작정했다는 점이었다. 천하의 하포 막스를 상대로 말이다. 그들은 하포를 고문해 입을 열게 만들려고 했다. 그러나 끔찍한 고문들이 하나같이 그를 더욱더 즐겁게 만들 뿐인 듯했다.

뭐 해요, 뭐 해요, 뭐 해요? 아이가 말했다. 아주머니는 지금 생각에 빠져 있어요. 무슨 생각을 해요?

그들은 앉을 수 있을 만큼 충분히 낮은 담을 지나는 중이었다. 애나는 '크룸스 힐, SE10'과 '버니가, SE10'이라고 쓰인 두 개의 도로 표지판 사이에 있는 담 위에 재킷을 내려놓았다. 머리 위 표지판에는 '바다의 별 교회'라고 쓰인 글과 함께 방향을 가리키는 화살표가 그려져 있었다. 현대적인 도로 표지판에 헬베티카*체로 쓰인 옛날식 철자**는 마치 잘못 쓴 것처럼 보였다.

애나는 재킷 옆에 앉아 손목시계를 들여다보았다.

무슨 생각을 하냐면, 그녀가 말했다. 네가 허락을 맡지 않으면 우린 더 멀리 가지 않을 거라는 생각을 하고 있어. 네 부모님이 지금 여쭈어볼 수 있을 만큼 가까운 곳에 계시니? 아니면 휴대 전화 같은 거 있니?

우린 저기 살아요, 아이가 말했다.

아이는 길 건너 교회 쪽을 가리켰다.

교회에서? 애나가 말했다.

아이가 웃었다.

그 뒤쪽, 아이가 말했다. 교회 너머 뒤쪽에.

얼마나 가까워? 애나가 말했다.

우린 휴대 전화가 있지만 거의 쓰지 않아요, 아이가 말했다. 엄마는 이렇게 말씀하세요. 열차를 타고서 휴대폰에 대고 "나 열차 탔어."라고 소리치면 무슨 소용이 있냐는 거예요. 왜냐하면 그건 열차를 타지 않은 것처럼 보이게 만드

---

* 영어 서체의 하나.

** 바다의 별(Ladye Star of the Sea) 교회 표지판에서 Layde는 Lady의 고어다.

니까 말이에요. 엄마는 열차를 탔을 땐 열차에 가만히 있어야 한다고 생각해요. 전화하지 말고 말이에요.

네 엄마를 만나 보고 싶구나, 애나가 말했다. 멋진 분인 것 같아.

엄마는 멋진 사람이에요, 아이가 고개를 끄덕이며 말했다. 6학년 때 휴대 전화의 역사에 관한 연구 과제가 있었어요. 첫 휴대 전화는 1990년에 나온 모토롤라였지요. 내가 태어나기 십 년 전에 만들어졌어요.

으응. 집에 계시니, 아니면 일하러 나가셨니? 부모님 말이야, 애나가 말했다.

엄마 아빠는 대학에서 일하세요, 아이가 말했다. 저쪽이요.

그럼 얼른 달려가서 네가 어디에 있는지, 누구랑 함께 있는지 얘기하고 나서 엄마나 아빠와 함께 여기로 다시 올 수 있겠니? 애나가 말했다. 아니면 네가 안전한 걸 알았으니 됐다고, 나와 함께 가도 된다고 허락하는 뜻을 내게 전하는 쪽지를 가져오거나.

아이는 담에 두 손을 짚고 능숙하게 훌쩍 올라가 담 너머로 사뿐히 뛰어내렸다.

할 수 있어요, 아이가 말했다. 엄마 아빠는 날 믿거든요. 난 바보가 아니에요. 그리고 아주머니 이름이 나랑 같잖아요. 그러므로 내가 엄마 아빠에게 할 말은 난 브룩 아주머니와 함께 터널에 갈 거고, 그다음엔 그리니치 천문대에 가서 셰퍼드 전자기 시계*를 볼 거라는 거예요.

그럴 수도 있겠구나. 그런데 얘야, 내 이름은 브룩이 아니야. 그건 네 이름이잖아, 애나가 말했다. 난 애나라고. 엄마 아빠에게 나는 리 씨네 집 방으로 들어가서 문을 잠가 버린 사람의, 어, 친구라고 말씀드려.

그럴게요, 아이는 말했다. 그런데 아주머니가 처음 왔을 때, 우리가 리 씨네 집 현관문 앞에 있었을 때 내가 이름을 말하니까 아주머니가 나도 그렇다고 했잖아요.

아냐, 그러지 않았어, 애나가 말했다.

내가 나는 브룩이에요 하니까 아주머니가 이랬잖아요. 굉장한 우연의 일치구나, 나도 브룩인데.

그게 아냐, 애나는 말했다. 사실은 우리가 계단 위에서 만났을 때 나는 네가 브룩이라고 말했다는 걸 몰랐어. 난 네가 브로크라고 말한 줄 알았지. 난 지금 브로크 상태거든. 그래서 나도 그렇다고 말한 거야. 언어유희 같은 거로구나.

뭐가 부러졌다는 뜻인가요? 아이가 말했다.

아니. 난 돈이 없다는 의미로 그 말을 사용한 거야, 애나가 말했다.

---

* 세계 공통의 표준시를 보여 주는 시계.

있잖아요, 언어유희가 정확히 뭐예요? 아이가 말했다.

잊지 않아요, 언어유희가 정확히 뭐예요? 애나가 말했다.

아이는 이게 매우 재미있다고 생각했다.

그런데요, 아이가 웃음을 멈추고 말했다. 나는요, 언어유희를 구성하는 게 뭔지 알고 싶어요.

구성? 애나가 말했다. 에구머니나. 구성이라. 음, 언어유희란…… 음, 그건 말이 예상과 다른 걸 의미하는 경우를 말한단다. 예를 들면 네가 브룩이라고 말했는데 내가 브로크라는 말로 들었던 것 같은 거야. 그건 일종의 본의 아닌 언어유희였지.

본의 아닌, 아이가 말했다.

그건 우리가 의도하거나 선택하지 않았는데 그렇게 된 것을 말해, 애나가 말했다.

그런 뜻이라는 거 나도 알아요, 아이가 말했다. 그 말을 할 때 입 속에서 어떤 느낌이 드는지 알아보려고 그냥 물어 본 거예요.

아이는 담 위에 앉았다. 애나 옆에 앉아 애나처럼 다리를 꼬고 애나처럼 앞을 바라보았다.

오, 애나가 말했다. 그랬단 말이지.

그런데 언어유희의 목적은 뭐예요? 아이가 말했다.

음, 애나가 말했다.

학교에서 누가 이봐, 너, 넌 이제 역사야*라고 말하는 것과 같은가요? 아이가 말했다.

상황에 따라 달라, 애나가 말했다. 누가 너한테 그렇게 말했니? 선생님이 과제 같은 것 때문에 그러셨니?

그건 아니에요, 아이가 말했다. 아무튼 나를 역사라고 하는 건 분명히 나와는 거리가 먼 얘기잖아요. 난 유명하지도 않고, 아홉 살밖에 되지 않았고, 내년 4월에야 겨우 열 살이 돼요. 그래서 나를 역사적으로 만들 만한 시간이 아직은 많지 않았단 말이에요. 나는 그 말이 내가 오바마 대통령 같다는 뜻이 아니라는 걸 알아요. 어떤 좋지 않은 뜻이라는 걸 알아요. 그렇지만 무슨 뜻인지 제대로 알면 좋을 것 같아요. 그럼 그 사람이 다음번에 나에게 그 말을 하면, 만약 다시 그 말을 한다면 말이에요, 난 이렇게 말해 줄 수 있을 테니까요. 나한테 그 언어유희를 사용하는 걸 당장 멈추면 좋겠어.

애나는 고개를 끄덕였다.

알겠어, 그녀가 말했다. 그런데 그건 언어유희가 아닌 것 같다. 언어유희란 이런 거야. 네가 극장에서 뮤지컬을 보는데 썩 재미있는 뮤지컬이 아니어서 좀 지루하다고 가정해 보자. 그때 넌 "쇼 비즈니스 같은 비즈니스는 없다."라

* You're history. 넌 이제 끝이라는 뜻.

는 말을 슬쩍 비틀어서 "슬로 비즈니스 같은 비즈니스는 없다."라고 말할 수 있지,* 이게 언어유희야.

아이의 얼굴에 기쁨이 번졌다.

난 다시 뮤지컬을 보러 갈 거예요. 빨리 가고 싶어요, 아이가 말했다. 쇼 슬로. 브룩 브로크. 아주머니가 빈털터리가 된 것은 틀림없이 경기 후퇴로 해고되었기 때문일 거예요. 아니면 학생이거나 대학원생이에요?

아냐, 난 직업이 있었는데 그만뒀단다, 애나가 말했다. 왜냐하면 내 직업은 쓰레기 같은 거였거든.

황야에서 쓰레기를 줍는 사회봉사 활동 같은 거요? 아이가 말했다.

아니야, 애나가 말했다. 난 사람들을 그리 대수롭지 않게 만드는 일을 해야 했어. 사실상 그게 내 일이었던 거야. 표면적으로는 사람들을 중시하게 만드는 일을 하려고 내가 거기 있는 것처럼 보였지만 말이야.

표면적, 아이가 말했다.

그게 무슨 뜻인지 알잖아? 애나는 말했다.

예. 하지만 바로 지금 이 순간에 정확한 뜻이 무언지 이해하기 어려워요.

---

* show를 slow로 철자 하나를 바꿈으로써 '연예 공연업이 최고의 사업이다.'라는 말을 '장사가 안 되는 것만큼 재미없는 일은 없다.'라는 말로 바꾼다는 의미다.

그건, 음, 그 뜻을 어떻게 설명해야 할지 잘 모르겠네, 애나가 말했다. 그건 겉으로 보이는 모습을 뜻해. 내 직업이 표면적으로는 이것을 의미하지만 사실은 저것을 의미한다는 뜻이야.

거짓말 같은 거? 아이가 말했다. 또는 언어유희 같은 거?

음, 맞아, 애나가 말했다. 내 직업은 이런 거였어. 맨 먼저 나는 그 사람들이 자기들에게 일어난 일을 나한테 얘기하도록 해야 했어. 대개는 비참한 얘기들이지. 그래서 그들은 우선 나한테 그 얘기를 해야 했던 거야. 그래야 내가 도울 수 있으니까. 그다음에는 윗사람들이 나를 압박하니까 나는 그 사람들을 압박해야 했어. 이 진짜 이야기를, 그들이 평생 살아온 이야기를 양식에 맞춰 A4 한 면의 3분의 2 정도로 압축했지. A4가 뭔지 아니?

A4, 종이? 아이가 말했다. 아니면 고속도로보다 좁은 도로?

종이, 애나가 말했다. 내 일이 그런 거였어. 난 이 일을 좋아하지 않았기 때문에 직장 상사에게 떠나겠다고 얘기했어. 그랬더니 내가 그 일을 얼마나 잘하는지 얘기하더라. 그런 다음에 나를 승진시켰어. 그건 내가 돈을 더 많이 번다는 걸 뜻해. 하지만 새로 맡은 일은 사람들을 해고하는 거였어. 내가 예전에 하던 일을 하고 있는 직원들 가운데 사람의 인생 이야기를 줄여 쓰는 데 재주가 없는 직원들을 말이야. 그래서 결국 나는 그곳을 떠났단다.

아주머니 직업은 불멸하는 거였네요, 아이가 말했다.

부도덕한 직업이라고 말하려던 거겠지, 애나가 말했다. 하지만 불멸하는이라고 말하려 했을 수도 있겠네.*

이건 언어유희예요! 아이가 말했다.

우리가 아주 훌륭한 언어유희를 하고 있구나, 애나는 말했다.

아이가 깔깔깔 웃었다.

또 있어요, 또 하나 있어요, 아이가 말했다. 조금 있으면 우린 퍼널**을 통과할 거예요.

하하. 부모님과 함께 오거나, 또는 그래도 된다고 허락하는 쪽지를 가져올 경우에만 그럴 수 있어, 애나가 말했다. 자, 갔다 와. 난 여기서 기다릴게.

기다릴 거예요? 아이가 말했다.

응, 애나가 말했다.

그러니까 내가 돌아올 때 틀림없이 여기 있겠다는 거죠? 아이가 말했다.

그러니까, 그럴 거야, 애나가 말했다. 길 건널 때 조심해.

알았어요. 이따 봐요, 아이가 말했다.

---

* immortal(불멸하는)과 immoral(부도덕한)의 철자가 비슷한 점을 염두에 둔 말이다.

** punnel. pun(언어유희)과 tunnel(터널)을 합쳐서 새로 만든 말.

역사 아이. 아이는 팔짝팔짝 뛰며 길을 건너서 맞은편으로 간 다음 모퉁이를 돌았다. 애나는 아이가 사라지는 것을 지켜보았다. 문득 미심쩍은 생각이 들었다. 아이가 정말 팔짝팔짝 뛰어서 길을 건넜나? 내 상상은 아닐까? 내 기분을 나아지게 하려고 어린 시절의 목가적인 풍경을 머릿속에서 꾸며 낸 것일까? 왜냐하면 상상 속의 목가적 풍경에서 어린아이는 보통 달려가기보다 팔짝팔짝 뛰니까 말이다.

그녀는 수많은 아이들을 머리에 떠올렸다. 그 아이와 똑같은 나이의 아이들 수천 명이 지금 자기들끼리만 세상을 횡단하고 있다는 상상을 했다.

그녀는 혼자 말했다, 이제 그만 내버려 두자.

그녀는 이제 더 이상 자기 책임이 아니라고 혼자 중얼거렸다.

그녀는 햇볕 속에서 몸을 뒤로 기울여 하늘을 쳐다보았다. 칼새들이 파란 여름 하늘 속을 떼 지어 날았다. 한 번도 본 적이 없는 지역으로 날아갈 수 있게 하는 경로에 대한 지식이 선천적으로 신경계에 자리 잡은 세계 여행자인 행운의 새 칼새……. 멀리 보이는 나무들이 이파리들을 들어 올리고 흔들어 대면서 여름의 빛과 어둠이 함께 반짝거렸다. 이 부산스럽고 불안정한 새로운 여름들은, 바람이 많은 여름들은, 지구 온난화 시대의 여름들은 우중충하고 끈적거리고 불결했다. 그녀가 기억하는 어린 시절의 여름이 아니었다. 기억 속의 여름은 달콤하고 온전했으며 별개로 존재했다. 각각의 여름은 완결된 이야기와도 같았고, 상자 안에 상자가 담기고 그 안에 또 상자가 담겨 있는 일련의 중국식 상자와도 같았다. 상자를 계속 열다 보면 최초의 상자가 나온다. 최초의 완벽한 여름이 그 안에 들어 있다.

딩어동, 들어 봐. 그건 편견일지도 몰라. 그 노래를 오랜 세월이 지난 지금도 기억하고 있다는 것을 생각해 보라. 그녀는 더글러스와 연락을 하고, 올해는 그에게 크리스마스카드를 보내고, 그도 그 노래를 기억하는지 물어보아야 할 것 같은 기분이 들었다. 더글러스는 요즘 어디에 있을까? 그의 부모님은 지금도 예전에 살던 그곳에 살고 있는지 궁금했다. 이어 부모님이 아직 살아 계실까 하는 궁금증이 일었다. 매 시간 딩어동 노래하라, 당신이 꽃을 꺾을 때. 임시 해산 조치와 중요한 지식 전이 이전의 세계. 무기 판매 계획 이전의 시대를 평화 같은 것으로 불렀다. 말, 말, 말. 자유. 정체성. 안보. 민주주의. 인권. 당신의 쓰레기통의 권리를 거부하십시오.

그녀는 머리를 흔들었다. 고개가 아파 오기 시작했기 때문이다. 기이할 만큼 생각을 잘 표현하는 아이에게서 들은 해고라는 단어가 여전히 그녀의 머릿속에서 울리고 있었다. 그 단어는 테이블보와 테이블 매트를 떠올리게 했다.

그 테이블보는 무명천으로 만든 것이었다. 테이블보에는 흘린 음식 자국이 완전히 지워지지 않아 영원히 얼룩진 부분이 있었다. 늘 그 부분에 테이블 매트가 깔렸다. 그녀의 나이프와 포크 사이에 놓인 매트에는 갈색 테두리가 있고, 산울타리를 뛰어넘는 말을 탄 사냥꾼 그림이 있었다. 저녁 식사 시간, 식당의 식탁에 그녀가 있었다. 그녀는 작은 아이였다. 그날은 엄마가 일터인 전화 교환국에서 집으로 돌아와 가족들에게 당신이 그레이스에 의해 '해고되었다'고 말한 날이었다.

엄마를 금방이라도 눈물을 쏟아낼 것처럼 만들고 아빠를 그토록 창백하게 만들어서 저녁 식사 시간을 망친 이 그레이스라는 자는 누구일까? 애나는 알고 싶었다. 그러나 그레이스는 사람이 아니었다. 집단 전송 및 변환 장비*라는 시스템이었다. 그것은 엄마가 늘 해 온 전화 교환 업무가 이제 점점 필요하지 않게 되리라는 뜻이었다. 이제부터 사람들은 직접 다이얼을 돌려 국제 전화를 걸고, 그러면 자동으로 연결될 것이기 때문이었다.

애나는 그로부터 거의 사십 년 후인 2009년 여름에 그리니치의 어느 담에 앉아 자기 신발을 내려다보았다. 운동화였고, 긁힌 자국이 좀 있었다. 애나가 제네비브 리의 집

---

* Group Routing And Changing Equipment. 머리글자를 따서 그레이스(Grace)라고 함.

에서 그것을 신고 깨끗한 계단을 올라갈 때 제네비브는 질겁한 눈으로 신발을 바라보았다. 사람들이 태어날 때부터 평생 동안 세상을 돌아다니면서 신었던 낡은 신발들을 버리지 않고 전부 특별한 신발장에 보관해 둔다고 상상해 보자. 신발장 문을 열었을 때 그 신발 박물관에 뭐가 보일까? 우리 삶의 어느 한 시점에 산 것과 정확히 똑같은 모양의 신발이 완벽히 보존된 채 늘어서 있을까? 아니면 덕지덕지 때가 묻고 퀴퀴한 냄새가 나는 가죽에 불과할 뿐인 낡은 신발들이 층층이 줄지어 섰을까?

애나의 머릿속에서 사람들이 그녀 앞에 줄지어 가만히 앉아 있다. 세계 각지에서 온 사람들이었다. 비행기로, 배로, 트럭으로, 자동차 트렁크에 숨어서, 혹은 걸어서 온 사람들이었다. 숨어서 몰래 이 나라에 들어오려는 사람들의 심장 박동은 새로운 특수 장비에 의해 탐지되었는데(트럭에 가득 실린 백열전구 짐짝에 숨은 열세 명의 아프가니스탄 사람과 두 명의 이란 사람처럼) 담당 기관은 그 장비를 대단히 자랑스러워했다. 최신 탐지기로 사람이 있을 데가 아닌 곳에 숨어서 숨을 쉬는 누군가를 감지해 낼 수 있었던 것이다.

애나가 보아 온 많은 사람들이 말을 하는 데 곤란을 겪었다. 통역 문제 때문이거나 적잖은 타격을 입은 탓에 말을 불신하게 된 것이다. 둘 다일 수도 있었다. 때로는 통역 자체가 작은 타격이었다. 그들에게 일어난 일을 어떻게 한 언어에서 다른 언어로 아무 문제 없이 전달할 수 있겠는가?

어떤 언어에서든 거의 언제나 떠나온 고향에 관한 부분이 문제가 되었다.

애나는 가능한 한 속기 형식으로 국경 경비대가 자기 어머니의 머리를 축구공처럼 다루는 것을 본 한 남자의 기억을 적었다.(이 남자는 신뢰할 수 없는 사람으로 결론지어졌다.) 애나는 가능한 한 속기 형식으로 칠 개월 동안 매일 고문을 받은 한 여자가 복도를 오고 갈 때 다른 사람들이 고문당하는 소리를 들었던 방들에 관해 적었다. 여자는 날마다 몸의 부위를 바꾸어 가면서 전기 고문을 받았다. 그들은 여느 평범한 전선과 마찬가지로 전류가 흐르는 두 개의 가느다란 전선을 사용해 전기 충격을 가했다. 전선은 매번 그녀를 앉히는 의자 뒤쪽의 벽에서 뻗어 나왔다. 고문받는 남들의 목소리를 듣는 것은 자신이 고문받는 것에 비할 바가 못 되었다. 그 전선이 전기를 쓰는 모든 집에서 사용하는 것과 똑같이 생긴 단순한 가정용 전선이라는 깨달음에서 비롯된 충격 또한 그에 비할 바가 못 되었다.(이 여자는 애나가 승진하여 자리를 옮겼을 때까지 결론이 나지 않은 상태였다.) 애나는 대학교수였던 여자가 한 말을 가능한 한 속기 형식으로 적었다. 이 경우에는 그게 쉬웠다. 그건 내 가슴이 멈추는 것 같은 거예요. 말로 할 수 없는, 말로는 다 할 수 없는……. 여자는 문장을 다 끝맺지 못했고, 말로 할 수 없는 게 무엇인지 말하지 못했다. 그 여자에 대해서 애나의 상사들은 여자가 요약문에 암시된 것만큼 똑똑할 리 없다고 결론을 내렸다. 명백하게 사고가 정연하지 않다는 것이었다.(이 여자는 신뢰할 수 없는 사람으로 결론지어졌다.)

당신은 이 일을 참 잘해, 지역 책임자는 그녀에게 말했다. 당신은 부재하는 현존의 개념에 정확히 어울리는 사람이야. 무엇보다도 당신 보고서는 길이가 95퍼센트 수준으로 완벽해.

레인블로 너머 어딘가에.

애나 하디는 이제 진실 또는 신뢰할 수 있음 또는 해고라는 결과를 낳는 단어의 길이와 무관한 사람이었다. 그녀는 거기에서 벗어났다.

백열전구가 가득 실린 컴컴한 트럭 짐칸에 숨어 몸을 웅크린 채 수천 킬로미터를 가는 것은 어떤 기분일까?

머리 위로 사방을 높게 둘러싸고 있는 모든 게 가볍고 깨지기 쉬운 판지와 유리일 것이다. 그리고 그는 트럭에 실려 어딘가에 있는 소켓을 향해 무작정 가고 있는 수많은 백열전구 하나하나가 자신보다 더 안전하다는 것을 알 것이다. 백열전구는 상자 안에 든 상자 안에 든 상자 안에 손상을 막기 위한 물체에 싸여 들어 있고, 또한 그 사람보다

목적지가 한결 더 확실하다.

그 사람은 백열전구보다 자신이 더 가치 없는 존재임을 알 것이다.

그녀는 테니스 선수가 수건을 머리에 쓰듯이 마일스 가스의 재킷으로 머리를 덮었다. 햇볕이 뜨거웠지만 그걸 덮으니 잠시 진정이 되었다.

그 순간이 지나자 바보 같은 기분이 들었다. 자신이 행인들에게 어떻게 보일지 궁금했다. 특별한 종류의 퍼다*를 쓴 사람처럼 보일지, 아니면 머리에 쓰는 베일 같은 것을 거꾸로 쓴 구식 수녀처럼 보일지, 아니면 미친 사람처럼 보일지 궁금했다. 재킷을 머리 위에 쓰는 행동은 친구들과 함께일 때만 할 수 있다. 그럴 때는 유쾌한 장난처럼 보일 테니까.

그녀는 재킷의 실크 안감에 얼굴을 묻고 땀을 닦았다. 그런 다음 다시 세상 속으로 돌아왔다. 그리니치는 사람들로 가득했지만 그녀를 쳐다보는 사람은 없었다. 머리 위에 재킷을 덮은 것을 알아차린 사람도 없었다. 하지만 아마 어딘가에 있을 시시티브이(CCTV)는 이 모습을 기록하고 있을 것이다.

주목받는다는 것은 사랑받는다는 것이다. 누가 그랬더

---

* 무슬림 여자들이 얼굴을 가리기 위해 쓰는 것.

라? 지난 세기의 어느 소설가가 한 말이다. 애나는 특별히 노력하지 않고도 앉아 있는 자리에서 세 대의 시시티브이가 설치된 곳을 찾았다. 그녀는 세 대 가운데 길 건너편의 버려진 건물 같은 사무용 빌딩 벽에 설치된 가장 가까운 시시티브이를 향해 손을 흔들었다. 안녕. 언제나 쉼 없이 우리를 찍고 있는 이 미친 영상물을 우리가 이십 년 전이나 삼십 년 전에만 미리 보았더라면 참 얼빠진 신형 나르시시즘으로 보였을 것이다. 이제는 2009년 영국 도시의 어느 거리를 걷는 것만으로도 정말 질투에 불타는 편집증적 연애와 흡사한 상황이 되고 만다.

재킷의 안쪽에서 좋은 냄새가 났다.

아이는 아직 올 기미가 없었다.

그녀는 자신의 휴대 전화를 보았다. 3시 십 분 전이었다. 손으로 휴대 전화를 쥐고, 무게를 가늠하고, 그 가벼움을 느껴 보았다. 상상했다. 이 휴대 전화. 역사적인 물건.

그녀는 재킷 호주머니에서 마일스의 휴대 전화를 꺼냈다. 전원이 꺼져 있었다. 배터리가 방전된 것이리라. 그녀는 다시 호주머니에 손을 넣고 지갑을 더듬었다. 베라펠레, 메이드 인 이탈리아. 로열 은행에서 발행한 신용 카드 석 장, 현금 카드 두 장. 그의 이름이 새겨져 있고 '로드사이드'라는 단어가 인쇄된 자동차 서비스 협회 카드 한 장. 1종 우편 우표 여섯 장. 테이트 미술관 멤버십 카드 한 장. 20파운드 지폐 석 장.

그녀는 운전 면허증 사진 속의 남자를 알아볼 수 없었다. 그는 머리가 벗어지는 중이었다. 사진이 약간 흐릿하게 복사되었는데도 이마의 주름을 볼 수 있었다.

그러나 운전 면허증에 복사된 서명을 보았을 때, 마일스(Miles)에서 둥글게 굴려 쓴 l 자와, 가스(Garth)에서 경사지게 쓴 G, r, 그리고 한꺼번에 쓴 t와 h를 보았을 때 그녀는 이내 다시 그를 알아보았다. 나아가 그 필체를 보았을 때 머릿속에는 같은 필체로 쓰인 그녀의 원래 집 주소가 또렷이 떠올랐다. 지금은 전혀 다른 사람이 살지만 그녀에게 그 집은 돌아가신 부모님처럼 오래전에 떠나간 동시에 항상 존재하는 대상이었다.

열여덟 살 되던 해 대학교에 다니던 그녀가 집에 돌아왔을 때 편지 한 통이 와 있었다. 그 편지에서 그는 '더 셰익스피로스'라는 밴드에서 연주인가 노래인가를 한다고 했다. 봉투 뒷면에는 그가 그린 전기 기타를 연주하는 핑크 팬더 그림이 있었다.

그리고…… 그래! 그는 한 번인가 그녀의 집을 방문하기까지 했다. 마일스 가스가 말이다. 그녀는 이듬해인 1981년에 그를 다시 보았다. 그랬지 않나? 그는 울라풀에서 캠핑을 할 예정이어서 그 먼 시골까지 왔고, 도중에 그녀의 마을을 지나치게 되었다며 전화를 했었다. 어머니는 새로 캔 여름 감자로 샐러드를 만들어 주었다. 그가 고기를 먹지 않기 때문이었다. 식구들은 고기를 잘게 다져 만든 요리를 먹었다. 도중에 그녀는 방을 나갈 일이 있었다. 다시 돌아왔을 때 그가 뒤쪽 테라스에 놓인 소파에 대단히 영국적으로 점잖게 앉아 있는 모습을 볼 수 있었다. 그녀는 그것을 이야기 속에서 일어난 일처럼 뚜렷이 기억했다. 그녀는 얼마 동안 부엌 칸막이를 통해 그를 지켜보았다. 그는 그녀가 거기 있는 것을 몰랐다. 그의 손에는 찻잔이 들려 있었다. 그는 잔의 바닥을 만져 보고서 물기가 있는 것을 알았고, 발 옆쪽 타일 위로 차를 약간 흘렸다는 것을 깨달았다. 그러나 그녀의 어머니나 아버지가 토마토 농사 혹은 그 비슷한 이야기를 하고 있는 도중이라서 다음과 같이 처리했다. 그는 발목 부츠의 지퍼를 열었다. 아래를 내려다보는 일 없이, 부모님 이야기로부터 곁눈을 파는 일 없이 은밀하게 그렇게 했다. 부모님 두 분 다 알아차리지 못할 정도였다. 그런 다음에 발을 조금 움직이며 들어 올렸다. 이어 발을 약간 흔들어 부츠에서 발을 뺐다. 그는 양말 신은 발을 찻물이 떨어진 자리에 댄 다음 찻물을 느낌으로 확인하고 발바닥으로 그 자리를 닦았다. 그러고 나서 여전히 아래를 내려다보지 않은 채 부츠 주둥이를 발가락의 느낌으로 찾아 다시 발을 밀어 넣었다. 그는 한 번도 부모님의 이야기로부터 주의를 돌리는 일 없이 그러한 동작을 했다.

그녀는 미래에 앉아 손에 든 그의 운전 면허증을 뒤집어 보았다. 유효 기간 2032년 3월 17일. 다시 면허증을 뒤집어서 약간 바랜 사진을 보았다. 이마에 주름살이 생긴 이 낯선 사람은 그녀가 학생으로 외국에 나가 있을 때 그녀를 위해 특별한 노력을 기울였다. 그는 그녀가 다른 모습으로 지낼 수 있게 해 주었다. 버스에서 자리를 옮겨 그녀의 자리를 만들어 주었다. 그녀의 집에 왔을 때는 부모님을 친절하게 대했다.

삼십 년이 지난 지금 그 마지막 기억이 땅에서 막 캐낸 햇감자처럼 뚜렷이 모습을 드러냈다.

그녀는 마일스의 재킷 소매로 눈을 닦았고, 그제야 자기가 울고 있다는 것을 알았다. 오랫동안 이처럼 울어 본 적이 없었다. 그걸 깨닫자 가슴 깊숙한 곳의 무언가가 쩍 하고 벌어지며 껍질이 벗겨졌다.

쿵 쿵 쿵.

그 소리를 들어 보렴. 그 소리를 느껴 보렴.

그 소리는 그녀의 소리였다.

그녀는 이제 어떤 심장 박동 탐지기에도 감지될 게 틀림없다.

이걸 찍어 봐, 카메라들아. 내가 오늘 여기 앉아 있는 것을 찍는 것으로 정말로 일어난 일을 아는 것이 얼마만큼

이나 가능한지 좀 보자. 자, 찍어서 내가 거기 있었다는 것을 증명해 봐. 내가 거기 있었다는 게 어떤 의미를 띠는지 우리에게 보여 줘 봐.

애나는 일어섰다. 그녀는 시시티브이 카메라 하나를 마주 보았다. 그리고 허공으로 주먹을 치켜들었다.

그러나 거기 혼자 서서 그러고 있는 것이 약간 바보 같다는 생각이 들었고, 그래서 팔을 뻗는 척했다. 다른 팔도 뻗었다. 아. 거봐. 한결 좋잖아.

그녀는 다시 담에 앉았다.

예비 침실 안으로 들어가서 문을 닫아걸고 그렇게 지내는 것에 어떤 위안이 있을지 상상해 보렴. 자기랑 아무 관련이 없는 방에서 말이야.

창문은 있겠지? 그렇지 않을까?

그 방에 읽을 책은 있는 걸까?

하루 종일 뭘 하지?

문을 잠그고 말하기를 그치면 무슨 일이 일어날까? 온종일 한마디 말도 하지 않으면 말이야. 혼자서 중얼거리게 될까? 말이 더 이상 쓸모없게 될까? 언어를 완전히 잃게 될까? 아니면 말이 더 많은 의미를 띠게 될까? 말의 의미가 사방으로 뻗어 나가고 심하게 변질되어 폭력적이 될까? 말이 돌보는 사람 없는 식물처럼 급격히 늘어날까? 머릿속이 그동안 그 안으로 들어온 모든 말들로, 그동안 조용히 씨앗을 거두거나 동면에 빠져 있었던 모든 말들로 무성해질까? 침묵이 다른 것들을 더 시끄럽게 만들까? 그동안 잊어버렸던 모든 것들이, 자기 안에 켜켜이 쌓여 있던 모든 것들이 위로 밀고 올라와 스스로를 덮칠까?

그는 이 세상에 없다는 게 어떤 느낌인지 알고 싶었을까? 그는 죄수가 된다는 게 어떤 느낌인지 알아보고자 스스로 문을 걸어 잠근 것일까? 그 행위는 우리가 새처럼 자유롭다고 믿고 있지만 사실은 죄수라는 것을 보여 주는 일종의 시답잖은 중산층 게임일까? 어떤 쇼핑몰도, 어떤 공항의 중앙 홀도 자유로이 갈 수 있고, 또 나뭇결이 고스란히 드러난 멋진 마루가 있는 집의 2층 방으로도 자유로이 갈 수 있다고 믿지만 우리가 실은 죄수라는 것을 보여 주는 게임 말이다.

그는 벌이나 수도사처럼 남들을 위해 독방에서 지내는 걸까?

혹은 그는, 음, 골초여서 그러한 모든 행위가 담배를 끊기 위한 치밀한 계략인 것일까?

그러고 나서 그녀는 크게 웃었다. 마일스 가스가 어떤 사람이든 간에 그는 또다시 그녀로 하여금 동참하게 만들고 있었다.

옙 이옙 이옙 이옙!

아이가 돌아왔다. 노랑 티셔츠에 청바지를 입은 아이의

노란색과 파란색의 위력이 여전히 담에 앉아 있는 애나와 숨 가쁘게 충돌했다.

똑똑, 아이가 말했다.

들어와, 애나가 말했다.

하하!

아이는 인도 위에서 배를 잡고 웃으며 즐거워했다.

가요, 가요, 터널로! 아이가 말했다. 엄마가 가도 된다고 허락했어요!

증거는 어디 있니? 애나가 말했다.

여기 내 머릿속에 있어요, 아이가 말했다.

안 돼, 이 사악한 시절에는 그것보다 더 실질적인 게 필요해, 애나가 말했다.

나는 아주머니랑 같이 터널에 가도 된다는 허락을 받았어요. 그것이 사실이에요, 아이가 말했다. 엄마가 그게 사실이라고 했어요. 지금 집에 계세요. 자연은 신이 죽었다는 것을 어떻게 말하는지에 대한 논문을 쓰고 있어요.

누가 뭘 말하는지에 대한 거라고? 애나가 말했다.

이해했어요? 그건 언어유희예요! 언어유희예요! 아이가 말했다. 엄마가 내게 말하길 아주머니한테 그 말을 하라고 했어요. 이해했어요? 엄마는 그게 정말 좋은 거라고 했어요. 정말 좋은 언어유희란 뜻이에요.

그렇지만 우린 터널에는 가지 않을 거야, 애나가 말했다.

그러고 나서 아이에게 그 사람이 들어가 문을 잠가 버린 방의 창문에 관해 물었다.

그건 그냥 터널이 아니에요. 그리니치 도보 터널이에요, 아이가 말했다.

아이는 애나를 데리고 왔던 길로 돌아가서 초승달 모양의 거리로 들어선 다음, 여러 현관문들을 지나 죽 늘어선 집들의 뒤쪽으로 이어지는 좁은 길에 난 계단 몇 개를 내려갔다. 거기에는 담으로 나뉜 조그맣고 아담한 정원들이 있고, 그 옆으로 주차장과 잔디밭이 있었다.

아이가 집을 가리켰다.

저거, 아이가 말했다.

2층 높이에 세 개의 창문이 있었고, 거기에 위쪽으로 비스듬히 블라인드가 쳐진 별 특징 없는 닫힌 창문 하나가 보였다.

집들 뒤편에 다른 사람들이 있었다. 머리를 민 남자가 오토바이를 닦고, 정장 슬릿 스커트를 입은 여자는 블랙베리로 사진을 찍고 있었다. 널빤지 더미 끄트머리에 걸터앉은 열다섯 살쯤으로 보이는 십 대 소녀가 눈에 들어왔다. 벽 옆에 쌓인 널빤지는 시장 가판대를 설치할 때 쓰이는 것처럼 보였다. 소녀는 아이팟을 들으며 담배 한 개비를 굴리고 있었고, 오토바이를 닦는 남자를 몇 초 간격으로 계속 흘깃거렸다. 조그만 천막 바깥에 놓인 접이식 의자에 일본인으로 보이는 여자와 남자가 앉았는데, 둘 다 스무 살쯤 되어 보였고 둘 다 요즘 유행하는 아주 멋진 옷을 입었다. 그들은 안녕 하고 아이에게 큰 소리로 말했고, 아이도 예의 바르게 안녕 하고 대답했다. 남자는 협수룩한 외모의 노인과 함께였으며, 여자는 손바닥 크기만 한 카메라로 뭔가를 하고 있었다.

월드 와이드 웹에서는 어디서도 볼 수 없는 현자예요, 일본 여자가 애나에게 말했다.

마치 포춘 쿠키 속의 종이에서 뭔가를 찾기라도 한 듯한 어조였다. 애나는 고개를 끄덕여 공감을 표시했다. 여자가 말한 사람은 아마 협수룩한 외모의 노인인 듯싶었다. 노인은 그다지 현자처럼 보이지 않았다. 오히려 노숙자에 더 가까워 보였다. 일본 남자는 빛이 날 만큼 깨끗한 휴대용 석유스토브에 끓인 따뜻한 물을 노인에게 건넸다.

이 사람들이 나에게 우산을 주었다오, 노인이 애나에게 말했다. 비가 올 때 쓰라고 말이오. 보관하고 있다가. 접이식 우산이라오.

노인은 호주머니에 손을 넣어 양손에 하나씩 소형 우산을 꺼내 들었다.

비야, 올 테면 와라, 노인이 말했다.

아이는 널빤지에 앉은 십 대 소녀를 알았다. 아이가 애나의 손을 잡아끌며 그 소녀에게로 데려갔다. 소녀가 한쪽

이어폰을 뺐다.

아, 아주머닌 애나 K군요. 부모님이 아주머니를 몹시 기다리고 있어요. 엄마는 아주머니가 오전에 그 사람을 거기서 나오게 하는 데 실패했기 때문에 무척 초조해하세요.

소녀는 다시 이어폰을 꼈다.

애나는 손짓으로 이어폰을 빼라는 신호를 보냈다. 소녀가 눈을 깜박이더니 애나의 말대로 이어폰을 뺐다.

고마워, 애나가 말했다. 내 부탁 좀 들어주겠니? 아버지에게 죄송하지만 난 갈 수 없다고, 두 분의 행운을 빈다고 전해 줄래?

집에 가서 부모님께 얘길 해 달라는 거예요? 소녀가 말했다.

어떤 식으로 전하든 상관없어. 내 뜻만 전달되면 돼, 애나가 말했다.

소녀는 다시 이어폰을 귀에 꽂고 휴대 전화를 꺼내 문자를 보내기 시작했다.

아이가 깡충깡충 뛰었다. 아이가 손을 잡고 줄에 맨 개를 끌듯이 애나를 끌었다.

어느 창문이지? 애나가 아이에게 다시 물었다. 그런 다음 집 뒤쪽을 카메라에 담고 있는 일본 여자를 지나쳐 걸어갔다. 그녀는 그 집에 최대한 가까이, 뒤편 울타리까지 다가갔다. 그리고 몸을 숙여 울타리용 철선과 철선 사이로 머리통이 들어갈 만한 구멍에 머리를 넣은 다음 조심스럽게 두 팔을 들었다.

그녀는 입 주위로 손나팔을 만들어 날카로운 쇳조각이 달린 철선 사이에서 소리쳤다.

마일스. 나예요. 내가 여기 있어요.

한때, 단 한때. 딱 한때 거기에서 있었던 일이다. 때는 2000년, 미래였고, 그들은 은색 우주복(1960년대의 고전적인 '아폴로' 복장)을 입은 진보한 종족이었다. 그들은 이십 년 전 「내일의 세계」라는 텔레비전 프로그램에 나온 것과 똑같이 생긴, 앞이 뾰족한 자동차를 타고 다녔다. 그런데도 지금, 미래의 여기에 사는 사람들의 눈은 과거를 그리워하며 꿈꾸는 듯했고 다들 그 표정에서 벗어나지 못했다.

그건 매우 짜증스러운 현상이야, 소년은 생각했다.

소년은 현대성의 모범이 되는 사람이었다. 그에게는 뒤축에 로켓 분사식 추진기가 달린 값비싼 신발이 있었고, 그 신발을 신으면 레코드 가게까지 날아갈 수 있었다. 이십 년 전이라면 걸어가는 수밖에 없었을 것이다. 냉장고에는 그의 특별한 주사액 통들이 줄지어 놓여 있었다. 통에는 암, 심장병, 독감, 보통 감기를 포함하여 그에게 생길 수 있는 아주 많은 병들을 치료하기 위한 주사액들이 들었다. 지금은 누구나 원하면 여분의 팔다리를 가질 수 있었고, 그는 여분의 팔이 하나 있었다.(그는 이마에서 튀어나오는 새 팔을 선택했다. 침대에 이불을 꼭 덮고 누워 있을 때 손을 이불 밖으로 꺼내는 일 없이 책을 잡고 페이지를 넘기기 위해서였다. 그러면 이불 속이 따뜻하게 유지되니까 말이다. 순수하게 그런 의도였고 다른 뜻은 없었다. 그는 건전한 소년이었다. 비록 성인(聖人)은 아니었지만. 어쨌든 지금은 사춘기의 모든 성적 욕망과 충동을 하룻밤에 25밀리그램짜리를 복용하는 주니어 카밋*으로 확실히 제어할 수 있었다. 정상적인 어느 약국에서나 판매하는 약이었다. 이 약을 만든 사람은 셰이크 앤 백**이었는데, 그는 바닥 청소가 자동으로 이루어지게 된 직후에 업종을 완전히 바꾸었다.)

요컨대 그는 모든 최신 장비를 갖추었다.

그는 어머니를 바라보았다. 어머니는 오랜 세월 동안 아버지와 결혼 생활을 해 왔다. 하지만 그가 어머니의 눈에서 본 것은 앨버트라는 열여덟 살 곱슬머리 남자애뿐이었다. 앨버트는 아버지의 이름이 아니었다. 앨버트는 어머

* Calmit. '진정시키다'라는 뜻의 calm과 it이 결합한 조어.

** 원래는 양탄자를 진공청소기로 청소할 때 뿌리는 분말 세제 이름이다.

니가 열여섯 살이던 해에 맨섬*에서 여름 휴가를 보내는 두 주 내내 어머니의 오두막 창문 아래를 지나갈 때마다 휘파람을 불어 자기가 거기서 기다리고 있다는 것을 어머니에게 알렸다.

그는 아버지를 바라보았다. 그가 아버지의 눈에서 본 것은 아버지가 자란 곳 근처의 강에 있는 어둡고 깊고 고요한 웅덩이의 이중적인 이미지였다. 웅덩이는 강이 황폐해지기 전부터 있었는데, 그 웅덩이와 아버지의 눈에는 아버지의 팔뚝만 한 은빛 물고기가 한 마리 있었다. 아버지는 열두 살 때부터 밤마다 거기에 앉아 그 물고기를 잡으려고 기다렸고, 빌어먹을, 먼 미래인 지금도 이제 존재하지 않는 강가의 기다란 풀밭에 여전히 앉아 있다.

그는 아주 잘 알지 못하는 사람들의 눈도 바라보았다. 옆집 사람을 보았다. 옆집 아주머니는 젊은 아가씨였던 오래전 1970년대에 자전거에 치여 다리 하나가 산산조각이 났다. 이제 완벽한 새 다리를 가졌지만, 그럼에도 눈에는 언니의 결혼식에서 춤을 추었던 그날 오후의 섬광만이 어려 있었다. 그때 그녀는 타고난 다리로 몹시 빠르고 가볍게 움직였다. 마치 다리에 날개가 달린 것처럼.

그는 그 반대편에 사는 이웃 남자의 눈도 들여다보았

---

* 잉글랜드와 북아일랜드 사이의 아이리시해 가운데에 있는 섬.

다. 이 남자의 눈은 무서웠다. 다른 것은 아무것도 없고 오직 스바스티카*뿐이었으며, 그 눈의 배후에 있는 상은 소년이 다시는 보지 않겠다고 결심한 장소였다.

할머니의 눈은 들여다볼 수 없었다. 왜냐하면 할머니는 지금은 필수가 된 개인별 전산 시스템이 1990년 도입되기 전에 돌아가셔서 땅에 묻혔기 때문이다. 그 전산 시스템에서는 내재된 고인의 사진 앨범에 접속하여 사진을 한 장 한 장 넘기며 볼 수 있었다. 마치 과거에 그분들의 집을 방문했을 때 친척이 구경하라고 건네준 앨범을 받아 들고 그랬듯이 말이다.

죽은 사람과 의사소통하는 방법을 해결한 사람은 아직 없었다. 그렇지만 그걸 해결한다고 해서 무슨 의미가 있을까? 소년은 그렇게 생각했다. 죽은 사람은 어떤 질문을 받든 다들 이렇게 대답할 테니 말이다. "아! 한때는!"

소년이 아는 소녀가 갑자기 죽어 버린 일이 있었다. 소년과 같은 학년의 '청소년 학교' 학생이었다. 소년과 그 애는 같은 탁자에 함께 앉아 같은 종류의 과제를 수행했다. 그는 멸종 포유동물(호랑이와 수달)에 관해 연구했고, 그 애는 옛 영국 시커모어(한때 나무 이름이었다.)에 관한 과제를 수행했다. 그러던 그 애가 작년 어느 날 밤 잠자리에 들었

---

* 옛 나치스의 상징.

다가 다음 날 아침 아무도 깨울 수 없는 몸이 되어 버렸다.

그것은 완전한 수수께끼였다.

남아 있는 수수께끼는 많지 않았다.

대부분의 남학생들은 그 소녀 제니퍼의 살아 있는 눈을 들여다보고 그 안에 뭐가 있는지 보고 싶어 했다. 그는 다른 여자애의 짜증스럽고 답답한 눈은 들여다보고 싶지 않았다. 설령 제니퍼의 죽은 눈을 들여다볼 수 있다 해도 그건 아무 의미도 없을 게 분명했다. 그 눈은 이렇게만 말할 테니까. "아, 한때는."

그러나 죽기 전의 그녀는 그와 마찬가지로 어렸고, 따라서 아직은 한때라고 말할 만큼 살지 못했다.

오늘 소년은 할아버지를 데리고 펜션글라이드*를 타러 갔다. 할아버지는 성격이 뚱한 노인으로 외출을 자주 하지 않았다. 그들은 언덕 비탈에 있는 공공 발사 장치로 올라갔다. 연금 생활자의 무료 영공 사용 시간은 하늘길의 교통이 덜 붐비는 오전 10시부터 낮 12시까지였다. 아주 좋은 순풍이 불어서 펜션글라이드는 꿈같이 날았다. 할아버지는 뒷자리에 타고 소년은 앞에 탔다. 그들은 파란 하늘을 바라보고, 다른 연금 생활자들이 한 세기가 바뀌는 지평선 위에서 앞뒤로 오가며 하늘을 나는 모습을 바라보았다.

---

* pension(연금)과 glide(미끄러지듯 움직임)의 합성어로 연금 생활자를 위한 비행기구라는 뜻을 지닌 조어다.

"할아버지." 소년이 하늘의 눈을 들여다보듯 앞을 보며 말했다. "할아버지는 늙고 현명한 사람일 것으로 생각되잖아요. 난 나보다 더 늙고 더 현명한 사람과 얘기하길 무척 원해요. 그런데 할아버지 눈에서도 내가 다른 모든 사람의 눈에서 계속 보게 되는 것과 똑같은 낡은 이야기를 보게 될까 봐 두려워요."

그때 소년은 뒤에 있는 할아버지가 웃고 있다는 것을 알아차렸다. 할아버지가 펜션글라이드의 뒤쪽에서 너무 격렬하게 웃는 탓에 조그만 비행기가 좌우로 위태로이 흔들리기 시작했다.

그러나 노인은 소년의 말을 듣고 웃는 게 아니었다. 소년의 말을 들을 수 없었기 때문이다. 소년의 말은 바람 속에서 흩어져 버렸다.(어쨌든 노인은 보청기를 끼고 있지 않았다.)

"얘야, 걔들이 나한테 시니어 카밋*을 주는 걸 잊어버렸단다!" 할아버지가 소리쳤다. "난 시니어 카밋을 먹지 않았어! 걔들이 나한테 그걸 주는 걸 잊어버렸어! 기분이 **짜릿해**. 이런 기분은 **몇 년 만**이야. 봐!"

할아버지는 조종석에서 아랫도리를 가리켰다. 그는 기쁨이 가득한 얼굴로 손자를 돌아보았다.

---

* 노인용 성욕 억제제.

"안타깝구나! 오늘 네 할머니가 살아 있다면 얼마나 좋겠니. 여기, 바로 여기, 바로 지금에 말이야! 난 네 할머니를 무릎에 앉히고 옛날에 불렀던 멋진 사랑의 노래를 불러 줄 텐데!"

펜션글라이드에서 내렸을 때 할아버지는 활주로에서 옛날 영화배우인 프레드 애스테어가 추었던 춤을 보여 주었다. 박수를 치며 구경하는 많은 연금 생활자 앞에서 지팡이를 이 손에서 저 손으로, 그리고 공중으로 휙휙 던지면서 서툴게, 그러나 열정적으로 춤을 추었다. 소년은 할아버지를 데리고 노인 학교 정문으로 갔다. 서명을 하여 돌아왔음을 알리고 할아버지를 들여보내기 위해서였다. 정문이 가까워지자 할아버지는 다시 시무룩해지며 몸을 떨기 시작했다.

"얘야, 제발 내가 한 얘기를 함고하지 마라." 할아버지가 말했다. "걔들이 알면 약을 두 배로 먹일 거야."

함고하다라는 말은 고자질하다, 일러바치다라는 뜻의 옛날식 표현이었다.

"할아버지, 그 사람들은 이미 알고 있을 거예요." 소년이 말했다. "모니터로 보지 않았다 해도 '활력 수준 측정기'를 통해 파악했을걸요."

하지만 설령 그들이 알았다 해도 그들에게서 아무런 기미가 보이지 않았고, 소년 역시 아무 말도 하지 않았다. 소년이 말하지 않으리라는 것을 안 데다 경고를 받거나 약물을 주입받는 일 없이 이미 정문을 통과한 할아버지는 소년에게 감사의 눈짓을 보냈다.

소년은 할아버지의 눈을 들여다보았다. 그리고 뭔가 놀라운 것을 보았다. 그게 뭔지 아직 모르지만, 소년은 그것을 찾아 뒤돌아보고 앞을 보고 사방을 살피며 평생을 보내겠다고 다짐했다. 모든 황폐해진 강에 스며드는 아직 오염되지 않은 그 원천을 찾아서 말이다.

이 이야기는 사실이다. 오래전 미래에 한때 실제 있었던 일이다.

But
벗

그러나(But) 방에 들어가 문을 닫아건 사람/ 뭘 그만두라거나 해 달라고 요청할 거람?

마크의 어머니 페이는 사십칠 년 전에 돌아가셨다. 관심을 끌기 위한 어머니의 최신 방법은 각운*이었다.

마크는 공원을 걸었다. 이곳이 얼마나 아름다운지 그동안 잊고 있었다. 그는 자신을 그리워하는 사람이 있을지 시험해 보는 걸까/ 그런 전도된 행위는 그가 존재하지 않으리라는 걸 뜻할까? 이것은 재미있는 현상이었다. 왜냐하면 어머니는 보통 오늘 아침에 이러는 것보다 훨씬 더 거칠고 투박했기 때문이다. 게다가 어머니가 질문을 하는 것은 매우 드문 일이었다. 질문은 대

* 시에서 행 끄트머리에 규칙적으로 같은 운의 글자를 다는 일.

답을 요구한다. 그렇지 않은가? 질문은 응답을 요구한다. 수사적 질문이 아니라면 말이다. 실제로 어머니는 종종 수사적 질문을 사용했다.("수사적 질문은 대답을 기대하지 않는 질문이거나 대답이 내포된 질문이다."라고 『영어의 핵심』에 쓰여 있다. 그 책은 세인트페이스 학교의 상급생들이 하급생을 찰싹 때릴 때 사용된 탓에 그 뒤로 영원히 학생들에게 문법과 관련된 크고 넓은 아픔을 남기는 책이었다.) 마크는 빙 돌아서 나무가 우거진 곳을 거쳐 걸어 올라갔다. 천문대에 가려면 그 길이 덜 가파를 거라고 생각했다. 그런데 아니었다. 역시 유난히 꽤 가팔랐다. 그는 벤치에 앉아 가쁜 숨이 가라앉기를 기다렸다. 벤치 맞은편은 왕실 천문학자 한 사람이, 또는 여러 명의 왕실 천문학자들이 땅속 아주 깊이 우물을 판 장소였다. 안내문에 따르면 그 왕실 천문학자는 거기 우물 밑바닥에 앉아서, 말 그대로 언덕의 내부에 앉아서 하늘을 보았는데 그 모습이 마치 망원경으로 하늘을 보는 것 같았다고 한다. 우물이 무시무시하게 깊었던 것이다.

그다음에 마크는 본관 옆을 돌아 조그만 카메라 오브스쿠라*로 들어가 잠시 서 있었고, 지금은 난간에 설치된 관광객용 말하는 망원경을 들여다보고 있었다. 그가 방금 지나온 공원이 내려다보이는 망원경이었다. 오, 급히 오르는 누

* '어두운 방'을 뜻하는 라틴어이며, 사진의 원리가 이로부터 비롯했다. 여기서는 그리니치 천문대에 있는 빛을 가린 방을 가리킨다.

군가를 만나는 것보다/ 더 나쁜 것도 허다하게 생각할 수 있도다 이게 더 어머니다운 말이었다. 그는 기복이 심하지만 잘 정돈된 비탈과 나무들을 내려다보았다. 비탈에 이어지는 길들은 계획적으로 만든 것 같으면서도 동시에 꾸미지 않은 것처럼 보일 만큼 정취가 있었다. 공원 발치에 자리 잡은 하얀 기둥이 있는 회랑과 유서 깊고 장려한 흰 건물들 역시 우아한 정취가 느껴졌다. 시야의 뒤쪽에 강 너머로 이 도시의 새로운 사무용 고층 빌딩들이 서로 어깨를 나란히 하고 선 모습이 신기루처럼, 합성한 풍경처럼 보였다. 그리니치. 과거와 현재. 그는 오랫동안 이곳에 오지 않았다. 더 자주 왔어야 했다. 그는 이곳을 좋아했다. 많은 옛 여왕들이 사랑한 곳/ 네가 그토록 좋아하는 게 나로선 놀랍지 않은 곳 그는 마치 가슴에 응어리진 게 있기라도 하듯이 곧바로 실제 옛 여왕에 대해, 말 그대로 역사적인 인물인 처녀 여왕*에 대해 골똘히 생각했다. 맨 먼저 떠오른 생각은 그녀가 젊은 처녀 여왕이었을 때 일어난 일이었다. 그걸 어디서 읽었더라? 기억이 나지 않았다. 작가가 누구인지 모르지만 너에게 다시 이걸 상기시키는 게 싫다/ 작가가 항상 남자인 것은 아니라는 걸 말이다 아무튼 작가는 엘리자베스 1세 여왕이 가장 좋아했던 그리니치의 바로 이곳에 있는 궁전의 커다란 홀에서 그녀가 수백

* 엘리자베스 1세를 가리킴.

년 전에 춤을 추었던 일화를 잊을 수 없도록 그려 냈다. 여왕은 젊고 아름다웠으며 병을 앓은 탓에 야위고 창백했다. 사실 한때 생명이 위중할 만큼 병세가 심했던 긴 병에서 회복하는 중이었고, 몇 달 동안 안으로만 간직했던 에너지를 처음으로 제대로 분출하며 즐겁게 시간을 보내고 있었다. 사냥을 나갔다가 돌아와 얼굴이 발그레해진 그녀는 기분이 몹시 좋았으며 춤을 추고 싶은 생각이 간절했다. 그래서 커다란 홀은 신하들과 음악가들로 가득 찼고, 그녀는 옷을 차려입었다. 작가는 말하기를 그녀가 고개를 숙이고 빙그르 돌 때면 한 송이 커다란 튤립처럼 보였다고 했다. 그런데 그때 여왕의 행정관인 세실이 그녀 주위에서 춤추던 사람들을 헤치고 나아왔다. 긴급한 소식이 있었다. 그는 여왕의 귀에 대고 사촌인 스코틀랜드 여왕이 아들을 낳았다고 말했다. 처녀 여왕은 충격으로 창백해졌고, 얼마 후에는 충격으로 발개졌다. 춤을 멈추고 뻣뻣하게 섰다. 이어 그녀는, 보통의 경우에 자제력이 무척 강하고 무척 도도한 그녀는, 침착하기로도 세상에 널리 알려진 그녀는 몸을 돌려 달음박질쳐서 홀을 나갔다. 겁에 질린 시녀들이 어쩔 줄 몰라 하며 허겁지겁 여왕의 뒤를 따랐다. 그들이 달리자 춤을 추기 위해 입은 옷과 장신구들에서 바스락거리는 소리가 났다. 여왕의 방에 도착한 시녀들은 여왕이 의자에 주저앉아 흐느끼는 모습을 보았다. "스코틀랜드 여왕은 이제 당당한 아들의 어머니야. 난 자식이 없어." 여자가 애를 못 낳으면 별 소용이 없기 때문이지/ 그런 여자는 아무짝에도 쓸모없다는 걸 하느님은 아시지 그러나 어머니, 이 이야기에서 중요한 점은 이거라고요. 그럼에도 불구하고 다음 날이 되자 그녀는 다시 괜찮아졌다. 냉정을 잃지 않았고, 신하들을 반가이 맞았으며, 이전과 거의 똑같이 여왕다운 정치적 행위들을 하였다. 왜냐하면 여왕은 극도의 두려움에 맞닥뜨려도, 아무리 마음이 괴롭더라도 이겨 내고 살아남는 사람이기 때문이었다. 오래전의 그 여왕은 말이다. 그녀는 순전히 강인한 기개의 힘으로 역사의 우여곡절을 극복하고 살아남았다.

그래.

여왕은 괴로웠을 거야.

맞아.

침묵.

마크는 새소리를 들었다. 잠깐 동안 새소리를 들을 수 있었고, 저 뒤쪽 자오선이 있는 곳에 줄을 선 사람들이 웅얼거리는 소리도 들을 수 있었고, 심지어 그들이 말하는 소리도 일부 알아들을 수 있었다. 그때 어머니가 오른쪽 귀에 대고 풍동*의 바람 같은 힘으로 다시 고함을 질러서 그는 균형을 잃고 휘청거릴 뻔했다. 그 빌어먹을 역사 얘기 때

* 인공으로 바람을 일으켜 기류가 물체에 미치는 작용이나 영향을 실험하는 터널형 장치.

위는 집어치우렴/ 날 똥 덩이로 만들 셈이람/ 역사 얘기에선 너라고 다를 것 없지/ 너 또한 튤립의 퇴비 신세일 테지.

제기랄, 조용히 좀 하세요, 그가 큰 소리로 말했다.

그와 아주 가깝게 서 있던, 어린아이를 데리고 온 부부가 아이를 안아 들고서 뒤로 물러섰다. 그가 여기 도착했을 때는 상냥한 미소를 지어 보이던 부부였다. 그들 부부는 멈춰 서서 아이를 난간에서 조금 멀리 떨어진 곳에 내려놓았다.

그는 자신이 제기랄이라고 한 것에 대해 아이 엄마가 한마디 할지도 모른다는 생각에서 잠시 기다렸다.

아니었다.

아무 말도 없었다.

됐어, 그는 생각했다.

그는 다시 평소의 기분으로, 대체로 낙관적이고 다소 실의에 젖은 기분으로 돌아갔다. 자신과 자신의 그림자로. 그는 풍동 효과로 먹먹해진 귀를 정상으로 돌아오게 하려고 손가락을 귓구멍에 넣고 후볐다. 뜻대로 되지 않았다. 세상을 떠난 지 오 년이 넘은 조너선은 마크에게 한마디도 하지 않았다. 말을 하는 사람은 언제나 어머니 페이뿐이었다. 요즘 어머니의 말은 오래전에 청력을 잃은 부랑자가 전쟁을 쉰 번이나 치른 듯 찢어진 외투를 걸치고서 마구 소리를 질러 대는 것만 같았다.

이상한 말로 들리겠지만 어머니가 정말 너에게 '말'을 하니? 휴대 전화가 새롭고도 흥미로운 물건이었을 시절이었다. 그는 데이비드에게 허둥지둥 답 문자를 보냈다. 규칙적으로 연락을 취할 요량에서 얼마 동안은 그렇게 문자를 주고받곤 했다. 마크를 짜증스럽게 하는 일상생활의 요령과 지식을 갖춘 동생 데이비드는 마크가 단어를 띄어 쓰려면 어떤 자판을 눌러야 할지 생각하는 동안 긴 문자를 보내오곤 했다. 그녀가그랬대도 난대답안했을거임 내말들어 인생은그게없는게 훨나아 마크 U R 제정신X 나7 형12살 때 형이'콘플레이크'골랐기때문에 '토스트'에게4과한그날 아침의형 본이후 난'그걸'알았던거같아!;-) 데이비드가 문자에 사용한 세미콜론이나 따옴표가 그토록 볼품없던 적은 없었다. 마크는 데이비드가 그리웠다. 요즘은 둘 다 별로 연락을 하지 않았다. 데이비드의 아내가 마크를 좋아하지 않아서였다. 마크를 좋아하지 않는 까닭은 그녀와 데이비드가 헤어졌을 때 마크가 그녀의 편을 들었고, 여러 차례 술에 취해 전화를 걸어서 시끄러운 목소리로 그녀를 동정했기 때문이었다. 심지어 그들이 떨어져 살 때 얼마 동안 그녀를 자신의 손님방에 데려와 지내도록 해 주었다. 이러한 모든 이유로 인해 그녀는 데이비드와 다시 결합하게 된 뒤로는 마크와 마주치면 굴욕감을 느꼈다.

시간, 기억, 가족, 역사, 상실 따위와 상관없이 지금은

10월 아침나절의 그리니치 공원이었다. 하늘은 비가 올 기미가 약간 보이고 날씨는 따뜻했다. 19도나 20도쯤 될 듯싶었는데 이 무렵의 날씨치고 너무 따뜻했다. 겨울이 오기 전에 따뜻함을 한껏 과시해 보는 듯한 날씨였다. 의식하지도 못한 채 이 상태에서 저 상태로 맹목적으로 미끄러져 들어가는 인간은 얼마나 적응력이 뛰어난가. 어느 날 아침에 여름을 느꼈는데 그다음에 눈을 떠 보면 일 년이 후딱 지나가 있다. 어느 한순간 서른 살인데 다음엔 예순이 돼 있고, 그다음 해도 눈 깜짝할 사이에 후딱 지나간다. 모든 게 너무 빨랐다. 생각해 보면 계절이 바뀌고 세월이 흐르는 게 너무 빠르고 너무 매끄러웠으며, 한편으로는 너무 충격적이었다. 맙소사 진부한 개똥철학이구나/ 이 설교는 얼마나 걸리려나/ 넌 헌금을 노리는 늙은 목사 같구나 그는 어머니의 말을 봉쇄하려고《야생 동물》가을-겨울호를 위해 봄에 찾아 둔 아름다운 사진에 생각을 집중했다. 그는 그 사진을 표지에 쓰자고 제안했다. 그러나 일벌 같은 존재일 뿐인 사진 조사원의 말에 귀 기울이는 사람은 없었다.(그들은 다시 펭귄을 지지했다.) 그가 제안한 사진은 이탈리아 어딘가의 겨울 들판에서 노래하는 조그만 금빛 새였다. 근접 촬영한 사진이었다. 들판에는 서리가 내렸고, 여름 빛깔 작은 새는 너무 가벼워서 죽은 꽃의 휘어진 줄기에 균형을 유지하고 앉을 수 있었다. 그 사진에서 정말로 흥미로운 것은 새의 입에서 나오는 노래를 볼 수 있다는 점이었다. 실제로 새의 노래를 볼 수 있었다. 공기가 몹시 차가웠기 때문에 새가 막 노래한 음이 도넛 모양의 담배 연기처럼 순간적으로 허공에 걸렸고, 그것이 사라지기 전에 카메라가 정말로 그 모습을 포착했다.

겨울. 겨울은 사물을 눈에 보이게 해 준다.

그러나 오늘같이 온화한 날엔 겨울이 사실 먼 이야기였다. 비록 겨울이 아주 가까워졌다는 것을 알지만 말이다. 내 나이 스물네 살 때 알았다면/ 네가 이런 수다쟁이로 자랄 줄 알았다면/ 음…… 뒷골목 낙태 시술자로 운을 맞추려면 어떡해야 하나 겨울은커녕 가을도 먼 이야기 같았다. 실은 이게 가을의 모습이라 해도, 지금이 10월 초순이어서 오솔길을 따라 늘어선 나무의 나뭇잎 가장자리가 이미 금빛으로 물들기 시작했다 해도 말이다. 아함 아함 아함 아함 아함 아함아함 아함아함 아함/ **아함 아함 아함 아함 아함 아함 아함 아함 아함 아함** 그런데 날씨가 5월처럼 따뜻하다면 이걸 가을이라 할 수 있을까? 그가 정말 예순의 나이에도 여전히 서른 살처럼 느낄 수 있을까? 그렇다, 그는 많아 봤자 서른의 사내처럼 느꼈다. 그는 서른이란 나이에 늙은 말의 몸 안에 갇힌 사내와도 같았다. 아무튼 둔해진 몸, 둔해진 뇌, 종잇장처럼 얇은 새 피부, 짜증스럽도록 나빠진 시력 안에 갇힌 서른 살 사내와도 같았다. 그래, 너 정말 잘났구나/ 꼴에 시력 나쁜 줄은 아는

구나/ 내가 삼 분 동안 얘길 좀 하리다/ 스티비 원더가 「사랑한다 말하고 싶어」라는 짜증스러운 노래에 꼬박 일 년을 삼 분으로 쑤셔 넣었듯이 말이다.

운율이 잘 맞지 않았다. 어머니는 화가 났다. 하지만 어머니가 약강 5보격을 따른 것은 흥미로웠다. 매우 교양 있는 숙녀였다. 어머니 페이 말이다. 어머니는 그의 귓속에 당신의 자리를 깔고 당신의 매력적인 독약을 들이부었다. 어머니가 이 땅에서 실제로 살아온 것보다 더 오래 들이부었다.

아이러니해, 마크가 큰 소리로 말했다. 사실은 매우 슬퍼.

난간 옆에 있던 부부가 걱정스러운 눈빛을 교환하며 자리를 조금 더 멀리 옮겼다. 자기 자신에게, 또는 죽은 이에게 큰 소리로 말하는 것은 의미 없는 행위였다. 부적절한 짓이었다. 마크는 풀이 우거진 비탈을 향해 몸을 돌렸다. 그곳은 역사적으로 수 세기 동안 남자애들이 여자애들을 비탈 꼭대기까지 끌고 올라갔던 곳이었는데, 그렇게 하는 유일한 이유는 여자애들을 끌고서 전속력으로 그 가파른 비탈을 달려 내려오기 위해서였다. 그러면 그들은 평소의 얌전했던 태도는 온데간데없이 엉망이 된 행색으로 마구 비명을 질러 대곤 했다. 수 세기 동안 구경꾼들은 비탈의 맨 꼭대기와 맨 아래에 모여서 이 모습을 구경했다.

이 세상은, 마크가 숨죽여 중얼거렸다. 정상이 아니야.

죄송해요. 어머니가 들으면 좋아할 얘기가 있어요. 「눈아 내려라 눈아 내려라 눈아 내려라」라는 노래는 실은 8월 가장 더운 날에 쓴 거래요. 하지만 그건 대단한 이야기가 아니에요. 왜냐하면 내가 그걸 쓴 사람의 이름을 잊어버렸거든요. 또 다른 얘기가 있어요. 제롬 컨이 어떻게 「나는 모든 작은 별에게 말했어요」를 쓰게 되었는지에 관한 거예요.

(마크는 명확히 알고 있었다. 그는 어머니가 떠나고 없다는 것을, 어머니의 유골함은 땅속에, 어머니의 부모님의 유골이 담긴 두 개의 함 위에 놓여 있다는 것을 알았다. 무덤은 골더스 그린 공동묘지의 꽤 아름다운 장소에 있는데 그는 이젠 더 이상 그곳을 찾지 않았다.)

제롬 컨은 침대에 누워 있었어요, 마크가 숨죽여 중얼거렸다. 이른 새벽이었어요. 그는 일찍 깼지요. 아내인 에바도 일찍 깨어났고요. 그들은 새벽빛 속에 누워 새 한 마리가 창밖에서 계속해 노래하는 것을 들었어요. 정말 아름다운 곡조라고 그 부부는 생각했어요. 그래서 컨은 자리에서 일어나면 그 곡조를 바탕으로 노래를 작곡하겠다고 아내에게 말했어요. 그 곡을 잊지 않기 위해 혼자 흥얼거리며 다시 잠에 빠졌지요. 그런데 잠에서 깨어 아침을 먹고 피아노 앞에 앉았을 때 그 곡조는 완전히 사라져 버렸어요. 그는 전혀 기억할 수 없었어요.

(마크는 어머니가 새로운 방식으로 각운을 맞춰 말하게 된

것은 아마도 이번 여름에 그가 오래된 옛 책들을 찾아보았기 때문일 것이라고 생각했다. 어머니가 사 준 책들이었다. 또 그가 엘라 피츠제럴드/조지 거슈윈, 아이라 거슈윈 컬렉션을 인터넷으로 주문해 계속 되풀이해서 들었기 때문인지도 모른다. 어머니 페이는 그들의 오리지널 엘피 레코드들을 가지고 있었다. 지금 그의 머릿속에 반짝이는 그 레코드와 종이 재킷들이 떠올랐다. 심지어 레코드들이 들어 있던 견고한 종이로 만든 크고 네모난 상자의 느낌과 냄새도 기억이 났다.)

그래서 컨은 다음 날 새벽에 일찍 일어났지요, 마크가 오래된/새로운 런던의 멋진 풍경을 바라보며 숨죽여 중얼거렸다. 그는 종이와 연필을 가지고 어두운 창가에 앉아 그 새가 돌아오기를 기다렸어요. 아침 햇살이 스며들 때까지 계속 기다렸지요. 한번 온 새는 다시 올 가능성이 있다는 것을 알았으니까요. 그리고 정말로 그 새소리를 다시 들었어요. 새가 온 거예요. 새는 그 곡조를 노래했고, 컨은 그걸 받아 적었어요. 이윽고 새가 노래를 끝내고 날아갔을 때 컨은 아래층으로 내려가서 자고 있는 식구들과 피아노 방 사이에 있는 모든 문들을 닫고, 대충, 그 자리에서 「나는 모든 작은 별에게 말했어요」라는 노래가 되는 주요 부분을 작곡했어요.

(이십 대 후반 어느 봄날 켄싱턴에 있는 아파트 지하방의 접이식 침대에서 자던 마크는 귀에서 들리는 어떤 목소리에 잠

이 깼다.

열세 살이 채 안 되었던 때 이후로 어머니의 목소리를 들은 적이 없는데도 그는 곧바로 어머니의 목소리라는 것을 알았다. 목소리의 주인공은 형편없는 대본을 읽는 것처럼, 또는 런던내기인 척 멋을 부리는 사람처럼, 또는 낡은 말투를 쓰는 1950년대의 성난 젊은 부엌데기 역을 맡은 사람처럼 말했지만 틀림없는 어머니의 목소리였다. 어이, 이 사람아, 일어나. 난 네가 동성애자인 걸 알고 그걸 괘념치 않지만, 말을 함부로 해서 미안하다만, 이 세상이 자기한테 생활비를 빚지고 있다고 생각하며 거드름 피우는 게으름뱅이도 집세를 낼 만큼은 일해야 하는 거야. 일을 많이 해서 뼈마디가 보이는 내 손가락을 봐. 이걸 보면 내가 하려는 말을 알 거야. 내 말 듣고 있니?

듣고 있어요!

그는 벅찬 기쁨을 느끼며 눈을 떴다.

아무도 없었다.

방 안에 그 말고는 아무도 없었다.)

그 새는 케이프코드참새, 일명 노래참새였어요. 그 새는 노래만 낳은 게 아니라 뮤지컬도 낳았어요. 새소리를 듣고 영감을 받아 노래를 작곡하는 사람들에 관한 뮤지컬로 제목은 '공중의 노래'였어요. 컨은 오스카 해머스타인과 함께 그 뮤지컬을 작곡했지요. 그리고 그들은 죽을 때까지 행복하게 살았어요. 제롬 컨이 병원에서 죽어 갈 때 오스카 해머스타인이 컨의 병상 곁으로 왔어요. 컨은 혼수상태였지요. 다들 컨이 곧 죽으리라는 걸 알았어요. 해머스타인이 사랑하는 친구 컨의 생애 마지막 순간에 불러 준 노래는 「나는 모든 작은 별에게 말했어요」였어요. 왜냐하면 컨이 작곡한 모든 곡 가운데 그 노래를 가장 좋아했다는 것을 해머스타인은 알고 있었기 때문이죠.

끝. 아, 잠깐만. 노래참새에 관한 재미있는 사실을 얘기해 줄게요. 그 새의 경우 어미가 잘 먹고, 또 먹이를 찾을 걱정을 그다지 많이 할 필요가 없을 때 낳은 새끼들은 어미 새가 굶주렸을 때 낳은 새끼들보다 노래를 더 적게 부르는 경향이 있어요. 그리고 고운 소리로 노래 부르는 새에 관해 기억나는 또 다른 사실이 있는데 요즘 일부 전문가들은 이렇게 생각한다는 거예요. 그 새들은 깨어 있을 때뿐 아니라 잠자고 있을 때도 노래를 부른다는 거죠. 마치 잠자는 자아가 얼마간 깨어 있거나, 혹은 깨어 있는 자아가 얼마간 잠들어 있는 것처럼 말이에요.

그래요. 그렇답니다.

끝.

마크는 자신에게 고개를 끄덕였다. 그런 다음 그 부부와 어린아이를 향해서도 끄덕 고갯짓을 했다. 자신이 미치지 않았으며, 기분 상하게 할 뜻도 없었고 그런 행동도 하지 않았다는 것을 보여 주려는 것이었다. 그는 그들이 알았다는 뜻으로 고개를 끄덕이는지 보기 위해 기다리지 않고 난간에서 걸음을 옮겨 천문대 건물 쪽으로 몸을 돌렸다. 그쪽 마당에는 자오선 위에서 두 다리를 벌리고 서 보기 위해 기다리는 관광객과 학생들이 삐뚤빼뚤 줄을 서 있었다. 사람들이 차례대로 그렇게 하면, 카메라나 휴대 전화를 든 사람은 멀찍이 떨어져 사진을 찍어 주었다. 요즘은 보통 그런 식으로 초점을 잡는다.

나는 시간 위에 서 있어! 한 여자애가 이렇게 말하며 자오선 위에 섰다. 정말 근사하지 않니?

난 시간이 아닌 곳에 서 있어! 그 여자애의 친구가 뒤로 펄쩍 뛰어 자오선에서 벗어나며 말했다.

양모 재킷과 티셔츠 차림의 꽤 젊은 남자가 말을 하고 있었다. 마지막 경고, 압수, 포테이토칩 따위의 말을 하는 것으로 보아 교사인 듯했다.

선생님이 애한테서 포테이토칩을 뺏으면 그걸 선생님이 드실 거예요? 제가 뭘 말하려고 하는지 아시죠, 선생님? 한 여학생이 말했다.

그건 아니다, 멜라니. 포테이토칩은 화학조미료를 뿌린 다음 커다란 기름통에서 튀기잖아. 그런데 난 건강한 음식을 먹고 싶거든, 남자가 말했다.

이건 건강한 음식이에요, 선생님, 손이 포테이토칩 봉지 속에 들어가 있던 여학생이 말했다. 지방을 줄이고 천년 재료를 사용했다고 봉지에 쓰여 있어요.

포테이토칩을 든 학생과 함께 서 있던 세 여학생이 웃음을 터뜨렸다. 천년 재료, 천연 재료! 그들이 말했다. 천연 재료, 천년 재료!

우리가 화요일에 배웠듯이, 교사가 말했다. 저 자오선은 임의로 정한 거야. 그럼 경도, 위도, 고정점에 대해서도 생각해 보자, 그는 말했다. 자오선은 우리가 주변에 아무런 랜드마크도 없는 바다에 있을 때 그곳이 어디인지를 알게 해 주지. 그런데 왜 본초 자오선을 이곳으로 정했는지 누가 그 이유를 말해 줄 수 있을까? 자신타, 휴대 전화 꺼라. 꺼. 끄든지 선생님한테 맡기든지. 선택은 네가 해. 고마워. 왜 당시의 전문가들이 그리니치를 선택했는지 말해 볼 사람? 리애넌? 왜 그리니치였지?

왜냐하면 그들은 시간이나, 음, 시간과 바다 같은 것에 관해 다른 중요한 계산을 할 수 있도록 어딘가를 자오선으로 정해야 했으니까요. 그들은 움직이는 배에서 로프에 달린 측정기를 배 밖으로 던져서 배의 속력을 재는 항법보다는 더 나은 뭔가가 필요했기 때문이에요. 그리고 육지에서도 마찬가지예요. 야머스나 다른 어떤 곳들은 그리니치보다 십 분 빠르고, 런던에서는 정오인데 우린 그때 11시 30분인 장소에서 기차를 타고 여행할 수도 있기 때문이에요, 한 여학생이 말했다.

고맙다, 리애넌, 교사가 말했다. 아주 좋았어. 다만 항법이 아니라 추측 항법이라는 것만 제외하고 말이야.

아야! 리애넌이 외마디 소리를 냈다. 뒤에 서 있던 학생이 데드* 하며 리애넌의 등을 세게 찌른 것이다. 그런데 선생님, 불량기 있는 여학생이 말했다. 리애넌 스토더트가 가게로 걸어갈 때 지구의 움직임엔 어떤 변화가 일어나나요?

그리고 자주 만남을 가졌던 전문가들이 그리니치를 자오선의 위치로 정한 이유는, 교사가 말했다. 그들이 이미 여기서 중요한 연구를 수행했기 때문이란다. 자, 자오선은 북극에서 남극으로 죽 뻗은 선을 말하지. 그래서 자오선의 한쪽 편에 서면 공식적으로 서쪽에 있는 게 돼. 그 맞은편에 서면 어디에 있는 거다? 매슈, 그 같은 인종 차별적이고 불쾌한 말을 또다시 하면 큰일 나는 수가 있어. 분명히 말했다. 정학 처분을 받을 수 있다는 뜻이야, 매슈. 자, 사과해. 나한테 하지 말고 비잔에게. 됐니, 비잔? 좋아. 어디에 있는 거야? 한쪽이 서쪽이면 맞은편은? 자, 말해 봐.

학생들은 지루해하고 쭈뼛거리고 하품하고 꼼지락거리며 서 있었다. 운동복 상의는 벗어서 허리에 묶었다. 그들 위로 천문대의 돔들이 있었다. 교사가 돔을 보라고 말

---

* 추측 항법은 영어로 dead reckoning이다. 이때의 dead를 '너 죽었다.'라는 의미로 해석하며 장난을 쳤다.

하자 모두들 고개를 들어 쳐다보았다. 교사는 원래의 돔은 파피에 마셰*로 만들었다고 이야기해 주었다. 돔이 큰 가슴, 작은 가슴을 닮았다는 웅얼거림이 남학생들 사이에서 떠돌았다. 교사가 주의를 주었다. 여학생 두 명이 격분한 목소리로 소리를 질렀다. 학생들이 오늘은 보시구**가 작동하지 않는 데에 대해 사과하는 안내문을 가리켰다. 여학생 한 명이 큰 소리로 말했다. 선생님, 선생님의 보시구는 정확히 언제 떨어져요?

0도, 교사가 말했다. 0도에 대해 얘기해 줄 수 있는 사람?

선생님이 알고 싶으신 게 도(度)가 아니라면……*** 한 남학생이 말했다.

무슨 얘기니, 닉? 교사가 말했다.

그럼 뭐예요, 선생님? 그 남학생이 말했다.

이들의 말에 마크는 웃음이 나왔다. 여학생들이 그가 웃는 모습을 쳐다보았다. 그러고 나서 자기들끼리 낄낄거리며 웃었다. 마크를 보고 웃는 것은 아니었다.

무슨 말인지 이해가 안 가는구나, 닉, 교사가 말했다.

---

* 펄프 종이에 아교, 석회 등을 섞은 것.

** 작대기 끝에서 공을 떨어뜨려 일정한 시각을 알리는 장치.

*** 0도는 영어로 nought degrees다. 이를 not degrees로 잘못 알아들음.

선생님이 닉을 따라가면* 우린 선생님을 관계 기관에 신고할 거예요, 다른 남학생이 말했다. 이 학생은 그 말이 교사의 귀에 들리지 않을 만큼 교사로부터 멀찍이 떨어져 무리의 가장자리에 서 있었다.

친구들이 키득키득 웃었다.

교사가 하루의 개념이 무엇인지, 얼마나 많은 도 단위로 하루를 나눌 수 있는지, 한 시간을, 삼십 분을, 일 분을 나눌 수 있는지 이야기하는 동안 이 학생은 추파를 던지듯이 마크를 바라보았다. 마크가 시선을 마주한 채 눈을 돌리지 않자 남학생은 불손한 언사를 내뱉었다.

저 꼰대 봐, 나랑 한번 붙어 보고 싶나 봐.

친구들이 다시 키득거렸다.

그런데 키득거림이 사라지고 난 한참 뒤에도 남학생은 계속해서 마크를 응시했다. 그 시선에는 거부와 초대의 균형이 완벽하게 자리했다. 남학생은 이 방면의 대가였다. 기껏해야 열세 살로 보였다. 뭘 아는 것처럼 행동하기에는 너무 어렸다. 마크는 가슴에서 터지는 웃음을 진정시켰다. 그는 남학생을 향해 고개를 저었다. 그러기에 앞서 먼저 그의 기분을 상하게 할 뜻이 없다는 것을 분명히 보여 주기 위해 한 눈을 찡긋했다. 그가 고개를 젓자 남학생이 시선을 내리

* 교사가 '이해하다'라는 뜻으로 쓴 follow를 '따라가다'라는 뜻으로 일부러 곡해하여 해석함.

면서 외면했고, 마크도 그렇게 했다. 이어 걸음을 옮겨 학생들 무리에서 벗어나 뒤쪽으로 걸어 내려가 문을 지나 공원을 향했다.

비탈을 내려가니 무릎이 아팠다. 올라올 때보다 더 아팠다. 그리니치, 마크가 그 자리를 벗어날 때 뒤에 있던 교사가 말했다. 그리고 계속해서 그리니치, 그리니치 했다.

과거의 그리니치. 검은 라벨 위에 흰 글씨로 그리니치라는 단어가 쓰인 45회전 레코드판이 그의 손에 들려 있다. 마크는 막 열세 살이었다. 1963년 런던 아메리칸 레코딩스. 「그때 그는 나에게 키스했네」(스펙터, 그리니치, 배리). 더 크리스털스 노래.

지금의 그리니치. 그가 카페에 앉아 《선데이》나 《옵서버》, 《가디언》, 아니면 다른 어떤 신문의 주말판을 훑어보고 있을 때 그리니치라는 단어가 눈길을 끌었다. 기사를 제대로 들여다보자 사진이 눈에 띄었고, 그를 디너파티에 초대한 여주인이라는 것을 알아차렸다.

생활인들이 실제 경험을 신문에 기고하는 '실생활'이라는 기고란이었다. 보통 '돌고래들이 우리 아기를 안전한 곳으로 데려다주었어요'나 '어느 날 깨어나 내가 누구인지 기억하지 못했다' '처방전이 필요 없는 감기약이 내 인생을 망쳤다' 또는 '나는 내 동생에게 강도를 당했다' 같은 이야기였다. 마크는 서빙을 하는 사람들의 소리가 귀에 들리지 않을 때까지 기다렸다가 그 페이지를 찢어 접은 다음 호주머니에 넣었다. 호주머니에는 그 친구 마일스가 쓴 글도 들어 있었다. 그는 그날 저녁 욕실에서 다음번 쉬는 날인 목요일에 그리니치에 가기로 마음먹었다. 만약 다른 어느 누구도 이 신문에 실린 글을 그에게 보여 주지 않았다면 그리니치에 가서 그가 직접 마일스가 있는 방문 밑으로 이 신문 쪼가리를 넣어 줄 생각이었다. 게다가 쉬는 날을 그리니치에서 보내도 멋질 것이다. 그곳 풍경을 다시 보고, 상황을 보아 그리니치 공원을 방문할 수도 있을 거라고 생각했다.

그러나 그가 오늘 아침 리 씨네 집에 도착해서 현관문을 두드렸을 때 집에는 아무도 없었다. 아마 마일스가 집안에 있었겠지만 그는 현관문을 열어 줄 생각이 없었을 것이다. 그렇지 않은가?

지금 재킷 호주머니에는 접어서 넣어 둔 그 기고문과 마일스의 글도 함께 들어 있었다. 그는 그게 마일스가 쓴 글이라고 추정했다. 비록 서명은 없지만 마일스 아닌 다른 사람이 쓴 것일 리 없었다. 그는 디너파티가 있었던 다음 날 일요일에 열차표를 사려고 지갑을 꺼내다 커다란 종이에 쓴 그 글이 두 번 접힌 채로 재킷 안에 들어 있는 것을 발견했다. 못 보던 필체였다. 약간 앞으로 기울여 쓴 지적인 글씨체에 글자의 간격은 가지런했으며, 시는 아니었지만 시처럼 보이는 글이었다. 깨끗한 글씨였다. 딱 한 단어만 알아보기 어려웠다.

그는 비탈에 멈춰 섰다. 프랑스어를 쓰는 한 쌍의 남녀가 그를 지나쳐 걸어갔다. 마크는 호주머니에서 접힌 종이 두 장을 다 꺼냈다.

'실생활'이라는 글자 밑에 '초대하지 않은 손님이 우리 집 예비 침실에 산다'라는 제목과 방문 손잡이를 애처롭게 내려다보며 문 옆에 서 있는 리 부인의 옆모습 사진이 있었다. 사진 설명은 이랬다. 초대하지 않은 손님과 항상 같이 산다는 게 어떤 것인지 제네비브 리가 이야기한다.

나는 우아하고 유서 깊은 우리 집
그리니치 타운 하우스에서 사는 것이
언제나 무척 즐거웠다.
남편 에릭과 나, 그리고 어린
딸아이가 이사 온 첫날부터
우리 집은 나에게 이 집을 정말 사교적인
공간으로 만들어 달라고
부탁하는 것 같았다.
친구들 사이에서 우리가 친절하게
환대하기로 유명하다고 말하는 것이
과장은 아니라고 생각한다.

올해 6월까지 우리는 계속해서
즐겁고 재미있는 파티에 사람들을
초대했다. 그리고 매번 훌륭한 요리를
만들려고 엄청 애를 써서 준비한 음식을
대접했고 그분들이 흡족한 기분으로
집에 돌아갈 수 있게 해 드렸다.
그러나 지난번 디너파티가
다른 디너파티와 전혀 다르게
전개되리라는 것을 우리로서는
알 도리가 없었다. 그 특별한 6월 저녁
나는 불에 살짝 구운 가리비와
초리조를 전채 요리로 준비했다.
그리고 양고기 타진을 주요리로
장만했으며, 디저트로는 크렘 브륄레와
집에서 만든 칠리 바닐라 아이스크림을
대접했다. 우리 손님 중 한 분은
자기 손님을 데려왔다.
그 사람은 대단히 온화하고 정상적인
사람으로 보여서 어떤 식으로든
우리의 의심을 불러일으키지 않았고,
앞으로 일어날 일에 대한 어떤
단서도 제공하지 않았다. 그는

가난해 보이지 않았고, 괴로운 일이
있는 사람처럼 보이지도 않았다.
그가 채식주의자라는 사실도 놀랍기는
했지만 전혀 아무런 문제가 되지
않았다.

우리는 그를 '마일로'라고 부를 텐데,
디너파티 도중에 이 사람은
방을 나가서 2층으로 올라갔다.
우리가 아래층에서 계속 즐겁게
디너파티를 하는 동안 그는 우리 집
예비 침실 가운데 하나로 들어가
바리케이드를 치고 있었다.
우리는 다음 날 아침에 일어나서야
그가 우리와 함께 있다는 사실을
알게 되었다. 그날 이후로 낯선
손님이 우리 뜻에 반하여 우리 집에
살고 있다.

그런 상황이 이제 석 달이나 되었고,
그것은 내가 지금까지 살아오면서
겪은 어떤 것과도 다른

경험이다. 이 사람은 도무지 이해할
수 없는 이유로 외부와 연락을 끊고
우리 집 예비 침실에서 살고 있다.
그 방에는 내 로잉머신*이
있고, 남편의 와인 제조 장비 세트와
1950년대와 1960년대의 고전 공상
과학 영화 DVD 모음집이 있다.
그 방은 내년에 중요한 학교 시험이
있는 우리 딸을 위해 공부방으로
꾸미려 했던 꼭 필요한 방이다.
그는 절대로 말을 하지 않는데,
딱 한 번 우리가 그에게 공짜로
제공할 음식에 관해 쪽지를 써
우리에게 보냈을 뿐이다. 우리의
손님으로 디너파티에 참석한
'마일로'에게는 디너파티가 아직도
끝나지 않았다는 게 이 상황의 작은
아이러니 가운데 하나다. 돌이켜
보면 디너파티가 있었던 첫날 저녁에
디저트를 준비하며 우리 계단에서

* 노를 젓는 듯한 동작을 하는 운동 기구.

삐걱삐걱하는 그의 발소리를
들었던 기억이 나는 것도
아이러니다. 무슨 계획이 도사리고
있는지도 모른 채로 그 소리를
들었다.

낯선 손님을 항상 집 안에 두고
있다는 것은 이상한 일이다.
이상스럽게도 자기 자신을 자각하게
만든다. 그것은 말 그대로 수수께끼와
함께 사는 것과 같다. 때때로
나는 복도에 서서 침묵에 귀
기울인다. 그러면 묘하게 섬뜩한
소리가 들리고, 뭔가에 사로잡혔을
때의 느낌 같은 느낌에
빠져든다. 때때로 한밤중에 물을
내리는 소리나 '마일로'가 움직이는
소리에 나나 남편은 잠이 깨곤 하는데,
그럴 때면 우리는 우리만 있는 게
아니라는 것을 새삼스럽게 깨닫는다.
때때로 나는 '마일로'가 앉아 있는 방의
문밖에 앉아서 거듭거듭 '왜?'라는

말을 되뇌어 본다. 비유적으로
말하자면 우리는 모두 어떤 면에서
이 사람 '마일로'와 같은 사람들일지도
모른다. 우리는 모두 낯선 사람의
집 어느 방에 들어가 문을 걸어
잠그고 있는 것이다. 다만 이 집은
우리 집이어서 이 상황이 무척
불공평하고 부적절해 보일 뿐이다.

한 친구가 가만있지 말고 적극
나서서 무력을 사용하고 싶은 유혹을
느끼지는 않느냐고 물었다. 그
아름다운 17세기 진품 문짝을 부수고
경찰을, 또는 '마일로'를 쉽게 쫓아낼
사람을 들여보내고 싶지 않느냐는
것이었다. 나는 평화를 사랑하는
사람이어서 어떤 종류의 폭력도
싫어한다. 따라서 무력에 의존해야
할지도 모른다는 생각이 들 때면
마음이 너무 불편하다. 그러나 우리는
우리 집이 언제 다시 집처럼 느껴질지
알지 못한다. 우리는 우리 가족이

강하다는 것을 알았지만 우리가
이렇게 철저히 시험당하리라고는 전혀
예상하지 못했다. 미래에 무슨 일이
일어날지 누가 알겠는가? 나는 매일
새로운 아침을 맞을 때마다 변화의
가능성을 가슴 가득 안고 잠에서 깬다.
나는 이 문제를 철학적으로 대처하겠다고
마음먹었다. 그리고 가족들에게도 그래
달라고 계속 촉구하고 있다. 하지만
그럼에도 나 자신은 같은 불빛 아래에서
다시는 디너파티를 열지 않으리라는
것을 잘 알고 있다.

마크는 글이 실린 신문을 접어서 다시 다른 종이와 함께 안쪽 호주머니에 집어넣었다. '마일로'라. 되게 유난스럽군. 다정하고 온화한 마일스가 폭이 다섯 걸음, 길이가 일곱 걸음인 방에서 수개월을 지내다니.

(서너 달 전 6월 어느 토요일에 마크는 「겨울 이야기」 낮 공연을 보기 위해 올드빅 극장으로 향한다. 연극이 몇 주 동안 매진이었으나 막판에 간신히 무대 앞 특석의 뒷자리를 구한다. 이 작품은 퍽 좋다. 레온티즈왕을 연기하는 사이먼 러셀 빌은 점점 미쳐 가는 연기를 실감 나게 하고, 허마이어니 역의 젊은 여자

는 누구인지 모르지만 상당히 매혹적이다. 시간이 흐르고 이야기가 전개되고 나서야 연극이 본격적으로 진행되는 느낌이다. 연극에 깊이 빠진 그는 자리에 똑바로 앉아 있다. 「겨울 이야기」는 제대로 된 연극으로 만들기가 쉽지 않지만 제대로 만들었을 경우에 마지막 부분의 조각상이 살아 움직이는 장면은 연극이 해낼 수 있는 가장 감동적인 장면 중 하나라는 것을 그는 안다.

바로 이 대목이다. 부당한 취급을 받은 왕비가 죽음에서 살아난다. 그녀가 움직인다. 앞으로 걸음을 옮긴다. 남편의 손을 잡는다. 잃어버렸다가 찾은 딸 페르디타를 향해 몸을 돌린 그녀가 생전 처음으로 딸에게 말을 하려고 한다. 그때 무대 앞쪽 좌석에서 누군가의 휴대 전화가 터진다. 비비디 비비디 비디 빕. 비비디 비비디 비디 빕. 비비디 비비디 비디 빕.

왕비를 연기하는 여배우는 휴대 전화 소리에 아랑곳하지 않고 아무 일도 일어나지 않은 것처럼 딸의 손을 잡고 계속 대사를 읊는다.

몇 분 후 연극이 끝난다.

절묘한 때 휴대 전화가 울렸네요, 막이 내려올 때 마크가 왼쪽에 앉은 모르는 사람에게 말한다. 그냥 우연히 옆자리에 앉아 있는 사람이다.

맞아요, 그 사람이 말한다.

나 원 참, 마크가 고개를 저으며 말한다.

나는 진심으로 한 말인데요, 그 남자가 말한다. 정말 절묘했어요. 극장이나 영화관에서 휴대 전화가 울리는 걸 종종 들었는데 내가 들은 것들 중에서 이번이 가장 적절한 때에 울렸어요. 무대 위에서 누군가가 누군가에게 해야 할 말이 정말로 필요한 바로 그 순간에 울린 거예요. 무대 위의 그 장면을 지켜보는 관객석에서도 그와 같은 필요성이 있는 거죠.

음, 마크는 속으로 자기가 말을 건 이 사람은 그 상황을 설명해 주어야 할 만큼 아둔한 인간이라고 생각하며 말한다. 당신 말은 이해했어요. 그러나.

그러나? 그 남자가 말한다.

허마이어니와 페르디타가 서로에게 얘기를 해야 하는 것과 관객석의 그 사람이 휴대폰으로 안녕, 나 열차 안이야라거나 5시 30분에 차로 날 데리러 와 주겠어, 고양이 상자에 까는 것 좀 사다 줘, 진통제 좀 사 와 같은 말을 듣는 것 사이에는 엄청난 차이가 있지, 마크는 말한다.

필요를 따지지 마라,* 남자가 말한다. 따지는 것은 필요 없다. 우린 몰라요. 우린 모른다고요. 우리가 아는 것은…… 누군가가 누군가에게 말하고 싶어 했다는 것뿐입니다. 그거면 충분해요. 그 말이 얼마나 평범한가는 중요하지 않아요. 결국 그게 여전히 우리가 가진 전부니까요.

---

* 셰익스피어의 『리어왕』 2막 4장에 나오는 말을 인용함.

그는 이 모든 것을 부드럽게 말한다.

그는 자의식 없이 '평범한'이라는 말을 한다.

그가 '결국'이라고 말하는 태도에는 어딘지 모르게 그 표현을 상투적이지 않게 만드는 구석이 있다. 하루하루가 끝나고, 그렇게 하루하루가 끝나는 게 중요하리라는 의미를 암시하게 만드는 것 같다.

당신은 그 휴대 전화 소리가 연극을 망쳤다고 생각하지 않나요? 마크가 말한다.

난 그게 연극을 더 좋게 만들었다고 생각해요, 남자가 말한다.

놀랍군요, 마크가 말한다.

예, 남자가 말한다. 우리가 잘 안다고 생각할지라도 이 연극은 여전히 놀라워요. 우리가 17세기에 있든 21세기에 있든 상관없이 말이에요. 그리고 난 도무지 말을 하지 않는 딸에게 조금 유감스러운 감정을 가지고 있답니다. 그 조각상을 여전히 예술 작품으로 믿고 어머니가 절대 아니라고 믿은 딸이 마지막으로 한 말이 뭔가요? 그녀는 방관자로, 구경꾼으로 만족하지요. 이십 년 동안 정확히 그랬어요. 딸은 그 세월 동안 자신이 조각상 앞에 서서 그 모습을 감상할 수 있었더라면 하고 말하죠. 그녀가 전혀 모르는 어머니를 닮은, 돌과 페인트로 이루어진 그 조각상을 말이에요. 그러다가 갑자기 느닷없이 그게 조각상이 아닌 거예요. 진짜 어머니가, 살아 있는 진짜 어머니가 기적처럼 그녀 앞에 있게 된 거예요. 그러면서 연극은 끝나고, 우린 그녀의 생각을 끝내 듣지 못하죠.

그래서 그 휴대 전화가 울린 거네요, 마크가 말한다. 페르디타가 허마이어니에게 건 전화.

그걸 보는 또 하나의 방법이죠, 남자는 말한다.

마크가 웃는다. 이 남자는 기분 좋은 사람이다. 이제 그들은 잔뜩 몰려 있는 사람들 틈에 끼어서 어둠을 벗어나 밝은 로비를 향해 움직인다. 두 사람은 같은 출구로 나간다. 그들은 의외로 따뜻한 오후 날씨에 약간 놀라며 잠시 서 있다. 참 좋은 여름 날씨다. 눈여겨보니 남자는 비싸 보이는 셔츠에 매우 좋은 검정색 리넨 정장을 입었다. 그에게서 좋은 냄새가 난다. 마크는 남자가 면도 후에 바른 로션 냄새가 왕이 미쳐 가고, 이어 화해에 이르기까지 연극이 진행되는 동안 내내 그와 함께했다는 것을 깨닫는다.

그가 마크에게로 몸을 돌린다. 고개 숙여 인사할 것 같은 모습이다. 그가 빙긋 웃는다. 작별 인사를 한다. 그리고 발길을 돌려 떠난다. 그의 등은 완전함의 증거다. 오고 가는 사람들의 의미 없는 움직임 사이에서 그의 모습이 사라진다.

마크는 잠시 햇빛 속에 서 있다. 머릿속에 연극의 한 장면이 떠오른다. 미친 왕이 진실을 알기 위해 아폴로 신전에 신탁을 의뢰하자 깃펜이 펜을 쥔 사람도 없이 마법에 의해, 무대 기술에 의해 저절로 탁자 위에서 일어나 스스로 글을 쓰기 시작한다.

불현듯 마크는 달린다. 횡단보도에서 남자를 따라잡는다.

짧은 거리를 달렸는데도 숨이 가쁘다. 그는 숨찬 목소리로 술 한잔 하지 않겠느냐고 남자에게 묻는다.

좋죠, 남자는 말한다.

남자가 손을 내민다.

마일스, 그가 말한다.

마크, 마크가 말한다.

둘은 악수를 한다.)

이제 천문대는 마크 뒤에 있었다. 그는 몸을 돌려 천문대를 바라보았다. 그리고 환한 대낮처럼 분명히, 어머니 페이처럼 크게 속으로 소리쳤다. 그런데 왜 그 사람은 사라지려 한 걸까/ 왜 하필 이 지역에서 그런 걸까?

이곳은 그리 멀지 않은 과거에 지금 우리가 아는 것의 절반도 몰랐던 사람들이 지붕이 열린, 몹시 추운 오두막에 앉아 밤새도록 하늘을 보며 이미 죽어 없어졌을 수도 있는 별들이 보내는 빛을 기록하고 도표로 만들던 곳이었다. 이곳은 보이는 것과 보이지 않는 것의 경계를 다루는 곳이었고, 이곳과 떠나간 저곳, 그때와 지금, 여기와 저기, 임의적인 것과 의미 있는 것, 큰 것과 작은 것 사이의 작은 차이들을 다루는 곳이었다. 무한히 풍요로운 작은 방이었다. 역사상 있었던 모든 시계 제작자들이 해결하지 못했던 것을 마침내 이곳에 있던 한 사람이 해결했다. 하! 그 사람은 바다에 있을 때 시간을 아주 조그만 장치로 측정할 수 있는 해결책을 발견했으며, 시계의 조그만 기계 장치가 바다 한 가운데에 있는 4미터 높이의 추보다 더 낫다는 것을 발견했다.

마크는 어머니에게서 크기 문제와 관련된 어떤 언급이 있지 않을까 기다렸다.

아무 말도 없었다.

정적.

그는 작은 방에 갇힌 어머니 페이를 상상했다. 단칸방 안에서 터지는 화산 같은 폭발력을 억누르고 있는 상상을 해 보았다. 이름이 비외르크인가 뭔가 하는 아이슬란드 가수가 평균적인 크기의 주방 설비 안에 찌부러진 모습으로 들어 있다고 상상해 보았다. 그 힘은 가히 폭발적일 것이다.

그 힘은 폭발적이었다.

네가 살아온 그 오랜 세월에도 불구하고, 그 온갖 일들에도 불구하고, 어머니가 그의 귀에다 거만하게 말했다. 넌 진짜 폭발이 무언지 모르잖아? 안 그래?

이제 각운을 맞추기는 끝났어요, 어머니? 그가 말했다.

내가 원할 때 각운을 맞춰 말할 거다, 어머니가 말했다. 운율도 마찬가지고.

(음, 그건 주로 재미있으려고 하는 거야, 테런스라는 남자가

아이에게 말한다. 동시에 진지한 것이기도 해. 그건 아주 재치 있는 거란다.

그런데 아빠, 나한테 강의하는 거예요? 아이가 말한다.

네가 물었잖니, 남자가 웃으며 말한다. 난 대답하고 있는 거야.

아이는 그의 딸이다. 아이는 방금 전에 운을 맞추는 까닭이 뭐냐고 물었다. 그들은 모두 탁자에 둘러서서 자리마다 놓인 접혀 있는 조그만 마분지에 누구의 이름이 쓰였는지 보고 있다. 마일스가 앉을 자리에 놓인 종이에는 '마크의 파트너'라고 쓰여 있다.

휴고는 종이를 집어 들여다보더니 마크를 쳐다보며 눈살을 찌푸리고는 종이를 내려놓는다.

정해진 자리마다 놓인 잔에는 이미 포도주가 담겨 있었다. 마크는 덜컥 겁이 난다. 그는 백포도주를 마시면 극심한 편두통을 앓는다. 탁자 위에는 백포도주뿐이다. 식기대 위에 마개를 딴 채로 놓아둔 적포도주 다섯 병이 놓여 있다. 하지만 왠지 그 병에 손대면 안 될 것 같은 분위기다. 그리고 마크는 그걸 마셔도 되는지 묻고 싶지 않다. 이미 술 마시는 문제로 약간의 법석거림이 있었다. 마일스가 운전해야 해서 술을 마시지 않겠다고 했기 때문이다. 우리가 택시를 잡아 줄게요, 이 집의 안주인인 잰*이 계속 그 말을 되풀이한다. 아닙니다, 마일스가 계속해서

---

* 마크는 원래 이름 제네비브(Genevieve)를 줄여서 부르는 젠(Gen)이 아니라 잰(Jan)으로 알고 있다.

말한다. 안 마시는 게 좋을 것 같아요.

테런스 베이우드와 버니스 베이우드. 아이의 아빠와 엄마의 이름이다. 마크는 그들의 이름을 몇 차례 속으로 중얼거린다. 탁자 위에 아이의 이름표는 없다. 아이가 올 줄 몰랐던 것이다. 하지만 디너파티를 여는 주인집 부부는 아이가 와서 문제 될 것은 전혀 없는 척하며 공손하게 아이의 자리를 마련하고 아이에게 맞는 높이의 의자를 찾아 주는 친절을 베푼다.

밀턴은 압운을 성가신 근대의 속박이라고 했어요, 버니스가 말한다.

어머, 정말 대단하시네요. 잰이 말한다.

속박이라는 얘기, 어디에 나오죠? 금발의 여자와 함께 온 호리호리한 남자가 말한다.

『실낙원』 서문에요, 버니스가 말한다. 밀턴은 압운을 야만 시대의 창조물이라고 부른답니다.

버니스, 당신은 이 파티의 가치를 높여 주는군요, 잰이 말한다. 그동안 우리 집에서 열었던 디너파티에서 밀턴을 언급한 사람은 한 사람도 없었어요. 이럴 때 쓰는 말이 심오하다는 단어인가요, 휴고?

압운은 기억하는 데도 도움이 돼, 아빠가 아이에게 말한다. 압운이 있는 구절은 암기하기가 훨씬 쉬우니까 말이야.

그건 나도 알아요. 당근이니까요, 아이가 말한다. 당연하다고요.

당근이라고 하지 마, 버니스가 말한다. 당연하다고 해.

마크가 웃는다. 버니스가 그에게 반가운 눈길을 던지고는 처음 보는 사람들로 가득한 방에서 티 나지 않게 서로 가볍게 악수를 한다. 이 방은 그런 낯선 이들을 위한 방이고, 마크 역시 마찬가지다. 휴고를 빼고 다 모르는 사람들이다. 휴고는 모르는 사람이 아닌데도 재주껏 마크와 잘 모르는 사이인 것처럼 행동한다.

암기하기 쉬울 뿐 아니라, 테런스가 말한다. 사람들에게 안도와 위안을 주기도 해. 왜냐하면 압운이 있으면 사람들은 어린 시절을 떠올리게 되거든. 거기에 덧붙여서 압운 자체가 말을 하는 것 같은 느낌이 든단다. 이봐, 다 좋아, 그것들도 괜찮아, 그것들은 조화로운 것 같아, 재미도 있고, 이런 식으로 말이야.

아빠 나한테 강의하고 있어요, 아이가 말한다. 난 강의하고 주입하려는 모든 시도에 반대해요.

테런스는 몸을 돌리며 마크와 마일스와 버니스를 향해 어깨를 으쓱해 보인다.

쳇, 그가 말한다. 독학으로 깨우친 자유사상가가 여기에도 있군.

그리고 일 년하고도 한 달하고도 일주일하고도 하루가 지나서 오늘 저녁을 되돌아볼 때 나는 여기서 일어난 일들을 하나도 빠짐없이 다 기억할 거예요, 아이가 말한다.

아니야, 그러지 못할 거야, 아이 아빠가 말한다.

정말 기억할 거예요, 아이가 말한다.

생리학적으로 불가능해, 브룩, 아빠가 말한다.

그렇지만 아빠는 내가 무엇을 기억하고 무엇을 잊어버릴지 나한테 말하지 못하잖아요, 아이가 말한다.

그건 사실이야, 버니스가 말한다. 하지만…… 여기서 중요한 것은 우린 잊을 수 있다는 거야. 우리가 뭘 잊는다는 건 중요해. 그러지 않으면 우린 필요 없는 것들을 잔뜩 머리에 담은 채로 세상을 돌아다니게 될 테니까.

어쨌든 난 오늘 일을 모두 기억할 생각이에요, 아이가 말한다. 그러므로 나는 이 특별한 걸 하기 위해 여기서 많은 것을 경험하려 노력할 거예요.

테런스가 아이의 옷깃을 잡고 끌어당기더니 아이를 들어서 공중으로 휙 올린 다음 자신의 무릎에 앉힌다.

그건 다른 문제다, 브룩, 그가 말한다. 암기하는 것은 개념적으로나 생리학적으로나 기억하는 것과 달라.

당근이죠, 아이가 말한다.

아이는 그 말을 가장 지적인 어조로 발음한다.

브룩, 아이 엄마가 말한다.

당연하죠, 아이가 말한다.

아이는 그 말이 당근이죠를 의미하는 듯이 말한다.

압운과 기억에 관한 이야기가 나온 것은 조금 전에 마크가 아이에게 어떤 책을 읽기 좋아하느냐고 물었기 때문이다. 일반적으로 마크는 항상 그로 하여금 그의 최선의 행동조차도 그리 좋은 행동이 아니라고 느끼게 만드는 아이들에게서 다소 불편을 느낀다. 왜냐하면 아이들은 매우 진실하기 때문이다. 진실을 캐는 어린 탐정처럼 말이다. 그러나 이 아이는 매력적인 데다 그리 위협적이지 않다. 너, 『더벅머리 페터』를 읽어 봤니? 그가 아이에게 물었다. 어떤 수프도 먹지 않으려 하는 아우구스투스 이야기는 읽어 봤어? 『재미있는 이야기』는? 에드워드 리어의 시들은 읽어 본 적 있어? 노르웨이 아가씨가 있었네. 무심코 문간에 앉았네.

그러고 나서 아이와 다른 사람들이 이야기를 나누는 동안 마크는 자신의 마음이 마치 두루마리처럼 펼쳐지면서 머릿속에 운이 있는 구절들이 번갈아 떠오르는 것을 알아차리고 놀라운 기분으로 앉아 있다. 아우구스투스는 통통한 아이였네. 아우구스투스의 뺨은 붉고 토실토실했네. 문이 그녀의 집을 짓누르자 말했지, 저건 뭐야? 그 용감한 노르웨이 아가씨가.

내 머릿속은 지금 오십 년 전의 시들로 가득 차 있어요. 오랫동안 생각해 본 적이 없고, 내가 그 시들을 아직 알고 있는지조차 몰랐는데 말이지, 그가 마일스에게 말한다.

저물녘 끈적미끈 토브들*이, 마크의 맞은편에 앉아 있는 마일스가 말한다.

---

* 『이상한 나라의 앨리스』에 나오는 「재버워키」(무의미 시)의 첫 행. 여러 단어들을 지어내 만든 별 의미가 없는 시다.

나도 그거 알아요, 휴고의 아내 캐럴라인이 말한다. 안녕하세요, 마크. 내가 당신 옆에 앉게 되어 기뻐요.

구글이 블로그에서 트위터했나,* 마일스가 말한다.

아, 좋아요, 캐럴라인은 말한다. 놀라워요. 무척 통찰력이 있는 분이네요. 우리가 오늘날 매일같이 사용하는 단어들을 가지고 그런 말을 만들어 내다니. 훌륭해요.

그녀가 건배하기 위해 백포도주가 가득 찬 잔을 들어 올린다.

당신의 건강을 위해. 그리고…… 당신의 건강을 위해서도. 마일스였던가요?

과거에도 마일스였고 지금도 마일스입니다, 마일스가 말한다.

반가워요. 두 분은 함께한 지 얼마나 되었어요? 그녀가 말한다.

지난주 토요일에 세 시간 삼십 분, 그리고(자신의 손목시계를 들여다본다.) 오늘 저녁 이십 분, 마일스가 말한다. 아니, 우린 지난주 토요일에 술도 한잔했군요. 네 시간 삼십 분.

우리는 당신이 의미하는 함께하는 사이가 아닙니다, 마크가 말한다.

아, 그녀가 말한다.

그녀는 잔을 내려놓는다. 약간 모욕을 당했다고 느끼는 것처럼 보인다.

---

* 일부러 또 다른 무의미한 말을 함.

이제는 안주인인 잰을 빼고 모든 사람들이 자리에 앉아 있다. 마크는 눈으로 탁자를 둘러보며 앉아 있는 사람들의 이름을 속으로 중얼거린다. 그의 오른쪽에 앉은 캐럴라인을 시작으로 휴고, 금발의 해나, 마일스. 반백인 남자는 에릭인가? 그다음이 버니스, 다음이 아이, 그리고 잰이 앉을 자리, 이어 테런스, 그리고 마크의 바로 왼쪽에 앉은 남자. 마이크로 드론을 취급하는 호리호리한 이 사람은 이름이 뭐더라, 아, 리처드.

마크가 자기 옆에 앉지 않았으면 하고 가장 바란 사람은 리처드였다. 1순위인 캐럴라인은 당연히(당근) 제외하고 말이다. 그렇게 거실에 앉아 술을 마시는 내내 리처드는 자기 일에 대해 이야기했다.

현재 우리의 주요 판매처는 경찰입니다, 그가 말했다. 선의의 주문에 대해서는 어디든 활짝 열려 있지만 말입니다.

리치는 자기 일을 사랑하죠, 휴고가 말했다.

어떻게 안 좋아할 수가 있겠어요? 이 제품을 파는 것은, 리처드가 말했다. 일 같지도 않아요.

마이크로 드론이 뭐죠? 버니스가 말했다.

리처드는 여러 가지 면에서 작고 깜찍한 점들을 설명했다. 엔진 크기, 배터리 전압, 무게가 가벼워서 불법이 아니며 민간항공국의 허가가 필요 없는 점, 적응성, 카메라 유형, 고해상도 화질, 얼굴 인식 범위(50미터), 시속(이 특별한 모델의 경우 25킬로미터. 물론 다른 모델들은 엄청 더 빠르다.), 비행 범위(500미터), 비행시간(삼십 분. 이 점에 관해서는 개선 중이다.), 상대적으로 적은 소음, 유개 화물차 안에서, 경우에 따라서는 집 안에서 작동할 수 있는 편의성, 첫 사용자를 위한 교육 시간(십오 분), 어떤 버릇없는 자식이 쏜 공기총에 맞는다 해도 지금까지 말한 기능들이 상당히 잘 작동할 거라는 점 등을 이야기했다.

리처드가 그게 얼마나 근사하고 멋진지에 대해서는 얘기하지 않았네요, 리처드의 파트너인 해나가 말했다. 난 우리 아들에게 하나 사 주고 싶어요. 조그만 장난감처럼 말예요.

사실 장난감으로 분류된답니다, 리처드가 말했다. 허가가 필요 없는 이유가 바로 그거예요. 축구 시합이나 항의 집회 같은 때에 사용하면 정말 좋을 거예요.

그리고 아누비스 프로젝트가 있죠, 리치? 휴고가 말했다.

맞아요, 리처드가 말했다. 음, 이 문제에 관해 순진하게 굴 필요는 없다고 생각해요. 저 바깥은 끔찍하고 낡은 세상이에요. 분별 있는 사람들은 모두 나와 같은 느낌을 받을 거라는 생각이 들어요. 만약 그렇지 않다면 그들의 견해를 바꿔야 하고요. 나는 늘 이렇게 말하죠. 갈등이나 전투 문제에서는 로봇이 그 일을 수행한다면 얼마나 안심이 되겠느냐고 말이에요. 굉장한 장점 가운데 하나가 효율성이겠지만, 정말 중요한 것은 정신적 해방이 완전히 다르고 엄청 중요한 연쇄 반응을 일으킬 거라는 점이에요. 실제로는 죽일 필요가 없는데 죽이는 것. 백병전, 이런 건 눈 깜짝할 사이에 사라질 겁니다.

나는 이해가 안 돼요, 테런스가 말했다.

우리가 이 얘기를 할 때, 사실 우린 함께 저녁을 먹을 때마다 이 얘기를 하는데 나는 늘 이렇게 생각한답니다, 휴고가 말했다. 위대한 사람들을 대상으로 우리의 유전 인자를 가려내는 과제를 수행한다면 훨씬 더 유익할 텐데 하고 말이에요. 나는 겨우 마흔다섯 살이지만 마흔다섯이라는 나이가 나로 하여금 생각을 하게 해요.

무언가 당신으로 하여금 생각하게 하는 게 있다면 말이지요, 버니스가 말했다.

정곡을 찔렀군요, 휴고가 말했다.

무슨 프로젝트라고 하셨죠? 버니스가 말했다. 아누비스?

예, 아누비스. 그건 드론 개발의 여러 단계 가운데 하나일 뿐이에요, 리처드가 말했다. 당연히 감시적인 측면을 비롯하여 목표를 구체화하는 작업을 계속해 오고 있답니다. 그리고 드론은 이미 갈등 상황에서 폭넓게 쓰이고 있어요. 하지만 우린 지금 당장은 국내 시장을 대상으로 감시적인 측면에 집중하고 있지요.

아누비스 프로젝트라, 테런스가 말했다.

아누비스는 고대 이집트의 죽은 자들의 신이에요, 버니스가 말했다.

그래요? 리처드가 말했다. 아, 맞아요.

자칼의 머리를 가진, 버니스가 말했다.

드론은 정말 장난감처럼 보여요, 해나가 말했다. 아주 기뻐하는 표정이었다. 믿을 수 없을 정도예요!

믿을 수 없을 정도로군요, 버니스가 말했다.

저 바깥은 끔찍하고 낡은 세상이에요, 리처드가 말했다. 그렇지 않은 것처럼 굴 필요 없어요.

베이우드 부부는 서로 눈짓을 교환했다.

사람들이 식탁에 둘러앉아 첫 번째 요리를 기다리는 동안 마크는 앞에 놓인 백포도주를 어떻게 할지 걱정하고 있다. 그때 마이크로 드론을 취급하는 사람이 마크에게 직업이 뭐냐고 묻는다.

나는 사진 조사원으로 일하고 있어요, 지금은요, 마크가 말한다.

그렇군요, 리처드가 말한다.

BBC 잡지 부서에서요. 잡지는 방송 프로그램 등과 주제 면에서 서로 밀접하게 연관되어 있죠, 마크가 말한다. 나는 잡지에 실을 사진들을 조사해서 찾아내는 일을 해요.

그러면 아주 힘든 일인가요? 리처드가 묻는다. 아니면 두 눈 감고도 대충 할 수 있는 일인가요?

그렇지 않아요. 두 눈 똑바로 뜨고 해야 하는 일이지요, 마크가 말한다.

아, 그렇군요. 이제 알겠어요, 리처드가 말한다. 당신은, 어, 휴고와 캐럴라인의 친구죠?

리처드가 헛기침을 한다.

내가 생각하기에 휴고와는 전부터 알고 지내는 사이인 것 같아요, 리처드는 말한다. 어쩌면 아마추어 연기 게임일 수도 있겠네요.

아마추어 뭐요? 마크가 말한다.

다소간 연극같이 말이에요, 휴고, 리처드가 말한다.

휴고는 상처받은 것처럼 보인다. 마크는 캐럴라인이 마크의 왼쪽에 앉은 사람들이 하는 말에는 귀 기울이지 않는 척한다는 것을 느낄 수 있다.

휴고는 특이한 취미가 많은데 야생 동물 사진 찍기는 휴고의 그런 취미 가운데 하나일 뿐이죠, 리처드가 말한다.

이 분야에서 헛간의 올빼미를 찍은 휴고의 사진들은 전설적인 작품이랍니다, 마크가 말한다.

나는 이따금씩 사진을 찍는데 그 사진들이 종종 출판물에 쓰이곤 해요, 휴고가 말한다. 마크와 마크가 다니는 직장의 고용주들이 종종 사용하기 적합한 사진이라고 판단해서 한두 작품씩 채택해 주었죠. 나는 행운아예요. 당신의, 어, 마일스는 무슨 일을 하나요, 마크?

마일스에게 직접 물어보지그래요, 마크가 말한다.

무슨 일을 하시죠, 마일스? 휴고가 말한다.

휴고는 그 말을 정중하게 했지만 왠지 위협으로 들린다.

죄송스럽게도, 에릭이 마일스의 앞에 접시를 내려놓을 때 마일스가 말한다. 미처 말씀드리지 못했군요. 전 채식주의자입니다.

아, 접시를 세 개 더 들고 오던 잰이 말한다. 그럼 문제가 좀 있겠네요, 마일스.

이걸 어째, 캐럴라인이 말한다. 주요리가 양고기잖아요. 드링스*에서 산…… 다른 것들도 고기 요리이고. 이걸 어째요, 잰.

소시지를 빼서 한쪽으로 치워 둔 다음 생선만 먹으면 되지 않을까요? 마일스의 옆에 앉은 해나가 말한다.

그이는 채식주의자예요, 해나, 캐럴라인이 말한다.

예, 알아요, 캐럴라인, 그래서 제안한 거예요, 해나가 말한다.

마크, 당신이 나한테 미리 알려 줬더라면 좋았을 텐데요. 아니면 휴고한테 알려 주거나. 그럼 휴고가 나한테 알릴 수 있었을 테니 말이에요, 잰이 말한다.

나는 마크가 누구를 데려오리라는 걸 전혀 알지 못했어요, 휴고가 말한다.

내 불찰입니다, 마크가 말한다. 죄송해요.

아니에요, 내 잘못이에요, 마일스가 말한다. 전적으로 내 잘못입니다. 나는 침입자인걸요. 속죄하는 마음으로 샐러드만 먹어도 행복해요. 문제가 있다면 아무것도 먹지 않아도 행복하고요. 여기에 앉아 즐거운 저녁 시간을 갖는 것만으로도 행복하

---

* 정육점 이름.

답니다.

그리고 그는 바이킹이 내리친 황소의 뼈에 머리를 맞아 죽었다, 식탁의 다른 쪽 끄트머리에 앉은 아이가 말한다. 그는 캔터베리 대주교였고 사람들은 그를 성인으로 추대했다. 세인트알페지 교회가 그의 이름을 딴 교회가 된 것은 그런 이유 때문이다. 그 사건은 1012년에 이곳 그리니치에서 일어났다.

2525년에 사람이 아직 살아 있다면,* 테런스가 노래 부른다.

어머, 귀여워라, 캐럴라인이 말한다.

그리고 버니스를 향해 빙그레 웃는다. 귀여워요, 그녀가 탁자에 앉은 사람들이 다 들을 수 있도록 큰 소리로 말한다.

아이가 귀엽다면 그건 내 덕이 아니에요, 버니스가 말한다. 나는 당근과 채찍 중에서 채찍 역할을 하는걸요.

여자가 살아남을 수 있다면, 테런스가 노래한다.

그리고 교회는 살아남아 여전히 거기에 있다, 아이가 말한다. 비록 훗날에 다시 짓기는 했지만 머리를 내리쳐서 그를 죽이고 교회를 세웠던 바로 그 자리에 있다.

우리 애들은 이제 다 컸어요, 캐럴라인이 말한다. 다른 집 애들은 아직 어린데 말예요, 그녀가 해나에게, 이어 리처드에게 끄덕 고갯짓을 하며 말한다. 그런 사람들에게 할 수 있는 말은 참 좋겠어요가 다예요. 전 컴퓨터 게임 이전의 삶에 대한 좋은 추억

---

* 미국의 제이거 앤드 에번스가 부른 「2525년에」의 노래 가사.

이 많답니다. 마크, 당신은 아이들을 좋아하나요? 아. 죄송해요. 아이들을 좋아하지 않을 것 같다는 뜻으로 한 말은 아니에요.

글쎄요, 마크가 말한다.

음, 당신에게 아이가 없다는 걸 몰랐어요. 그냥 짐작만 했을 뿐이에요. 내가 너무 나서는 것 같네요. 그럴 생각은 아니었는데.

이제 아이를 입양할 여지가 있지는 않나요? 휴고가 말했다.

미안한데 무슨 여지요? 마크가 말한다.

마일스는 아이에게 커티삭의 복구에 관해 이야기해 주고 있다.

원래의 배는 매우 빨랐어, 마일스가 말한다. 그녀*는 차를 실어 나르려고 만든 쾌속 범선이었지. 그런데 완공되었을 무렵에는 차를 실어 나를 필요가 없어져서 더 이상 차와 관계없는 배가 되었단다. 그렇지만 그녀는 활용성이 뛰어나고 매우 빨랐어. 최신식 증기선보다 더 빨리 달릴 수 있었으니까 말이다.

그런데 궁금한 게 하나 있어요, 아이가 말했다. 왜 배를 그녀라고 해요?

그라고 부르는 편이 더 좋을 것 같니? 마일스가 말한다.

아니에요, 아이가 말한다. 난 그냥 궁금해서 물어본 것뿐이에요.

나도 몰라, 마일스가 말한다. 널 위해 그 이유를 알아볼게.

---

* 보통 배를 대명사로 나타낼 때는 여성 대명사인 she를 쓴다.

배는 일반적으로 그녀로 나타내는 것 같아. 그런데 넌 커티삭이 무슨 의미인지 아니?

마일스는 아이에게 커티삭의 어원을 이야기한다. 탁자에 둘러앉은 사람들 모두 마일스의 이야기에 즐거운 척한다.

그래서 시에 나오는 그 사람은 집으로 돌아갈 무렵에는 술에 취해 약간 즐거운 상태가 되었지, 마일스가 말한다. 그 사람은 어둠을 헤치고 집으로 가는 길에 많은 사람들이 불 주변에 모여 춤을 추고 있는 모습을 보았단다. 그 가운데 한 여자가 정말 춤을 잘 추었는데 아주 짧은 속옷을 입고 있었어. 그 사람은 그녀가 춤추는 것을 구경하다가 잘한다, 짧은 속옷! 하고 소리쳤지. 물론 영어가 아니라 이렇게 스코틀랜드어로 말이야. 잘헌다, 커티 삭! 여자는 엄청 춤을 잘 추었고 그 사람은 많이 취했기 때문에 자기도 모르게 그 소리가 불쑥 튀어나오고 말았어. 그런데 여자는, 음, 그녀와 그녀의 친구들은 실은 마녀들이었던 거야. 그들은 누가 자기들을 훔쳐봤다는 사실에 화가 났어. 그래서 술 취한 그를 잡아 죽일 것처럼 뒤쫓았단다. 그가 탄 말은 좋은 말이어서 굉장히 빨리 달렸음에도 불구하고 그는 말 꼬리털 하나만큼의 차이로 간신히 달아날 수 있었지.

헐, 아이가 말한다. 그의 꼬리털 하나만큼의 차이로.

그녀의 꼬리털이란다, 마일스가 말한다. 그 말은 암말이었거든.

그게 바로 배를 그녀라고 하는 이유로군, 휴고가 말한다. 말과 같은 이유야. 암컷 혹은 여성은 언제나 좀 빠르니까.

모두 웃는다.

왜 그 말에 웃는 거예요? 아이가 말한다.

난 그 빌어먹을 배가 다시 공개되는 일이 없었으면 좋겠어요. 상스러운 말을 써서 죄송해요, 잰이 말한다. 이곳의 교통 정체 때문에 그래요. 마크와 마일스, 두 분이 사는 곳은 어떤지 모르지만 최근의 이곳 교통 상황은 정말 우울증을 앓을 정도로 심각하답니다.

아이가 그 배는 복구되자마자 틀림없이 다시 일반에 공개될 거라고 잰에게 장담한다. 왜냐하면 요즘은 불타 무너진 역사 유물을 복구하는 것을 포함하여 거의 모든 것을 할 수 있기 때문이라는 것이다.

옙 이엡, 아이 아빠가 말한다. 요즘은 거의 모든 것을 할 수 있지. 당사자들 모르게 사람들의 동영상을 찍을 수 있고, 장난감으로 분류되는 헬리콥터 같은 것에서 총을 쏘아 사람을 죽일 수도 있고, 뭐든 할 수 있지.

왜 모두들 얘기를 멈췄어요? 아이가 침묵 속에서 말한다.

아, 마일스가 아이에게 한쪽 눈을 찡긋하며 말한다. 침묵할 시간이니까. 불태워 무너뜨릴 시간, 그걸 복구할 시간, 술에 취할 시간, 말을 타고 가능한 한 빨리 달려서 어떤 것으로부터 달아날 시간, 대주교의 머리를 내리칠 시간이니까. 전채 요리로 시작할 시간이니까.

마크는 자신의 접시를 내려다본다. 백포도주가 가득 찬 잔을 바라본다. 비어 있는 물 잔을 본다. 마일스의 접시를 바라본다. 마일스의 접시에 샐러드와 블루치즈처럼 보이는 게 놓여 있다. 아이의 접시에도 그게 놓였는데, 아이는 지금 나이프로 접시를 콕콕 찌르면서 미심쩍은 눈으로 주위를 살핀다.

캐럴라인이 기차역에 있는 화면에서 보았던 것을 이야기하기 시작한다.

호랑이의 모습이 바뀌는 걸 보았어요, 캐럴라인이 말한다. 이제 우린 쉽게 그렇게 할 수 있잖아요. 먼저 호랑이의 발이 사람의 발 모양으로 바뀌고, 그런 다음 그게 운동화 모양으로 바뀌더라고요. 그걸 보며 나는 생각했지요. 이제 우리에겐 길들여진 데다 아름답기까지 한 호랑이의 이미지가 있는데, 그리고 우린 그걸 얼마든지 원하는 대로 변형할 수 있는데 왜 우리가 진짜 호랑이의 멸종을 자꾸만 걱정하고 신경 쓰는가 하고 말이에요. 서서 그 화면을 보고 있을 때 이 생각이 떠올랐어요. 이제 우린 지금도 앞으로도 진짜 호랑이를 볼 필요가 없어. 우리에게 그런 이미지가 있으니까. 무슨 필요가 있겠어.

바보 같은 소리, 휴고가 말한다.

캐럴라인이 눈을 흘긴다.

모두 웃는다.

개인적으로 난 호랑이가 멸종한다 해도 개의치 않아요, 해나가 말한다. 야생 동물 프로그램에서 보면 그놈들이 늘 사슴이

나 얼룩말 같은 동물을 죽이는데 난 그게 너무 싫거든요.

그런 생각에 나도 우울했어요, 캐럴라인이 말한다. 하지만 나는 그 영상을 보면서 그 생각을 한 거예요. 우린 더 이상 진짜 호랑이가 필요 없다는 생각 말이에요. 그렇지 않아요? 우린 마침내 야생 동물을 길들이게 된 거라고요.

내 사랑 바보 씨, 그 사람들은 당신이 그렇게 생각하길 바라는 거라고, 휴고가 말한다.

자기, 날 바보라고 부르지 마, 캐럴라인이 말한다.

광고가 당신에게 미친 영향이 진짜 핵심이에요, 리처드가 말한다.

아, 하지만 그건 아니에요, 캐럴라인이 말한다. 난 그게 운동화 광고였다는 건 기억하지만 어디서 만든 무슨 운동화인지는 기억하지 못해요. 그러니 그들의 바람과는 달리 사실상 전혀 영향을 미치지 못한 거예요.

해나가 베이우드 부부에게 고향에서 진짜 호랑이를 본 적이 있는지 묻는다. 요크셔주에서는 못 봤다고 그들 부부가 말한다. 해나는 그들의 원래 고향이 어디인지 묻는다. 그들은 해러게이트에서 살았으며 요크 대학에서 일할 때 두 사람이 만났다고 해나에게 말해 준다. 지금은 이 지역 대학에서 일하는데 버니스는 이 대학의 인문학부에서 가르치게 되었고, 테런스는 최근에 연구원으로 받아들여졌다고 한다.

우린 운이 좋았어요, 버니스가 말한다. 같은 대학에서 일자리를 갖는 건 쉬운 일이 아니지요. 테런스는 요크 대학에서 봉급을 받았으니 우리 부부한테 그게 아쉬울 거라고 하는 사람도 있을 거예요. 그런데 우린 괜찮아요. 함께 있으니까요. 요크 대학이 그립긴 해요. 하지만 우린 이곳이 무척 좋답니다.

이곳 자치구에서 같은 학교에 있는 부부 학자는 당신들이 유일할 거예요, 잰이 말한다.

개인적으로 나도 여기가 매우 좋아요, 에릭이 자리에 앉으며 말한다.

에릭이 말을 한 것은 처음이다. 다들 놀라서 고개를 돌려 그를 쳐다본다.

마일스가 자신의 물 잔을 마크의 자리로 건넨다.

휴고가 그 모습을 지켜보다가 마일스의 이름이 적힌 마분지 종이를 향해 손을 뻗는다. 그는 그것을 팔을 편 채로 멀찍이 들고서 바라본다. 그걸 읽으려면 안경이 필요한 듯한 모습이다. 그런 다음 그 종이를 다시 원래의 자리에 내려놓는다.

마일스, 당신은 무슨 일을 해요? 휴고가 말한다. 조금 전에 물었는데 채식주의 얘기가 끼어들어 당신이 대답할 기회를 놓쳤어요.

모두 웃는다.

윤리 컨설턴트로 일해요, 마일스가 말한다.

아, 휴고가 말한다.

음, 리처드가 말한다.

오, 잰이 말한다.

도대체 윤리 컨설턴트가 뭐예요? 해나가 말한다.

마일스가 그녀를 향해 빙긋 웃는다.

용감한 분이로군요, 그가 말한다.

내가요? 해나가 말한다.

그녀가 환하게 웃는다. 그러나 리처드가 자기를 쳐다보는 표정을 보더니 곧 환한 웃음을 거둔다.

그게 무슨 뜻인가 하면, 윤리적 건전성을 확립하고자 하는 회사들이나 자신들이 윤리적으로 더 건전한 사람이라는 것을 보여 주고자 하는 사람들을 위해 일한다는 뜻이에요, 마일스가 말한다.

하, 휴고가 말한다.

호, 리처드가 말한다.

나는 그들의 약력을 철저히 살펴본 다음 업무 지침서에 의거하여 그들이 어디에서 더 활기차게 일할 수 있는지를 제안하거나, 그들이 관련된 커뮤니티를 구체적으로 돕거나, 이미 윤리적으로 건전한 그들의 상태를 활용하는 방안을 찾거나 해요. 이 모든 것들의 가능성에 관심을 기울이도록 강조하기도 합니다. 혹은 단순히 이미지 제고를 위한 것일 경우엔 브랜드 이미지 쇄신 방법을 제안하지요.

어머나, 캐럴라인이 말한다.

아저씨는 윤리 세탁인이에요, 아이가 말한다.

탁자에 둘러앉은 사람들이 모두 웃음을 터뜨린다.

나는 왜 모두 다 웃는지 모르겠어요, 아이가 말한다. 난 아저씨가 조금 전에 나한테 해 준 말을 그대로 되풀이하는 것뿐이라고요.

프리랜서로 일한다는 거죠, 마일스? 휴고가 말한다.

대충 연봉이 얼마나 되죠? 리처드가 말한다. 이 불황의 시기에 말입니다.

그런 얘기는, 잰이 말한다. 이 자리에서는 금지예요.

그런데 이거 정말 맛있네요, 잰, 캐럴라인이 말한다.

사람들이 이 집 안주인을 부르는 이름을 계속 들어 보니 여자의 이름은 실은 잰이 아니라 젠에 더 가까운 것 같다고 마크는 추측한다.* 마크는 휴고가 오늘 저녁 디너파티에 오라고 강요하듯이 말했을 때 그녀를 뭐라 불렀는지 기억해 보려고 애쓴다. 그는 혼란스럽다. 큰 소리로 그녀를 잰이라고 불렀던가? 아니, 자신이 이름을 부르며 그녀에게 말을 건넨 적이 있었던가? 그는 그걸 생각해 내려 애쓴다.

내 채권과 주식, 테런스가 노래한다. 떨어질 거야. 밑으로 밑으로. 알 게 뭐야? 알 게 뭐야?

당신은 노래 부르는 걸 좋아하는군요, 테런스? 휴고가 말한다.

거슈윈, 아이가 말한다.

---

* Jan/Jen. 사실은 Jen도 아니고 Gen이다.

맞았어, 테런스가 말한다.

테런스와 아이가 손을 들어 손바닥을 마주친다. 그러나 거슈윈이라는 말을 듣자 마크의 머릿속에 느닷없이 음악이 흘러넘친다. 필 스펙터가 제작한 「그는 분명 내가 사랑하는 남자」가 머릿속에서 쿵쾅쿵쾅 울린 것이다. 그 소리가 너무 크고 요란해 잠시 주변에서 나는 소리가 들리지 않는다. 다시 주변 소리를 들을 수 있게 되었을 때 귀를 기울이니 잰인지 젠인지가 휴고를 칭찬하고 있다. 그녀는 노래하는 휴고의 목소리를 칭찬하고 있다.

전반부 마지막에 나오는 그 노래 말이에요, 젠이 말한다. 중간 휴식 시간이 시작되기 바로 전에 나오는, 꿈속에서 전쟁이 끝나는 부분, 그거 기억나요? 난 그걸 절대 잊지 못할 거예요. 정말 감동적이었어요. 안 그래요, 캐럴라인?

휴고는 어떤 연극에서 시그프리드 서순*을 연기했나 본데, 그 연극의 전반부 끝부분에서 그가 노래를 부르는 대목이 나오는 모양이다. 마크는 물을 한 모금 마신다. 휴고가 노래를 잘 부른다는 것은, 연극에서 연기를 한다는 것은 그에게 새로운 사실이다. 그는 휴고와 자신이 철새 탐조 오두막에 함께 있었던 때를 떠올린다. 그의 뒤에 있는, 그 안에 깊숙이 들어온 휴고가 말했다. 오지? 오는 거지? 그래, 마크가 웃으며 말했다. 거의 다

---

* 영국의 시인. 반전 시인으로 유명하다.

왔어.* 아니, 내 말은 다음 주말에, 휴고가 사랑을 나누는 중인데도 기분이 상한 듯 말했다. 잰과 에릭의 집에 올 거냐고?

테런스 베이우드는 뮤지컬에 대해 아주 많이 아는 것 같다. 요즘에도 사람들이 납세자의 돈을 공부하는 데 쓰는 것을 보면 참 놀랍다고 리처드가 말한다. 테런스가 리처드에게 자신이 연구원으로서 연구하는 분야는 금속 공학이라고 말해 준다. 리처드는 짜증이 난 표정이다. 젠이 휴고는 대단한 목소리를 가졌으며 베이우드 부부도 무대에 선 휴고의 목소리를 들어 봐야 한다고 테런스에게 다시 이야기한다. 마크는 젠도 휴고랑 잠자리를 같이한 게 아닐까 생각하기 시작한다. 그는 테런스가 이야기하는 동안 젠의 입 모양과 눈의 깜박임에 휴고가 어떻게 반응하는지 지켜본다. 테런스는 지난 세기 초에 마이크와 영화 덕에 짧은 음을 부르는 게 더 쉬워지고, 음이 짧은데도 발코니 자리 뒤편에서도 들을 수 있게 된 것이 표준적인 팝송의 형태에 어떤 변화를 초래했는지에 대해 이야기한다. 그로 인해, 테런스는 말한다. 작사가와 작곡가들이 더 많은 음절을 사용할 수 있게 되었지요. 그러나 그들이 정말로 열정을 기울이는 것은 춤이랍니다. 그때 젠이 지난주 《가디언》에 기사로 다루어진 버스비 버클리**의 항문 이미지에 관해 그에게 묻는다.

모두 웃는다.

---

* 오르가슴에 거의 도달했다는 뜻.

** 미국의 안무가 겸 연출가.

항문이 뭔데 그래요? 아이가 묻는다.

캐럴라인이 얼굴을 붉힌다.

어머나, 죄송해요, 젠이 버니스에게 말한다. 아이 생각을 못 했네요.

테런스가 아이에게 항문은 소화관의 끝에 있는 구멍이라고 이야기한다.

그건 나도 알아요, 아이가 말한다. 그런데 그 말을 하는 게 뭐가 문제예요?

이어 테런스가 탁자에 앉은 모든 사람들에게 버스비 버클리는 처음부터 안무가는 아니었고, 하사관으로 복무한 1차 세계 대전을 거치고 나서야 안무가가 되었다고 이야기한다.

난 뮤지컬은 젬병이에요, 리처드가 말한다.

이이는 몸 안에 뮤지컬 뼈가 없어요, 해나가 말한다.

황소의 뮤지컬 뼈로 머리를 맞아서, 아이가 말한다. 하하하. 세인트아르페지오 세인트아르페지오.*

아이 아빠가 웃는다.

아르페지오 같은 말을 어디서 배운 거지? 아이 엄마가 말한다. 나도 잘 모르는 말 같은데.

테런스, 당신이 좋아하는 것은 무대에서 상연하는 뮤지컬이에요 뮤지컬 영화예요, 아니면 둘 다예요? 젠이 묻는다.

---

* 런던 시내에 있는 세인트알페지 교회를 음악 용어인 아르페지오로 바꿔 말하는 말장난.

난 음악엔 흥미가 없어요, 리처드가 다시 말한다.

버스비 버클리에 관한 사실들을 몇 개 더 말해 주세요, 테런스, 에릭이 말한다.

모두 고개를 돌려 에릭을 쳐다본다.

그이를 부추기지 마세요, 버니스가 말한다. 그인 이미 그에 관해 필요 이상으로 얘기했어요.

방 안이 다시 침묵에 빠진다.

와우! 버니스가 폭소를 터뜨린다.

음, 테런스가 말한다. 제임스 캐그니와 조지 래프트와 존 웨인. 이 할리우드의 강인한 사내들은 모두 처음엔 춤꾼으로 훈련을 받았지요.

설마, 리처드가 말한다.

훈련, 맞아, 휴고가 말한다. 그건 매우 특별한 훈련이지.

그리고 프레드 애스테어는, 테런스가 말한다. 자신의 계약서에 다음과 같은 내용을 포함시켰답니다. 자신이 춤추는 모습을 찍을 경우에는 항상 전신이 다 보이도록 찍어야 한다. 발이나 손이나 얼굴 등 신체의 일부만 보여서는 절대 안 되고 항상 전신이 드러나야 한다.

리처드가 나이프를 떨어뜨린다. 나이프가 접시 옆 부분에 꽤 세게 부딪힌다.

재미있네요, 젠이 고개를 끄덕이며 말한다.

해나가 크게 하품을 한다.

그리고 루비 킬러는 초창기의 탭 댄서였다는 거, 아세요? 테런스가 말한다.

아뇨, 해나가 십 대 소녀처럼 말한다. 우린 몰라요.

킬러는 진정 최초의 유명한 탭 댄서였어요. 테런스가 해나를 무시하고 말한다. 그녀가 춤추는 장면을 지금 보면서 예컨대 애스테어 같은 사람과 비교해 보면 썩 잘하지는 않는다, 좀 서투르다고 생각하기 쉬워요. 왜냐하면 두서없이 수시로 나타나는 데다 외모가 세련되어 보이지 않았거든요. 하지만 사실 그녀의 춤 스타일은 랭커셔 나막신 춤에서 직접적으로 이어져 내려온 거죠. 실은 그녀의 춤이 있어서 애스테어의 춤도 가능했던 거예요. 그녀는 탭 댄스를 최초로 대중화한 사람이었어요.

그런 걸 어떻게 아세요? 해나가 말한다.

책에서 읽었어요, 테런스가 말한다.

아니요, 그게 아니라 왜 그런 걸 아느냐고 물은 거예요, 해나가 말한다.

왜? 테런스가 말한다.

나는 사람들이 뭘 아는가, 왜 그런 걸 아는가 하는 점이 무척 재밌다고 늘 생각하거든요, 해나가 말한다.

왜 사람들은 뭔가를 아는 거죠? 테런스가 말한다.

난 왜 사람들이 뭔가를 아는지 모르겠어요, 해나가 말한다. 하지만 나는 당신이, 어, 그러니까 당신이 랭커셔 등등의 문화 같은 다른 것들을 알기 이전에 당신네 고유문화에 관해서 알 거라고 생각했죠.

전에 흑인을 만나 본 적이 없거나 조금밖에 만나지 못했어요? 아니면 다른 우주에서 살고 계세요? 아이가 말한다.

방 안에 쿵 정적이 내려앉는다.

아냐, 해나가 말한다. 그런 뜻으로 얘기한 게 아니야. 난 네 아빠가 아주 많은 걸 알아서, 하는 일은 금속 공학인데도 음악과 그, 그, 그리고 뮤지컬에 대해 아주 많은 걸 알고 있어서 놀랐을 뿐이야.

모든 예술은 음악의 상태를 동경한다, 버니스가 말한다. 월터 페이터의 말이에요. 모든 예술은 뮤지컬의 상태를 동경한다. 이건 테런스 베이우드의 말이에요.

젠과 캐럴라인과 휴고가 알고 있다는 듯이 우물거린다.

난 마지막 말은 전혀 이해하지 못했어요, 해나가 말한다.

그녀는 절망스러워 보인다.

정말 맛있어요, 젠, 버니스가 말한다. 고마워요.

마일스, 젠이 말한다. 양고기 타진에 곁들이는 쿠스쿠스가 있어요. 냉장고를 뒤져서 뭐가 또 있는지 볼게요. 하지만 썩 만족스럽진 않을 것 같아요. 그래도 이해해 주시길 바랄게요. 아니면 오믈렛을 만들어 드릴까요?

채식주의자가 먹을 수 있는 거라면 어떤 것도 감사할 뿐이죠. 고마워요, 젠, 마일스가 말한다. 부디 나 때문에 일부러 그러진 마세요.

내가 걱정하는 건 달걀이 충분히 있을까 하는 것뿐이에요, 젠이 말한다. 하지만 이 문제는 나한테 맡기고 당신은 잠시 신경 쓰지 말고 계세요. 여보?

젠과 에릭은 일어나서 접시를 치우기 시작한다. 그러고는 에릭이 부엌에서 돌아와 사람들의 잔에 적포도주를 채우는데 마크만 제외한다. 마크의 잔에 백포도주가 입도 안 댄 채 가득 담겨 있어서 술을 마시지 않는 사람처럼 보인 듯했다. 마크는 적포도주를 달라고 어떻게 부탁할지 얼른 생각이 나지 않았다. 그러는 사이에 부탁할 기회가 사라져 버렸다.

뭔가를 알고 싶을 땐, 해나가 말한다. 인터넷을 해요. 지금 살아 있다는 게 굉장한 이유가 바로 인터넷이라고 생각해요. 하지만 무인도에 혼자 있는 거나 다름없는 내 경우를 생각하면…… 때때로 나는 시간이 아주아주 많아 계속해서 학교로 돌아가는 꿈을 꾸곤 하죠. 학교에 다니기엔 너무 나이가 많은데도 학교에 다니는 거예요.

꿈속에서 발가벗고 있는 거야? 리처드가 말한다.

해나만 빼고 모두 웃는다.

모든 아이들이 나보다 훨씬 어려요, 그녀가 말한다. 이윽고 시험지가 내 앞에 놓이고, 어린아이들은 모두 답을 쓰기 시작하고, 나는 자리에 앉아 시험지를 들여다보는데 내 마음이 완전히 텅 빈 상태인 거예요. 마치 텅 빈 공간처럼, 또는 내가 채워야 한다는 것을 아는 빈 페이지처럼 말이에요. 내가 모르는 어떤 것들로 채워야만 하는 빈 페이지 말이에요. 난 자리에 앉아 있지만 시험에 나온 모든 문제에 대해 어떻게 답해야 할지 하나도 모를 뿐 아니라 그야말로 아무것도 모르는 거예요.

그녀는 눈물이 나올 것만 같은 표정이다. 마일스가 팔꿈치로 그녀의 팔꿈치를 가만히 건드린다.

다음에 그 꿈을 꾸게 되어 당신이 시험지 앞에 앉아 있을 땐, 마일스가 말한다. 마음속으로 난 알아 하고 자신에게 말하세요. 책상에 앉아 시험지를 들여다보며 당신 자신한테 난, 어, 그걸 알아라고 말해요. 뭘 알고 있느냐면…….

노래, 아이가 말한다.

그래요, 노래, 마일스가 말한다.

하지만 난 뮤지컬에 무지한걸요, 해나가 팔짱을 지르고 고개를 저으며 말한다. 난 뮤지컬에 관한 식견이 없어요.

그렇지만 노래는 알 거예요. 당신이 좋아하는 노래가 있을 거예요, 마일스가 말한다.

난 아는 노래가 하나도 없어요, 해나가 말한다.

모든 사람이 다 아는 노래가 뭐죠? 마일스가 테런스에게 말한다.

「무지개 너머 어딘가에」는 모든 사람이 알아요, 아이가 말한다.

아, 맞아요, 나도 그 노래는 알아요, 해나가 말한다. 영화에서도 보았고 다른 데서도 많이 들었어요.

좋아요, 마일스가 말한다. 다음에 당신이 시험장 안에 있을 땐 당신 자신에게 말하세요, 난 괜찮아, 나는「무지개 너머 어딘가에」를 알아라고.

하지만 난 그것에 관해선 몰라요. 해나가 말한다. 만약 내가 시험지를 들여다본다면 시험지에 이렇게 쓰였을 거예요. 무지개 노래의 작사가와 작곡자는 누구인가요, 그리고 무지개 노래에 관해 아는 것을 모두 쓰시오. 그런데 나는 그게 영화에 나왔다는 것만 알 뿐이고, 여전히 무지개 노래에 관해서는 제대로 된 답을 전혀 쓰지 못할 거예요.

우리가 그걸 해결해 줄 거예요, 마일스가 말한다. 테런스가 그 노래에 관한 세 가지 사실을 말해 줄 겁니다. 그럼 다음에 그 꿈을 꾸게 되면 그 노래에 관한 세 가지 내용을 알 테고, 당신의 잠재의식에 지시해 그걸 쓰게 할 수 있을 거예요.

해나가 코를 훌쩍이더니 코를 푼다.

나는 아마 잠재의식도 없을 거예요, 그녀가 말한다.

좋아요, 테런스가 말한다.「무지개 너머 어딘가에」에 관한 세 가지 사실. 음, 얘기할게요. 이 노래는 해럴드 알런과 입 하버그가 만들었어요. 알런이 작곡하고 하버그가 작사했습니다. 두 가지 더 얘기할게요.

내가 자고 있을 때 그걸 기억할 방법이 없어요. 완전히 깨어 있는 지금도 난 거의 기억하지 못하는걸요.

좋아요, 테런스가 말한다. 좋아요. 알겠어요. 한 옥타브 높게 처음 두 소절을 부를게요. 그가 그 노래를 부른다.

제기랄, 리처드가 소리 죽여 나직이 말한다.

노래 부를 때, 테런스가 말한다. 어딘가에는 희망이 없는 상태에서 희망을 향해 하늘로 곧장 날아오르듯이 부르세요.

해나의 얼굴에 두려움이 가득하다. 그녀는 마일스에게 얼굴을 돌리며 고개를 젓는다.

그보다는 일화가 좋겠어요, 마일스가 테런스에게 말한다.

일화라, 테런스가 말한다.

그가 눈을 크게 뜬다.

일화가 뭐예요? 아이가 말한다.

이야기를 얘기하는 것 같은 거, 테런스가 말한다.

그 노래엔 아주 좋은 이야기가 있어요. 항상 달아나려 하는 조그만 강아지에 관한 이야기, 아이가 말한다.

맞아, 테런스가 말한다. 맞아. 좋은 생각이다, 브룩. 그럼 들어 봐요. 노래 중간 부분 알아요? 언젠가 나는 별을 보고 소원을 빌 거야 하는 부분?

그가 허밍으로 노래를 부른다. 데 다 데 다 데 다 데 다.

해나가 고개를 끄덕인다.

테런스가 그 곡을 쓴 해럴드 알런과 관련된 일화를 해나에게 들려준다. 앞부분인 무지개 너머 부분을 작곡한 알런은 각 절을 다리처럼 서로 연결해 줄 멜로디를 생각해 내지 못했지요.

그런데 알런에겐 조그만 강아지가 있었어요, 테런스가 말한다. 폭스테리어나 그 비슷한 종류였죠. 그 강아지는 무지 버릇이 없어서 자꾸만 밖으로 달아나 길을 잃곤 했어요.

강아지 이름은 팬이었어요, 아이가 말한다.

일어나 이마를 문지르며 골치 아파하던 해럴드 알런은, 하고 테런스가 말한다. 어느 순간 이렇게 중얼거렸어요. 이 선율을 어떻게 해야 할지 모르겠어. 그리고 다음 순간 그 조그만 강아지를 부르려고 휘파람을 불었어요.

테런스가 언-젠가-나는-별을-보고-소원을-빌-거야의 선율을 조그만 강아지를 부르는 것과 똑같은 선율로 휘파람을 분다.

탁자에 둘러앉은 모든 사람이 크게 웃는다. 심지어 리처드까지도.

이건 절대 잊지 않을 거예요! 해나가 말한다. 이건 정말 기발해요! 이런 거 하나 더 얘기해 주세요.

좋아요, 테런스가 말한다. 브룩, 또 없어? 이거 말고 뭐 다른 거.

어린 시절 학교에 다닐 때 알파벳 순서로 자리에 앉은 덕에 어떤 소년 옆에 앉게 된 사람 이야기, 아이가 말한다.

옙, 테런스가 말한다. 입.

옙 입! 아이가 말한다. 입 입 유레이!*

아이가 머리 위로 손을 들어서 손뼉을 친다. 버니스가 웃

---

* 응원하는 소리.

는다.

입 하버그, 테런스가 말한다. 그 노래의 작사가. 이 사람은 우리가 익히 아는 많은 노래의 노랫말을 지은 사람이에요. 그는 뉴욕의 가난한 유대계 아이로 태어났지요. 부모는 노동력을 착취하는 일터에서 일했어요. 집이 워낙 가난해서 그와 여동생은 밤이면 의자들을 서로 붙여 놓고 잠을 자야 했답니다. 그 정도로 몹시 가난했어요.

따분하네요, 리처드가 말한다.

리처드, 들어 봐, 해나가 말한다. 부모님이 운동복을 만들었다는 거죠?* 계속해요, 테런스.

그는 어린 나이에 브로드웨이에서 가스등에 불을 밝히는 일을 했어요, 테런스가 말한다. 그게 첫 일자리였지요. 그가 다니는 학교에서는 학생들의 자리를 알파벳순으로 정했답니다. 어느 날 그는 자신이 좋아하는 시집을 꺼냈어요.

이런 대화가 내가 그동안 이 집이나 다른 어떤 집에서 들었던 대화 가운데, 마크와 마크의 친구분에게는 죄송하지만 가장 즐거운** 대화라 할 수 있을까요? 리처드가 말한다.

그러지 마, 해나가 말한다. 이건 내 꿈에 관한 거야.

---

* 노동력을 착취하는 일터(sweatshop)를 운동복(sweatshirt)을 만드는 곳으로 잘못 이해함.

** gayest. gay는 '즐거운'이라는 뜻과 '동성애자'라는 뜻이 있다. 마크와 마일스를 동성애자로 상정하기 때문에 미리 죄송하다고 말한다.

어느 날, 테런스가 말한다. 그는 학교에 가지고 간 시집을 꺼내 그중 몇 편을 읽었어요. 그러자 옆에 앉은 아이가 이렇게 말했답니다. 알다시피 그건 단순한 시가 아니야. 시 이상이야. 그 아이는 하버그를 데리고 자기 집에 가서 78아르피엠 속도로 회전하는 레코드를 축음기로 틀어 주었어요. 하버그가 읽은 시들이 길버트 앤드 설리반의 노래 가사들이었기 때문이죠. 그 아이들은 H로 시작하는 하버그와 G로 시작하는 거슈윈이었어요. 하버그는 열두 살 때 학교에서 똑같이 열두 살인 아이라 거슈윈 옆에 앉았던 거예요. 그리고 그 두 아이 다 자라서…….

자라서 뭐가 됐어요? 해나가 말했다.

아이라 거슈윈이 더 유명한 조지 거슈윈과 관련이 있나요? 캐럴라인이 말한다.

조지 거슈윈의 아내였군요, 그렇죠? 젠이 조심스럽게 새 접시들을 들고 오면서 말한다.

그는 조지 거슈윈의 동생이었죠, 마크가 말한다.

어머니 페이가 무척이나 노래를 좋아했다는 생각이 머리에 떠오른다. 다만 얼마나 좋아했는지는 기억나지 않았다.

그런데 '아이라'는 여자 이름 같지 않아요? 캐럴라인이 말한다.

누군가의 딸을 그렇게 부른 적은 없는 거 같아요. 해나가 말한다.

그런 다음 해나가 사친회에서 알게 된 여자의 딸에 관한 이야기를 모두에게 들려준다. 그 딸은 어느 날 눈을 떠 보니 자신이 새 옷을 입고 콘월의 들판 한가운데에 있다는 것을 알게 되었다고 했다. 그녀는 그 옷을 산 기억이 없었다. 콘월의 들판에서 자신이 무엇을 하고 있었는지 몰랐고, 어떻게 거기에 있게 되었는지도 몰랐다. 생각나는 마지막 행동은 토요일 밤에 일이 끝난 뒤 술을 한잔하러 밖에 나갔다는 것이었다. 그런데 깨어 보니 화요일 아침이었다. 게다가 집에서 수 킬로미터 떨어진 들판에 있었다. 새 옷을 입고서 말이다. 나중에 자신의 신용 카드를 보았을 때에야 그 카드로 옷을 샀다는 것을 알았다. 하지만 그에 관해서는 전혀 기억나지 않았다.

마구 쇼핑을 한 뒤에 선택적으로 기억하기, 휴고가 말한다. 일부 여자들에게 고유한 질병이지요. 죄송해요. 이건 약간 성차별적인 발언인가요?

예, 마일스가 싱긋 웃으며 말한다.

그렇게 생각해요, 마일스? 휴고가 말한다.

휴고는 마일스 쪽으로 고개를 돌리는 것과 동시에 눈을 감는다.

웃자고 한 얘기가 아니에요, 해나가 말한다. 이건 사실이라고요. 실제 삶에서 실제로 일어난 얘기예요.

맙소사, 캐럴라인이 말한다. 무슨 일이…… 그녀에게 일어난 거예요? 무슨(캐럴라인이 아이를 향해 고개를 끄덕인다.)…… 안 좋은 일이?

그게 중요한 부분인데 그런 일은 없었던 것 같아요, 해나가 말했다. 하지만 그녀는 그에 관해선 알지 못해요. 그사이에 무슨 일이 일어났는지 알지 못한대요.

무슨 좋은 일이 그 사람한테 일어난 거예요? 아이가 말한다.

그게 훨씬 더 흥미롭구나, 마일스가 말한다.

아하! 버니스가 말한다.

안 좋게 되는 걸 생각하긴 쉽죠, 마일스가 말한다. 난 항상 일이 좋게 되는 것에 훨씬 더 흥미가 있어요.

여긴 팬지꽃 같은 느끼한 사람들이 가득하군, 리처드가 목소리를 별로 낮추지도 않고 말한다.

팬지 꽃말은 나를 생각해 주세요, 아이가 말한다. 로즈메리 꽃말은 나를 기억해 주세요.

그녀는 기억하지 못했어요, 해나가 말한다. 아무것도. 하지만 사실 그녀에게는 아무런 일도 일어나지 않은 것 같았답니다.

그러니까 의미 없는 이야기네, 리처드가 말한다.

해나의 얼굴이 일그러져 보인다.

아니에요, 이건 철학적 난문제예요, 버니스가 말한다. 우리 자신을, 또는 우리 자신과 관련된 것을, 또는 세상을, 또는 세상 속의 우리를 어떻게 신뢰할 것인가 하는 문제라고요.

나도 알아요, 해나가 말한다. 그건 끔찍한 거예요.

우리는 그냥 우리 자신을 신뢰하면 되잖아요, 아이가 말한다.

버니스가 탁자 너머의 아이를 향해 빙그레 웃는다.

낙관론자로구나, 테런스가 말한다.

그건 틀림없이 남편의 신용 카드였을 거예요, 휴고가 말한다. 마일스, 이건 성차별적이고 무례한 발언이어서 이 식탁에 둘러앉은 여성들 중에 기분이 상한 분이 있을까요? 아니면 당신만 농담으로 받아들이지 못하는 걸까요?

심하진 않고 가벼운 정도입니다, 마일스가 말한다. 아마 1970년대의 온건한 시트콤 정도로 성차별적일 것 같군요. 아무튼 난 분명히 성차별적인 발언이라고 생각해요.

미안하지만, 어느 정도로요? 휴고가 말한다.

휴고가 눈살을 찌푸린다. 그는 꽤 취했다. 캐럴라인이 갑자기 진지하게 끼어들며 이베이에서 산 뷰파인더 이야기를 한다. 그녀가 어릴 때 가지고 있었던 것과 똑같은 것인데 그걸 산 이유도 바로 그 때문이다.

검은 레버가 찰칵할 때의 느낌이 몹시 좋았어요. 어릴 때의 느낌과 똑같았다니까요. 물론 어릴 때보다는 한결 작게 느껴졌지만 말이에요, 그녀가 말한다. 나는 또 휴고를 위해 인터넷에 접속해 뷰파인더로 찍은 일련의 임스하우스* 사진을 구했어요. 그들 임스 부부는 디자이너같이…….

그들은 디자이너같이가 아니라 디자이너야, 휴고가 말한다.

캐럴라인이 눈을 흘긴다.

---

* 찰스 임스, 레이 임스 부부가 건축한 미국 로스앤젤레스에 있는 현대적 양식의 이름난 건축물.

그리고 날 위해 웜블* 사진을 몇 장 구했답니다, 그녀가 말한다. 왜냐하면 내가 그 시절에 가지고 있던 것이었으니까요. 집으로 배달된 택배를 개봉하고 꺼냈을 때 손에 들린 뷰파인더가 아주 작게 느껴졌지요. 내 손이 아주 작다고 생각한 게 우스웠어요. 나는 내 손을 작다고 여기게 만든 것이 웜블일 거라고는 전혀 생각지 못했어요. 때때로 우린 우리가 얼마나 연약한지를 아주 이상한 방식으로 발견하곤 해요. 그렇죠? 마크, 내 말 이해하죠?

마크는 저녁 내내 캐럴라인에게서 비롯된 정신적인 압박을 느끼고 있다. 그는 그 압박을 자신이 만들어 내는지, 아니면 캐럴라인이 만들어 내는지 알지 못한다. 아마 둘 다가 아닐까 생각한다. 그는 휴고와 자신의 관계를 캐럴라인은 모르는 게 거의 틀림없다고 생각한다. 하지만 동시에 그녀의 잠재의식은 알아야 할 것을 다 알 거라고 생각한다. 지금 탁자에 앉아 있는 사람들은 그에게서 연약함에 대한 이야기가 나오기를 기다리고 있다.

그는 크게 심호흡을 한다.

그는 택시를 잡아타고 소도시 두세 곳을 지나 일하러 가던 때의 이야기를 하기 시작한다. 택시 운전사는 성모 마리아의 사진을 선바이저에 끼워 놓았고, 차 안에 각각 다른 향이 나는 매

* 1970년대 영국 텔레비전 시리즈와 영화에 등장하는 동물 종족으로 인간들이 만든 쓰레기를 몰래 치우면서 살아간다.

직트리 방향제 네 개와 글레이드 방향제 한 개를 두었다. 한 대의 차 안에 그게 다 있었던 것이다. 그는 택시 운전사가 그에게 했던 이야기를 들려줄 생각이었다. 택시 운전사는 온갖 손님을 다 태웠다. 동성애자, 흑인, 유대인, 아시아인, 무슬림, 마약 중독자 등등. 그는 이들에 대해 판단하지 않았다. 하지만 예외적으로 태우지 않는 사람이 있었다. 그는 남자인데도 여자 옷을 입고 다니는 한 성도착자를 알았고, 아동에게서 성욕을 느끼는 사람을 알고 있었다. 그리고 두 사람이 각각 이 소도시의 어디에 사는지를 알고 있었다. 택시 운전사는 그런 사람이 자기 차에 타는 것을 원치 않았기 때문에 그들을 태우지 않을 권리가 있다고 생각했다. 또한 그는 이른바 유랑민이라는 떠돌이 노동자들을 그들이 원하는 곳으로 태워다 주기를 거부했다. 택시 운전사가 그 이야기를 할 때 안전띠를 맨 채 뒷좌석에 앉은 마크는 성모 마리아의 사진 옆 작은 플라스틱 구 안에서 반짝이는 성수를 바라보며 그 성수도 선택적으로 골랐을까 궁금해했다. 또한 그것이 오늘날의 하느님일까 궁금했고, 이제는 모든 사람이 개인적인 신을 모시고, 그 신은 택시에 누구를 태울지 스스로 선택하는 것을 허가하는 게 아닐까 궁금했다.

하지만 여기 탁자에 둘러앉은 사람들이 모두 자기 얘기에 귀 기울이고 있는 것을 보자 마크는 자신감을 잃어버리고 다섯 개의 방향제까지만 말하고 이야기를 끝낸다.

글레이드 방향제가 하나 더 있었다니까요. 그의 행운을 빌고 싶네요, 그가 말한다.

휴고는 따분한 표정이다. 리처드는 화가 치민 것 같다. 여자들은 점잖게 웃는다.

사람 냄새를 싫어하나 봐요, 그 택시 운전사 말이에요, 버니스가 말한다.

자기 냄새를 싫어하는지도 모르죠, 마일스가 말한다.

둘 다일 거예요, 버니스가 말한다.

리처드는 선바이저에 끼어 있었다는 성모 마리아의 사진에 관해 덧붙여 이야기한다. 이어 그와 해나는 차례로 말을 주고받으며 계속해서 아이들처럼 키득거린다. 그들은 '기독교도 젊은 엄마' 모임에서 해나가 하는 일과 관련하여 이야기를 나누려고 집에 찾아온 여자 교구 목사에 관해 이야기한다. 그들의 집 거실에서 차와 비스킷을 앞에 두고 앉아 있던 목사가 갑자기 하느님께 감사 기도를 드리기 시작할 때는 정말 당황스러웠다고 말한다.

마크는 이야기에 정신을 집중할 수 없다. 마일스가 무언가 이상한 행동을 하는 것을 보았기 때문이다. 마일스는 그의 오믈렛과 쿠스쿠스 위에 소금을 가볍게 뿌리고 나서 두 개의 소금통 가운데 작은 것을 탁자 밑으로 슬쩍 떨어뜨렸다. 그것을 알아차린 사람은 마크뿐이었다. 이제 그들은 모두 자유 시장에 관해 이야기를 나누고 있다.

속이는 저울은 주님께서 미워하시나 공평한 추는 주님께서 기뻐하시느니라,* 아이가 낭랑한 목소리로 말한다.

이분들이 말하는 것은 그리니치 시장 같은 게 아니야, 브룩, 버니스가 말한다. 무역 시장을 말하는 거야. 그러니까 전 세계 비즈니스 시장을 말하는 거란다.

전 세계는, 리처드가 말한다. 국경 없는 세계라 해도 과언이 아닙니다. 당연히 그렇게 되어야 하고요.

여권을 몇 시간 동안이나 검사하는 국경은 빼고요, 아이의 조그만 목소리가 탁자 맞은편에서 들린다.

그래, 하지만 함부로 들어와서 그 나라에 테러와 궁핍을 퍼뜨리는 사람들에 대한 방어는 어디서나 필요하단다, 얘야, 리처드가 말한다.

맞아요, 테런스가 말한다. 질이 안 좋은 난민들은 들어오지 못하게 막아야 해요. 더 좋은 삶을 찾아 들어오려는 사람들 말이에요.

전적으로 동의합니다, 리처드가 말한다. 인류는 인류가 시작된 이래로 언제나 요새가 필요했어요.

그리고 인류의 발전과 더불어 오늘날에는 카메라를 내재한 조그만 헬리콥터가 필요하게 된 거죠. 우리 이웃들의 요새를 훔쳐볼 수 있도록 말이에요, 테런스가 말한다. 그건 문명의 승리입니다.

---

* 『잠언』 11장 1절.

헐! 휴고가 말한다.

문명을 비판하지 마세요, 리처드가 말한다. 개인적으로 나는 문명을 비판하는 행위는 법을 어기는 행위로 여겨져야 한다고 생각합니다.

그럴지도 모르겠네요, 테런스가 말한다. 나는 내가 생각했던 것보다 더 일찍 변호사가 필요할지 모르겠군요.

형편없고, 영국적이고, 모자란* 사람들이죠, 마일스가 말한다.

뭐라고요, 마일스? 리처드가 말한다.

내가 종종 함께 일해야 하는 사무 변호사들 말입니다, 마일스가 말한다.

하하하! 버니스가 웃는다.

무슨 말인지 난 이해를 못 한 것 같군요, 마일스, 리처드가 말한다.

최근에 극장에 간 사람 있어요? 젠이 말한다. 누구 있어요? 쉬는 날에. 테런스! 버니스! 올해 휴가 때는 어디 갈 거예요? 혹시 이미 다녀오신 거 아니에요? 어디에…….

오, 난 정말 영국인이라는 게 자랑스러워요, 휴고가 말한다. 요즘은 선택할 수 있는 치약이 아주 다양한 게 너무 좋더라고요. 난 그걸 국제적 차원의 선택이라고 부른답니다. 이 같은 다

---

* 홉스의 『리바이어던』에 나오는 nasty, brutish, short라는 표현에서 brutish(야만적인)를 british(영국적인)로 바꿔 표현한 말장난.

면적 가치를 지닌 세상에 살면서 아주 많은 선택을 할 수 있다는 건 정말 근사한 일이에요. 내가 아이팟으로 듣는 것이 바로 나라는 존재인 겁니다. 나는 단추만 휙휙 누르면 수많은 데이터베이스가 내가 가장 좋아하는 치약이나 음악을 정확히 찾아낼 수 있다는 게 너무 좋아요. 마찬가지로 나에 관해 다른 모든 것들도 알 수 있죠. 내 생일, 내게 돈이 얼마나 있는지, 돈을 어디에 얼마나 쓰는지, 누구에게 전화하는지, 어디에 가는지 같은 것들이요. 자유에 관한 한 우리 인류는 우리의 재능을 정말 잘 사용해 왔어요.

또 이라크가 되겠네요, 캐럴라인이 말한다. 언쟁이 또 시작되겠다고요.

그녀가 눈을 흘긴다.

사실은, 아이가 말한다. 이라크 전쟁이 일어났던 바그다드에 아스트롤라베가 있었어요. 역사상 다른 어디보다 먼저 바그다드에 그게 있었던 것 같은데, 1294년에 분명히 있었대요.

아스트롤라베가 뭐지, 브룩? 에릭이 말한다.

별이나 행성의 위치를 알아내는 데 쓰는 기구예요, 리 아저씨, 아이가 말한다.

그러고 나서 아이는 왕실 천문학자들의 이름을 큰 소리로 열거한다. 플램스티드, 핼리, 브래들리, 블리스, 마스켈라인, 폰드, 에어리…….

마크가 리처드의 뒤쪽으로 몸을 기울여 테런스와 이야기한다.

거슈윈 형제에 관한 책이나 그 노래들의 노랫말을 지었다는 사람에 관한 책 가운데 나한테 추천해 줄 만한 책이 있나요? 마크가 말한다.

있고말고요, 테런스가 말한다. 기꺼이 말씀드릴게요. 좋은 책 네 권이 당장 떠오르는군요.

이분들은 둘이서만 비밀스러운 얘기를 하네요, 리처드가 말한다. 내 등 뒤에서 예술 애호가스러운 얘기를 하고 있어요.

오, 그러지 마세요, 해나가 말한다. 난 예술 애호가인 척하는 얘기는 싫어요. 난 그런 거 싫어해요.

아니, 있잖아요, 난 이걸 말해야겠어요, 캐럴라인이 말한다. 왜냐하면 나는 전에도 이 얘길 했고, 앞으로도 다시 얘기할 테니까요. 나는 슈퍼마켓에 가서 거기 있는 모든 치약들을 보는 걸 좋아해요. 무척 새롭고 깨끗한 치약들을 보며 시간을 보내곤 하죠. 그런데 왜 나에게 기쁨을 주고 안전하다는 느낌을 주는 것이 문제가 되는지 모르겠어요. 내가 그 느낌을 좋아한다는 것이 왜 문제여야 하는지 모르겠다고요.

워홀,* 휴고가 말한다. 복제된 것을 자꾸자꾸 보면 당신은 그걸 원하게 될 거야. 당신은 그걸 잊을 수 없게 되지. 그것에 흠뻑 빠지게 될 거라고. 당신은 이미 그것에 흠뻑 빠졌어. 바보. 그게 워홀이 하는 작업의 핵심이야. 워홀은 바보들을 손가락으

* 미국 팝아트의 선구자인 앤디 워홀을 가리킴.

로 가리키고 있는 거라고.

나는 치약을 선택할 수 있다는 게 좋아요, 캐럴라인이 말한다. 그럴 땐 정말, 음, 현실감을 느끼거든요. 하지만 나는 현대 예술을 이해하지 못하는, 또는 좋아하지 않는 바보인 것 같아요. 맞아요, 나는 그런 사람이에요. 솔직하게 밝히는 거예요, 마크. 여기 있는 모든 분에게 이 얘기를 하는 거예요. 나는 속물이 아니에요. 나는 미술관에 가면 옆에 앉은 휴고만큼이나 아름다운 작품을 감상하는 걸 좋아하지요. 하지만 현대 예술은 좋아하지 않아요. 대부분 이해할 수 없는 것들이더라고요. 대부분 무의미한 것들이에요.

저기 가면 좋은 어린이 이야기책이 있는데 그거 보지 않을래? 젠이 말한다.

마침 그때 젠 옆에 앉은 아이가 탁자에 올려놓은 팔 위로 얼굴을 묻는다. 잠시 후 아이는 완전히 잠이 든다.

캐럴라인은 단념하지 않을 태세다. 그녀는 얼굴이 발개진 채 고개를 젓는다.

테런스, 당신이 얘기한 노래와 영화들은 적어도 오락적인 가치가 있어요, 그녀가 말한다.

무엇을 오락으로 보는가에 달렸죠, 리처드가 말한다.

하지만 현대 예술은 아무것도 변화시키지 못해요, 캐럴라인이 말한다.

그건 논쟁의 여지가 있습니다. 테런스가 말을 꺼낸다. 그러나 휴고와 캐럴라인이 그의 말을 방해한다.

바보, 휴고가 부드럽게 말한다.

그 여자 예술가의 의미 없는 끔찍한 침대와 의미 없는 정원 창고, 캐럴라인이 말한다. 또는 다이아몬드로 덮인 의미 없는 해골, 그리고 방 안의 불을 껐다 켰다 하는 그 의미 없는 예술가. 이런 것들은 아무것도 만들어 내지 못한다고요.

글쎄, 마일스가 말한다. 그렇진 않아요.

뭘 만들어 내는 거죠? 캐럴라인이 말한다.

불이 꺼졌다 켜졌다 하게 만들잖아요, 마일스가 말한다.

마일스가 휴고의 적포도주 잔을 들더니 에릭을 향해, 이어 젠을 향해 치켜든다.

우리를 초대한 주인을 위해 건배, 그가 말한다. 두 분을 위하여.

두 분의 행복을 위하여, 버니스가 말한다.

두 분을 위하여! 모두 외친다. 휴고는 적잖이 취해서 자신의 적포도주 잔이 없어진 것도 알아차리지 못하고 백포도주 잔을 든다. 모두들 술을 마시는 동안 마일스는 휴고의 적포도주 잔을 마크 앞에 내려놓는다.

그리고 그는 방을 나간다.

예술이 얼마나 무의미한지에 대해 캐럴라인이 계속 이야기한다.

아냐, 휴고도 고개를 저으며 말한다. 이에 관한 논쟁을 또다시 해야 한다는 게 믿기지 않아. 마치 예술이 타블로이드판 신문 바깥에는 존재하지 않는 것처럼 다들 항상 똑같은 사람 얘기만 한다는 사실을 또 지적해야 하나요? 에민과 허스트 등등 그들은 이미 구식이에요. 그 사람들은 자신들의 예술이 이룩한 것에 방해가 되고 있어요. 그들이 상투적인 인물이 되었다는 생각이 내 마음 한구석에서 고개를 내밀기 시작하고 있답니다. 이제 일반 사람들도 그들에 관해 우리가 한 말이나 우리가 하려는 말과 꼭 같은 시시한 말들을 할 수 있으니까요. 그러니 논란의 여지가 있겠죠. 그들의 예술이 심각한 논란거리라는 건 아니에요. 그렇지만 나는 심오한 의문을 제기하고, 전복할 필요가 있는 것들을 전복하고, 모든 그럴듯한 선입견에 도전하는 새로운 예술이 아주 많다고는 말하지 않겠어요.

또 시작이네요, 해나가 말한다.

삶의 비밀은 예술이다, 버니스가 말한다. 오스카 와일드의 말이에요.

예술 애호가인 척하는 얘기의 비밀은 죽음이다, 해나가 말한다. 그렇게 말하면서 손가락으로 자신의 목을 주욱 긋는 시늉을 하며 꺽 소리를 낸다.

나는 이 사람 말은 신경 안 써요, 캐럴라인이 휴고를 가리키며 말한다. 휴고는 언짢은 기색에다가 남을 얕보는 표정을 띠고 있다. 여보, 당신이 이 문제를 얘기할 때 노상 쓰는 말들, 예를 들어 강화한다, 복고풍이다, 명료하다, 질문을 던진다 따위의 말들에 신경 쓰지 않는다고.

돈과 권력, 리처드가 말한다. 진짜 마법의 단어는 이거죠.

맞아요, 캐럴라인이 말한다. 내가 경기 불황을 거의 반기다시피 하는 이유가 바로 그거랍니다. 죄송해요, 젠. 왜냐하면 이이가 노상 얘기하는 예술을 둘러싼 금융 시장 같은 것에 몰려든 어리석은 돈들이 불황 탓에 얼마간 떨어져 나갈 테니까요. 당신이 계속 얘기하는 그런 예술은 다 사기야. 사람들이 화랑에 있는 유리 상자 안에 스스로 들어가서 관찰당하는 일, 모든 소지품들을 파는 일, 또는 도넛 구멍에 회반죽을 부어 만든 것을 '도넛 안에서 나온 구멍'이라고 부르는 일, 또는 오래된 고목의 몸통에 콘크리트를 부어서 그럴듯한 이름으로 부르는 일 따위는 다 사기란 말이에요. 예술이 뭔가를 변화시킨 경우는 한 번도 없었어요. 그게 핵심이에요. 이상 끝. 이른바 예술이라 불리는 작품이 사람들에게 편두통을 준 것 말고 이 세상에서 뭔가를 해낸 경우가 있다면 보여 주세요.

해나가 소리가 들릴 만큼 크게 하품을 한다.

예술은 어리석은 거예요, 해나가 말한다.

하지만 그 젊은이는 어떤가요, 마크가 말한다. 독일에서 여동생과 함께 저항 운동을 했던 젊은이 말입니다. 2차 세계 대전 때 활동했던 오누이, 그 이름이 기억나지 않네요.

모두 고개를 돌려 마크를 쳐다본다. 꽤 놀라운 발언이다.

남자는 히틀러 유겐트* 대원이었어요, 그가 말한다. 그는 어느 날 책을 한 권 읽었지요. 아주 재미있게 읽고 있었는데 상관이 발견하고 엄하게 경고했답니다. 왜냐하면 유대인 작가가 쓴 책이라서 금서였거든요. 젊은이는 이런 정말 좋은 책이 금서라는 사실에 화가 났어요. 그 좋은 책이 온당치 않은 작가가 쓴 온당치 않은 책(온당치 않은 예술이라 해도 될 겁니다.)으로 묶여 있다는 데 화가 난 거죠. 그래서 그는 다시 생각하게 되었고, 지금 무슨 일이 벌어지는지 질문을 하기 시작했어요. 마침내 그는 여동생 조피 숄과 함께, 아, 그들 이름은 숄이네요, 상황을 변화시키고 사람들이 다르게 생각할 수 있도록 노력하는 이 훌륭한 일을 해 나갔답니다. 그들은 독재에 맞서 싸우고 상황을 바꾸어 나갔어요. 붙잡히기 전까지 좋은 일을 아주 많이 했지요. 그 때문에 처형당했어요. 그와 여동생 둘 다 말입니다. 나치 정권은 그들을 법정으로 데려가 선고를 내렸는데, 그들은 용감하게 할 말을 했지요. 오누이는 반역죄로 사형 선고를 받았고, 아마 나치스는 단두대에서 그들의 목을 잘랐을 겁니다.

예, 그리고 사람들은 나중에 그들의 해골이, 거 뭐더라, 다이아몬드로 덮인 것을 발견했대요. 그리고 그들이 있었던 방의 불들이 계속해서 저절로 꺼졌다 켜졌다 했답니다, 해나가 오싹한 유령 소리를 내며 말한다.

마크는 진지한 척만 한 게 아니라 실제로 진지하게 이야기

---

* 독일 나치스가 만든 청소년 조직.

하는 끔찍한 실수를 저질렀다는 것을 깨닫고 크게 자책한다. 불현듯 예술에 관한 이런 대화는 아마도 이 사람들이 이처럼 만나서 저녁을 함께할 때마다 뭔가 연대감을 강화하려는 듯이 매번 화제에 올리는 이야기일 거라는 생각이 머릿속에 떠오른다. 젠이 가볍게 아이가 자는지 확인하고 나서 몸을 앞으로 기울여 조심스러운 태도로 진지하게 말한다.

마크, 당신은 어려운 시기를 겪었을 게 틀림없어요. 동성애가 합법화되기 전에 동성애자였다면 말이에요. 그렇죠?

아, 예, 마크가 말한다. 그랬어요, 나는 처음부터 줄곧 동성애자였죠.

그가 얼굴을 붉힌다.

네, 그런데 그건 1970년대 초까지는 불법적인 거였죠? 젠이 고개를 끄덕이며 말한다.

1960년대 말까지 그랬어요, 마크가 말하며 탁자 위에 놓인 자신의 손을 내려다본다.

그 모든 일들이 일어나고 있을 때 당신은 무척 젊은 나이였을 텐데요, 젠이 특유의 진지한 목소리로 말한다.

아, 그랬죠, 마크가 말한다. 아주 어린 나이였죠.

모두 웃는다.

당신에게 그건 끔찍한 일이었겠어요, 마크, 캐럴라인이 그의 오른쪽에서 말한다.

그녀가 그의 팔에 손을 얹는다.

어떤 기분이었어요? 그녀가 말한다.

오, 아주 즐거웠답니다, 마크가 말한다. 우린 모든 걸 숨겼지요. 아주 흥미로웠어요. 아주 자극적이었어요.

나는 그게 불법인 때가 있었다는 것도 몰랐네요! 해나가 말한다.

동성애자가 경찰에 체포되면 감옥에 가야 했지요. 아니면 에스트로겐 주사를 맞거나, 테런스가 말한다. 튜링*에게 그런 일이 일어났지요.

그건 투어링**이 아니고 크루징***이라고 할 거예요, 리처드가 말한다. 내가 아는 한은 그런데 나도 잘 모르겠어요. 우리 중에서 가장 전문가다운 사람에게 물어봐야 할 것 같네요. 음, 휴고?

캐럴라인이 재빨리 끼어들어 베이우드 부부에게 여배우 브룩 실즈의 이름을 따서 딸의 이름을 지었는지 묻는다.

브룩 실즈가 누구예요? 해나가 말한다.

당신은 너무 젊어서 알 수 없을 거예요, 젠이 말한다. 왕실의, 에드워드는 아니고 퍼거슨과 결혼했던, 아, 앤드루 왕자와 교제했던 여배우예요. 하지만 젊었을 때, 아주 젊었을 때 지저

---

* 영국의 뛰어난 수학자이자 논리학자인 앨런 튜링을 가리킴.

** 튜링(Turing)을 투어링(touring)으로 잘못 들은 체하며 엉뚱한 대답을 함.

*** cruising. 공원 같은 공공장소에서 파트너를 낚으러 다니는 것을 말함.

분한 스캔들에 연루되었지요. 꽤나 역겨운 영화 제작자가 미성년인 그녀를 외설스러운 영화에 출연시켰을 때였어요.

꽤나 역겨운 영화 제작자가 아니었어, 에릭이 말한다. 그 영화는 프랑스의 20세기 최고의 영화감독 가운데 한 사람이 만든 것이었어.

글쎄, 우리가 그런 거에 늘 의견이 일치하는 건 아니랍니다. 그렇지, 여보? 젠이 말한다. 이이는 항상 자막이 있는 걸 보려고 해요. 나는 그걸 보며 오, 이런, 자막이라니 생각하죠. 우리가 이 집에서 종일 서로 다른 방에 있을 수 있다는 게 참 다행스러워요.

아니에요, 베이우드 부부가 그들에게 말한다. 그렇지만 딸의 이름을 무성 영화 시대의 유명한 영화배우인 루이스 브룩스의 이름을 따서 지었다고 알려 준다.

요크셔 나막신 춤을 춘 사람이 누구더라, 해나가 말한다.

루이스 브룩스는 자유 의지로 가득 찬 여성, 생존 능력을 지닌 여성, 혹은 삶에서 겪을 수 있는 참혹한 상황에 직면해서도 굉장히 냉정한 태도를 굳게 지킨 배역을 주로 맡았답니다, 버니스가 말한다.

놀라움으로 인한 짧은 침묵 뒤에 캐럴라인이 말한다. 이제 캐럴라인도 꽤 취했다. 그렇다면 아이의 이름이 루이스여야 하는 거 아니에요?

루이스 브룩, 리처드가 말한다. 그녀는 올림픽 조정 경기에서 메달을 딴 영국 선수 아닌가요?

난 그녀가 아기를 마구 흔들어 댔던 그 미국 유모인 줄 알았어요, 해나가 말한다.

느닷없이 캐럴라인이 울다가 웃다가 하기 시작한다. 그녀는 고백하고 싶다고 말한다. 그녀의 고백은 비행기 타는 게 무섭다는 것이다. 해나가 빈 물컵을 넘어뜨리며 탁자 위로 손을 뻗어 캐럴라인의 손을 토닥여 준다. 젠이 인지 행동 치료에 관해 소리 지르기 시작한다. 인지 행동 치료의 여섯 과정이 우리를 드러내 보일 거야, 그녀가 말한다. 아니, 소리 지른다. 미친 사람처럼 그 말을 자꾸자꾸 되풀이하며 소리 지른다. 젠은 그 말을 여섯 번쯤 되풀이한다. 마크는 자신이 몹시 취해서 착각을 일으키는지도 모른다고 생각한다. 하지만 포도주를 한 잔밖에 마시지 않았고, 그것도 절반만 채워진 잔이었으므로 취했을 리가 없다. 해나도 자기한테 권리가 있고, 핵심적인 권리 중 하나는 저렴한 항공편을 이용할 권리라고 소리 지른다. 왜냐하면 그녀 부모에게는 그 권리가 없었고, 또한 비행기를 타는 것은 사람들이 주장하듯이 환경에 해를 끼치는 게 아니기 때문이라는 것이다. 이때 휴고와 리처드는 자유로이 연상하며 공상을 하기 시작한다.(마크는 그들이 한통속이 되는 것을 지켜본다. 마치 저녁 내내 두 사람이 서로에게 신랄했던 적이 전혀 없었던 것만 같은 모습이다. 한통속이 된 그들은 얼간이처럼 군다.) 그들은 자동차의 워셔액 통을 오줌으로 채우는 공상을 한다. 그리하여 차의 앞 유리

창을 닦기 위해 단추를 누르면 노즐에서 뿜어 나와 차의 지붕 너머로 솟구쳐 날아간 비말이 차 가까이에 붙어 자전거를 타는 모든 사람들을 오줌으로 덮어 버릴 거라고 상상한다.

베이우드 부부는 잠이 든 아이의 머리 너머로 서로 눈빛을 교환한다.

나는 경쟁심이 강해요, 리처드가 말한다. 난 그 사실을 숨기지 않을 거예요.

마크는 고개를 돌려 휴고를 본다. 휴고도 마크의 눈을 똑바로 쏘아본다. 더없이 불안정한 표정이다. 마크는 조너선을 생각한다. 조너선이 떠난 뒤 조너선의 사랑의 본질을 이해했던 순간을 떠올린다. 장례식이 있은 지 육 개월이 지난 어느 봄날 오후 그는 자리에 앉아 조너선이 이십오 년이 넘도록 함께한 그들의 삶을 담은 비디오 영상을 끝까지 다 보았다. 휴가 갔을 때 바다를 바라보며 찍은 멋진 풍경도 있었고, 차를 타고 길을 달리면서 차창으로 스쳐 지나가는 풍경을 담은 것도 있었고, 그들이 머물게 된 어떤 방을 빙 돌면서 찍은 것도 있었다. 그런데 어떤 영상이든 간에 항상 마지막 장면에서 카메라의 눈은 마크의 모습을 담고 끝이 났다.

비디오의 화질이 안 좋은 것이 왠지 마음이 아프다고 마크는 생각한다. 상태가 썩 만족스럽지 않은 것에는 인간적이고 허전한 뭔가가 있다는 생각이 든다. 남아 있는 게 그뿐이라는 것이, 그동안에 있었던 수많은 일들이 그토록 적은 분량으로 좁아

들었다는 것이 가슴을 아리게 한다. 로마에 갔을 때 그들은 아름답고 작은 성당을 방문했다. 성당 안은 텅 비어 있었지만, 밖에서는 '진실의 입'에 손을 넣고 사진을 찍으려는 관광객들이 길게 줄을 서서 차례를 기다렸다. 그들은 유리 상자 안에 들어 있는, 이를 드러내고 웃는 해골을 발견했다. 이마에 S. 발렌티니*라는 글자가 붙어 있다. 영상이 해골에 계속 머물러 있는 동안 영상 뒤편에서 조너선의 목소리가 들린다. 우리 모두는 저 해골처럼 이마의 살과 뼈 사이에 이름이 쓰여 있는 게 아닐까? 그런 다음 둘 다 웃는다. 마크는 자신의 웃음이 조너선의 웃음과 섞이는 것을 듣는다. 그 웃음 때문에 카메라의 눈이 약간 흔들리는가 싶더니 두개골을 벗어나 빙글 돌아서 마크의 웃는 모습에서 멈춘다.

그사이에 리처드는 마이크로 드론이 보고 있는 것을 보여 주는, 경찰이 사용하는 고글을 손 모양으로 지어 보인다. 휴고도 두 손을 자기 눈에 갖다 댄다. 젠과 휴고는 민주주의와 인터넷 포르노에 관해 이야기하기 시작한다. 휴고는 여전히 눈에 손을 대고 있다. 마크는 욕지기를 느낀다. 두 차례 인터넷에서 공짜 포르노를 보며 자위행위를 했던 일이 머릿속에 떠오른다. 한 번은 푸른 수영장 계단에서 두 남자가 벌이는 행위였고, 다른 한 번은 화장실에서 군복 입은 세 남자가 벌이는 행위였다. 그

* 성 발렌티누스 사제를 가리킨다. 그의 순교를 기리는 날이 밸런타인데이다.

는 두 번 모두 자신이 한심하다는 생각을 덜기 위해 그 후 인터넷에서 다른 뭔가를 찾아야 했다. 두 번째 포르노를 보고 난 뒤에는 구글의 검색창에 별 생각 없이 아름다운 것이라는 단어를 입력했다. 햇볕을 받는 나뭇잎 사진이 나타났다. 포토샵으로 다듬은 금발의 여자와 아기가 자고 있는 사진. 새를 찍은 사진. 테레사 수녀 사진. 반짝이는 금속으로 지은 현대식 건물 사진. 칼로 자신들의 손을 찌르는 두 사람 사진. 구글은 무척 이상하다. 구글은 모든 것을 약속하지만 거기엔 찾는 게 없고, 우리가 원하는 것의 단어를 입력하면 우리가 원하는 것은 순식간에 불필요한 군더더기가 된다. 우리가 정말 원하는 것이 어렴풋이 아른거리기만 하고, 구글은 아무것도 답을 할 수 없다. 마크는 어질러진 탁자를 살펴보고 나서 다시 생각에 잠긴다. 물론 구글은 어사 키트가 1957년 새벽 3시에 「구식 백만장자」라는 노래를 부르는 것이나 헤일리 밀스가 오래된 디즈니 영화에서 여성다움에 관한 노래를 부르는 것을 찾아서 볼 수 있는 매력을 지녔다. 그러나 그 매력은 완전히 새로운 방식의 고독감과 위장된 풍성함에 대한 일종의 기만이며, 실은 새로운 수준의 단테의 지옥이고, 좀비가 가득한 공동묘지다. 겉으로만 그럴싸한 거짓된 정보, 아름다움, 동정심, 고통, 강아지 얼굴, 수많은 사이트에서 보게 되는 몸이 묶인 온갖 여자와 남자들, 자위행위를 하는 사람들. 그것은 천박함이 숨겨진 거대한 바다다. 음란함 사이에서 어떻게 깨끗한 길을 걸어 나갈 것인가 하는 인간의 딜레마는 더욱더 무겁고 깊어진다.

버니스가 그의 생각에 동의한다는 듯이 그를 향해 고개를 끄덕인다.

오, 맙소사. 오, 이런. 마크는 자신이 속으로 생각한다고 생각했는데 실은 소리 내어 말하고 있었던 듯싶다.

흔한 미나리아재비가 평소와 다를 바 없는 햇볕을 받으며 한 조각 불모지에서 움트는 것만으로도, 버니스가 말한다. 길가의 쓰레기가 바람에 날리는 것만으로도 온라인에서 횡행하는 이른바 진실이란 것들을 다 몰아낼 수 있어요. 그러나 우린 무엇이 진짜인지 알 방법을 잊어버리고 있어요. 그게 정말 문제죠.

얼마나 많이 소리 내어 말했을까? 알 수 없다. 오, 맙소사. 자위행위라는 말도 입 밖에 낸 걸까? 군복 입은 남자와 수영장 남자에 관해서도 소리 내어 말한 걸까?

그건 러다이트*적인 접근이에요, 젠이 말한다.

인터넷은 진짜예요, 해나가 말한다. 인터넷이 진짜가 아니라고 말해선 안 돼요. 나도 집에 인터넷이 있어요. 나에게 그건 정말 실감 나는 거라고요.

난 이와 같이 인터넷을 반박해요, 버니스가 말하면서 그녀 앞에 놓인 빈 디캔터**의 목을 손으로 톡톡 친다. 젠은 디캔터가 넘어지지 않도록 얼른 붙잡아야 했다.

* 기계화를 반대하는 운동.

** 포도주 등을 옮겨 담는 일반적으로 보기 좋게 만든 병.

해나는 버니스가 현대적인 용어와 철학적인 말을 쓰면서 잘난 체하고 과시한다고 울부짖기 시작한다. 그건 예술 애호가인 척하는 말보다 더 나쁘다고 부르짖는다. 휴고와 리처드는 이제 데이미언 허스트의 해골에 관한 의견 차이로 서로를 위협하고 있다. 몸싸움이라도 벌일 기세다.

마크는 토할 것 같다는 생각에 위층으로 올라간다.

화장실은 비어 있다.

화장실 옆방의 열린 문을 통해 뭘 재고 있는 것 같은 마일스의 모습이 보인다. 마일스는 걸음을 옮기면서 세고, 다시 걸음을 옮기면서 센다. 그 일에 몰두한 모습이 멋져 보인다. 그가 마크를 본다.

길이 일곱 걸음, 폭 다섯 걸음, 그가 말한다.

어쩌면 마일스는 남몰래 부동산 중개인으로 일하는지도 모른다.

마일스는 자신이 사용한 나이프와 포크를 위층으로 가져왔다. 그는 그것들을 탁자 위에 놓고, 이어 호주머니에서 소금 통을 꺼내 나이프와 포크 옆에 내려놓는다.

그걸로 뭐 하려고? 마크가 말한다.

마일스가 어깨를 으쓱한다.

이걸로 음식을 먹으려고요, 마일스가 말한다.

그가 전등 스위치를 켰다가 다시 끈다. 두 사람이 웃는다.

아래층은 야단법석이야, 마크가 말한다. 데이미언 허스트의 해골이 무엇을 의미하는가를 두고 금방이라도 서로의 두개골에 주먹을 날릴 태세라고.

마일스는 눈썹을 추켜세우고 체념한 미소를 싱긋 지어 보인다.

난 토할 것 같아, 마크가 말한다. 금방이라도.

마일스가 고개를 끄덕인다. 그의 눈빛은 온화하다.

이따 봐요, 그가 말한다.

그의 말은 당신 문제를 해결하고 나서 곧 봐요, 이런 뜻이다.

마크는 화장실로 들어간다. 그는 속이 좀 괜찮아지고 달아오른 얼굴이 다소 가라앉을 때까지 바닥에 앉아 있다. 그러고 나서 일어나 오줌을 눈다. 그러는 동안 자신이 안다는 것을 몰랐던, 어린 시절에 읽은 시 하나가 머릿속에서 저절로 흐른다.

똥개 화딱지가 집에서 생쥐를 만나 말했지. "우리 둘이 법정에 가자. 난 **너**를 고소할 거야. 이봐, 부정할 수 없을걸. 우린 재판을 받아야 해." "나는 오늘 아침엔 정말 아무것도 안 했어요." 하고 생쥐가 똥개에게 말했지. "여보세요, 배심원도 재판관도 없는 재판은 시간 낭비일 뿐이에요." "내가 재판관이 될 거야, 내가 배심원이 될 거야." 교활한 늙은 화딱지가 말했지. "내가 재판을 다 할 거야. 그래서 네게 사형 선고를 내릴 거야."*

어떤 동물의 꼬리처럼. 그래, 이 시는 페이지 밑으로 내려가

---

* 『이상한 나라의 앨리스』에 나오는 내용이다.

면서 동물의 꼬리 모양으로 인쇄되어 있었다.

그는 마일스에게 들려줄 생각이다. 마일스는 재미있어할 것이다. 마일스는 아마 이 시가 무슨 시인지 알 것이다.

그러나 마크가 화장실을 나왔을 때 침실 문이 닫혀 있다.

마크는 마일스가 다시 아래층으로 내려간 모양이라고 언뜻 생각한다. 그는 걸음을 옮기려 몸을 돌린다. 그러다가 걸음을 멈춘다. 그리고 닫힌 문 앞에 서서 문에 귀를 갖다 댄다.

그는 아래층으로 내려간다. 반쯤 닫힌 식당의 문 앞에서 걸음을 멈추고 선다. 방 안에 있는 사람들은 누군가에 대해 얘기하고 있다. 그 누군가가 농담의 대상인 듯 왁자한 웃음소리가 난다.

그는 귀를 기울인다. 아마 마일스에 대해 이야기하는 듯싶다.

아니에요, 그는 대단한 사람이에요. 그는 모범적인 동성애자예요, 캐럴라인이 말한다. 전문가로 일하는 동성애자라고요.

그분은 내 옷에 대해 한마디도 하지 않았어요. 사람들은 대개 옷에 대해 한마디쯤은 하잖아요, 해나가 말한다. 그리고 그 분 복장은 다른 사람들에 비해 말쑥하지 않아요. 사람들은 보통 옷을 잘 다려 입는데 말이에요.

어머니를 사랑하더군요, 리처드가 말한다.

그의 어머니는 돌아가셨어요, 휴고가 말한다.

그래서 다림질이 잘 안 된 것처럼 보이는 옷을 입고 다니나 보네요, 리처드가 말한다.

해나와 다른 누군가가 웃는다.

그 사람 어머니에 대해 당신이 어떻게 알아? 캐럴라인이 말한다.

그가 말해 줬어, 휴고가 말한다. 어머니는 그가 어렸을 때 스스로 목숨을 버렸대. 열한 살인가 열두 살 때.

그들은 마일스에 대해 이야기하는 게 아니다. 스스로 목숨을 버렸대. 그건 휴고의 친절한 언사다. 많이 취했으면서도 장갑 낀 손으로 조심스레 말을 다루듯 일부러 그런 표현을 골라서 말한 것이다.

슬픈 일이네요, 젠이 말한다. 무척 슬픈 일이에요.

어머니가 화가였대요, 휴고가 말한다.

집에 페인트를 칠하는? 리처드가 말한다.

누군가 나오는 웃음을 억누르며 웃는다.

마크는 고모가 키웠어요, 휴고가 말한다. 아버지는 멀리 떠났는지 어쨌는지, 아무튼 안 계셨으니까 어머니가 세상을 떠난 뒤엔 고모가 그를 키웠답니다. 어머니는 상당히 유명한 분이셨대요. 음, 돌아가시고 난 뒤에 그랬다는 것 같아요. 난 들어 보지 못한 이름이지만. 페이라든가 페이스라든가, 뭐 그런 이름이었어요.

페이 파머 말인가요? 버니스의 나직한 목소리가 끼어든다. 마크의 어머니가 페이 파머?

성이 파머예요, 휴고가 말한다.

오, 테런스가 말한다. 이럴 수가. 마크가 페이 파머의 아들이라니.

마크의 나이를 보면 딱 들어맞아요, 버니스가 말한다. 오, 정말 놀라워요.

페이 파머가 누군데요? 해나가 의심하는 듯한 목소리로 크게 말한다.

페이 파머, 버니스가 말한다.

베이우드 부부가 탁자에 앉은 사람들에게 페이에 대해 이야기한다. 젊었다. 유대계다. 재능이 뛰어났다. 대단히 촉망받는 인물이었다. 독창적이었다. 선구자였다. 시각 예술가였다. 1950년대에 활동했다. 사진을 보면 엄청 예쁘다. 종종 플라스*와 나란히 언급되는 인물로 여러분도 분명히 페이 파머라는 이름을 들어 보았을 것이다.

아, 플라스, 휴고가 말한다. 누군가의 아내. 대단히 영특하고 번뜩이는 광기를 지녔던 여자.

버니스가 페이의 가장 유명한 작품인 「역사 연작 1~9」에 대해 설명한다. 이 작품은 멀찍이 떨어진 의자에 앉아 있는 여자로부터 시작한다. 다음 캔버스로 넘어갈수록 여자의 모습이 가까워지는데, 그러면서 우리는 여자의 손목과 발목이 의자에 묶여 있는 것을 보게 된다. 이어 여자가 울고 있는 것처럼 보이는

* 미국의 시인이자 소설가인 실비아 플라스를 가리킴.

것을 보게 된다. 그다음에는 울고 있는 여자의 눈에서 나오는 게 피라는 것을 본다. 더 가까워지면 여자의 눈이 실은 진짜 눈이 아니라 피 묻은 마스크라는 것을 알게 된다.

이어 우리는 여자의 얼굴을, 눈을 곧장 맞닥뜨리게 되고, 그러면서 위 눈꺼풀과 아래 눈꺼풀이 실로 꿰매진 것을 본다. 더럽고 지저분한 검은 실로 눈꺼풀이 꿰매져 있는 것을 보는 거예요, 버니스가 말한다. 8번 작품에 이르면 다른 것은 없고 한 땀 한 땀 꿰맨 자국과 실밥이 극도로 확대된 모습만 보이죠. 이건 추상화 같지만 추상화가 아니에요. 엄청 공들여 그린 구상미술이지요. 마지막 캔버스에는 여자가 마스크 너머 눈 속으로 들어가는 것을 그렸답니다. 거기에는 눈알이 없어요. 눈구멍이 텅 비었지요. 거기에 흉측하게 생긴 벌레가 한 마리 있는데 그놈이 눈구멍의 내벽을 뜯어 먹고 있답니다.

어휴 징그러워, 해나가 말한다. 내가 들은 얘기 가운데 가장 징그러운 얘기예요.

그건 사실이에요, 테런스가 말한다. 그건 현실성에서 비롯된 이미지이니까요. 그녀는 어딘가에 꽤 유명한 글을 한 편 썼어요. 비인간적인 행위에 대해 알면서 그걸 견뎌야 한다는 게, 공동으로 견뎌 내야 한다는 게 뭘 의미하는지를 다룬 글이었어요. 그 글에서 그녀는 한 전쟁 포로에게 이 비인간적 행위가 실제 어떤 식으로 일어났는지에 대해서도 썼어요. 포로는 눈알을 제거당했고, 그를 고문한 사람들은 눈알이 있던 자리에 딱정벌레를 넣고 꿰맸답니다.

난 토할 것 같아요, 해나가 말한다. 정말 토할 것 같아요.

그리고 그녀가 죽은 후 커다란 논쟁이 있었는데, 버니스가 말한다. 그것은 그녀가 자기 그림에서 실제로 이 일을 겪은 남자를 표면상 일련의 자화상처럼 보이는 것으로 대체했다는 점이었어요.

오, 표면상, 리처드가 말한다.

버니스는 그의 조롱을 무시하고 계속 이야기한다. 이와 같은 역사의 전용, 즉 개인적인 것과 역사적인 것의 결합은 파머 작품을 비평하는 사람들이 여전히 가장 활발하게 논하는 주제예요. 그녀에 관한 자전적인 내용, 특히 자살했다는 사실과 몇 가지 그럴듯한 이유에 계속 천착하는 경향은 여러 가지 면에서 그녀 작품의 올바른 미적 수용을 막아 왔어요.

오, 미적 수용, 리처드가 말한다.

닥쳐, 리치, 휴고가 말한다.

왜 자살했죠? 캐럴라인이 말한다.

'역사 연작 1~9'라고 부르는 작품, 그건 꼭 알아야 해요, 테런스가 말한다. 언젠가 여러분도 보게 될 거예요.

그리고 어떻게 자살했죠? 캐럴라인이 말한다.

내가 그 작품을 봤다면 알아봤을 텐데. 그 작품은 정말 역겨울 것 같아요, 해나가 말한다.

당신이 실제 작품을 직접 봤다면 확실히 알았을 거예요, 버니스가 말한다. 모를 수가 없어요. 잊을 수 없는 작품이니까요. 참으로 충격적인 작품이랍니다. 게다가 충격적으로 아름답기까지 해요.

그럴 리 없어요, 해나가 말한다.

정말이에요, 버니스가 말한다. 정말 아름다워요.

아이를 데리고 가서 그 그림들을 보여 주진 않을 거죠? 젠이 말한다.

우리 아이는 매일 더 나쁜 것들을 텔레비전에서 봐요, 테런스가 말한다. 아이는 컴퓨터에 단어 몇 개만 입력하면 나쁜 것들을 다 볼 수 있어요. 그리고 더 나쁜 것은 실제로는 보지 않은 것처럼 그것들을 본다는 점이지요. 파머의 작품 같은 그림을 보는 것은 화면에서 잔학한 무언가를 보는 것과 아주 달라요. 거기엔 화면이 없으니까요. 그게 핵심이에요. 우리와 작품 사이에 아무것도 없어요.

아이를 그러게 내버려 둬요? 캐럴라인이 말한다. 대단한 아량이군요. 나로선 상상하기 힘든 일이에요.

우리 자신을 그냥 내버려 두는 것도 상상하기 힘들지만 우린 그렇게 하고 있잖아요. 생각해 보세요, 우리 자신의 심장이, 팔이, 다리가 얼마나 튼튼하고 듬직하게 여겨지는지, 누군가(에릭이 분명하다.) 말한다.

매우 이기적인 생각이에요, 휴고가 말한다.

그건 정말 어려운 일이에요, 캐럴라인이 말한다.

당신이 그녀를 안다는 사실에 놀랐어요. 난 한 번도 들은 적이 없거든요, 휴고가 말한다.

하지만 당신도 그녀의 작품을 보았을 거예요, 버니스가 말한다. 앞으로도 보게 될 거고요. 보았다는 걸 알지도 못한 채 보았을 거예요. 그녀는 대단히 영향력 있는 사람이에요. 예술가들이, 특히 여성 예술가들이 역사를 다루게 되는 국면에서 엄청나게 중요한 인물이고, 역사가 예술가들을 어떻게 다루어 왔는지를 고찰하는 데도 대단히 중요한 인물이랍니다. 그리고 이제 우린 뒤늦게 그들이 베이컨에 필적하며, 사실상 1960년대와 1970년대의 전후 자해 예술가들의 원조라는 것을 똑똑히 알 수 있어요. 나아가 그들의 색면 구성을 보면 그들이 호크니를 앞섰다는 것도 알 수 있지요.

베이컨과 호크니라니, 그건 아니죠, 휴고가 콧방귀를 뀐다.

내 말 믿으세요. 맞아요. 두 사람 다 여기에 해당됩니다, 버니스가 말한다.

페이 파머의 아들은, 테런스가 말한다.

오, 이런, 젠이 말한다. 유대인이잖아요. 그걸 모르고 돼지고기를 대접했네요.

베이컨과 호크니라, 리처드가 말한다. 하하!

하지만 마크는 그걸 먹은걸요, 젠, 캐럴라인이 말한다. 마크는 먹는 거에 개의치 않는 사람인가 봐요.

마크는 문 바로 뒤에 서 있다.

그의 몸과 마음은 열세 살 시절로 돌아간다. 아직은 너무 큰 운동선수용 유니폼 상의를 입은 조그맣고 마른 그가 남자애들이 가득한 세인트페이스 학교의 자율 학습실에 들어가면 아이들은 또다시 하던 말을 멈추고 이내 입을 다물 것이다. 쿠엔틴 시니걸이 단순히 유색인 학생인 것만은 아니듯이 이제 그도 더 이상 단순히 유대계 학생인 것만은 아니다. 어머니의 사망 원인에 대한 조사 내용이 신문에 실려서 그 역시 엄마가 자진해 저세상으로 가 버린 학생이라는 것을 다들 안다. 아이들은 앞으로 수개월 동안 그의 등 뒤에서 수군거릴 것이다.(실제로 수년 동안 그런 수군거림이 있었다.)

그는 뒤쪽 계단을 흘긋 본다. 닫힌 문이 눈에 들어온다.

멋진 친구 마일스는 문 너머에 안전하게 있다.)

온전한 인격 형성에는 기억된 것뿐 아니라/ 망각된 것도 필요하다고 말하라 마크는 공원 출입문에 있는 원형 벤치에 앉았다. 포근한 10월이었다. 훗날 오늘의 천문대 방문에서 그는 무엇을 기억할까? 카메라 오브스쿠라를 만들기 위해 커튼을 친 탑에 들어가 그 안에 있는 조그만 흰 탁자에서 갈매기 한 마리가 공원 가장자리의 잔디밭을 종종종 걸어가는 모습을 보았다. 이제 그는 벤치에 앉아 앞에 있는 다른 갈매기가 잔디밭을 종종거리며 걷는 것을 보면서 이처럼 갈매기를 직접 보는 것보다 카메라 오브스쿠라로 보았던 것이 더 좋았다고 생각했다.

말하라, 나무에 열린 산딸기 발효되었다고/ 말하라, 어떤 새들 그것 먹고 취해서 제정신 아니라고/ 그리하여 똑바로 날지 못하네/ 사무실 건물 벽에 부딪혀 떨어져 죽네/ 인도에 있는 사람들 구애받지 않고 걷지/ 부러져 쌓인 새들 위로 걸어가지 마크는 2009년 10월 어느 목요일에 벤치에 앉았다. 사십칠 년 전 오늘 그는 케나 고모네 집 거실에 서 있다. 고모 집으로 들어온 지 이틀쯤 지났다. 재수 없게 그가 이 집으로 정해진 것이다. 데이비드는 아버지의 또 다른 동생인 마음씨 좋은 호프 고모로 결정되어 그 역시 이틀쯤 전 이 마을의 반대쪽에 있는 호프 고모네 집으로 들어갔다.

모든 게 말끔하다는 게 일종의 증거다. 비록 아직도 뭐가 뭔지 갈피를 잡을 수 없었지만 말이다. 종아리에 닿는 느낌이 새로운, 거실에 있는 의자들의 크기가 일종의 증거다. 테이블보에 그려진 이국의 가을 풍경이 증거다. 방 안에 있는 검은 목재 가구가 증거다. 케나 고모가 마실 것들을 보관해 두는 수납장의 옆면과 윗면의 부드러운 곡면이 증거다. 케나 고모 모르게만 열어 볼 수 있는 그 수납장을 열었을 때 거기서 나는 시큼하고 짙은 냄새가 증거다.

그의 여행 가방은 비어 있는 다른 방에 있다.

어머니가 남긴 쪽지는 그 여행 가방 안에 들었다.

지금으로부터 칠 년쯤 전에 이사를 하면서 마크는 여전

히 고모네 집에 있는 여행 가방을 찾으러 고모 집에 들렀다. 고모는 그의 짐을 꾸려 두었는데, 쪽지는 여행 가방에 따로 들어 있었고 고모는 그것을 정체 모를 낡은 가방이라고 생각해 고물상으로 넘겼다. 그 시절에 마크는 어머니가 저지른 행동에 화가 나 있었으므로 그걸 찾아 나서지 않을 작정이었다. 그걸 다시 찾으러 고물상에 갈 생각을 하지 않은 것이다. 그러다가 쪽지를 다시 찾고 싶은 마음이 들었을 때는 케나 고모가 돌아가신 뒤라서 오래전 그때 고모가 어느 고물상에 여행 가방을 넘겼는지조차 알아낼 방법이 없었다.

급히 쓴 어머니의 필체로 바실돈본드* 종이 위에 적힌 내용은 이렇다.

> 외투의 단추를 채워라.
> 너 자신을 잘 돌보아라.
> 넌 나에게 속해 있다.

그게 전부다. 다른 것은 없다. 누구에게 쓴 글이라는 표시도 없다. 아버지는 이 쪽지에 관해 알지 못한다. 아무도 모른다. 마크는 메모장에서 떼어 낸 그 쪽지와 쪽지 밑에

* 문구 브랜드 이름.

깔린 종이 세 장을 서랍 달린 책상 위에서 발견했다. 밑에 깔린 종이에는 그 글의 자국이 희미하게 남아 있었다. 그는 쪽지를 아무에게도 보여 주지 않고 봉투에 넣어 두었다.

어머니의 글은 어머니다.

종이에 남은 눌러 쓴 자국조차도 그렇다.

그는 이 쪽지가 그를 위해 쓴 것인지, 아니면 데이비드를 위해 쓴 것인지, 또는 둘 다를 위해 쓴 것인지 알지 못한다. 혹은 누구를 염두에 두고 쓴 것이 아니라 어머니가 나중에 다시 생각해 보고 싶은 것을 그냥 갈겨썼을 뿐인지도 모르고 아무튼 그는 알지 못한다.

고모에게는 폴리라는 나이 많은 퍼그가 한 마리 있다. 얼굴이 납작하고 못생겼다. 만약 비극이라는 단어가 그냥 단어인 게 아니라 물리적 실체라고 한다면 그놈처럼 생겼을 거라고 마크는 생각한다.

지금 퍼그는 문간에 털썩 주저앉아 마당을 내다보고 있다. 마당에서는 마크의 고모가 새끼 개똥지빠귀를, 고모의 표현에 따르자면 처리하고 있다. 어린 개똥지빠귀는 둥지에서 떨어져 날지 못하고 오후 내내 자갈 위에 안타깝게, 답답하게, 바보스럽게 그대로 있다. 주위에는 고양이가 많고, 그래서 고모는 고양이들이 해치우기 전에 어린 새의 고통을 끝내는 중이다.

그렇지만 케나 고모, 마크가 말했다.

케나 고모는 손을 흔들어 마크가 가까이 다가오지 못하게 했다.

새끼 새를 맨 먼저 발견한 것은 퍼그였다. 마크는 퍼그가 호기심 어린 싹싹한 태도로 새의 주변을 도는 것을 보았다. 어린 새는 맥이 빠지고 기운이 다한 상태로 주위를 경계하며 제자리에 앉아 있기만 했는데 자꾸만 눈꺼풀이 내려앉았다.

새끼 새가 죽으면 마당 위에서 삑삑거리고 짹짹거리는 엄마 새, 아빠 새가 그리워하지 않을까요?

마크야, 동물들은 향수가 필요하지 않단다, 케나 고모가 말한다. 그건 생존을 위한 도구가 아니니까 말이다.

그렇지만 마크는 산책 중에 퍼그가 입에 돌멩이를 물고 얼마쯤 걸어간 다음에 그 돌멩이를 내려놓더니 집으로 돌아갈 때 다시 걸음을 멈추고 똑같이 생긴 돌멩이를 찾아서 입에 물고 얼마쯤 걸어가서 내려놓는 것을 보았다.

사십칠 년 뒤 마크는 마음먹으면 그 퍼그의 얼굴을 마음에 떠올릴 수 있고, 어두운 거실을 떠올릴 수 있고, 이 시기의 고모가 자주 입에 물곤 했던 흑단 담뱃대를 떠올릴 수 있다. 하지만 그날 그 순간에 대해, 시계가 똑딱거리는 소리가 또렷하고 밖에서 새들이 시끄럽게 지저귀는 소리가 들리는 그 방에서의 그 순간에 대해 그는 무엇을 기억할까?

아무것도.

말하라, 저 위에 천국이 있다고/ 말하라, 우리는 울퉁불퉁한 사랑의 길을 극복한다고 마크는 공원 출입문에 있는 원형 벤치에 앉아 있었다. 오늘은 쉬는 날이었다. 이십칠 년 전 오늘 마크는 남쪽으로 가는 기차를 타고 있다. 그는 서른두 살이다. 심장이 빠르게 뛴다. 그의 시계로 삼 분 후면 기차는 8번 플랫폼에 들어설 것이다. 조너선은 8번 플랫폼의 앞쪽에서 그를 기다리고 있을 것이다. 십 분 전 기차가 이 도시의 변두리에 다다랐을 때 줄무늬 면 재킷을 어깨에 걸치면서 마크는 햇볕 이야기와 니카라과 이야기를 포함하여 오랫동안 많은 이야기를 나눈, 맞은편에 앉은 사복 차림의 미국인 수녀(!)에게 작별 인사를 했다. 그런 다음 맨 앞에 있는 객차에 이를 때까지 계속해서 객차들을 지나갔다. 그렇게 걸어가는 동안 그는 기차에서 어떤 사람들이 무얼 읽는지에 관해 그냥 재미로 가벼운 조사를 수행한다. 한 소녀는 『사랑하는 여인들』을 읽고 있다. 한 남자는 『선과 모터사이클 관리술……』 어쩌고저쩌고(!)를 읽는다. 한 여자가 『베니스에서의 죽음』을 읽는다. 한 여자가 『인도에서 생긴 일』을 읽는다. 한 남자가 『하얀 호텔』을 읽는다. 아주 잘생긴 한 젊은 남자가 영화를 소설화한 『불의 전차』를 읽는다. 학생으로 보이는 한 소녀가 『제5도살장』을 읽는다. 이제 그는 식당 칸을 지나간다. 이제 일등칸을 지나간다.

일등칸에서는《데일리 텔레그래프》(!)를 제외하고 뭔가 다른 것을 읽는 사람은 아무도 없다. 이제 이 움직이는 기차의 맨 앞 칸에 이르렀다. 그는 디젤 냄새를 맡으며 문에 달린 창을 밀어서 연다. 기차가 터널을 빠져나와 역이 보이는 햇빛 속으로 들어갈 때 그는 달리는 기차의 질푸른 옆면에 반사된 해를 바라본다. 이제 그의 손은 손잡이를 잡고 있다. 그가 손잡이를 내리자 무거운 문이 홱 열린다. 기차는 여전히 움직이고, 그의 눈에 조너선이 들어온다. 그는 기차에서 뛰어내려 달려간다.

이십칠 년 후에 이 여행은 마크의 뇌리에서 흐릿해졌다. 시간이 흐르면서 그것은 서로 가까워졌다 멀어지곤 하는 아주 많은 평범한 여행 중 하나가 되었다. 무척 아름다운 날이었음에도 그는 이 특별한 날에 있었던 구체적인 일들을 기억하지 못했다. 애를 써 보아도 생각이 나지 않았다.

시간이 다가와 사랑을 데리고 가네/ 그건 종이로 만든 달일 뿐이라고 하네/ 우리 밑에 있는 땅이 눈처럼 녹아 없어지네/ 모든 작은 별들, 그럴 거라고 했잖아 말하네 마크는 출입문 옆에 있는 벤치에 앉아 손목시계를 들여다본다. 그러나 다시 어느 토요일 저녁에 있었던 일이 떠오른다. 그는 조금 전에 처음 만난 멋진 친구와 연극을 보고 난 후에 간단히 한잔하려고 터키 식당 맞은편에 있는 술집에 간다.

마크: 다음 주에 있을 디너파티에 초대받았어요.

마일스: 그러나?

마크: 그러나, 음, 난 가고 싶지 않아요.

마일스: 그러나?

마크: 그러나 뭐죠?

마일스: 그냥 그러나.

마크: 무슨 뜻으로 그러나라고 한 거죠?

마일스: 정확히 내가 말한 그대로. 당신이 말한 문장은 모두 '그러나'가 붙은 것 같은 의미로 들려요.

마크: 그러나?

마일스: 예.

마크: 그러나 그러나(but)에 t가 하나인가, 둘인가?*

(마일스가 그를 향해 빙긋 웃으며 고개를 젓는다.)

마크: 이거야 원. 아, 좋아. 쉽게 얘기하자고요. 그러니까…….

마일스: 그러니까 당신은 다음 주에 있을 디너파티에 초대받았다. 그러나 가고 싶지 않다. 가고 싶지 않은데 그러나…… 그러나 다음에 뭐가 올까요? 알겠어요?

마크: 이해했어요. 게임 같은 거라는 뜻이군요.

마일스: 게임 이상이죠. 실제로 일이 어떻게 진행되는가 같은 거예요. 예컨대…… 나는 집에 가려고 했다. 그러나

---

* 엉덩이라는 뜻이 있는 butt을 말하는 게 아니냐고 묻는 말임.

이 사람이 나에게 술을 한잔하자고 했다. 그래서 나는 여기에 있다.

마크: 항상 '그러나'인 건가요? '그리고'일 수는 없나요?

마일스: 물론 있죠. 그러나 내가 그러나라는 단어를 특별히 좋아하는 것은, 생각해 보니 이 단어는 항상 우리를 옆길로 데려가기 때문인 것 같아요. 그리고 이 녀석이 데려가는 곳은 언제나 흥미롭지요.

마크: 마치…… 이 그러나라는 녀석은 연극의 마지막에 나타나 그 이전의 모든 것을 망치려고 위협하는 것하고도 같군…….

마일스: 이해했어요?

마크: 아. 이해했어요. 당신은 참…… 놀랍군.

마일스: 하하. 그러나?

마크: (웃는다.) 품사가 뭐더라? 학교 다닐 때 문법을 열심히 외웠는데도 그러나라는 단어의 품사 이름이 생각나지 않는군요. 전치사?

마일스: 난 당신을 전치하지 않을 겁니다. 앞에 두지 않을 거라는 말입니다.

마크: 허. 거참.

마일스: 더 나은 걸 해 볼게요. 당신은 디너파티에 초대받았어요, 그러나…… 당신은 가고 싶지 않아요. 당신은 가

고 싶지 않아요, 그러나…….

마크: 그러나 나는 그걸 거절할 수 없어요.

마일스: 당신은 그걸 거절할 수 없어요, 그러나…….

마크: 그러나 나는 지금 막 갈 수 있는 방법이 생각났어요.

마일스: 당신은 지금 막 갈 수 있는 방법이 생각났어요, 그러나…….

마크: 그러나 그건 오늘 처음 만난 이 사람이 초청을 받아들이고 나와 함께 갈지 여부에 달렸어요.

마일스: (깜짝 놀라며) 오. 오, 날 말하는 거예요?

마크: (그 자신도 깜짝 놀라며) 예. 그러나…… 예.

(웃음소리)

새싹은 언제나 돋고 있다네/ 오래된 잎은 떨어지기 마련이라네/ 무자비하게 자비로운 생의 새로움을 말하라/ 그것은 칼처럼 예리한 일종의 애무라고 말하라 마크는 이제 공원 출입문에서 그리 멀지 않은 원형 벤치에 앉아 있었다. 잠시 후 일어나 다시 리 부부네 집에 가서 현관문을 두드려 볼 생각이었다. 사십육 년 전 부활절 휴일에(마크의 나이가 대충 조금 전 천문대가 있는 곳에서 추파를 던지듯이 마크를 응시하던 남자애의 나이만 한 때였다.) 그는 세인트페이스 학교에서 '집'으로 돌아온다. 케나 고모는 치과에 간다. 치과 예약이 잡힌 고모는 특히 이곳 그리니치 지역을 지나서 치과에 가는 걸 좋아한다. 고모는 치과 치료가 끝날 때까지 그를 싸구려 식당에 남겨 둔다. 길 건너편에는 골동품 가게가 있다. 가게 유리창에 중세풍의 황금빛 그림이 붙어 있다. 마크는 외투를 걸치고 그 식당을 나와 길을 건넌다.

그 그림은 성화다. 두 남자를 그린 종교적인 그림이다. 두 사람은 서로를 마주하고 있고, 한 무리의 남자들이 두 사람을 지켜보고 있다. 한 사람이 그의 팔을, 손을 다른 사람의 어깨에 얹고 있다. 그는 그 사람을 사랑스럽게 바라보고 있다. 둘 중 키가 작은 사람은 고개를 약간 숙이고 있다. 그 사람은 그의 손가락을, 손을 첫 번째 사람의 옆구리에 난 상처 안에 넣고 있다.

아름답지? 뒤에서 한 남자가 말한다.

가게에서 나온 사람이다. 그가 밖으로 나와 마크 옆에 섰다.

마크가 예라고 대답한다. 그는 그 그림이 정말 아름답다고 생각한다.

남자의 이름은 레이먼드다. 꽤 나이가 많다. 스물쯤 되어 보인다. 그는 문 안쪽에 손으로 쓴 안내판을 건다. 이십 분 뒤에 돌아옴. 그는 가게 문을 잠근다. 점심시간이야, 그가 마크에게 말한다. 뭐, 원하는 거 있니? 그가 한쪽 눈을 찡긋한다.

그는 마크를 공원으로 데려가 산책을 한다. 마크는 나

중에야 그곳이 그리니치 공원이라는 것을 안다. 런던에 안개가 낀 날이다. 마크는 그곳의 숲이 우거진 구역에서 몹시 당혹스러운 일을 겪는다. 부드러우면서도 거친 남자는, 매우 잘생긴 그 남자는 그에게 사정없이 격하게 입을 맞춘다. 그리하여 한 시간 뒤 케나 고모를 만나기로 한 장소에 되돌아갔을 때 얼굴이 벌겋게 상기된 마크는 새로운 사람이 되어 있다. 완전히 새로운 사람이 되어 있다. 집으로 돌아가는 내내 그의 눈이 달라진 것 같다. 눈으로 보는 모든 것들의 색깔이 황금빛인 것 같고, 예스러운 동시에 새로운 것 같다. 고모와 함께 집에 돌아온 그는 위층으로 올라간다. 그는 바닥에 누워 조그만 휴대용 전축으로 레코드를 튼다.(세인트페이스 학교에 그보다 한 학년 위인 존 올포드라는 똑똑하고 잘생긴 학생이 있는데, 그 아이는 레코드라는 단어가 라틴어로 심장을 관통해 되돌아오는 무언가를 뜻한다고 했다.) 그 휴대용 전축은 고모의 것인데 고모는 금요일마다 그가 전축을 쓸 수 있게 해 준다. 금요일이 아니더라도 그의 마음이 울적해서 슬픈 옛 노래를 좀 더 새로운 노래로 덮어 버릴 필요가 있을 때면 케나 고모는 그걸 이해하고 전축을 빌려준다. 종종 고모도 무척 자상할 때가 있다. 그는 조그맣게 숭숭 뚫린 구멍 뒤에 있는 전축의 스피커에 한쪽 귀를 꼭 대고 들으면서 다음 레코드인 「그때 그는 나에게 키스했네」를 기름종이에서 꺼내 틀 준비를 한다. 그때 거기에 그 글자가 쓰여 있는 것을 본다. 기적이다. 라벨에서 그리니치*라는 단어가 '키스했네'라는 단어 바로 밑에 쓰여 있다. 마치 어디에 있는 무언가가 그를 아는 것만 같다.

런던 아메리칸 녹음
영국에서 제작
그때 그는 나에게 키스했네
(필 스펙터, 엘리 그리니치, 제프 배리)
더 크리스털스 노래

이 노래는 그를 발기시킨다. 그렇게 그가 스스로를 통제하게 될 때 그는 공원에 함께 간 그 못지않게 아름다운 성인으로 성장한다. 그는 이제 자신을 이긴다는 게 무얼 의미하는지 안다. 그리니치! 영국은 여러분 각자가 자신의 의무를 다하기를 기대합니다!** 세상은 거친 조화의 발기다. 노래가 끝난다. 노래가 갑자기 사라진다. 플라스틱 레코드에 바늘이 긁히는 소리와 함께 잦아들다가 사라진다. 그러나 그는 몸을 기울여서 톤 암으로 조정할 수 있다. 그러면 레코드는 그가 멈출 때까지 계속 반복해서 작동할 것이다. 심지어 그가 죽어도 레코드판은 끊임없이 계속 돌아

---

* 작곡가(엘리 그리니치)의 이름.

** 트라팔가르 해전에서 넬슨 제독이 한 말.

갈 것이다.

천 같은 것에 엄청 신경 써야 해/ 쓰레기통에 뭐가 있는지는 몰라도 돼/ 남는 것은 순간적으로 닿는 거친 천의 감촉뿐이지/ 아주 조금 안 사람이 아주 많이 알게 되겠지 마크는 공원에 앉아 있다. 오십 년도 더 된 기억이 떠오른다. 그와 어머니는 비 내리는 런던 거리를 빠른 걸음으로 달리듯이 걷는다. 비는 보도를 더 짙은 회색으로 만들고, 바람은 지저분한 거리를 더 지저분하게 만든다. 을씨년스러운 봄날이다. 어머니의 체크무늬 트위드 외투는 옷깃이 크고 넓다. 소매는 소맷동에서 접혀 있다. 어머니와 그가 바삐 걸어갈 때 외투의 거친 소맷동에 그의 손목이 쓸린다. 어머니의 모자 밖으로 나온 머리카락이 비에 젖어 그 모습이 아름답다. 어머니는 달리듯이 바삐 걸음을 옮기면서도 그에게 얼굴을 돌려 이야기한다. 지나가던 사람들이 고개를 돌려 어머니를 쳐다본다. 마크는 우쭐한 기분이다. 어머니는 똑똑하고 민첩하다. 그리고 예쁘다. 말씨가 또렷한 날개 달린 새 같다. 어머니가 지나가면 사람들은 어머니를 알아보고, 어머니가 길에서 크게 웃으면 사람들은 걸음을 멈추고 바라본다.

참 대단하잖아, 마크, 어머니가 그렇게 말하며 그를 잡아끈다. 그리고 이야기를 술술 풀어놓는다. 어머니의 이야기는 그녀 뒤에서 마법처럼 흘러내린다. 마치 무용가인 이사도라 덩컨의 스카프처럼 뒤에서 흘러내린다. 이사도라는 뒤로 흘러내린 긴 스카프가 차바퀴에 끼여 죽었다. 어머니는 가장 좋아하는 것으로 운을 맞추고 그는 사워와 쇼펜하우어, 프로이트와 어보이드, 새먼과 백개먼, 시블과 드리블, 예스맨과 체스맨, 살럼과 스파이널 칼럼, 어빙 벌린과 파운딩 온 틴으로 운을 맞춘다. 그리고 또 워드와 업서드, 헐드와 월드*로 운을 맞춘다. 포터는 재치가 있지. 하지만 미덥지가 못해. 약간 치사한 면이 있다는 걸 난 알지. 그래서 난 그를 좋아할 수가 없단다, 마크야. 하지만 아이라는 다정한 사람이야. 그는 언제나 다정해. 천재는 다정하기가 쉽지 않은데 말이다. 마크, 얘야, 서두르자. 우린 늦었어.(그들은 항상, 어머니는 항상 조금씩 늦었고, 그것은 근사한 일이었다. 모든 걸 서두를 가치가 있는 일로 만드니까.) 그의 형이 죽었어. 그 상황을 상상해 봐. 틀림없이 아이라는 절반인 그가 여전히 이 세상에 있는데 다른 절반이, 자기보다 조금 더 나이가 많을 뿐인 나머지 절반이 그토록 일찍 가 버린 느낌이었을 거야. 그걸 상상해 봐. 마크, 난 네가 날 늙었다고 생각하는 걸 안다. 하지만 늙지 않았어. 난 전혀 늙지 않았어.

어머니는 그 말을 길에서, 빗속에서 어머니가 걷는 박자에 맞추어 큰 소리로 리드미컬하게 말한다. 노래를 좋아

---

* 원어는 sour/Schopenhauen, Freud/avoid, salmon/backgammon, civil/drivel, yes-men/chessmen, solemn/spinal column, Irving Berlin/pounding on tin, word/absurd, hurled/ world이다.

하기 때문이다. 어머니는 노래를 좋아한다. 데이비드를 재우고 난 뒤 그 경이로운 황혼의 시간에 그의 방으로 들어온 어머니가 머리말에서 들려주는 이야기는 늘 노래로 된 이야기다. 어머니는 방으로 들어와 침대에 앉아 이런 식으로 말한다. 준비됐니? 그럼 시작할게. 옛날에 왼손 손가락이 없이 태어난 남자아기가 있었단다. 상상해 보렴, 손가락이 없는 손을 말이야. 그 아기가 소년으로 자랐을 때 소년의 엄마는 소년에게 왼손 손가락이 없는데도 피아노를 배우도록 용기를 불어넣었지. 소년은 피아노를 아주 잘 치게 되어 자라서 어른이 되었을 땐 음악가가 되었고 작사와 작곡을 했단다. 게다가 사람들이 취했을 때 그가 바에서 피아노를 치는 경우엔 손가락 없는 손이 이점이 되기도 했지. 피아노를 치다가 그 손으로 세게 주먹을 날려 상대를 나가떨어지게 할 수도 있었으니 말이다. 끝.

그런 다음 어머니는 침대 끝에 앉아 「붉디붉은 개똥지빠귀가 올 때」를 부른다. 손가락이 절반밖에 없는 그 사람이 만든 노래다. 실제로는 빠른 노래인데도 어머니는 자장가처럼 천천히 부른다. 그러고 나서 어머니는 불을 끄고 몸을 숙여 그에게 입맞춤을 한다. 그리고 몸을 돌려 떠난다. 어머니가 문에 이르렀을 때 마크가 말한다, 엄마, 하나만 더, 응? 어머니는 돌아와서 어둑한 방의 침대 끝에 앉아 한 손의 손가락이 없는 그 사람이 만든 또 다른 노래 「나란히」를 부른다.

그러나 거슈윈 형제는! 어머니는 이제 가게들을 지나쳐 어머니가 가고자 하는 쪽으로 그를 끌면서 큰 소리로 말한다. 그들의 얼굴은 온통 비에 젖었고, 반바지 차림이라 맨살이 드러난 그의 무릎은 차가운 비 때문에 감각이 없을 정도다. 그의 손을 잡은 어머니의 손은 유화 물감이 잔뜩 묻어 있고, 그걸 닦아 내기 위해 사용한 물질의 냄새가 난다. 빗속에서, 우중충한 홀번 지역 한가운데서, 사람과 택시와 버스가 지나가고 주변 날씨는 고약한 상황 속에서 어머니는 그들이 어떻게 사랑의 노래들을 만들었는지에 대해 그의 머리 위에서 노래 부르듯이 이야기하고 있다. 그러나 어머니에 대한 이야기가 아니다. 행운의 별이 저 위에 있지만 어머니를 위한 것이 아니다.

만약 그런 것이 있다면 이 일이 있은 지 오십 년이 지나도록 마크로 하여금 이 모든 것을 기억하게 하는 것은 무엇일까?

그는 잿빛 런던의 흐릿한 모습과 자기 손을 잡은 어머니의 손을 기억했다.

그는 어머니가 외투를 입었으며 소맷부리를 접어 올렸다는 것을 기억했다.

어머니와 함께 걸을 때 그의 손목을 쓸던 그 외투 소맷부리의 감촉을 기억했다.

말해 줘, 우리가 걷는 길은 아주 멋지다고

마크는 그로부터 먼 미래에 공원 벤치에 앉아 있었다. 지난주에 그는 신문에서 프랑스의 한 통신 회사에서 일어난 스물네 번째 모방 자살에 관해 읽었다. 거기서는 이제 자살이 전염병으로 취급되고 있었다.

그건 어떻게 생각해요, 어머니?

말해 줘, 그 개념은 우리 계획의 일부라고

한편으로는 무(無). 다른 한편으로는 자면서 노래 부르는 새들.

한편으로는 무. 다른 한편으로는 무에 이르려는 미약한 시도. 운을 맞춰 봐.

한편으로는 존재하지 않음. 그렇지만 다른 한편으로는 뭔가 있음. 어머니, 나는 책에서 그걸 읽었어요. 그리고 어머니가 그걸 좋아하리라는 걸 알았어요. 「나와 내 여자를 위해」라는 노래에 관한 거예요. 세 남자가 그 노래를 만들었지요. 세 명 중 한 명은 유대인이었어요. 어쩌면 한 명이 아니라 그 이상이었는지 모르지만 그건 기억이 나지 않네요. 아무튼 이 한 사람은 분명히 유대인이었어요. 그는 어떤 여자와 사랑에 빠져 그녀와 결혼하기를 원했고, 여자도 그와 결혼하길 원했어요. 그래서 남자는 시너고그*에서 결

* 유대교에서 집회와 예배의 장소로 쓰는 회당.

혼하려고 그녀를 랍비에게 데려갔지요. 여긴 뉴욕이었어요. 랍비가 그녀에게 이렇게 말해요. 당신은 훌륭한 유대인 여자인가요? 그녀는 예, 그렇습니다, 랍비님, 저는 좋은 유대인 여자입니다라고 대답하지요. 랍비는 말합니다. 당신 어머니의 생략하지 않은 이름 전체를 말해 주겠어요? 그녀는 이렇게 대답합니다. 제 어머니의 이름은 에마 캐슬린 브리짓 해니건 플래허티 오브라이언이에요, 랍비님. 그 말을 들은 랍비는 따끔하게 싫은 소리를 해서 그들을 돌려보냈어요. 그래서 그들은 시너고그 대신 시청에서 결혼식을 올렸지요. 여자의 이름은 그레이스였어요. 그레이스가 평생토록 가장 좋아했던 노래는 남편이 곡을 만드는 데 일조한 이 노래였지요. 그녀가 죽었을 때 그는 이 곡의 제목을 묘비에 새겼어요. "나와 내 여자를 위해"라고요.

끝.

좋지요, 어머니? 어떻게 생각하세요?

말해 줘, 네 심장과 내 심장의 호흡이 잘 맞는다고

그는 벤치에 엉덩이를 걸치고 앉아 있다가 일어섰다. 4시 30분이었다.

그는 공원을 떠났다.

그는 술집을 지나가면서 창문 유리에 비친 자신의 모습을 보았다.

늙었다.

리 부부네 집 현관문은 활짝 열려 있었다. 클립보드를 든 여자와 카메라 장비를 든 남자가 문간에 서 있었다. 카메라맨은 갓돌 옆에 세워진 밴에 있는 남자에게 손짓을 하고 있었다. 클립보드를 든 여자가 젠 리에게 말을 하고 있었다. 젠 리도 문간에 서 있는데 그 순간 그녀는 계단 발치에 있는 마크를 발견하고 얼른 눈길을 돌렸다. 그 모습이 마치 마크가 누구인지 모르거나, 또는 지금은 마크와 아는 체를 하고 싶지 않다는 뜻을 명백히 하려는 것처럼 보였다.

안녕하세요!

마크는 아래를 내려다보았다.

아이였다. 베이우드 씨네 아이였다.

오, 안녕, 그가 말했다.

나는 아저씨 기억나요, 아이가 말했다.

나도 너를 기억한다, 마크가 말했다. 무슨 일이 있니?

채널4에서 나왔어요, 아이가 말했다.

그렇구나, 마크가 말했다. 엄마 아빠는 잘 지내셔?

네, 아주 잘 지내셔요, 아이가 말했다. 엄마 아빠는 책을 추천해 준 것 등등을 감사한다고 쓴 아저씨의 멋진 카드를 받았어요. 아저씨 카드는 언제나 벽난로 선반 위, 맨 앞에 놓여 있어요. 거긴 아주 특별한 카드만 놓아두는 영광스러운 자리예요.

멋진 일이구나, 마크가 말했다. 영광이다.

네, 아저씬 좋은 분이니까요, 아이가 말했다.

안녕하세요, 마크, 젠이 아래를 향해 큰 소리로 말했다. 잘 지내시죠?

젠은 혼자였다. 클립보드를 든 여자는 계단을 내려와 밴으로 가서 무거워 보이는 삼각대를 내리고 있었다. 카메라맨은 보이지 않았다. 아마 밴 안으로 들어간 모양이었다.

그 사람들이 당신과 얘기할 필요는 없을 것 같아요, 젠이 말했다. 그들이 알고 싶어 하는 것들을 우리가 충분히 제공하고 있으니까요.

잘됐네요, 마크가 말했다. 어, 난 그냥 지나가는 길이었어요. 오후 시간을 공원에서 보냈답니다. 그리고 지나는 길에 들러 본 거예요.

그렇군요, 젠이 말했다. 음, 괜찮으시다면 전 들어가 볼게요. 만나서 반가웠어요. 얼굴이 좋아 보이시네요.

그녀는 발걸음을 돌려 현관문을 지나서 집 안으로 들어갔다.

공원에서 뭐 했어요? 아이가 말했다. 천문대에 갔어요? 플라네타륨에 갔어요?

천문대는 갔고 플라네타륨에는 안 갔구나, 마크가 말했다.

오후 내내 천문대에 있었어요? 아이가 말했다.

아니, 벤치에 앉아 어머니랑 얘기하며 시간을 보내기도

했어, 마크가 말했다.

전화로요? 아이가 말했다.

머릿속에서, 마크가 말했다. 아저씨의 어머니는 오래전에 돌아가셨거든.

아, 나도 알아요, 아이가 말했다.

지난주에 돌아가신 지 사십칠 년이 됐어, 마크가 말했다.

우리 부모님이 살아오신 것보다도 더 기네요, 아이가 말했다.

정확히 지난 목요일, 마크가 말했다.

그 말은 아저씨의 어머니가 돌아가신 날이 지난 목요일이었다는 말처럼 들려요, 아이가 말했다.

어떤 점에서는 그렇기도 해, 마크가 말했다. 바로 지난 목요일에. 쿠바 미사일 위기 직전에. 쿠바 미사일 위기에 대해 들어 본 적 있니?

아니요. 하지만 심각하게 들려요, 아이가 말했다.

아, 맞아. 그땐 아주 심각했지, 마크가 말했다.

마크가 호주머니에서 접힌 종이 두 장을 꺼냈다. 그는 마일스가 손으로 쓴 글을 조심스럽게 다시 호주머니에 넣고 신문 기고문을 아이에게 건넸다.

이걸 나 대신 네가 그 사람의 방문 밑으로 밀어 넣어 줄 수 있겠니? 그가 말했다.

아이가 고개를 끄덕였다, 그럼요.

아이는 집 안으로 달려 들어갔다.

삼십 초쯤 뒤에 아이는 다시 잽싸게 현관문을 나와 계단을 내려왔다.

그 사람들이 영상을 찍는 데 방해가 된다며 날 내보내려 했어요, 아이가 말했다. 그래도 나는 어떻게든 위층으로 올라가려 했는데 리 아주머니가 계단에 앉아 계셔서 지나갈 수가 없었어요.

아, 마크가 말했다. 그랬구나. 괜찮다.

그러나 나중에 아저씨 대신 그 방에다 쪽지를 넣어 줄 사람한테 이걸 전해 줄 수 있어요, 아이가 말했다.

아주 좋아, 마크가 말했다.

그리고 리 아주머니가 그 사람들이 아저씨와 얘기하고 싶어 할 거라는 말을 전해 달랬어요, 아이가 말했다. 왜냐하면 실리아라는 프로듀서가 그 일이 일어났던 밤에 아저씨가 여기 있었다는 것을 알고는 아저씨가 나오면 아주 재미있는 구성이 될 거라고 결정했대요.

나는 지금은 어떤 일로든 누구에게도 얘기하고 싶지 않구나, 브룩, 마크가 말했다.

그때 실리아가 문 앞에 나타나 거기 서서 손차양을 하고는 누군가를 찾듯이 거리를 내려다보았다. 마크는 등을 돌리고 얼굴을 찌푸리며 아이를 바라보았다. 아이가 고개를 끄덕이더니 턱짓으로 어디로 가야 할지 그에게 보여 주었다. 아이는 머리를 숙이고 오른쪽으로 빠져나가서 집과 집 사이에 난 틈으로 들어갔다. 마크가 그 뒤를 따랐다.

그들이 모퉁이를 돌아서 좁은 통로에 있는 계단을 내려가자 왁자지껄한 소음이 들려왔다. 늘어선 집들의 뒤편 아래 울타리 주위로 아주 많은 사람들이 서 있었다. 그리고 맞은편의 현대식 아파트 옆 잔디밭에는 더 많은 사람들이 서 있거나 앉아 있었다. 사람들이 아주 많아서 마치 지역 축제나 즉흥적인 시위 현장, 혹은 야영지 같았다. 잔디밭에는 크기가 서로 다른 천막들이 설치되어 있었다. 마크는 천막을 세어 보았다. 아홉 개였다.

아이는 마크에게 스코틀랜드 여자를 소개했다. 여자는 그 방 창문으로 음식을 전달하는 일을 조율하는 사람인 듯했다. 음식은 늘어선 몇몇 집들의 뒤쪽 창문들 사이로 매단 어설퍼 보이는 도르래 장치로 전달되었다. 여자는 그의 손을 잡고 흔들며 악수했다. 디너파티 현장에 그가 있었다는 말을 듣고 그녀는 커다란 흥미를 보였다.

이 집 주인들은 그에게 고기만 주고 다른 음식은 다 끊어 버렸어요, 그녀가 말했다. 그건 잔인한 일이에요. 그래서 우린 뭔가를 해야 했어요. 마침내 그는 참으로 다행스럽게도 다시 과일과 신선한 야채를 먹을 수 있게 되었어요. 다른 사람들도 그를 위해 요리한 음식을 가지고 여기로 온답니다. 그러나 그 사람들에 관해 아는 게 없으니 우린 만약의 경우를 생각해서 우리가 안전을 보장할 수 있는 신선한 생것이나 잘 아는 음식만 올려 보내고 있어요.

마크는 불안정하게 갈지자를 그리며 움직이는 도르래 장치를 쳐다보았다. 이어 초승달 모양의 이 동네에 살고 있는 어떤 주민이 자기 집 창문에 붙인 초승달 모양의 커다란 포스터를 바라보았다.

여기를 떠나세요

이곳은 사유지입니다

당신들은 집이 없습니까

할 일이 없습니까

우린 매일 같은 시각에 바구니를 보내 주려고 해요, 그녀가 말했다. 당신은 지금 여기에 사람이 많다고 생각하겠지만, 지난주 주말 1시 바구니 때는 그의 손이 나오는 것을 보려고 기다리는 사람들이 150명이나 되었지요.

1시 바구니? 마크가 말했다.

아, 예, 애나가 말했다.

그녀는 빙긋 웃었다.

손만 나와요? 마크가 말했다. 얼굴은 못 보나요?

블라인드를 내리고 있으니까요. 보이시죠? 그녀가 말

했다.

그녀는 창문을 가리켰다. 그 창문 뒤에 마일스가 있을 것이다.

매일 1시 십 분 전에 우린 더 높은 층이 있는 옆집으로 가죠, 애나가 말했다. 지스펜 씨네 집인데, 그분들은 매우 친절해요. 저기 지스펜 부인이 계시네요. 저기…….

애나가 손을 흔들었다. 그러자 차의 보닛에 기대고 서 있는 중년 여자가 그녀를 향해 손을 흔들었다.

……그리고 정확히 1시에 우린 도르래를 통해 바구니를 내려보내지요. 그러면 그가 창문을 열고 손과 팔을 뻗어 바구니에서 원하는 걸 가져간답니다, 애나가 말했다.

와, 마크가 말했다. 음식값과 그 밖의 비용들은 누가 내나요?

애나는 그가 지갑을 꺼내는 것을 보고 브룩과 그를 십 대 소녀와 호리호리하고 고운 나이 많은 여자가 있는 쪽으로 보냈다. 여자와 십 대 소녀는 천막 바깥의 잔디밭에 깔린 양탄자에 앉아 있고 천막 출입구 위에는 "흡연 구역"이라고 쓰인 종이가 붙어 있었다. 둘은 담배를 피우고 있었다. 그들은 마크가 디너파티에 있었던 손님들 중 한 명이라는 말을 듣고 흥미를 보였다. 뚱해 보이는 십 대 소녀도 흥미를 나타냈는데, 그녀는 뭔가에 흥미를 느끼는 상태 자체가 커다란 인생의 변화인 듯했다.

소녀의 이름은 조시라고 브룩이 알려 주었다. 그녀는 수시로 그 집에 들어간다고 했다. 신문 기고문을 문 밑으로 넣어서 전달해 줄 사람도 그녀였다.

그렇게 해 주겠니? 마크가 말했다.

네. 전혀 어렵지 않아요, 소녀가 말했다.

나이 많은 여자는 상류층 사람처럼 보였다. 그녀는 자신을 이곳 캠프의 회계 담당 대행이라고 소개했다.

지금 현금으로 가지고 있는 돈이 30파운드밖에 되지 않습니다, 마크가 말했다. 하지만 적은 돈이라도 도움이 된다면 얼른 현금 인출기로 가서 돈을 조금 더 찾아올 수 있어요.

최근에 기부하겠다는 제안을 너무 많이 받아서 피이디(PED)를 마련해야겠다는 농담을 가끔 한다고 회계 담당이 말했다.

피이디가 뭐죠? 마크가 물었다.

핀 엔트리 디바이스,* 우아한 여자가 말했다.

비밀번호 입력 장치 같은 거예요, 십 대 소녀가 말하며 손가락으로 담뱃재를 톡톡 털었다.

조그만 소녀가 "공놀이하지 마시오."라고 쓰인 표지판에 연신 축구공을 찼다. 연령대가 다양한 한 무리의 여자

* Pin Entry Device. 고객이 거래 용지 등에 비밀번호를 쓰는 대신 손으로 직접 입력하게 하는 장치. 주로 금융 회사 영업점에 설치된 비밀번호 입력 장치를 가리킨다.

들이 난로 주위에 둥글게 모여 앉아 뜨개질을 하고 있었다. 어떤 잘생긴 남자는 또 다른 난로 위에 커다란 냄비를 올려놓고 파에야처럼 보이는 음식을 요리하고 있었다. 냄새도 파에야 같았다. 개 세 마리가 근처에 앉아 이런 모습들을 지켜보고 있었다. 한 남자가 우유를 넣은 홍차를 여러 잔 쟁반에 담아 와서 마크에게 권했다.

참 얌전한 개들이에요, 남자가 말했다. 주인이 있는 개 같지는 않지만 말입니다. 그리고 온갖 새들과 다람쥐들이 공원 전체에서 여기로 모여들지요. 난 이처럼 많은 야생 동물은 처음이에요. 특이한 앵무새도 보았으니까요. 게다가 밤이면 여우도 한 마리 오는데 아주 온순한 놈이랍니다. 여우와 개들이 서로 목을 노리며 달려들지 않는 건 여기서 처음 봐요. 신기하게도 놈들은 서로 싸우질 않더라고요. 히피에 가까운 몇몇 사람들은 마일로가 성 프란체스코처럼 동물들을 그에게로 끌어들이기 때문이라고 말하더군요. 하지만 내가 보기엔 음식과 쓰레기봉투 때문이에요. 내가 본 여우는 아주 멋있는 놈이었어요. 크고 붉은 여우였지요. 잔디밭 가장자리까지 다가왔답니다.

마크는 그 남자에게 여기서 캠핑을 한 지 얼마나 되었느냐고 물었다.

이번 주말이면 삼 주가 됩니다, 남자가 말했다. 그 이전 삼 주 동안은 매일 여기 왔다가 그날 집에 돌아가곤 했어요. 그러던 중에 이런 생각이 들었지요. 음, 이건 무척 흥미로운 일이잖아? 전 이 일이 어떻게 되어 가는지 보고 싶었어요. 집에 돌아가면 내가 뭔가를 놓치고 있지 않을까 늘 노심초사했지요. 그걸 보고 내 아들이, 저기 저 애가 내 아들이에요, 아빠, 침낭이 있잖아요 하더군요. 얼마나 오래 우리가 여기에 있을지는 잘 모르겠어요.(그는 창문에 붙은 글을 쳐다보며 끄덕 고갯짓을 했다.) 우리가 시끄럽게 하거나 뭔가 부당한 일을 하는 것 같지는 않아요. 우린 무척 질서 있게 행동하고 있어요. 그럼에도 저들은 세 번이나 우릴 여기서 몰아내려 했고, 그중 두 번은 경찰과 함께였지요. 하지만 나는 끝까지 여기에 있을 거예요.

하나만 말해도 될까요, 마크가 말했다. 그 사람의 이름은 마일스입니다. 마일로가 아니고요.

예, 알아요. 애나도 항상 그 얘기를 한답니다. 하지만 마일로가 더 나아요. 마일로라는 이름엔 뭔가 있잖아요. 안 그래요? 남자가 말했다. 더 기억하기 쉽잖아요. 이곳 캠프 주위에선 마일로라는 이름이 인기를 끌고 있어요. 반면 마일스는 약간 뭐랄까, 물렁해 보여요. 약간 중산층 사람처럼 들린다고요. 안 그래요?

하지만 그 사람의 이름은 마일스예요, 마크가 말했다.

남자는 마크가 디너파티에 참석했다는 이야기를 듣고 무척 흥분했다.

모두 다 이 사실을 알고 싶어 할 거예요, 그가 말했다. 그 사람을 정말로 접촉한 것 같은 기분이 드네요. 실은 그동안 실감이 나지 않았거든요. 우리는 어느 날엔 노트북 컴퓨터를 바구니에 담아 올려 보내기도 했어요. 그는 그걸 되돌려 보냈죠. 손도 대지 않고요. 우린, 그러니까 굶주린 상태에 있는 겁니다. 그런데 당신은 그와 직접적으로 아는 사이인 거잖아요.

남자는 이 캠프에 있는 사람들을 불러 모아 마일로의 진면목에 대해 마크의 말을 들어 보게 하려고 성큼성큼 뛰어갔다. 마크는 그 기회를 틈타 뒤로 돌아서 집들 사이의 통로를 향했다.

다른 쪽으로 가는 게 좋아요, 아이가 팔꿈치 옆에서 말했다. 텔레비전 방송국 사람들이 지금 집 앞에서 주차 구역을 찍고 있으니까요.

마크는 그 남자에게 손을 흔들어 작별을 고했다. 마흔 명쯤 되는 사람들이 손을 흔들며 우호적인 목소리로 잘 가라고 외쳤다.

그는 아이에게 현금 인출기가 있는 곳으로 안내해 달라고 부탁했다. 현금 인출기에서 100파운드를 찾았다.

회계 담당에게 전해 주렴, 그가 말했다. 아니면 그 멋진 스코틀랜드 아주머니에게 전해 주든지. 조심해라. 심부름 값으로 10파운드는 네가 갖는 게 어떻겠니?

고맙지만 사양할래요, 파머 아저씨, 아이가 말했다. 난 돈이 필요 없거든요.

아이는 도크랜즈 경전철을 타기 위해 에스컬레이터를 타고 내려가는 그에게 손을 흔들었다.

부모님에게 안부 전해 줘, 그가 내려가면서 아이에게 소리쳤다.

아저씨 엄마 아빠에게도 안부 전해 주세요, 아이도 소리쳤다.

(친애하는 마크)

그러나는

전에 얘기한 대로

아주 가끔 전치사로 쓰여요. 대부분은 접속사(conjunction)로 쓰이지요. 접속사라는 말은 나의 『체임버스 21세기 사전』에 따르면 다음과 같은 것을 의미한답니다.

연결

결합

조합

공간과 시간에서 동시에 일어나는 것

문장과 절과 단어들을 연결하는 단어

두 개의 천체가 똑같은 황경 또는 똑같은 적경을 가지

고 있을 때 행성의 한 양상

결막(conjunctiva)은 각막의 외피와 눈꺼풀의 안쪽을 덮은 눈 앞의 (읽을 수 없는 단어)이지요.

국면(conjuncture)은 상황, 특히 위기로 이어지는 상황의 조합이에요.

그러나 그러나?

그리고 그리고는?

(아주 간단해요.)

접속사랍니다.

그리고 접속사는?

(아주 간단해요.)

서로를 연결해 주는 거죠.

For

포

왜냐하면(For) 이제 돈이나 사람 문제 때문에 큰 소리로 이야기할 일은 더 이상 없고 앞으로도 없을 테니 말이다.

메이 영은 늙었다. 1947년 6월 7일 교회 제단에서 필립은 그녀의 귀에 대고 이제 당신은 나와 결혼했으니 언제나 '젊을' 거야라고 속삭였다.* 그러나 그녀는 바보가 아니었다. 그녀는 자기 나이가 몇인지 정확히 알았다. 지금이 1월이라는 것도 알았다. 오늘이 목요일이라는 것도 알았다. 총리가 누구인지도 잘 알았다. 감사한 일이었다. 그녀는 많은 것을 알았다. 그녀는 이제 그녀의 것이 아닌 침대에 있었다. 터무니없는 상상 같은 것은 하지 않았다. 그런 것들

* 필립의 성인 영(Young)을 따르게 되었으니 항상 젊다는 농담이다.

은 전혀 재미있지 않았다. 하하. 아래를 보니 손목에 플라스틱 팔찌 같은 게 보였다. 1913. 12. 25. 다른 팔찌에 사용할 날짜는 아직 없었다. 그럼 됐지 뭐. 이게 증거잖아. 아직 난 여기 있어.

하지만 오, 예수 마리아와 요셉이여, 이게 정녕 그녀의 팔인가요? 그녀가 알지 못하는 낯선 잠옷의 소맷부리에서 나온 늙은 여자의 거칠고 앙상한 손목이 그녀의 것인가요? 그녀는 그 팔이 낯설었다. 자신이 입고 있는 옷을 모른다고 생각해 보라. 죽어도 입기 싫은 분홍빛 옷을 입었다는 것을 깨닫게 된 상황을 상상해 보라. 누가 뭐라고 해도 절대로 입지 않았던 색깔의 옷이었다. 어둠 속에 있다 해도 결코 입으려 하지 않았던 색깔의 옷이었다. 노년은 혼자 오지 않는다. 오래전 1964년 10월에 천사와 함께 하늘나라로 간 어머니가 자주 말씀하시던 속담이었다. 맞아요, 어머니, 노년은 혼자 오지 않아요. 이걸 보세요. 이걸 보면 전혀 다른 사람 같잖아요. 팔목이 말라빠진 다른 사람 같다고요. 게다가 자신이 고른 적이 없는 분홍색 옷을 입고 있잖아요. 날 아는 사람은 내가 무엇보다도 분홍색 옷을 싫어한다는 걸 알기 때문에 절대 분홍색 옷을 입히지 않을 텐데 말예요.

그렇지만 침대 위에 놓인 팔목이 아프고 따가운 것을 보면 자신의 팔목인 모양이었다. 플라스틱 팔찌 같은 것을 찬 그것은 다른 사람의 팔목이 아니었다. 이렇게 아픈 걸로 봐서 다른 사람이 아닌 내 팔이라는 것을 알 수 있었다. 그런가? 아프면 내 것인가? 그녀는 한 손을 들어 올렸다. 다른 어떤 늙은 몸에 속한 것처럼 보이는 늙어 빠진 손을 들었고, 그 손은 그녀가 손에게 요청한 바를 거의 해냈다. 떨리는 손은 천천히 목표를 향해 나아갔으나 목표물을 놓쳤고, 처음에는 성공하지 못했지만 다시 목표물에 접근해서 결국 성공했다. 앙상한 붉은 손가락 하나를 그녀의 생년월일이 쓰인 플라스틱 팔찌 같은 것과 그 아래 피부 사이에 넣었다. 그런데 보아라! 이걸 보아라! 빈틈이 없이 팽팽했다! 이것과 피부 사이에 손가락을 하나 넣기도 버거울 만큼 틈이 없었다.

그러니 손목이 그처럼 아픈 게 놀랄 일이 아니었다.

그녀는 이런 것들을 입 밖으로 소리 내어 말하지 않았다. 머릿속에서만 중얼거렸다.

머리에는 그런 영역이 있다. 머리에는 그런 괜찮은 영역이 있고, 또한 마음이 있다. 마음은 그 자체의 이성이 있다. 그건 책이었다. 그 이름이었다. 책 제목이었다. 그 책은 수년 동안 집 안에 아무렇게나 놓여 있었다. 엘리너의 책이었다. 엘리너는 그 애답게 어릴 때도 왕실과 역사 같은 것들을 좋아했다. 그 책에는 미국인인 나이 많은 공작 부인의 사진 한 장이 실려 있었다. 이혼녀였다. 싸구려였다.

공작 부인 말고 그 책이 말이다. 공작 부인도 생각해 보면 약간 싸구려였다. 그것은 널리 퍼진 생각이었다. 그녀는 왕과 결혼했고, 왕은 왕위에서 물러났다. 그들 두 사람은 독일인을 좋아했다. 메이도 독일인을 싫어하지 않았다. 오히려 두 딸과 패트릭이 어릴 적에 학생들끼리 서로 집을 교환 방문해 독일 아이들이 집에 오곤했는데 독일인들은 실제로 아주 좋은 사람들이었다.

머리에는 관*이 있다.

이츠 낫 더 커프 댓 캐리스 유 오프, 이츠 더 커핀 데이 캐리 유 어핀.**

!

메이는 속으로 그렇게 중얼거리며 웃었다.

크게 웃었나?

아니, 크게 웃지 않았다. 크게 웃거나 소리 내지 않았다. 저 여자애 때문에 그걸 알 수 있었다.

어떤 여자애?

저기 방 안에 있는 여자애. 방문객들이 앉는 크고 높은 의자에 앉은 아이.

---

* coffin. 앞에서 언급한 '영역(confine)'과 발음이 비슷한 단어를 떠올림.

** It's not the coff that carries you off, it's the coffin they carry you offin. coffin이라는 단어를 가지고 만든 텅 트위스터(tongue twister), 즉 발음하기 어려운 어구. 별 의미 없는 말이다.

그런데 저 여자애는 누구지?

가족은 아니야.

그냥 어떤 여자애야.

메이는 안경을 쓰지 않고도 그 아이를 모른다는 것을, 전혀 알아볼 수 없는 얼굴이라는 것을 알았다.

여자애가 누구든 아무튼 그 애는 고개를 들지 않았다. 눈도 깜박이지 않았고, 아무것도 하지 않았다. 만약 메이가 큰 소리로 지껄였다면 고개를 들어 쳐다보았을 것이다.

좋아.

어쩌면 여자애는 사람들이 귀에 끼는 것을 끼고 있는지도 모른다. 요즘은 모두들 그걸 낀다. 그래서 그들은 자기 목소리와 속으로 말하는 것 빼고는 아무것도 듣지 못한다. 심지어 자신의 생각도 듣지 못한다. 만약 그 애가 그런 것을 끼고 있다면 메이가 말하거나 웃거나 뭔가 큰 소리를 냈다 해도 듣지 못했을 것이다. 그러니 메이가 소리를 냈든 안 냈든 아무 차이가 없었을 것이다.

여자애는 옷을 거의 입지 않은 차림새였다. 옷이라기보다는 피부 같았다.

메이는 고개를 돌렸다.

창밖에 눈이 내렸다.

오늘 여자애들은 모두 여우에 물린 개처럼 마구 흥분했다.

눈다운 눈이었다.

방 바깥은 정말 예스러운 겨울이었다. 요 며칠 동안은 창문 밖 하늘에 새들보다 눈이 더 자주 보였다.

나를 좋아하는 사람 없고, 갈 데도 없네. 춥디추운 눈 속에서.

메이가 머릿속으로 쪼그랑할멈의 목소리처럼 꾸미면서 노래를 불렀다.

그러자 웃음이 나왔다.

창밖을 바라보던 메이는 다시 고개를 돌렸다.

아니야, 나는 죽지 않았어.

나는 아직 죽지 않았어.

음, 하지만 우리는 모두 결국 떠나야 하는 거야.

음, 우린 거기서 도망칠 수 없어.

음, 설령 떠나지 않는다고 하더라도 우리에게 좋을 건 없지.

음, 패트릭이 지갑에서 10파운드 지폐를 꺼내 나에게 내밀었어. 난 걔한테 말했지. 내가 무슨 돈이 필요하겠니? 난 마지막 나날들을 살고 있는데.

음, 내가 소리 내어 말한 건 그게 마지막이었어. 앞날을 포함해서도 그게 마지막일 거야.

음, 요즘 하루하루는 나의 은혜로운 유예 기간이야. 그런 날이 많이 남지도 않았어.

음, 작별 인사를 할 때 내 행운을 빌어 줘. 아니, 작별 인사 말고 또 만나자는 인사를 할 때. 오래도록 만나자는 인사를 할 때. 작별 인사는 싫어, 메이. 남편 필립은 이곳에서 지내기 위해 들어왔을 때, 그리고 함께 온 그녀가 파자마나 청소 도구 같은 이런저런 물건들을 가지러 집에 돌아가려 했을 때 그렇게 말했다. 작별 인사는 없는 거야, 그렇지?

베개를 베고 침대에 누운 필립은 작았다. 필립의 옆 침대에 있는 남자는 배설을 하지 못했다. 커튼 너머로 배설을 하려 애를 쓰면서 높은 소리로 낑낑거리는 소리가 들려왔다. 정말로 고통스러운 듯했다. 그 반대편에는 앙상하게 말라서 거의 해골처럼 보이는 사람이 있었다. 맞은편에는 지극히 정상으로 보이는 남자가 있었다. 그는 뇌에 뭐가 생긴 환자로 그들 중에서 상태가 가장 안 좋았다. 필립은 베개를 베고 누운 채 그녀를 향해 희극 배우처럼 눈썹을 추켜세웠다. 그런 다음 그녀에게 괜찮은 얼굴을 보여 줄 요량으로 손을 뻗어 입과 눈과 코를 매만졌다. 필립은 언제나 꾀죄죄한 모습을 보이고 싶어 하지 않았다. 그는 청결한 사람이었다. 여자들은 결국엔 남편 복이 없는 것으로 끝나게 되는 경우가 허다했다.

메이 바이얼릿 영(결혼 전 성은 윈치)(여)(84세)(미망인, 1999년 7월 20일 남편 사망). 2009년 6월 전반적인 상태 악화로 집중 치료실 입원/ 섬망/ 고열/ 요로 감염증, 재활을 위해 2009년 7월 7병동으로 옮김, 2009년 8월 5병동(노인 병동)으로 옮김(노인 병동은 2010년 2월 새 국민건강보험 지침에 따라 폐쇄 예정. 향후 노인성 장기 요양 환자: 지역 사회/가족 돌봄에 재할당). 칠 개월 후 **요로 감염증 메티실린 내성 황색 포도상 구균** 감염: '완화 치료만' 위탁한 **누군가**와 면담.(메이 영은 이 결정이 연락처 정보가 서류에 적혀 있는 아들 패트릭 영과 딸 엘리너 블랜드가 위압적인 태도로 우쭐거리는 코끝이 뾰족한 의사와 협의하여 그녀를 위해 내린 것인지 알지 못했다. 의사는 기껏해야 키가 167센티미터밖에 되지 않는 작은 사람이었는데, 그가 병동에 나타나기만 하면 남자 간호사를 포함한 모든 간호사들이 겁먹은 닭들이 소란을 피우는 닭장처럼 허둥대는 소리가 병동 전체에 가득 퍼지는 것을 들을 수 있었다.

의사가 메이 영에게 겁을 준 것은 아니었지만 그 우스꽝스러운 조그만 의사의 행동을 통해 됨됨이를 간파할 수 있었다. 그는 문 옆에 놓인 소독제가 담긴 조그만 플라스틱 용기를 손으로 탁 치곤 했는데, 그 태도를 보면서 메이 영은 멀어지는 그의 등을 향해 가장 차분한 목소리로 평생 한 번도 입 밖에 내어 보지 않았고 생각해 본 적도 없는 상소리를 내뱉고 싶은 생각이 들었다. 그때까지 그 말이 존재하는지조차 몰랐던 그런 상소리를 내뱉고 싶었던 것이다.)

이것이 분명한 증거였다. 이것이 메이 바이얼릿 영이

아직 죽지 않았음을 보여 주는 증거였다.(결혼 전 이름이 메이 윈치였던 그녀가 필립과 결혼한 1947년 6월 그날 결혼식을 올린 교회 바깥의 긴 강물은 햇살에 반짝이며 밝게 빛났다. 잔디가 자라고 들꽃이 만발해 전후 폐허의 풍경임에도 아름답다는 말을 쓸 수 있을 정도였는데, 사람들은 아무도 고운 얼굴을 들어 도시 풍경을 둘러볼 생각을 하지 않았다.) 그녀는 아직 죽지 않았다는 것을 확실히 증명할 수 있었으니, 왜냐하면 땀에 젖은 늙어 빠진 손이, 누구의 손이? 그녀의 늙어 빠진 손이 이제 펼쳐 보이려는 것이 그 증거이기 때문이다. 그녀가 입에서 어렵사리 꺼낸 것을 휴지에 돌돌 뭉쳐 놓았다. 그들이 그걸 그녀에게 주었다. 그녀로 하여금 오늘이 무슨 요일인지, 몇 월인지, 총리가 누구인지 잊게 하려고, 그리고 커스터드가 든 그릇을 내려놓게 하려고 그들이 그녀에게 준 약이었다. 항상 쾌활하게 말을 건네는 리버풀 출신의 아일랜드계 간호사가 약을 줄 때, 아일랜드계 간호사가 아니면 카리브해 지역 출신의 잘생긴 남자 간호사 데릭이 약을 줄 때 메이는 그것을 삼키지 않고, 절대 삼키려 하지 않고 혀 밑에 넣어 두었다가 고개를 끄덕이며 우호적인 눈길로 그들을 보낸 뒤에 입에서 꺼내 휴지로 감싸곤 했다.

메이가 아직 죽지 않았다는 또 하나의 근거는 그녀가 미래를 보았다는 사실이었다. 그리고 그들의 미래는 그녀에게 그녀의 삶이 있는 한 그녀의 미래는 아닐 터였다.

하버 하우스는 아니었다.

음, 그녀는 죽을 것이고, 그것은 시간문제일 뿐이었다.

그녀는 몇 년 전 하버 하우스(심지어 그 이름은 거짓말이었다. 여기 근처 어디에도 항구*는커녕 항구의 그림자도 없었다.)에서 지내는 가엾은 노부인을 방문한 적이 있다. 그 가엾은 노부인은 매스터스 부인이었다. 부인은 진정한 숙녀였고 부유했으며, 필립이 1952년에 사업을 시작한 이래로 죽 '리딩 바닥재와 양탄자'의 오랜 충성 고객이었다. 필립은 수십 년 동안 부인에게, 그리고 부인을 통해서 부인의 친구들에게도 양털로 짠 직물과 인조견, 나일론 제품, 라텍스를 덧댄 제품, 리놀륨 제품, 다양한 편물용 실, 덴마크 제품, 트위스트 파일**과 딥 파일***과 컷 파일**** 제품들, 그리고 단단한 목재와 래미네이트에 이르기까지 온갖 제품들을 팔았다. 매스터스 부인 덕에 필립은 오랫동안 고급스러운 집들에 바닥재를 깔 수 있었다. 고급스러움은 항상 고급스러움을 불러왔다. 매스터스 부인은 전쟁 중에 정보기관에서 근무한 훌륭하고 똑똑한 여성이었다.

---

* 하버(harbour)는 항구라는 뜻이다.

** 꼬여 있는 실을 사용하여 제작한 직물.

*** 폭신하게 털이 긴 직물.

**** 고리 형태로 직물을 엮다가 고리를 잘라서 보풀을 세운 직물.

메이는 매스터스 부인과 함께 하버 하우스의 휴게실에 앉았다. 울워스* 같은 데서 판매하는 표지판이 벽에 붙어 있었기 때문에 그녀는 그곳이 휴게실이라는 것을 알았다. 금색의 싸구려 플라스틱판에 '휴게실'이라는 글자가 쓰여 있었다.

매스터스 부인의 손을 잡고 있던 그녀는 노부인이 졸 때 하버 하우스의 양탄자에 놓인 깨끗한 슬리퍼를 신은 부인의 발을 내려다보았다.

양탄자는 그 슬리퍼에 대한 모욕이었다. 부적절한 양탄자였다. 누덕누덕하고 더러웠다.

메이의 다른 손에는 현관에서 집어 든 안내 책자가 들려 있었다. 책자에는 하버 하우스에 입주하는 사람은 입주할 때 한두 가지 조그만 기념물을 가지고 오도록 장려하며, 요청을 하면 (소형) 보조 가구도 허락된다고 쓰여 있었다.

바로 그때 누군가 메이의 팔에 손을 얹었다. 메이는 고개를 들어 쳐다보았다. 나이가 아주 많지는 않고 사십 대 후반쯤으로 보이는, 멋진 캐시미어 스카프를 두른 여자였다. 그녀는 아주 솔직한 태도로 메이에게 정산을 해 주고 싶은데 괜찮겠느냐고 물었다.

메이는 오후에 시간을 내서 방문했을 뿐 자신은 가족이

---

* 대형 유통 기업의 이름.

나 친척이 아니라고 설명했다.

우린 마스터카드나 비자카드도 받습니다, 옷을 잘 차려입은 여자가 말했다.

뭔가 오해가 있으신 것 같습니다, 메이가 말했다.

그런데도 옷을 잘 입은 여자는 메이의 팔을 꽤 야무지게 잡고 그녀를 접수처로 이끌고 가서 실내장식이 마무리된 곳과 실내장식이 더 필요한 곳을 손으로 가리키며 벽지 비용으로 얼마가 들었는지 메이에게 말해 주었다. 프런트에서 여자는 메이의 손을 다정하게 잡고 작별 인사를 했다. 그런 다음 사뿐히 계단을 올라갔다. 하버 하우스의 접수 담당자인 십 대 여자아이가 데스크 앞으로 몸을 기울이더니 얼굴을 찡그리고 가볍게 자기 이마를 만지면서 메이에게 알려 주길, 옷을 잘 차려입은 여자는 이곳을 자신이 나이 들어 운영하는 게스트 하우스라고 믿는 수감자(여자애는 정확히 그렇게 말했다.)라고 했다.

그 뒤로 계속 메이는 자신이 그 잘 차려입은 여자를 향해서 계단에 대고 기회가 되면 이 무례한 접수 담당자를 가장 먼저 해고해야 한다고 소리칠 용기가 없었던 것을 자책했다.

그렇지만 시간이 흐른 뒤에 그 일로 인해 얻은 소득은 이것이었다. 그녀가 속으로 이런 생각을 했다는 것을 더 이상 기억하지 못하면 그때는 자신이 확실히 죽었음을 알게 될 것이었다. 어느 날 눈을 뜨니 나 자신이 정신이 혼미한 사람과 형편없는 물건과 지저분한 양탄자와 허락이 필요한 가구들이 있는 게스트 하우스의 수감자가 되어 있는 것을 발견하기보다 차라리 죽어서 지옥에 가는 게 나을 거야라고 생각했다는 것을 기억하지 못한다면 말이다.

옷을 잘 차려입은 여자는 몇 가지 점에서 옳았다. 인생에는 정산해야 할 것들이 있다. 마스터카드나 비자카드가 있다면 좋을 것이다.

토끼가 있다. 마스터카드나 비자카드가 아무리 많아도 메이가 필립의 낡은 공기총으로 처음 쏘아 죽인 토끼를 정산하지는 못할 것이다.

야생 토끼였다. 야생 토끼가 뒤뜰로 찾아오곤 했다. 아무런 해도 끼치는 것은 없어 보였다. 녀석은 꽃 사이에 앉아 얌전히 풀을 뜯어 먹었다.

어느 날 토끼가 거기 있는 모습이 다시 메이의 눈에 띄었다. 메이는 토끼에게서 눈을 떼지 않고 부엌에 선 채로 신발을 벗었다. 창문에서 뒷걸음질 쳐서 최대한 소리 나지 않게 첫 번째 문을 지나고, 이어 다음 문을 지나 차고 안으로 들어갔다. 그녀는 필립이 총알을 보관해 두는 녹슨 깡통의 뚜껑을 어렵사리 열었다. 앞치마로 공기총의 총열에 쌓인 먼지를 닦고는 총을 꺾어 연 다음 다루기 힘든 총알을 집어서 조그만 구멍 안에 엄지손가락으로 밀어 넣었다. 이어 총알을 하나 더 넣었다. 그녀는 총을 잠그고 스타킹만 신은 발로 살금살금 걸어서 다시 열려 있는 부엌 창문으로 돌아갔다.

그녀는 총을 들어 조준하고 방아쇠를 당겼다.

총은 반동조차 하지 않았다. 총이라기보다 장난감 같았다. 하지만 그럼에도 토끼는 옆으로 쓰러졌고, 여전히 모로 누워 있었다.

그녀가 다시 신발을 신고 밖으로 나가 보았을 때 녀석은 아직 살아 있었다. 살이 많은 부위를 쏜 것이었다. 털로 덮인 뒷다리가 말쑥하게 포개져 있었다. 잔디밭 옆 화단의 흙 속에 누워 있었는데 아무런 소리도 내지 않았다. 마치 죽은 것 같았다. 그러나 그녀가 내려다보았을 때 녀석은 똑바로 그녀를 마주 보았다. 얼굴에 달린 갈색 눈으로 그녀를 똑바로 쳐다보며 이렇게 말하는 것 같았다. 썩 꺼져, 냉큼 사라지란 말이야.

엄마, 걱정할 필요 없어요, 엘리너가 말했다. 그 사람들이 양탄자를 다시 깔았어요. 내가 맨 먼저 부탁한 게 그거예요. 실은 그곳 양탄자는 매스터스 부인이 들어간 이래로 두 번이나 다시 깔았대요.

엘리너는 좋은 뜻으로 말했다.

그러나 메이 영은(메이는 소리 내어 말하기를 그만두었고, 그녀의 파란 눈동자에는 서리 같은 게 끼어 더 흐릿해졌다. 상태가 그런대로 괜찮았던 어느 날 그들은 그녀에게 하버 하우스

이야기를 꺼냈고 실금, 가벼운 치매의 발병 가능성, 그녀 자신에 대한 위험, 가정집에서는 할 수 없는 돌봄 서비스 등에 대해 이야기했다.) 때가 되었을 때 삶을 떠나는 것은 분명히 다른 시각을 수반할 거라고 혼자서 생각했다. 아마도 그 토끼의 시각과 흡사한 어떤 것일 터였다.

갓 태어난 아기들이 보는 것이 바로 그것이었다. 아기들은 우리 눈이 보지 못하는 어떤 것을, 또는 어떻게 보아야 하는지 잊어버린 어떤 것을 볼 수 있는 것처럼 세상을 본다. 그녀의 세 아이들 엘리너, 패트릭, 제니퍼도 다 그랬다.

시작이 그렇다면 마지막도 그럴 가능성이 있다.

음, 나는 이제 곧 그 상황에 처하게 될 것이다.

음, 시작했으니 끝을 보는 수밖에.

음, 그렇지만 토끼에게 그런 짓은 정말 하지 말았어야 했는데.

소리 내어 말했나? 아니다. 이 방 안에 있는 저 여자애는, 누구인지는 모르지만, 움직이지 않았다. 여자애는 내려다보고 있는 전화기에서 눈을 떼지도 않았다. 그게 전화기인지 뭔지 몰라도 아무튼 사람들은 모두 그걸 손에 들고 거기 있는 버튼들을 누른다. 요즘 사람들은 그걸 가지고 사적인 것들을 찾아보며 모든 시간을 보낸다. 심지어 갓난 아기를 벗어난 증손자뻘 되는 아이들까지 그런 사사로운 것을 하며 시간을 보낸다. 그것은 너무나도 사사로운 것이고 자동 응답기이고 사람에게 직접 전화하기보다 꼭꼭 찍어 누르면서 이야기하는 물건이다. 거기엔 아무도 없다.

엄마, 전화할 때마다 매번 거기 아무도 없니 하지 말아요, 어느 날 엘리너가 말했다. 그냥 안녕, 나다라고 말하고, 그런 다음 용건을 남겨요. 자동 응답 재생 버튼을 눌렀을 때 엄마가 말하는 걸 듣기가 괴로워요. 우리도 괴롭고 아이들도 괴로워해요. 그러니까 내 말은, 어제도 일곱 차례나 엄마 목소리가 녹음되었는데 매번 이게 고장 났나 봐, 아니면 거기 아무도 없니라는 말만 했잖아요. 그걸 들으면 기분이 안 좋아요, 엄마. 전화기는 고장 나지 않았어요. 용건을 남겨요. 다른 사람들처럼.

전화를 걸었을 때 거기에 아무도 없으니까 거기 아무도 없니라고 한 거다, 메이가 말했다.

우린 여기 있어요, 엘리너가 말했다. 우린 단지 전화를 받지 않는 모드로 설정해 두었을 뿐이라고요.

거지 같은 생각이었다. 전화기라는 걸 뭘로 생각하는 거지?

아니, 왜 전화기를 두고서 전화를 받지 않는 것으로 해 둔단 말이냐? 메이가 말했다.

투셰.* 엘리너는 자기가 졌다는 것을 인정했다. 투셰 거

---

* touché. 펜싱에서 자기가 상대의 칼에 찔렸다는 뜻에서 비롯된 말로 상대의 논리가 적절하다는 것을 인정할 때 사용한다.

북*이 후퇴했다! 그것은 텔레비전에서 오랫동안 방영한 만화 영화에 나왔던 거북이로 늘 프랑스의 구식 보병 병사들이 쓰던 것 같은 모자를 쓰고 다니는 주인공이었다. 그들은 그 만화 영화를 즐겨 보았다. 제니퍼는 낡은 해군 여자 부대원 모자를 쓴 채 뜰에 나가 그 거북이 흉내를 내며 놀곤 했다.

엄마는 항상 제니퍼로군요, 언젠가 엘리너가 말했다. 엘리너는 화를 참지 못하고 울었다. 오래전에 있었던 일이다. 십 년 전의 일이다. 메이는 뭔가를 부정확하게 기억한 탓에 엘리너를 울게 만들었다. 엘리너는 마흔다섯 살이었다. 그러면 자기도 다 큰 애들을 둔 엄마이니 그처럼 철없이 굴면 안 되었다. 그런데도 맙소사, 그 애는 주방 찬장 앞에 서서 기억나는 것과 잊어버린 것들을 끄집어내며 울었다.

엄마, 그게 끔찍한 일이었다는 건 나도 알아요. 얼마나 끔찍한 일이었는지 나도 안다고요. 하지만 그땐 나였어요. 제니퍼가 아니었어요. 나였어요. 엄마가 붓에 칼라민 로션을 묻혀 피부에 발라 준 사람은 나였다고요. 그 앤 벌레에 물리지도 않았어요. 항상 벌레에 물리는 사람은 나였어요. 내게 단맛이 나서 벌레가 무는 거라고 엄마가 말했어요.

* 영국 만화 영화 「투셰 거북과 덤덤」에 나오는 거북 이름.

엄마가 그때 그렇게 말했잖아요. 그 앤 벌레에 물리지도 않았어요. 나만 항상 벌레에 물렸어요. 나는 지금도 벌레에 물려요. 지금도 그렇다고요. 나는 여전히 벌레에 물린단 말이에요.

메이가 엘리너를 괴롭히려고 일부러 기억을 왜곡했을 수도 있었다. 메이는 두 딸아이의 방에 있는 조그만 침대 위에서 등을 드러낸 채 클립처럼 몸을 접어 웅크리고 있던 아이가 누구였는지 정확히 알았을 수도 있었다. 메이는 숫자에 맞춰 색칠하는 그림을 그릴 때 사용했던 붓에 칼라민 로션을 묻혀서 벌레에 물려 온통 발갛게 달아오른 아이의 어깨뼈와 위팔에 발라 주었는데, 그때 아이는 붓털에 묻은 로션의 차가운 느낌에 몸을 움찔하곤 했다.

의자에 앉아 있는 여자애는 제니퍼와 나이가 비슷해 보였다. 그 나이 또래로 보였다.

제니퍼의 날짜: 1963. 4. 4., 1979. 1. 29.

그들은 전날 밤에 텔레비전으로 앨프 가넷이 등장하는 영화를 보았다. 「죽음이 우리를 갈라놓을 때까지」는 어떤 우스꽝스러움이 있으면서도 꽤나 슬픈 영화였다. 원래는 텔레비전 프로그램이던 것을 영화로 만든 작품이었다. 그날 저녁에 그들이 그 영화를 보았다는 것이 인생의 잔인한 아이러니라고 나중에 필립이 말했다. 1월은 아이들을 땅속으로 데리고 가는 달이다. 열여섯 살이 되기 두 달 전에 제니퍼의 심장에 아무도 원인을 모르는 문제가 생겼다.

제니퍼의 발은 아주 예쁘고 작았다. 아빠를 닮았다. 필립도 발이 작았는데 제니퍼가 그 발을 물려받았다. 필립의 발은 뜻밖에도 여성스러운 발이었고 예뻤다.

발은 결국 모두 다 6피트 아래라는 같은 길을 간다.*
하, 그것이 인생이다.

필립은 우리가 누리고 있는 것들에 감사해야 한다고 곧잘 말했다. 그는 낙담하면 늘 그 말을 했다. 그것을 통해 그가 낙담했다는 것을 알 수 있었다.

그런 면에서 그는 괜찮았다. 적어도 그에게는 절망스러울 때 할 수 있는 말이 있으니까. 그런 위로의 말도 갖지 못한 메이는 슬픔을 가슴에 묻은 채 모든 손주들의 손톱과 발톱의 선명함, 앙증맞음, 완벽함을 음미하며 시간과 세월을 보냈다.

(제니퍼가 부엌으로 들어온다. 제니퍼는 여덟 살이고 매우 화가 나 있다. 아이는 위층 화장실의 탁자에 쌓인 책 무더기에서 책을 하나 발견해 들고 있다. 표지에는 불붙은 사람의 그림이 있다. 그 사람은 화염의 바퀴처럼 보이는 것 안에서 팔과 다리를 뻗고 있다.

---

* 발은 영어로 feet다. 6피트 아래(six feet down 또는 six feet under)는 사람이 죽으면 전통적으로 땅속 6피트 아래에 묻힌다는 사실에 근거하여 '죽어서 묻히다'라는 뜻으로 쓰인다.

이건 이 세상뿐 아니라 주변의 모든 행성들을 포함해 한 번도 들어 보지 못한 가장 끔찍한 얘기예요, 제니퍼가 말한다.

아이는 갑자기 불길에 휩싸인 사람들에 관한 이야기를 읽고 있었다. 책은 처음부터 끝까지 거실이나 다른 어떤 곳에서 이유도 없이 갑자기 불이 나서 타 죽은 사람들에 관한 이야기를 담고 있었다. 종종 그들의 팔다리가 사라지지 않고 남으면 누군가 집에 와서 양탄자 위의 잿더미 속에 남은 그 팔다리를 발견한다. 몸통은 아무것도 남지 않고 잿더미로 변했는데 팔다리만 남아 있다.

제니퍼는 금방이라도 울음이 터져 나올 것만 같다.

패트릭 오빠가 축구를 하다가 막 골대 안으로 공을 차려고 하는데 갑자기 그런 일이 생기면 어떡해요? 언니가 평소처럼 수요일에 학교에서 현대 무용을 배우고 있는데 갑자기 커다란 거울 앞에서 난데없이 그런 일이 생기면……? 아빠가 낚시를 하다가 갑자기 그렇게 되면……?

음, 그러면 아빤 강물로 뛰어드는 게 가장 좋겠지, 메이가 말한다. 그리고 네가 나한테 와서 그런 이야기를 할 일은 거의 없을 거야.

그녀는 다리미를 내려놓고 제니퍼를 들어 올려 부엌 의자에 앉아 있는 자신의 무릎에 앉힌다. 제니퍼는 화가 나서 몸이 끈적끈적하다.

하지만 어느 날 내가 학교에서 돌아와 엄마에게 주려고 차를 한잔 타서 들고 갔을 때, 제니퍼가 말한다. 엄마가 앉았던 의자에는 잿더미만 있고, 바닥엔 엄마의 다리가 있고, 의자 팔걸이에는 엄마의 팔만 있으면 어떡해요?

있잖아, 만약 그런 일이 실제로 일어나면, 메이가 말한다. 듣고 있지? 내가 지금 가르쳐 주는 대로 해 주렴. 어찌 됐든 의자 양쪽에 있는 내 두 손 중에서 어느 한 손에 찻잔을 내려놓아 줘. 알았지? 왜냐하면 난 그 차를 마시고 싶을 테니까 말이야.

제니퍼는 웃음이 나올 듯한 얼굴이다. 아이는 거의 설득되었다. 아이는 다시 메이의 무릎 위에서 편안하게 늘어진다.

다리미판에 놓인 다리미 안의 물이 조급하게 지지직거리는 소리를 낸다.

제니퍼, 네가 불길에 휩싸이는 일이 일어날 가능성은 전혀 없어, 메이가 말한다.

내가 걱정하는 사람은 내가 아니에요, 제니퍼가 말한다.

넌 그런 생각을 할 필요 없어, 메이가 말한다. 그런 생각을 하면 미쳐 버릴 거야. 걱정의 가장 나쁜 점은 전염이 된다는 거란다.

걱정이 어떻게 전염이 돼요? 제니퍼가 말한다.

네가 걱정을 하면, 메이가 말한다. 나도 걱정을 해야 한다는 뜻이야.

제니퍼의 표정이 어두워 보인다. 아이가 메이의 무릎에서 내려와 걸음을 옮겨 싱크대 옆에 선다.

앞으로는, 아이가 말한다. 난 내 걱정을 얘기하지 않고 머릿속 한구석에 꼭 간직해 둘래요.

아이가 그런 말을 어디에서 듣고 배웠는지 도무지 알 수 없다. 아이는 낯선 말을 하기에는 아직 너무 어리다. 이것도 내 인생이에요, 엄마. 아침 식사로 시리얼을 먹는 것에 관해 논쟁을 하던 중에 아이가 그렇게 말한 적이 있는데 그때 아이의 나이는 겨우 네 살이었다. 메이는 자신이 웃는 것을 아이에게 들키지 않으려고 고개를 돌려야만 했다. 아이가 막 일곱 살이 된 작년 어느 날에는 이랬다. 우리가 잃어버리는 것들에 관해 성 안토니우스에게 기도를 올릴 때 우리 기도를 듣고 우리를 보고 우리를 돕는 존재가 성 안토니우스가 아니라 래스클*이라는 이름의 강아지면 어떡해요? 아이가 최근에는 길을 건널 때 엄마의 손을 잡지 않으려 한다.

메이는 자신의 무릎을 두드린다. 제니퍼가 엄마의 말을 받아들여 다시 다가와 무릎에 앉는다. 그러나 메이의 턱 아래에 있는 아이의 얼굴이 뜨겁고 가슴에 안긴 아이의 몸이 너무 무겁다. 기분이 여전히 우울한 것이다. 메이가 잘 다독여 주지 않으면 오후 내내 그럴 것 같다.

다리미판 위의 다리미가 다시 쉬익 하고 탄식하는 소리를 낸다.

---

* rascal. 악당, 악동이라는 뜻.

네가 갑자기 확 타오르면 아주 좋을 수도 있어, 메이가 말한다.

좋을 수도…… 있어요? 제니퍼가 고개를 들면서 말한다.

특히 네가 말을 타고 있을 때라면 말이야, 메이가 말한다. 네가 셰틀랜드종 조랑말을 타고 점프를 한다고 생각해 봐. 공원에서 열리는 여름 축제에서 말을 타고 있는데 네가 횃불처럼 환하게 불타오르는 거야.

하! 제니퍼가 말한다.

경찰견들은 불이 붙은 고리 대신에 펄쩍 뛰어서 너를 통과하고 싶어 할 거야.

정말로, 제니퍼가 말한다. 아주 근사할 거예요.

아이가 몸을 앞으로 당겨 앉는다. 하지만 그때 다시 고개를 떨군다.

이번엔 뭐야? 메이가 말한다.

내가 축제에서 그렇게 점프를 하면서 날 보고 있을 엄마를 찾기 위해 관중석을 쳐다보았는데, 제니퍼가 그녀의 카디건에 얼굴을 묻고 말한다.

그랬는데? 메이가 말한다.

그랬는데 엄마가 거기 없는 거예요, 제니퍼가 말한다.

메이가 고개를 끄덕인다.

있잖아, 그녀가 아이의 머리 가르마에 입을 대고 말한다. 내가 자발적으로 불탔다면 난 내 팔과 다리를 공원에 보내서 네

묘기를 보게 할 거야.

그녀는 마침내 제니퍼를 웃게 하는 데 성공했다.

내 두 팔과 두 다리는 각자 따로 자리가 필요할 거야. 그러니 자리가 네 개 필요해. 그 돈은 네 용돈에서 지불해야 한다. 그게 공평하잖아, 메이가 말한다.

제니퍼는 이제 깔깔깔 웃는다.

그런데 네가 축제에 가는 걸 허락하는 데에는 조건이 있어. 첫째, 우리가 길을 건널 때 넌 내 손을 잡아야 한다는 거야, 메이가 말한다. 그런 다음에 내 다른 손을 잡아야 해. 그리고 내 팔을 잡아야 해. 그리고 다른 팔도. 그리고 또 내 다리를. 그러고 나서 다른 다리를 잡아야 해. 그래야 내가 널 그 축제에 보낼 거야.

제니퍼가 웃으며 방심하고 있을 때 메이가 다리를 재빠르게 움직인다. 아주 어린 꼬마와 말타기 놀이를 할 때 꼬마는 떨어질 거라고 생각하면서도 그와 동시에 부모가 안전하게 잡아줄 거라는 것을 안다.

메이는 막내딸이 떨어지려는 바로 그 순간에 아이를 잡는다.)

메이 영은 의자에 앉아 있는 이상한 여자애를 눈여겨보았다. 그 애의 양손 손톱은 광택이 나는 자주색이었는데 너무 길어 보였다. 손에 든 물건의 조그만 단추를 눌러 대고 있었다. 온 세상이 그 물건에 매여 있는 것처럼 보였다.

사람들은 모두 그런 것을 가지고 있으며, 메이가 약장 속 약을 먹기로 되어 있는 것처럼 순순히 흔쾌히 그걸 사용했다. 사람들은 그것에 완전히 낚였다. 그것은 얼마나 빠른가에 매달리는 물건이었다. 사람들은 항상 얼마나 빨리 메시지를 받을 수 있는지, 얼마나 빨리 누군가에게 말을 하거나 소식을 얻거나 이런저런 것을 할 수 있는지 따위에 대해 이야기했다. 그게 뭐든 간에 얼마나 빨리 할 수 있느냐에 매달렸다. 그와 동시에 사람들은 모두 약에 취한 듯, 둔중한 소처럼 고개를 숙인 채 자신들이 어디로 가고 있는지 보지도 않는다.

여자애는 메이의 병실에 있든, 아니면 다른 누군가의 병실에 있든, 어디에 있든 전혀 문제 되지 않는 것처럼 엄지손가락과 다른 손가락들을 움직여 손안에 있는 자신의 세계로 빠져들었다. 자기가 이 세상에 있든 이 세상 바깥에 있든 상관없는 듯했다.

이 애는 어쩌면, 뭐더라, 제도, 학교의 요강에 따라 학교 공부 대신에 병원에 있는 사람들을 방문해야 하는 활동을 하고 있는지도 몰랐다. 방문자 없는 환자들을 찾아가는 활동 말이다.

그러나 메이를 찾아오는 사람은 많았다. 학교 활동의 일환으로 메이를 찾아올 필요는 없었다. 메이의 주변에는 사람이 늘 끊이지 않았고 그들은 이곳에 와서 침대 주위에서 있곤 했다. 그러므로 낯선 사람이 찾아와 주는 활동 같은 것은 메이에게 필요 없었다.

어쩌면 이 아이는 패트릭의 여자 친구 중 한 명이고, 노인을 방문하여 배지를 받음으로써 걸 가이드* 가입에 도움이 되는 봉사 활동을 하고 있는지도 몰랐다.

어쩌면 병원에 와서 환자들을 둘러싸고 크리스마스 캐럴 같은 노래를 불러 주는 활동일지도 몰랐다. 크리스마스만이 아닐 것이다. 왜냐하면 크리스마스가 지난 지 꽤 되었는데 그런 사람들은 또 오기 때문이다. 얼마 전만 해도 사람들이 와서 환자들을 둘러싸고 그들이 즐겨 부르는 활기찬 노래들을 줄기차게 불러 댔다. 나는 예수다, 저들이 나를 십자가에 못 박았다, 저들이 나를 나무에 매달았다 같은 이야기와 함께 피와 손톱 등등의 온갖 내용이 나오는 노래였다. 지금은 1월이고, 부활절이 되려면 아직 한참 멀었다. 그건 틀림없었다.

그녀는 손을 들어 여자애에게 가라는 신호를 보냈다.

난 찾아와 줄 필요 없어, 그녀가 손짓으로 말했다. 가도 돼.

메이의 손이 움직이는 것을 의자에 앉은 여자애가 보았다. 그 애는 손에 든 것에서 눈을 떼고 메이를 쳐다보았다.

---

* 걸 스카우트와 비슷한 것으로 영국에서 창설된 소녀단이다.

이어 손을 귀로 가져가서 귀에 꽂고 있던 것을 뺐다.

일어나셨네요, 여자애가 말했다.

크고 또렷이 말했다.

메이는 몸을 앞으로 기울이며 그 애를 노려보았다. 자신은 입을 벌린 채 항상 잠들어 있는 그런 노파가 아니었다. 귀가 들리지 않는 그런 노파가 아니었다.

메이는 주전자를 향해 손을 뻗었고, 실수하지 않았다. 그녀는 주전자의 손잡이를 잡았다.

제가 따라 드릴까요? 여자애가 말했다.

메이는 여자애의 냉랭한 표정을 보았다. 알량한 박애주의자일 게 분명했다. 그게 아니라면 도둑일 터였다. 아니, 메이의 지갑에는 돈이 없었다. 개인 물품 보관함에 시계가 있었지만 거의 돈이 안 되었다. 언젠가 공항에서 17파운드를 주고 산 시계였다. 여자애는 가져갈 게 아무것도 없다는 것을 곧 알게 될 것이다.

메이는 양모 담요에 손을 내려놓았다. 담요에 놓인 손에는 약이 든 휴지 뭉치가 있었다. 그녀는 손을 폈다. 그리고 손에서 휴지 뭉치를 놓았다. 이어 앙상한 손을 들었다. 플라스틱 컵을 향해 뻗는 손이 떨렸다. 컵을 잡았다. 컵을 주전자로 가져간 다음 주둥이가 있는 자리에 내려놓았다. 그녀는 직접 주스를 따랐다. 주스는 그런대로 탈 없이 컵에 담겼다. 손을 뻗어 주전자를 내려놓았다. 그냥 내려놓은 게 아니라 제자리에 똑바로.

그런 다음 메이는 여자애의 눈을 쳐다보았다.

여자애가 그 시선을 맞받았다.

영 부인 맞으시죠? 여자애가 말했다. 영 부인이 아니면 말씀해 주세요. 저는 영 부인을 방문하기로 되어 있거든요.

여자애는 메이를 향해 종이쪽지를 흔들었다.

누군가가 벨빌파크 12번지에 사는 영 부인을 꼭 방문해 주세요, 여자애가 쪽지에 쓰인 글을 읽었다. 할머니가 영 부인인 게 맞다면 찾는 데 어려움이 있긴 했지만 우린 해냈어요. 할머니를 찾은 거예요. 할머니가 메이 영이라면 말이에요.

이제 메이 영은 여자애의 정체를 알았다.

필립이 자기 차례가 되었을 때 보았던 것은 방 뒤편에 서 있는 정장 차림의 남자였다. 어, 저 사람 누구지? 그가 말했다. 메이가 고개를 돌렸으나 거기엔 아무도 없었다. 메이의 친정어머니도 어떤 남자를 보았다. 저 사람이 또 왔구나, 어머니가 말했다. 어디요? 메이와 필립이 말했다. 어떤 사람 말이에요? 메이의 어머니는 모르핀에 취해 있었다. 저기 저 남자, 어머니가 창문 쪽을 향해 고개를 끄덕이며 말했다. 하지만 저 사람은 아무런 해도 끼치지 않을 거다. 메이와 필립은 그쪽을 바라보았다. 거기엔 아무도 없었다.

그러니 그건 사실이다. 실제로 일어나는 일이다. 그들

은 당사자가 알지 못하는 낯선 사람을 보낸다. 그녀에게는 정장 차림의 남자 대신에 여자애를 보낸 것이다. 그들은 제니퍼를 보내지 않았다. 제니퍼는 모르는 사람이 아니니까. 그 대신에 제니퍼 또래의 여자애를 보냈다.

메이 영의 머리가 핑 돌았다. 그것에서 벗어날 길은 없었다. 그녀의 운명이 다한 것이었다.

별수 없지.

그녀는 눈을 감았다.

음, 이젠 내가 냉큼 사라져야지.

음, 저 애를 따라 저세상으로 가는 것도 멋질 거야.

음, 그건 그리 나쁜 일이 아니야. 죽음보다 더 안 좋은 운명도 있는데, 뭘.

음, 운명이 다했다면 다한 거지, 뭐.

음, 성 베드로여, 내 번호를 불러 줘요. 우리가 가는 길이 꽃길인지 아닌지 알게 되겠죠. 양로원! 적어도 하버 하우스는 아니잖아요, 하느님.

메이 영은 숨을 쉬었다. 가슴 속에서 숨이 들어왔다 나가는 것을 느꼈다. 끔찍한 분홍빛 옷 속에서 말이다. 그녀는 최후의 숨을 깊이 길게 들이마셨다. 그 긴 호흡을 느끼며 숨을 내쉬었다.

그러나 다음 순간 그녀는 아무런 어려움 없이 다시 숨을 잘 들이마셨다.

그리고 또다시 가뿐하게 숨을 내쉬었다.

그녀의 숨쉬기에는 아무 문제가 없었다.

그녀는 어디로도 가지 않았다.

나는 죽었지만 누워 있지는 않을 거야. 하하!

메이는 당장에 기분이 나아졌다. 그녀는 눈을 크게 떴다. 사방을 둘러보았다. 방 안 어디에도 정장 차림의 남자는 없었다. 여자애뿐이었다. 바로 그때 메이의 병실 문이 열렸다. 간호사다! 빨리! 메이는 얼른 베개 위로 몸을 뉘었다. 한 팔을 침대 가장자리에 내려뜨리느라 주스가 엎질러지려 했다. 들어온 것은 리버풀 출신의 아일랜드계 간호사였다. 메이 영으로서는 컵을 잡을 수가 없었다. 그러나 여자애가 보고 있었다. 여자애는 얼른 손을 뻗어 컵을 잡았다. 그 애는 간호사가 들어오는 모습을 지켜보다가 메이에게 은밀한 눈짓을 보냈다.

메이, 오늘 아침엔 방문객이 있나 보군요! 간호사가 말했다. 손녀인가 봐요.

여자애는 메이를 향해 싱긋 웃었다. 메이는 담요 위에 놓인 약이 든 휴지 뭉치를 바라보았다. 여자애는 메이의 눈길이 닿은 곳을 보고는 간호사를 향해 얼굴을 돌리고 빙그레 웃었다.

예, 그 애가 말했다. 할머니 병문안을 왔어요.

오늘은 어때요, 메이? 간호사가 큰 소리로 말했다.

여자애가 담요를 가지런히 접으려는 것처럼 손을 앞으로 쭉 내밀었다. 그리고 휴지 뭉치를 주워 들었다. 그 애는 간호사의 일을 덜어 주려고 그 휴지 뭉치를 이용해서 메이가 손을 털썩 내려뜨리느라 약간 흘린 주스를 닦았다. 그런 다음 의자에서 일어나 발로 커다란 쓰레기통의 발판을 밟아 열고 그 안에 그걸 던졌다. 여자애는 다시 자리에 앉았다.

오늘이 무슨 요일이죠, 메이? 아, 여전히 우리에게 말을 하지 않는 거죠? 간호사가 말했다. 안됐어요. 생각해 보면 참 아름답지 않나요, 메이? 할머니가 그 모두를 만났다는 걸 생각하면 말이에요. 아주 많은 사람들이 생각나겠죠. 인생은 경이롭지 않아요? 아이들의 세계 같은 경이로움으로 가득 차 있잖아요.

침착함을 잃으면 모든 걸 잃게 돼. 메이는 머리를 축 늘어뜨렸고 눈은 반쯤 감았다.

그녀는 삼키면 까닥거리게 되는 무언가를 삼킨 사람처럼 고개를 까닥거렸다.

버스는 어땠어요? 버스로 왔지요? 간호사가 여자애에게 말했다.

간호사는 눈 내리는 날씨의 교통 상황을 이야기한 것이었다.

여자애는 아무 말도 하지 않았다.

바깥 날씨가 보기보다는 괜찮은 모양이에요, 간호사가 말했다.

간호사는 메이를 앞으로 앉히고 뒤쪽 베개들을 가지런히 정리해 준 다음 이어 사고 방지를 위한 사항들을 점검했다. 간호사가 큰 소리로 메이는 청결하다고 방에 알렸다. 메이가 청결을 훌륭하게 유지하고 있으며, 그것은 절대 쉽지 않은 일이기 때문에 메이는 이를 자랑스러워해도 된다고 했다. 그러고 나서 침대 끝에서 클립보드를 점검하고 여자애 쪽을 향했다.

할머니가 말을 하도록 한번 해 봐요, 간호사가 말했다. 우린 모두 할머니가 말하는 걸 듣고 싶어 하거든요. 난 할머니에게 늘 얘기를 해 줘요. 우린 모두 할머니가 이곳에 대해 했던 재치 있는 말들을 그리워한답니다. 혹시 할머니를 모시고 나가서 병동을 한 바퀴 돌거나 카페에 내려가고 싶으면 얘기만 해요. 할머니는 일요일 이후로 이 방을 나가 보지 못했으니 나가서 다른 곳을 둘러보면 좋을 거예요. 필요하면 나를 불러요. 그럼 내가 휠체어를 가져와 할머니를 앉혀 줄 테니 학생이 모시고 나가 바람을 좀 쐬여 드려요.

리버풀 출신의 아일랜드계인 그녀는 친절한 간호사였다. 상황 판단과 분위기 파악도 잘했다. 늙은 몸에는 늙은 몸보다 더 많은 것이 존재한다는 것을 이해했다. 그럼에도 메이 영은 간호사가 물러날 때까지 턱을 축 늘어뜨리고 고개를 외로 꼰 채 눈을 반쯤 감고 있었다. 이윽고 흐릿하게 문밖으로 나가는 간호사의 간호복을 보았고, 이어 문이 딸깍하는 소리를 내며 닫혔다. 그러고 나서도 메이는 누군가가 문에 달린 조그만 창문을 통해 방 안을 들여다보며 보아서는 안 될 무언가를 보게 될까 봐 잠시 기다렸다.

그러나 간호사는 완전히 떠났다. 메이는 복도를 걸어가는 간호사의 활기찬 발걸음 소리를 들었다.

그녀는 몸을 비비 꼬며 침대에서 최대한 몸을 일으켜 세웠다. 여자애가 그 모습을 지켜보았다.

우리 할아버지는요, 여자애가 말했다. 육 개월 간격을 두고 잇따라 두 번이나 뇌졸중을 일으켰어요. 두 번째 뇌졸중은 할아버지의 눈에 영향을 미쳤어요. 시력이 나빠진 거예요. 그래서 병원 사람들이 할아버지는 더 이상 운전하면 안 된다고 했대요. 우리는 할아버지 집으로 갔고, 엄마 아빠가 할아버지의 차 열쇠를 가지고 나와 할아버지의 차고에서 차를 꺼내 집으로 몰고 왔어요. 엄마가 우리 차를 운전하고 아빠가 할아버지 차를 몰고 왔지요. 그 뒤 할아버지가 수시로 전화를 해서 어떻게 너희가 내 차를 훔쳐 가느냐고 소리 지르곤 했어요. 종종 한밤중에 전화해서 그렇게 소리치기도 했죠. 그러던 어느 날 베드퍼드에 사는 할아버지가 우리 집까지 찾아오셨어요. 여전히 건강이 안 좋으신 할아버지가 기차와 지하철을 타고 혼자 그리니치까지 오신 거예요. 지팡이를 짚고 걸어서 말이에요. 그렇게 우리 집에 도착한 할아버지는 문에 초인종이 있는데도 그걸 무시하고 주먹으로 마구 현관문을 두드렸어요. 할아버지는 정말 무지 화가 나신 것 같았어요. 집 안으로 들어오려 하지도 않고 문간에 선 채로 가쁜 숨을 몰아쉬며 서류를 꺼내 보여 주셨지요. 할아버지가 시험을 통과했으며, 따라서 본인이 원하면 운전할 수 있다는 내용이 적힌 서류였어요. 할아버지는 이렇게 손을 내밀며 당신 차와 차 열쇠를 달라고 요구하셨어요. 아버지는 군소리 없이 드렸고, 할아버지는 차를 몰고 떠나셨어요. 그리고 돌아가실 때까지 그 차를 운전하셨지요.

할아버지가 돌아가신 후(돌아가신 지는 이 년쯤 되었어요.) 우린 할아버지가 컴퓨터로 문서를 꾸미는 데 탁월한 재능을 지닌 한 젊은 남자에게서 그걸 받았다는 걸 알게 되었어요. 시험을 치러서 운전을 다시 해도 되는 자격을 취득한 것처럼 보이도록 그 사람이 서류를 만들어 준 거였어요. 아주 정교한 위조 같은 거였지요. 우리가 그걸 알게 된 것은 장례식을 마치고 우리 모두 할아버지 집에서 샌드위치를 먹고 있을 때 젊은 남자가 찾아왔기 때문이에요. 그 사람은 할아버지가 사시던 집 길 건너편에 살아요.

그가 말하더군요, 할아버지는 그가 요구한 금액보다 10파운드가 많은 50파운드를 지불했다고요. 그리고 또 만약 할아버지가 죽으면 그 서류를 만들어 준 데에 대한 보답으로 차를 주겠다고 했다는 거예요. 그러면서 젊은 남자는 아빠에게 손을 내밀며 차 열쇠를 달라고 정중히 요청했지요. 아빠는 곧장 부엌으로 가서 고리에 걸린 차 열쇠를 가지고 나와 그 사람에게 주었어요. 그 자리에서 말이에요. 엄마는 몹시 화를 냈지요. 여기서 담배 피우면 안 되나요?

여자애는 일어나서 걸음을 옮기더니 천장에 설치된 연기 탐지기를 쳐다보았다.

덮개를 벗길 수 있겠죠? 그 애가 말했다. 배터리로 작동하는 거라면 말이에요.

그 애는 커다란 방문객용 의자를 연기 탐지기 밑으로 끌고 갔다. 그리고 의자 위에 올라가서 한 발은 앉는 자리를 딛고 다른 발은 높다란 등받이의 꼭대기를 디딘 채 몸의 균형을 유지했다. 그러나 굽이 단도처럼 뾰족한 부츠를 신은 탓에 반들거리는 의자 커버에서 한쪽 굽이 미끄러져 균형을 잃고 의자 팔걸이 너머로 기우뚱하며 바닥에 넘어졌다. 잠깐 동안 그 애의 가는 다리와 부츠는 공중에 떠 있었다.

저런, 심하게 떨어졌네! 메이는 그 생각을 거의 소리 내어 말할 뻔했다. 거의 소리 내어 웃을 뻔했다. 그녀는 입을 다물었다. 감정을 억눌렀다. 그러나 여자애는 혼자 웃으며 적절히 수습했다. 일어나 먼지를 털고 거의 손댈 것도 없는 짧은 치마의 매무새를 가다듬었다. 그런 다음 의자 모서리에 앉아 부츠 지퍼를 열었다. 다시 시도하려는 게 분명해 보였다. 여자애는 메이가 쳐다보고 있는 것을 보았다.

제 꼴이 말이 아니네요, 여자애가 말했다.

메이는 그런 태도가 좋았다. 그녀는 여자애를 향해 한쪽 눈을 찡긋했다.

(우체국 근무가 없는 날 메이 윈치는 친구들과 함께 팰리스 극장에 있다. 그들은 그레이시 필즈*가 나오는 영화를 보고 있다. 오래된 영화다. 사람들은 먼저 야유부터 한다. 왜냐하면 그레이시는 최근에 미국으로 도망가듯 떠났는데 사람들이 그걸 별로 달갑지 않게 여기기 때문이다. 하지만 영화는 재미있고, 사람들은 곧 그레이시가 영국을 떠나 미국으로 갔다는 사실을 잊고 웃고 즐긴다.

영화 속의 그레이시는 한결 젊다. 멋들어진 커다란 모자를 쓰고 있다. 그녀가 오렌지를 던진다. 그게 실수로 왕족을 맞힌다. 그녀는 자신을 체포한 경찰관과 다투면서 경찰관에게 말한다. 당신이 나한테 계속 그렇게 말한다면 나는 경찰을 부를 수밖에 없어요. 잠시 후 법정에서 판사가 왕족인 사람에게 오렌지를 던진

---

* 영국의 배우이자 가수.

것이 적절한 행동이었다고 생각하는지 묻는다. 그레이시가 말한다. 음, 그건 족보 있는 오렌지였어요.

극장 안 어딘가에 개가 있다. 누가 개를 몰래 숨겨 들여온 게 틀림없다. 극장 안으로 개를 데려오는 것은 허용되지 않는다. 그레이시가 노래를 부르기 시작하여 유난히 높은 음에 이르렀을 때 이 개가 그 노래를 따라 부르기 시작한다. 아우우우우우우우우우. 이내 그레이시가 노래를 부르고 개가 따라 부를 때마다 무대 앞 좌석은 떠들썩해진다. 이내 발코니 자리에 앉은 사람들도 술렁거리는 것 같다.

소리가 갑자기 줄어들다가 끊긴다. 영화 상영이 중단되었다. 모두 소리를 지른다. 객석에 조명이 들어온다. 사람들은 팔을 휘저으며 소리친다. 극장 관리자와 안내인들이 통로를 왔다 갔다 한다. 앞쪽에서 몸싸움이 인다. 안내인 한 명이 소년 두 명을 끌고 간다. 한 소년은 귀를, 다른 소년은 목덜미를 잡고서 양손에 한 명씩 끌고 극장 뒤쪽으로 향한다. 다른 안내인이 뒤를 이어 약간 거리를 두고 검은색과 흰색 털을 가진 여러 혈통이 뒤섞인 조그맣고 뻣뻣한 잡종 개를 데리고 간다. 개의 꼬리가 프로펠러처럼 빙빙 돈다. 관리자가 관객의 모든 시선을 무시한 채 그 뒤를 따른다.

장내에 미친 듯이 휘파람과 야유가 쏟아진다. 메이 앞에 앉은 남자가 고개를 돌려 통로를 지나가는 행렬을 지켜본다. 그러고 나서 남자의 눈길이 메이와 메이의 친구들에게 와닿는다.

남자는 공군 군복을 입고 있다. 젊다. 잘생긴 편이다. 그는 여자 친구와 함께인데도 메이의 일행 세 사람을 가만히 살핀다. 그리고 그 눈길이 메이에게 머문다.

그의 여자 친구는 화가 난 듯하다.

영화가 다시 상영된다. 하지만 중단된 부분에서 시작하는 게 아니다. 관객들은 소리치고 야유하지만 어쨌든 이야기가 진행됨에 따라 잠잠해진다. 가상의 나라 왕자가 술집에서 일하는 노래 잘하는 여자와 사랑에 빠져 왕국을 포기한다는 우스꽝스러운 내용이다. 그레이시가 다시 노래를 부르기 시작할 때 메이는 자기도 모르게 갑자기 어떤 기분에 휩싸인다. 마치 자신도 어찌할 도리가 없는 일인 듯만 싶다. 메이는 자신이 뭘 하려는지 안다. 그리고 그렇게 하려는 이유가 순전히 남자의 오만한 여자 친구를 짜증 나게 하려는 의도 때문이라는 것도 안다. 다른 이유는 없다. 그녀는 살아오는 동안 지금 하려는 것처럼 대담하고 고약한 행동을 해 본 적이 한 번도 없었다. 그레이시가 그 높은음 부분을 노래할 때 메이는 울부짖기 시작한다. 가능한 한 조금 전의 그 조그만 개와 같은 소리를 내려고 애쓰며 울부짖는다.

몇 초의 간격을 두고 폭소가 장내를 흔든다. 그러더니 모든 사람들이 거기에 동참한다. 극장 안은 곧 울부짖음과 왈왈거리는 소리와 웃음소리로 가득 찬다. 메이의 친구들은 당황한다. 앞에 앉은 여자도 당황한다. 하지만 앞에 앉은 남자는 다시 고개를 돌려 화면 속 그레이시에게 투사된 빛 속에서 오래도록 메이를 바라본다. 메이는 모든 소음과 울부짖음과 들썩이는 소리의 중심에 조용히 앉아 남자의 실루엣을 향해 자신이 가지고 있음을 잘 아는 예쁜 미소로 웃음 짓고 예쁜 눈을 찡긋해 보인다. 그 남자를 메이는 다시 만나게 된다. 이틀 뒤 저녁에 그녀는 가장 좋은 옷을 차려입고 있다. 아프리카 나무와 가젤이 있는, 파랑과 하양이 어우러진 옷이다. 남자는 이미 구입한 「깁슨 가족 연대기」 표를 손에 든 채 팰리스 극장 바깥에서 그녀를 기다리고 있는데, 열흘간의 휴가 중에서 절반 정도를 남겨 둔 그의 이름은 필립 영이다.)

무슨 이유인지 메이의 머릿속에 옛 노래 하나가 떠올랐다. 샐리, 샐리, 우리 골목의 자랑. 샐리는 그레이시의, 그레이시 필즈의 다른 이름이었다. 그레이시 필즈는 일반적인 생각과 다른 사람이었다. 그녀는 그녀를 의심한 사람들의 생각이 틀렸다는 것을 보여 주었다. 사람들은 그녀가 그토록 높은 음을 부를 수 있으리라고 믿지 않았다. 그 음이 어떤 것인지, 어때야 하는지 느낄 수 있었으므로 그녀는 결코 그처럼 높은 음에 이르지 못할 거라고 생각했을 것이다. 그런데 그녀는 높디높은 음의 사다리를 올라가듯이 사람들이 예상한 것보다 훨씬 더 높은 음을 냈고, 우리는 그 고음에 의해 깨끗이 닦인 싱크대처럼 청아해졌다. 그녀는 세련된 가수였다. 오페라에 나오는 여자들처럼 노래 부를 수 있었다. 게다가 재미있기도 했다. 그녀가 파리에 관해 부른 노래가 있었다. 그 파리는 잔에 든 맥주에 다리를 씻고 그 다리를 어떤 남자의 수염에 닦았다. 노래 속의 파리는 그날이 생일이어서 생일 파티를 위해 여자 친구를 그랜드 호텔로 데려간다. 오, 얼마나 재미있는 노래인가. 손목시계와 사랑에 빠진 벽시계에 관한 노래도 있는데 그 노래에서 손목시계는 벽시계에게 빠르다고 말했다.

샐리, 우리 골목의 샐리라는 노래도 있었고 월터, 월터, 나를 제단으로 데려다줘, 내가 문신한 곳을 보여 줄게라는 노래도 있었다. 그 노래가 생각나자 남편 필립이 떠올랐다. 그땐 즐거웠지. 그게 그때와 지금의 차이야. 정말 내밀하고 은근한 나날이었어. 난 아이들 아빠가 옷을 완전히 다 벗은 모습을 본 적이 없는 것 같아. 그이도 내 알몸을 본 적이 없을 거야. 하지만 우린 정말 친밀한 정을 나눴고, 우린 즐거웠어. 그런데 그게 그처럼 정말 재미있었는지는 잘 모르겠는걸. 지금 생각해 보니 말이야, 메이는 소리 내지 않고 머릿속에서 중얼거렸다. 메이는 옷을 입었다고 말하기 민망할 만큼 짧은 치마 차림으로 의자에 앉아 있는 여자애를 바라보았다. 여자애는 이제 우울해 보였다. 천장에 설치된 연기 탐지기한테 패배했기 때문이다. 그 애의 자주색 손톱이 눈에 띄었다. 그 애는 다시 작은 기계를 꺼내서 거기에 뭔가를 꽂았다. 오, 그들은 자기들이 그걸 처음 발견했다고 생각하나 봐. 그 사람들도 자기들이 그렇게 하기 전에는 아무도 그걸 몰랐다고 믿었고, 자기들 말고는 아무도 그걸 알 수 없었을 거라고 생각했지. 총구에 꽃을 꽂아 준* 그들의 꽃의 힘**과 사랑의 여름***이 함께한 1960년대에 말이야. 마치 우리에겐 겨울만 있었고, 군용 배급 식량만 있었던 것처럼 말이야. 거기에 대해 조용히 있는 것만이 우리가 할 일이었어. 우린 그래야 했다고. 우린 그런 식이었지. 그들의 제트기 시대에 말이야.

그 무렵 패트릭은 집에 돌아오면 크고 아름다운 눈으로 그의 소시지가 있는 쪽의 허공을 응시하곤 했지. 그러고 나서 항상 샤워를 하러 올라갔어. 샤워가 끝나면 지독한 애프터 셰이브 로션 냄새를 풍기며 계단을 내려와서 밖으로 나가 뜰에 섰다가 내가 지켜보고 있지 않다고 생각할 때 장미를 꺾었어. 녀석은 어떤 여자애에게 주려고 그 장미꽃을 가죽 재킷 안에 넣고 시내로 나가곤 했지. 그 무렵 엘리너가 대학교에서 집으로 왔기 때문에 기억하는데, 엘리너는 그때 날 무척 따뜻하게 안아 주었어. 두 팔로 나를 그렇게 안아 준 것은 평소의 엘리너와는 다른 행동이었지.

---

* 시위 중 경찰들의 총구에 꽃을 꽂은 히피를 중심으로 한 반전 운동.

** flower-power. 히피족 사상의 중심인 사랑과 평화를 의미한다.

*** summer of love. 1967년 여름에 10만 명쯤 되는 히피들이 샌프란시스코를 비롯한 몇몇 북미 대도시에 모여들었던 사회 현상을 가리킨다.

개를 은밀히 훔쳐보았는데 얼굴에서 윤기가 흐르더라고. 그래서 나는 즉시 그걸 알아차렸고, 정말 기뻤어. 우린 거기에 대해 아무 얘기도 입 밖에 내지 않았지만 말이야. 난 애 아빠한테는 차마 그 얘길 하지 못했어.

하지만 제니퍼는 없었다.

아, 그 애가 있구나. 그 소년 말이다. 그 소년이 있었다. 메이가 차마 눈을 들여다볼 수 없었던 소년 말이다.

소년이 메이를 만나러 온 그 많은 세월 동안 그는 메이의 눈앞에서 어른으로 성장해 갔지만, 그럼에도 메이는 그에게서 여전히 소년의 모습을 보았다.

매년 문 앞에 나타난 그는 메이의 딸 제니퍼의 시간은 흐르지 않고 그대로인데도 또 한 해가 지났다는 의미일 수밖에 없었다.

소년이 문을 두드리는 소리가 현관에서 들려왔던 첫 번째 해에 메이는 소년을 집 안으로 들이지 않았다. 다음 해에도 다시 와서 문을 두드렸다. 같은 소년이었다. 이번에는 들어오게 했다. 그에게 차 한 잔을 주었다. 그는 항상 뭔가를 가지고 왔다. 초콜릿, 꽃, 땅에 심을 알뿌리……. 한번은 도자기로 만든 조그만 되새 조각상을 가져왔다. 아마도 캐비닛에 있는 새 조각상들을 보고 그녀가 좋아한다는 것을 알아차린 모양이었다. 그가 돌아간 후 메이는 눈에 잘 띄지 않는 찬장 뒤쪽 선반에 그것을 올려놓았다. 무척 성실한 소년이었다. 처음 왔을 때 그는 머리가 길었고 올리버*를 다룬 영화에 나오는 소년 같은 인상을 풍겼다. 좀스러운 영화가 아니라 솜씨 있게 잘 만든 영화 속의 올리버 말이다. 메이와 소년은 해마다 마주 앉았다. 소년은 메이의 눈앞에서 성장했다. 제니퍼도 살아 있다면 그렇게 성장했을 것이다. 어느 해에는 그날이 되었는데 소년이 집에 찾아오지 않았다. 대신에 캐나다에서 엽서가 왔다. 엽서에는 깔끔한 글씨체로 찾아뵙지 못해 죄송하다는 내용이 쓰여 있었다. 전혀 예쁘지 않은, 어른이 고를 만한 그림엽서였다. 앞면은 눈이 쌓인 상점 거리의 진눈깨비 속을 걷는 사람들의 컬러 사진이었는데 그 위에 토론토라고 쓰여 있었다. 상점은 이 세상 어디나 똑같았다. 그는 엽서가 정확한 날짜에 도착하도록 그에 상응하는 우편 요금을 냈다. 멋진 소년이었다.

어느 해인가 그날이 가까워졌을 때 그녀는 그와 얘기를 나누리라고 혼자서 중얼거렸다.

하지만 그가 왔을 때 그녀는 아무 말도 못 했다.

그녀가 할 수 있는 말이라곤 이것뿐이었다. 잘 지내니, 얘야?

잘 지내요, 영 아주머니. 아주머니는 어떠세요?

그가 다른 무슨 말을 할 수 있었겠는가? 그들이 다른

* 찰스 디킨스의 소설 『올리버 트위스트』의 주인공.

무슨 이야기를 나눌 수 있었겠는가?

내가 달리 무슨 말을 해야 했을지 모르겠어. 내가 그 상황에서 무슨 말을 할 수 있었을지 모르겠어.

내가 할 수 있는 거라곤 그의 받침 접시 옆에 비스킷을 좀 더 담아 주면서 고급 비스킷이니 먹어 보라고 말하는 것뿐이었어. 그리고 그 애는 비스킷을 먹었지.

메이는 이 모든 것들을 소리 내어 말하지 않고 머릿속에서 이야기했다.

막내딸을 생각하는 동안 메이는 열 살 시절로 고정된 어리고 순수한 아이의 모습을 보았다. 새로 산 텔레비전 앞 양탄자에 앉아 좋아하는 프로그램을 처음으로 컬러로 보고 있는 제니퍼의 가는 팔과 가는 다리가 메이의 마음을 사로잡았다. 제니퍼는 전쟁이 끝난 지 한참 후에 태어난 오염되지 않은 순수하고 밝은 아이들로 가득한 프로그램을 가장 좋아했다. 그 아이들은 낡은 영국산 잡동사니로 가득 찬 폐품 하치장에서 놀았고, 낡은 런던 버스의 정류장 표시 기둥 주변에서 다음 주에 보자라고 낭랑하게 말했다. 처음으로, 기적처럼, 제니퍼는 버스가 밝은 빨간색인 것을 보았다. 자신이 가장 좋아하는 프로그램에 나오는 아이들이 뛰어다니는 것을 믿기지 않는 컬러로 처음 보았다. 아이들은 묘지를 가로질러 달리는 조그만 개를 뒤쫓았다. 스포츠카 안에 있는 여자를 위해 그 개를 잡아 주려는 것이었는데, 여자와 스포츠카의 색깔은 묘지와 대비되어 훨씬 더 산뜻하고 화려하게 보였다. 방 안 가득 새 텔레비전 냄새가 났다. 제니퍼는 자꾸만 일어나서 소리가 나는 곳에 코를 갖다 댔다. 난 어떤 색에서 무슨 냄새가 나는지 맡고 있어요.

제니퍼가 세상을 떠나기 전에 컬러텔레비전으로 프로그램을 보게 된 것은 축복이었고 참으로 감사한 일이었다. 제니퍼의 오빠와 언니는 몇 주 동안이나 목요일 점심시간마다 함께 식탁에 앉아 새로 나온 《라디오타임스》*를 훑어보며 기울어진 글자체로 옆에 컬러라고 쓰인 모든 프로그램 제목을 소리 내어 읽고 있었다. 그들은 몇 주 동안이나 그렇게 했다. 메이는 더 이상 참지 못하고 필립에게 새 텔레비전을 사자고 했다. 흑백텔레비전은 여전히 괜찮고 몇 년 동안 아무 이상 없이 잘 사용했지만 말이다. 하지만 앤 공주의 결혼 이야기가 어떻게 되어 가는지 보려면…… 그들은 최소한 아이들이 역사적인 내용을 컬러로 보도록 하는 것 정도는 해 줄 수 있었다.

세 아이들 모두 메이의 머릿속에서 선명한 컬러로 나타났다. 가장자리에 일렁이는 노란 장미가 심어진 일렁이는 푸른 잔디밭을 뛰어다녔다. 아이들은 앞뜰과 뒤뜰 사이를 뛰며 시야에 나타났다가 사라지곤 했다. 그러는 게 자신들

* 텔레비전과 라디오 프로그램의 정보를 보여 주는 영국 주간지.

의 본래 모습인 것처럼 신나게 뛰어다녔는데, 잔디밭과 장미가 싱싱한 색을 띠는 것은 무엇보다도 그 때문이었다. 품에 안긴 깨끗한 아이의 냄새가 일종의 꿈의 냄새이던 시절이었다. 마치 라임나무가 앞으로 향기를 내뿜기 때문에 향기를 헤치고 걸어서 나무에 이를 즈음에는 아무 냄새도 남지 않는 것처럼 말이다.

하지만 예수, 마리아, 요셉이여, 패트릭이 잉그리드와 함께 이사를 간 집에서 맡아야 했던 냄새를 생각해 봐! 패트릭은 코가 없나 봐, 필립이 메이와 함께 패트릭의 집에 갔다가 돌아오면서 말했다. 옷에는 잉그리드가 온 집 안에 피운 향의 이상한 냄새가 짙게 배어 있었다. 입고 간 옷들은 나중에 뒤쪽 창밖에 걸어서 바람을 쏘여 냄새를 없애야만 했다. 잉그리드는 무척이나 정신 상태가 이상했다. 신이 그녀의 수정 속에 있다고 믿었으며, 그 수정들을 모두 캐비닛 안에 가지런히 보관해 두었다. 마치 신이 수정 속에 있고, 우리는 광물 조각을 숭배해야 한다는 듯이.

두 분이 오랫동안 우리를 교회에 다니게 했지만 그 교회에는 하느님이 없는 게 분명해요, 언젠가 패트릭이 말했다.

이런, 그는 메이와 필립이 그의 아내를 무례하게 대해서 화가 났다.

그는 오랫동안 교회에 가지 않았다. 제니퍼가 떠난 이후로 교회를 찾지 않았다. 음, 그것은 충분히 이해할 수 있는 일이었다. 하느님이 그와 관련해 뭔가를 했다면 난 하느님을 계속 믿었을 거예요, 패트릭이 말했다. 하지만 우리가 믿었던 그 존재가 손가락 하나라도 까딱했던가요? 참새가 떨어지는 걸 누가 보죠? 아무도 안 봐요. 그냥 떨어질 뿐이에요. 제니퍼는 그냥 죽었을 뿐이에요. 아무도 보지 않았어요. 그걸 보는 존재는 없어요.

하느님은 어디에나 계십니다, 영 부인, 늙은 목사가 떠나고 나서 막 교회에 온 젊고 부드러운 목사가, 그녀에 관해 전혀 모르는 젊은 목사가 교회 계단에서 말했다. 하느님은 모든 것에 존재하십니다.

음, 하느님이 계셔서 우린 우리 자신의 방광도, 우리 자신의 창자도 마음대로 통제할 수 없는 걸까?

오, 불경스러운 생각이군. 그런 생각을 하면 그녀는 결코 내세에 이르지 못할 것이다.

그렇지만 하느님이 계셔서 그 애들이 그녀의 상태가 그런대로 괜찮았던 어느 날 하버 하우스에 대해 이야기했고, 그래서 그녀는 그 이야기를 듣고 뭔가가 그녀를 올바로 보지 못하도록 걔들의 눈을 멀게 했다는 것을 알게 된 걸까? 하느님은 낡은 석조 건물 안에서 되풀이되는 리듬에 다름 아니었다. 하느님은 그렇게 존재하신다. 하느님이 계신다면 말이다.

하느님은 그 토끼의 눈에 계셨던 걸까?

음, 당신, 썩 꺼져, 냉큼 사라지란 말이야.

음, 우리는 결국 땅 위에 놓인, 몸이 잘린 한 무더기의 꽃일 뿐이야.

음, 다리를 부러뜨리지 않고는 오믈렛을 만들 수 없어!* 필립은 그렇게 말하곤 했지.

음, 누군가는 다른 사람들보다 더 젊어서 죽지. 그건 사실이야.

음, 나는 꽤 오래 살았어. 오래 살았어야 할 사람은 따로 있는데 말이야.

하느님은 그 1월의 소년 눈에, 성인이 된 그 1월 남자의 눈에 계셨던 걸까?

지금은 1월이었다. 몇 주 동안 1월이었다.

메이 영의 심장이 움찔했다. 그러더니 매우 빠르게 뛰었다.

아니야, 제니퍼의 기일이 오늘일 리가 없어. 그 소년이, 그 남자가 오지 않았잖아.

하지만 그는 그녀가 어디 있는지 모를 터였다. 어쩌면 그는 그녀의 집으로 가서 현관문을 두드렸을지도 모른다. 집안에 아무도 없다는 걸 알았고, 그녀가 어디에 있는지는

---

* 원래는 "달걀을 깨뜨리지 않고는 오믈렛을 만들 수 없다."라는 속담이다. 의도적으로 달걀(eggs) 대신 다리(legs)로 바꿔 말함으로써 어떤 일에 뜻밖의 큰 희생이 따를 수 있음을 강조했다.

몰랐을 것이다.

음, 그는 이웃집 사람에게 물어보겠지.

그러나 만약 뭐가 잘못되었다면? 그에게 무슨 일이 일어났다면?

아니, 그럴 리 없었다. 오늘이 기일이라면 그녀가 알았을 것이다. 왜냐하면 그가 여기 왔을 테니까. 그는 항상 왔다. 어김없이 왔다. 딱 한 번 엽서를 보내긴 했지만 말이다. 그때를 빼고는 항상 왔다. 그런데 그가 지금 여기에 없지 않은가.

그러나 그 여자애가 이곳에, 의자에 앉아 있었다.

메이는 여자애를 응시했다.

메이는 안경이 필요했다.

손을 들었다. 침대에 놓인 늙은 손을 들어 올렸다. 그 손을 안경이 놓인 개인 물품 보관함의 맨 위를 향해 뻗었다. 그러나 손이 빗나갔다. 그녀의 손이 실수로 안경과 몇 장의 병문안 카드를 건드렸다. 안경이 카드와 함께 물품 보관함에서 바닥으로 떨어졌다.

그녀는 의자에 앉아 있는 여자애를 쳐다보았고, 젊음이 무엇인지 보았다. 젊음은 망각하는 것이었다. 귀에 꽂은 것에 몰두하여 다른 것은 잊어버리는 것이었다.

메이는 손을 들었다. 늙은 손을 들어서 허공에 대고 흔들었다.

여자애는 눈을 감고 있었다.

메이는 다시 손을 물품 보관함의 위쪽으로 뻗었다. 한결같이 그녀의 건강이 회복되기를 바란다고 쓴, 바닥으로 떨어지지 않은 더 많은 카드들이 있는 곳을 향해 손을 올렸다. 손은 카드를 옆으로 밀치고 크리넥스 화장지를 찾아냈다. 손가락을 화장지가 나오는 구멍에 집어넣고 갑을 잘 잡았다. 그런 다음 그걸 침대로 가져와 훨씬 더 단단히 쥐었다.

그녀는 늙은 손으로 있는 힘을 다해서 여자애를 향해 그 상자를 던졌다.

성공! 화장지가 여자애의 다리를 맞혔다. 여자애가 깜짝 놀라며 눈을 뜨고서 무슨 일이 일어났는지 살펴보았다. 먼저 다리를 보고, 이어 발 옆에 떨어진 화장지 갑을 본 다음 침대로 눈을 돌려 메이를 보았다.

뭐예요? 그 애가 말했다.

메이는 숨이 머릿속으로 들어가기를 바라며 깊이 들이쉬었다. 그러고 나서 입을 열었다. 말을 했다.

저 뜨거운 물을 좀 봐, 저렇게 흐르고 있잖아.

목소리가 거칠고 탁하게 나왔다. 그녀가 하고 싶은 말이 전혀 아니었다.

뭘 보라고요? 여자애가 말했다.

메이가 힘겹게 다시 말했다.

누가 그걸 제대로 했다면.

누가 그걸 제대로 했다면, 여자애가 말했다.

그런 일은 일어나지 않았을 거야.

아무 일도 일어나지 않았는데요, 여자애가 말했다. 물이 어디 있어요? 저는 물 같은 것은 보이지 않는데요.

메이는 고개를 저었다. 방이 흔들렸다.

그들이 그 일을 잘못했어.

알았어요, 여자애가 말했다.

끔찍한 낭비야.

잘못된 말들이 입에서 저절로 나오고 있었다. 그녀는 여자애를 향해 다시 고개를 저었다.

알았어요, 여자애가 말했다. 우리가 처리할게요.

케이크는 어딨어?

케이크 먹고 싶으세요? 여자애가 말했다.

네가 그걸 잡고 있으면 내가 자를게. 접시 어딨니? 칼은 어딨지?

여자애는 휴대 전화를 의자에 내려놓고 메이의 물품 보관함으로 갔다. 보관함의 문을 열고 안을 샅샅이 살펴보았다. 신발 한 켤레를 꺼내 침대 위에 내려놓았다. 이어 사탕 단지를 꺼냈다.

케이크는 보이지 않아요. 하지만 이게 있네요, 여자애가 말했다.

여자애는 병뚜껑을 돌려 열었다. 메이는 어린애처럼 입을 벌렸다. 여자애는 빨간 사탕의 포장을 벗겨 메이의 입에 넣어 주었다.

메이는 고개를 끄덕였다.

여자애도 사탕 하나를 꺼냈다. 그 사탕을 가지고 가서 다시 방문객용 의자에 앉았다. 메이는 사탕을 빨았다. 그녀는 침대에 놓인 신발을 향해 고개를 끄덕였다.

재수 없어, 이거.

그건 맞는 말이었다. 그녀는 처음으로 옳은 이야기를 입 밖에 내었다.

여자애가 일어났다. 다시 신발을 집어 들고 침대 아래 바닥에 내려놓았다.

나는 분홍색이 싫어.

여자애가 귀를 기울이고 들었다.

그래, 우리는 모두 그녀를 미워했지. 나쁜 사람이라고 생각했어. 왜냐하면 미국으로 도망갔으니까. 하지만 남편을 위해 그래야 했어. 전쟁 중에. 남편은 카프리섬 출신 이탈리아 사람이었지. 그리고 그녀는 실은 도망가지 않았어. 그건 거짓말이었어. 그녀는 노래를 했어. 돈을 엄청 벌었지. 전투기를 100대쯤 살 수 있는 돈이라고 사람들이 말했어! 그리고 그 우두머리 독일인. 우두머리 독일인.

히틀러 같은 사람 말이에요? 여자애가 말했다.

아니, 아니. 그는 족제비였어. 조그만 족제비 같은 얼굴이었지. 그녀는 프랑스에서 노래를 불렀어. 총력전이었지. 그는 명령을 내렸어. 그녀가 있는 호텔을 폭격하라고 말했어. 그런 지시를 내려보낸 거야. 하지만 그들은 그녀를 잡지 못했어.

아, 여자애가 말했다. 전쟁 중에? 그렇죠?

그래, 전쟁 중에! 아라스에서.

장소 이름이에요? 여자애가 말했다.

!

하하!

여자애는 놀란 표정으로 방문객용 의자에 앉아 메이가 웃는 모습을 지켜보았다.

(휴가 중인 메이 윈치는 무도회에서 집으로 돌아간다. 등화관제 중인 데다 달빛도 없어서 깜깜한 길을 자전거를 타고 가고 있다. 하지만 어디어디가 움푹 팼는지 알고 있으니 괜찮다. 이건 움푹 팬 곳들을 피해 가는 게임이나 마찬가지이고, 이건 그녀가 잘하는 게임이다. 그러나 도시와 시골 사이에 길게 뻗은 길의 모퉁이를 돌아 이정표가 있는 네거리를 막 지났을 때 갑자기 허공이 벽이 되어 쾅 하고 부딪친다. 그녀는 부딪치면서 으악 소리를 낸다. 모든 게 삽시간에 일어난다. 동시에 느리게 일어난다. 자전거에서 떨어졌는데 자전거는 다른 쪽에 있고 그녀는 이쪽에 있다. 팔이 먼저 땅에 부딪치며 머리가 부딪치

는 것을 막아 주고, 이어 무릎과 넓적다리가 땅에 부딪친다. 순간 그녀는 뭔가 따뜻한 동물의 옆구리를 자전거가 들이받았다는 것을 깨닫는다. 동물이 달아나는 소리가 들린다. 너무 빠른 것으로 보아 소는 아니다. 말인 것도 같고, 어쩌면 사슴인지도 모른다. 말발굽 소리 같지는 않다. 누구의 말도 이런 식으로 마음대로 길을 돌아다니지는 않을 것이다. 그녀는 몸을 일으킨다. 팔꿈치를 만져 본다. 피부가 까졌다. 촉촉한 것으로 보아 피가 좀 나는 것 같다. 그녀는 무릎을 땅에 대고 몸을 세운다. 이상 없다.

그녀는 이상 없다.

그녀는 와락 울음을 터뜨린다.

그녀는 떨리는 몸으로 남은 길을 걸어서 집으로 간다.

그것은 그녀 앞에 어둠이 고체의 형태로 불쑥 나타난 것 같았다. 가게 옆 볼 베어링 공장에 폭탄이 떨어졌을 때와는 달랐다. 그때는 방 안에 있다가 몸이 뒤로 날아가 뒤쪽 벽에 부딪쳤다. 이번과 달랐다. 이번에는 난데없이 나타났고 소리도 없었으며 어둠에 부딪쳐 메이가 둔중한 소리를 내면서 떨어졌을 뿐이었다. 이번에는 눈을 휘둥그레 뜬 채 곤두박질쳤고, 그녀 자신이 어둠을 들이받았다는 점이 그때와 달랐다.

샘이 있는 곳에 도착하자 얼굴을 씻고 소매로 닦는다. 집 앞에 이르러서는 산울타리 뒤에 서서 마음이 진정될 때까지 잠시 기다린다. 그녀는 얼굴 표정을 가다듬는다. 바른 표정으로 집에 들어가야 하기 때문이다. 왜냐하면 바다에 나간 프랭크 오빠가 잘못된 것으로 추정되고, 그게 여덟 달이나 되었다.

엄마가 현관 마루로 나온다. 메이를 본 엄마의 손이 그녀의 얼굴로 날아온다.

난 괜찮아요! 메이가 말한다. 내가 탄 자전거가 길에서 사슴을 들이받았어요. 아라스 드레스를 입은 채 땅에 떨어졌어요.

그녀는 법석을 피우는 일 없이 위층으로 올라간다. 거기서 팔꿈치와 무릎을 살펴보는데 상처가 그리 심하지 않다.

다음 날이 되자 온몸이 쑤시고 팔꿈치는 심하게 아프다.

그녀는 어제 왔던 길로 걸어가서 자전거를 찾는다. 자전거는 배수로의 길게 자란 풀 속에 쓰러져 있고 별 이상은 없다. 그녀는 자전거를 타고 집으로 돌아온다. 괜찮다. 이상 없다.)

한번은 나를 런던에 데려갔지, 프랭크가.

누구요? 여자애가 말했다.

지하철로. 사방에서 더러운 모직 옷 냄새가 났어. 어린 아이 때였지.

그랬군요, 여자애가 말했다.

난 아무 쓸모가 없어.

내가 보기엔 괜찮아 보이는걸요.

완전히 지쳐 버리지. 야간 교대 근무를 하고 나면.

그렇겠지요, 여자애가 말했다.

그렇지만 사랑받는 건 멋진 일이야. 사랑받는 건 멋진

일이잖아.

얘기해 주세요, 여자애가 말했다. 그 애의 얼굴이 시무룩해졌다.

전쟁 후 사람들의 눈. 전조등에 비친 토끼 눈 같았지. 우린 다 그랬어. 다시는 돌아오지 못한 사람들도 다 그랬지. 하늘로 날아 올라가 내려오지 못한 사람들도 다 그랬고. 아침엔 그 이름에 선을 그어 지웠대. 필립이 말했어. 다 그랬지. 우린 그걸 거쳐 왔어. 필립과 나 말이야. 그 세월을 지나왔어. 우린 결혼해서 가족을 이루고 새 집을 지었지. 진짜 새 집을. 전에는 집이 없던 곳에다. 뜰의 흙도 새것이었어. 하! 진짜 새 흙이었어.

그러나 방문객용 의자에 앉은 여자애는 메이의 이야기에 귀 기울이지 않은 채 언짢은 표정을 짓고 있었다. 메이는 손을 들었다. 자기 앞의 늙은 손을 공중으로 들어 올려 흔들었다. 그런 다음 약간 힘주어 주먹을 쥔 채 양모 담요에 손을 내려놓았다.

힘내!

(제니퍼가 부엌으로 들어온다. 제니퍼는 열네 살이다. 평소처럼 뚱한 표정을 짓고 있다. 여름날 저녁이고, 메이는 재봉틀을 돌리고 있다.

제니퍼, 어깨 좀 펴, 메이가 말한다.

네, 그래야겠죠. 핵무기에 의한 대학살이 일어나서 우리가 다

같이 죽을 때 꼿꼿한 등이 필요할 테니까요, 제니퍼가 말한다.

메이는 재봉틀의 발판을 밟으며 바늘 아래에서 옷감을 원하는 방향으로 움직인다. 제니퍼는 찬장을 열어 플라스틱 용기의 뚜껑을 열고 씨 없는 건포도를 한 줌 꺼내 먹는다. 적어도 뭔가를 먹고는 있다.

차를 마시지 그러니, 메이가 말한다. 그건 스콘을 만들 때 쓸 건데.

제니퍼는 전에 옷을 아주 잘 입었다. 아역 모델도 했다. 요즘에는 창백하고 마른 데다 우울하고 시무룩한 얼굴을 하고서, 낡고 후줄근한 볼품없는 옷을 입고 다닌다. 머리도 엉망이다. 메이는 노상 제니퍼에게 말한다. 힘내! 그럴 나이다. 게다가 제니퍼는 자기보다 나이 많은 아주 똑똑한 상급생 여학생들과 어울린다. 그리고 머리가 너무 긴 그 소년과 너무 많은 시간을 보내는데 소년의 부모에 대해 메이와 필립은 아무것도 모른다. 그에 반해 학교생활에 관해 생각하는 데는 너무 적은 시간을 들인다. 유럽에서는 필요한 자격을 갖추지 못하면 통역사나 번역가가 될 수 없다. 이것은 학문이 아니라 언어를 하는 사람들을 위한 직업이다. 제니퍼는 늘 그 소년과 여기저기를 돌아다닌다. 그 애와 함께 있지 않을 때는 그 애와 전화 통화를 한다. 제니퍼는 열네 살이다. 남자 친구를 갖기에 너무 어린 나이다.

메이나 필립이 그런 말을 하면 제니퍼는 대꾸하곤 한다. 걔는 내 남자 친구가 아니에요. 걔는 그냥 친구예요. 난 남자 친구를 원치 않아요. 걔도 여자 친구를 원치 않아요. 우린 그냥 친구라고요.

제니퍼는 그 말을 밝게 말하지 않고 어둡게 말한다. 아이는 요즘 모든 것을 어둡게 말한다. 어릴 때는 아주 밝았는데 말이다. 아이의 얼굴이 변했다. 더 길어지고 홀쭉해졌다. 마치 성년이라는 것이 아직 맞지 않는 장갑과도 같아서 아이를 성년에 맞추어 억지로 늘려 놓은 듯한 모습이다. 아이의 어깨는 구부정하다. 항상 등을 똑바로 펴지 않기 때문이다. 아이가 깨닫지 못하고 있는 것은 구부정한 어깨로 걸어서는 절대 성공한 사람이 될 수 없을 거라는 사실이다.

제니퍼는 지금 재봉을 하는 메이의 뒤에 있다. 부엌 조리대에 등을 기대고 있다. 제니퍼는 보기 흉한 데님 재킷을 입었다. 아이는 어릴 때 그랬던 것처럼 조리대 위로 훌쩍 올라간다.

제니퍼, 찬장이 긁히지 않게 조심해, 메이가 고개를 돌리지 않고 말한다.

메이는 제니퍼의 다리가 찬장 서랍에 닿는 소리를 들을 수 있다. 아이는 틀림없이 뭔가 원하는 게 있다. 돈일까? 메이는 아이의 욕망을 무시한다. 그녀는 발판을 밟으며 천을 움직인다. 재봉틀 맨 위쪽의 실패가 돌아간다. 그녀는 가위를 탁자 위에 턱 내려놓은 다음 바늘 밑에서 필립의 새 작업 바지의 다리 부분을 돌린다.

내 친구 있잖아요, 메이가 발판에서 발을 떼었다가 다시 밟기 전 짧은 정적의 순간에 제니퍼가 말한다.

어떤 친구? 메이가 말한다.

그 애가 이런 얘기를 했어요, 제니퍼가 말한다.

메이가 한숨을 쉰다.

그 애가 어렸을 때, 제니퍼가 말한다. 그 애 할아버지가 아직 살아 계셨을 때 할아버지는 그 애한테 집에 있던 영화 「메리 포핀스」의 사운드 트랙 음반을 들어 보게 했대요.

메이는 발판을 밟는다. 재봉틀이 소리 내며 돌아간다. 그녀가 다시 발을 뗀다.

그러니까 네 말은, 시끄러운 재봉틀 소리가 멈춘 후의 유난스러운 정적 속에서 메이가 말한다. 그 애 할아버지가 그 애를 불러서 집에 있던 「메리 포핀스」의 사운드 트랙 곡들을 듣게 했다는 거지?

그녀는 발판을 밟는다. 재봉틀이 돌아간다.

다시 발판에서 발을 떼었을 때 제니퍼가 뒤에서 말한다.

예, 그렇지만 그 애가 그렇게 말한 건 아니에요, 제니퍼가 말한다.

잠시 침묵이 흐른다.

그 애가 말하길, 그 일은 항상 「난 웃는 게 좋아」라는 곡이 나올 때 시작되었다고 했어요, 제니퍼가 말한다.

메이는 발판을 밟는다. 재봉틀 맨 위에 있는 조그만 실패가 미친 듯이 돌아간다. 제니퍼는 조용히 조리대를 벗어나 부엌을 떠난다. 손을 호주머니에 넣은 채 휘파람으로 어떤 곡을 불면서 기운차게 문을 열고 나간다. 부엌문이 제니퍼의 뒤에서 저절로 닫힌다.

재봉틀 앞에 앉은 메이는 발판에서 발을 뗀다. 머릿속에서 무언가 폭풍우 같은 것이 우르릉거리며 몰아친다.

문득 시계를 보니 그사이에 몇 분이 흘렀다.

그녀는 재봉틀에서 일어나 싱크대로 간다. 뜨거운 물을 틀고 그 아래에 두 손을 넣는다. 물이 너무 뜨거워서 더 이상 그러고 있을 수 없을 때에야 손을 뺀다. 발개진 손을 깨끗한 행주로 닦는다.

그녀는 뒷문으로 가서 차고에 있는 남편을 부른다. 필립이 밝은 여름 햇살 속에서 다가와 뒷문에 선다. 얼굴은 그림자가 드리워 어둡다. 그녀의 얼굴을 본 그의 얼굴에 불안한 표정이 서린다. 무슨 일이야? 그가 말한다.

아무도 모르는 곳에 있다가 그날 늦게 돌아온 제니퍼는 낮에 부엌을 나갈 때 불었던 것과 똑같은 곡을 휘파람으로 불고 있다.

메이와 필립은 창문을 통해 아이가 뜰에 난 작은 길을 걸어오는 모습을 본다. 아이는 보기 흉한 재킷의 호주머니에 손을 찔러 넣고 있다. 그들은 아이가 현관을 들어와 곧장 위층으로 올라가는 소리를 듣는다.

아이 아빠가 일어나서 텔레비전을 끈다. 그는 아이를 불러 잠시 거실로 오라고 말한다. 아이는 계단을 절반쯤 올라가다가 멈춰 서서 몸을 돌린다. 그리고 계단을 내려와 아빠의 말대로 거실로 온다. 아빠가 아이에게 소파에 앉으라고 한다. 아이가 소파에 앉는다.

왜 텔레비전을 껐어요? 아이가 말한다.

내가 휘파람을 부는 것 때문이에요? 아이가 말한다.

어서요, 무엇 때문이에요? 아이가 말한다.

메이와 필립은 아이가 그 소년을 만나는 것을 금지한다. 아이의 입이 떡 벌어지는가 싶더니 아이는 같은 반 학생이기 때문에 엄마 아빠가 그 소년을 만나지 못하게 금지할 수 없다고 말한다.

메이와 필립은 아이가 방과 후 시간에 그를 만나는 것을 금지한다. 아이는 고개를 젓는다.

그들은 아이가 그 애와 전화로 이야기하는 것을 금지한다. 아이는 엄마 아빠가 그래서는 안 된다고, 그건 공정하지 않다고 말한다. 그들은 문제를 일으키고, 주목을 끌려 하고, 거짓말하는 것에 관해 아이에게 이야기한다. 아이는 팔짱을 낀 채 그들의 얼굴을 보며 엄마 아빠는 불공정하다고 말한다. 그들은 아이를 위해서 그러는 거라고 이야기한다. 극적인 상황을 만들기 위해 문제가 많은 거짓말을 꾸며 내는 사람은 좋은 사람이 아니라고 이야기한다. 제니퍼는 뭔가 말을 하려다 말고 그만두기로 마음먹는다. 아이는 마음을 닫는다. 자리에서 일어선다. 거실을 나가며 문을 닫는다.

메이와 필립은 시선을 주고받는다. 필립이 일어나 다시 텔레비전을 켠다.

메이와 필립은 텔레비전을 본다. 그러고 나서 잠잘 시간이 되어 잠자리에 든다.

그 일이 있고 며칠 동안 제니퍼와는 아무 이야기도 나누지 않는다. 사실은 제니퍼가 이야기하는 것을 그만두었다. 제니퍼는 말을 하지 않으려 한다. 아침에도 저녁을 먹을 때도 밤에도 말을 하지 않는다. 가족이 함께 있을 때도 아이는 무뚝뚝한 표정으로 침묵을 지키며 앉아 있을 뿐이다.

식사 시간이 특히 힘들다.

그러다가 고맙게도 그런 상황이 얼마간 진정된다. 결국 아무 일도 없었던 것처럼 된다. 아무도 그 일을 다시 언급하지 않는다.)

지금은 부끄러울 뿐이야.

뭐가 부끄러워요? 여자애가 말했다.

뭐가 부끄럽냐고? 메이는 기억나지 않는다. 그녀가 머릿속에서 볼 수 있는 것은 한 마리 나비뿐이다. 하지만 겨울에는 아무 희망도 없으므로 겨울에 밖에 나와 돌아다니는 나비는 생명이 위험하다. 뭐가 부끄러웠을까? 그녀는 기억하려 애썼다. 그게 무엇이었든 간에 전쟁 중에 있었던 일이었을 것이다.

어뢰를 실은 잠수정의 잠망경. 그게 기억을 일깨우네. 오, 그로부터 사십 년이나 흘렀어. 그걸로 덮인 채 물속에 있지. 그게 뭐더라. 따개비. 맞아, 따개비. 그리고 또 색깔이 있는 거.

산호 같은 거 말이에요? 여자애가 말했다.

텔레비전에서 봤어.

와, 여자애가 말했다.

오, 교활하고 죄 많고 사악한 사람들. 이봐, 네 부츠 굽이 너무 높아서 넘어지면 목이 부러질 거야.

할머니는 이래라저래라 하는 우리 엄마보다도 더 나빠요, 여자애가 말했다. 그리고 우린 아는 사이도 아니잖아요.

넌 날 보러 온 거니? 응?

오늘 해야 할 일이라서 여기 온 거예요, 여자애가 말했다. 할머니를 찾는 데 어려움이 있긴 했지만 우린 결국 찾았어요.

그 애가 메이에게 글이 쓰인 종이쪽지를 보여 주었다. 하지만 메이는 안경이 없어서 글을 읽을 수 없었다.

유노 후.

뭐라고요? 여자애가 말했다.

언젠가 필립이 메이에게 크리스마스 선물로 카메라를 사 주었다. '코닥 디스크'라는 카메라로 일반 카메라처럼 보이지만 내부에 필름 스풀 대신 조그만 원반형 필름이 있는 최신 제품이었다. 널리 유행한 제품은 아니었다. 오래지 않아 사진을 찍는 데 필요한 원반형 필름을 가게에서 구하기 어려워졌다. 하지만 메이는 아직도 옷장 맨 위 서랍 속 상자에 그걸 보관해 두고 있었다. 생생하게 재현하라. 코닥과 함께. 그 카메라는 크리스마스 선물이었기 때문에 판지 상자 겉면에 누가 누구에게 선물한다는 글을 쓰는 자리가 있었다. 누구 옆에는 필립의 글씨체로 메이의 이름이 쓰여 있었다. 누가 옆에는 필립이 **유노 후**(UNO WHO)라고 쓴 다음에 펜으로 줄을 그어서 **후**(WHO)를 지우고 그 밑에 **후**(HOO)라고 고쳐 썼다.*

볼펜으로 쓴 **유노 후**는 이제 메이에게 어떤 카메라보다도 많은 의미를 띠었다.

음, 그는 떠났고, 이제는 내 차례야.

문이 열렸다. 눈초리가 날카로운 간호사가 들어왔다. 메이를 너무 거칠게 씻기는 간호사였다. 메이는 조금 뒤늦게 몸을 털썩 눕혔다. 하지만 간호사는 아무것도 알아차리지 못했다.

2시 30분까지는 병실 방문이 안 돼요, 간호사가 여자애에게 말했다. 너무 일찍 왔네요. 아무튼 이곳에 계시는 분들이 점심을 드시는 동안 당신은 나가 있어야 해요.

---

* UNO HOO는 발음이 같은 You Know who를 의미하는 것으로 '당신은 내가 누구인지 알잖아.'라는 뜻이다.

알겠습니다, 여자애가 말했다.

방문자 휴게실이 어디인지 알려 줄게요, 간호사가 말했다. 복도 끝에 있는데 잠시 할머니를 확인하고 나서 알려 줄게요.

메이는 움찔했다.

괜찮습니다, 여자애가 말했다. 걱정 마세요. 고맙습니다.

여자애는 크리넥스 상자를 들고 앞으로 왔다. 그리고 메이와 간호사 사이에 서서 화장지를 한 장 뽑았다. 그 화장지로 메이의 입가를 부드럽게 닦았다.

할머니가 말을 하던가요? 간호사가 메이의 머리 위에서 말했다.

한마디도요, 여자애가 말했다. 말하는 걸 잊어버리셨나 봐요.

그 애는 그렇게 말하고 나서 전문가처럼 메이를 내려다보며 눈을 찡긋했다.

잠시 후 간호사는 여자애와 함께 복도로 나갔고, 이어 문이 닫혔다.

음, 인생은 다 그런 거지, 뭐.

음, 만약 내가 하버 하우스에 간다면 유노 후가 그들이 말하는 작은 기념물일까?

그들의 하버 하우스에 간다면 말이야.

음, 만약 걔들이 나를 하버 하우스에 보낼 수 없다면,

음, 개들은 죽음을 업신여기지 않을 텐데. 그렇겠지? 그다음은 개들 차례잖아. 개들이 다음 차례라고. 다음은 개들이야. 다음 옥좌는 개들 차례지.

음, 그렇고말고.

음, 나는 동정심이 부족하다고 해서 개들을 손가락질하진 않을 거야.

음, 나는 개들이 잘되기를 바라.

음, 진리는 태양과 같아. 그걸 똑바로 보면 평생 눈이 멀게 되는 거야.

음, 때가 됐어. 때가 됐어. 일어나서 갈 때가 됐어.

여자애가 간호사 없이 혼자 돌아왔을 때 메이는 준비된 자세로 앉아 있었다.

신발.

뭐라고요? 여자애가 말했다.

신발.

할머니 신발을 원하는 거예요? 여자애가 말했다.

여자애는 몸을 숙여 침대 밑에서 신발을 꺼냈다. 메이는 팔을 뻗었다. 늙은 두 팔을 앞으로 뻗었다. 여자애가 늙은 두 손에 신발을 내려놓았다. 메이의 늙은 손이 무릎 위에서 신발을 쥐었다. 나갈 준비는 끝났다.

가자.

어디로요? 여자애가 말했다.

가자.

그렇게는 어디로도 갈 수 없어요, 여자애가 말했다.

우리 어디로 가지?

난 할머니랑 앉아 있기로만 되어 있어요, 여자애가 말했다. 어디로 가라는 애기를 해 준 사람은 없었어요.

넌 날 데리고 가야 해.

어디로 데리고 가요? 여자애가 말했다.

하버가 아닌 곳으로.

알았어요, 여자애가 말했다. 우린 거기에 가지 않을 거예요.

그럼 가자. 우리 어디로 가지?

모르겠어요, 여자애가 말했다.

넌 알아.

내가 어떻게 알아요, 여자애가 말했다. 난 그럴 수 없어요. 그리고 할머니 점심은요? 지금 점심을 준비하고 있던데요. 냄새가 참 좋아요.

음, 그러면 점심 먹고 나서.

메이는 점심 생각에 기분이 좋아졌다. 점심은 다진 고기일 것이다. 오늘은 그 냄새가 났다. 이곳의 다진 고기는 꽤 좋았다.

그러면 점심 먹고 나서.

여자애는 메이의 손에서 신발을 받으려 했다. 하지만 늙은 손은 신발이 전부인 것처럼 꽉 잡고 놓지 않았다. 메이가 똑바로 쳐다본 탓에 여자애의 얼굴이 일그러지면서 변했다.

오, 하느님. 좋아요, 여자애가 말했다. 해볼게요. 한번 해보죠, 뭐.

점심 먹고 나서. 우린 나가는 거야.

그런데 어디로요? 여자애가 다시 말했다. 내가 어디로 데려가길 원하세요? 집?

네가 온 곳으로.

내가 온 곳이요? 여자애가 말했다. 확실해요?

이보다 더 확실한 적은 없었어.

여자애가 멍하니 서 있었다.

잠시 후 휴대폰을 꺼내서 만지작거렸다.

안녕, 나야. 여자애가 말했다. 괜찮아. 응. 응. 당신도 그렇다면. 응. 그러니까 그때 시간이 난다는 말이야? 지금 당장? 그거 잘됐네. 왜냐하면…… 당신, 내 부탁 좀 들어줄 수 있어? 날 좀 데리러 와 줄 수 있어? 응, 하하. 똑똑하네. 응. 하지만 에이든, 오늘은 자전거 말고 차를 가지고 올 수 있어? 그래야 할 까닭이 있어. 저. 으응. 아니야, 자기야. 그래그래. 내가 링크를 보낼게. 음, 언제든지. 정말이야. 아, 자기야 고마워. 한 시간 삼십 분. 좋아. 거기서 기다릴게.

아니, 내가 들어온 문은 버스가 다니는 쪽이야. 응급실이 있는 데서 바로 돌면 돼. 고마워. 응. 아니, 내가 거기로 갈게. 알았어. 사랑해. 이따 보자, 나의 못난이.

여기선 그런 거 사용하면 안 돼.

알아요. 하지만 일러바치지 않을 거잖아요, 여자애가 말했다. 할머니는 외투를 입어야 할 텐데, 외투 가진 거 있어요?

분홍색 말고는 다 괜찮아.

우린 나갈 거라고 간호사에게 얘기할까요? 여자애가 말했다.

아무한테도 얘기하지 마.

(제니퍼가 부엌으로 들어온다. 아이는 아홉 살이다. 엘리너가 나간 후에 메이는 부엌 식탁에서 담배를 피우고 있다. 엘리너는 흡연이 얼마나 나쁜지에 관해 늘 잔소리를 한다.

엄마, 아이가 말한다.

이번에는 또 뭐니? 메이가 말한다.

들어 봐요, 엄마. 난 엄마에게 이 질문을 해야 해요. 사람이 존재하는 이유는 뭐예요? 제니퍼가 말한다.

이유? 메이가 말한다. 이유라니, 그게 무슨 말이야?

제니퍼가 문 손잡이에서 몸을 떼더니 휙 다가온다.

사람은 왜 존재하는 거예요? 우린 뭘 위해서 사느냐는 말이에요, 아이가 말한다.

음, 메이가 말한다. 왜 사람이 존재하냐면…… 글쎄다. 왜냐하면 서로, 서로 보살피기 위해서 존재하는 거야. 우린 서로 보살펴 주기 위해 여기 있는 거야.

메이는 제니퍼에게 그걸 왜 알려고 하는지 물어보려 했으나 제니퍼는 이미 문밖으로 나가고 없다. 벌써 계단을 올라가는 소리가 들린다.

그날 밤 아이 방의 불이 꺼졌는지 확인하러 올라갔을 때 메이는 서랍장 위에 종이 한 장이 놓인 것을 본다. 제니퍼가 쓴 글이다. 제니퍼는 글씨를 또박또박 깨끗이 쓰지 않아 학교에서 늘 곤경에 빠진다. 메이는 종이를 높이 들고 천장의 흐릿한 전등 아래서 찬찬히 본다. **사람이 존재하는 이유는 무엇인가.** 글은 괜찮다. 그리 나쁘지 않다. 제니퍼는 모든 과목에서 좋은 점수를 받는 편이다. 그러니 글을 또박또박 잘 쓰는 것이 아주 중요하지는 않은 듯싶다.

그러고 나서 칠 년 뒤다. 눈 깜짝할 사이에 그 세월이 지나갔다. 제니퍼가 죽은 지 오늘로 정확히 일 년이다. 메이는 아이의 글씨체가 눈에 띄는 종이 한 장을 들고 부엌에 있다. **사람이 존재하는 이유는 무엇인가.**

왜냐하면 즐겁게 지내기 위해서 **패트릭**

왜냐하면 세상을 더 좋게 만들기 위해서 **엘리너**

왜냐하면 서로 보살펴 주기 위해서 **엄마**

왜냐하면 오래가는 것들을 만들어 내기 위해서 **아빠**

그러나 메이가 손에 들고 있는 것은, 제니퍼가 손으로 쓴 것은 결국 종이일 뿐이고, 한 장의 종이일 뿐이고, 또한 제니퍼의 손은 이제 말 그대로 차가워졌고, 앞으로도 영원히 차가울 것이기 때문에 그녀는 찬장 문을 연다. 문을 열면 쓰레기통 뚜껑이 저절로 열린다. 그렇게 작동하도록 필립이 쓰레기통을 찬장 문에 연결했다. 필립은 집 안의 가재도구를 관리하는 데 손재주가 있다.

그녀는 종이를 다시 접어서 쓰레기통에 넣는다. 그리고 찬장 문을 닫아 쓰레기통 뚜껑을 닫는다. 열 때와 마찬가지로 뚜껑이 저절로 닫힌다.

똑똑똑.

누군가 현관문을 두드린다.

메이가 나간다. 그녀가 나가서 맞이할 수밖에 없다. 집 안에 그녀 말고는 아무도 없다. 소년이다. 소년이 현관문 앞에 서 있다. 소년은 아무 말도 하지 않는다. 그녀도 아무 말 하지 않는다. 둘 다 그냥 그렇게 거기 서 있다. 이윽고 소년이 뭔가를 내민다. 그녀가 그걸 받아 들자 소년은 뒤로 물러나서 돌아간다. 그녀도 뒤로 물러나서 양탄자를 보호할 목적으로 양탄자 위에 깔아 놓은 기다란 비닐 깔개를 밟고 선다. 그녀는 현관문을 닫는다.

그녀는 손에 든 것이 무엇인지 본다. 셀로판지로 포장한 직사각형의 파란색 상자다. 초콜릿이다. 밀크트레이.*

---

* 영국의 다국적 제과 업체인 캐드버리에서 생산하는 초콜릿 브랜드.

그녀는 현관문에 달린 반투명 유리창을 통해 점점 작아지는 소년의 흐릿한 모습을 지켜본다. 이윽고 소년은 사라진다.)

나는 제니퍼의 손을 잡았지. 손이 차가웠어. 날씨가 너무 추웠으니까, 정말 추웠어.

이 할머니가 뭐라는 거야? 차를 몰고 온 대머리 남자가 말했다.

그냥 얘기하는 거야, 여자애가 말했다. 가만 놔둬.

여자애는 비좁은 뒷자리에 들어가 앉았다. 대머리 남자가 메이를 앞자리에 앉히고 안전띠를 매 주었다. 리버풀 출신의 아일랜드계 간호사가 메이를 휠체어에 앉히자 여자애는 휠체어를 밀고 복도로 나왔다. 메이와 여자애 둘 다 간호사들을 향해 밝은 표정으로 손을 흔들었다. 여자애는 메이를 밀고 곧장 엘리베이터로 가서 단추를 눌러 아래층으로 내려왔다. 엘리베이터의 문이 열리자 그들은 밖으로 나와 구내매점을 지나고 사람들이 차와 커피를 마시고 있는 곳을 지났다. 여자애는 패딩 재킷을 벗어서 메이의 어깨에 둘러 주었다. 그런 다음 옷을 거의 입지 않은 거나 다름없는 차림새로 추위 속을 달려서 휠체어를 밀고 주출입문을 빠져나왔다. 여자애는 휴대 전화로 통화를 했다. 담배에 불을 붙였다. 제자리에 서서 춤을 추듯이 발을 동동거렸다. 문이 저절로 열릴 때마다 추위가 몰려와 메이를 휘감았다.

그러다 얼어 죽겠다, 메이가 말했다.

난 추위를 안 타요, 또다시 닫히는 문을 뒤로한 채 여자애가 말했다.

대머리 남자는 정장 차림이 아니었다.

마침내 그는 어설프게나마 차 뒤편에 휠체어를 고정했다. 그는 그 일을 하면서 엄청 법석을 떨었다. 어린애 같은 형편없는 남자였다.

저걸 저기에 두니까 시야를 가리잖아, 대머리 남자는 운전하는 동안 백미러와 사이드미러를 힐끗거리며 계속해서 잔소리를 해 댔다.

그녀는 병원에 입원했지. 그레이시 말이야. 미국으로 도망가기 전이었어. 거기서 암을 앓았어. 거기가 어디인지는 아무도 말하지 못했지. 언급할 수 있는 곳이 아니었으니까. 그녀는 수술을 받아야 했지. 수술 때문에 거의 죽을 뻔했어. 까딱 잘못했으면 죽었을 거야. 하지만 기록 영화에서 보면 결국 회복했고, 그녀를 찍는 카메라를 향해 윙크를 했지. 오, 눈부시게 아름다웠어. 카메라를 향해 한 눈을 찡긋하는 모습이라니. 그녀는 그 시련을 이겨 낸 거야. 그녀가 샐이라는 가수를 연기한 영화가 있었어. 바로 그 영화에서 그 노래가 나왔지. 샐리에 관한 노래 말이야. 영화에서 그녀는 상류층 파티에 가서 부자들에게 노래를 불러 주어야 했어. 그 사람들의 저녁 여흥을 위해서. 그녀는 부유한 노파를 화장지 여사라고 불렀는데, 오, 난 그걸 보며 신나게 웃었지 뭐야. 그리고 평범한 노래 가사를 따라 부르도록 이 부유한 노파를 가르치면서 가사의 발음이 틀렸다고 따끔하게 혼냈지. 오, 그건 정말 우스웠어. 난 절대 그걸 잊지 못할 거야. 그리고 영화에서 절대 잊지 못할 게 또 하나 있어. 내가 살아 있는 한 기억하겠지. 영화에는 샐보다 조금 더 젊은 여자애가 한 명 있었어. 좀 순진한 여자애인데 아주 가난했어. 그 애 아버지는 술꾼이었지. 술꾼인데다가 그 애를 때리기까지 했고, 그래서 그 애의 행동이 나빠졌어. 음, 샐은 여자애를 자기 집으로 불러서 함께 살게 했어. 얼마나 착한 마음씨야. 여자애는 거기 아니면 지낼 곳이 없잖아. 아버지가 애를 쫓아 버렸으니 샐이 아니었으면 거리에 나앉아야 했어. 그런데 어느 날 그 애가 샐에게 화를 냈어. 샐이 그토록 잘해 주는데도 말이야. 그 애는 행패를 부리기 시작했어. 접시를 깨고 방 안에 있는 조그만 장식품들을 깨뜨렸지. 그런 것들이 많지는 않았던 것 같아. 하지만 그건 샐이 가진 전부였어. 샐은 방 안에 서서 여자애가 소중한 컵들과 주변에 있는 모든 것들을 깨뜨리는 것을 지켜보았지. 샐은 그 애한테 이렇게 말했어. 계속해. 맘껏 깨뜨려. 그리고 여기 내 시계가 있어. 네가 가져. 자, 받아. 이걸로 네가 하고 싶은 걸 해. 왜냐하면 난 너한테 일어난 일들로 인해 네 안에 쌓인 것들을 다 밖으로 내보내야 한다고 믿으니까.

뭐라고 계속 웅얼거리네, 대머리 남자가 말했다.

할머니 하는 대로 그냥 놔둬, 여자애가 말했다.

난 프랭크와 함께 궁전에 가서 그 영화를 보았어. 프랭크는 내 오빠야.

아, 맞아. 할머니가 얼마 전에 그 사람 얘기를 했었어, 여자애가 말했다.

그이는 부주의해서 머리털을 잃은 거야? 이봐. 당신. 부주의해서 머리털을 잃은 거야?

할머니는 당신 얘기를 하는 거야, 여자애가 말하며 웃었다.

나? 대머리 남자가 말했다.

죄수처럼. 말하자면 포로수용소의.

이게 유행이에요, 영 부인, 여자애가 말했다.

그들은 고속 도로를 달렸다. 메이는 아이를 등에 업고 강을 건너고 산을 오르내리며 끝까지 안전하게 아이를 지켰던 성인(聖人)이 누구였을까 생각해 보려 했으나 기억이 나지 않았다. 메이가 몸속에서 그 일이 일어나는 것을 느꼈을 때 이미 어떻게 멈춰 보려 할 새도 없이 주르륵 흘러내리고 말았다.

오, 이런. 오, 이런.

짙고 고약한 냄새가 퍼지며 차 안을 가득 채웠다.

맙소사! 대머리 남자가 말했다. 염병할, 무슨 냄새야? 염병할!

그는 차를 홱 틀어서 길가에 댔다. 이어 문을 열고 어둠 속에서 진눈깨비가 내리는 밖으로 뛰어내렸다. 냄새 주위로 찬 공기가 몰려들었다.

아, 젠장, 그가 소리쳤다. 아, 마즈다* 맙소사, 하느님 맙소사. 조시, 이게 뭐야.

대머리 남자가 외쳤다. 그는 잠시 진눈깨비 속에 서서 마구 소리를 질렀다. 여자애는 앞으로 손을 뻗어 문을 닫았다. 추위가 몰려들고 메이의 어깨에 둘러 준 재킷에 진눈깨비가 떨어졌기 때문이다.

고맙다, 얘야.

마침내 그는 소리 지르는 것을 멈추고 다시 차 안으로 들어왔다. 문을 닫고 차를 출발시켜 또다시 고속 도로에 진입했다.

차의 지붕창이 스르르 열렸다.

닫아, 여자애가 말했다. 할머닌 추워 돌아가실 지경이라고. 할머니는 몸이 좋지 않아.

좋아, 암튼 당신이 도대체 지금 뭘 하고 있는지, 이 할

* 조로아스터교의 최고신인 아후라 마즈다를 가리킴.

망구를 데리고 가서 뭘 하려는지 난 모르겠어, 대머리 남자가 말했다.

초승달 모양 동네의 성 요한 앰뷸런스 포터캐빈*에 가는 거야, 여자애가 말했다. 그곳 사람들이 할머니를 씻겨줄 거야. 그런 일을 할 줄 아는 사람들이니까. 히터 좀 틀어줘, 에이든. 어서.

그런데 내 차는 어느 놈이 씻겨 줄 거야? 빌어먹을 성 요한 앰뷸런스 포터캐빈이? 대머리 남자가 말했다. 음, 그래, 히터를 틀면 할망구 냄새가 바로 통풍 시스템에 들어가서 앞으로 절대 그 냄새가 없어지지 않겠군. 제기랄, 정말 완벽해. 고마워 조시. 고마워.

난 이미 죽어 없어진 것 같아, 메이가 말했다.

진심으로 그랬으면 좋겠군요. 당신이 내 차에 빌어먹을 발을 올리기 전에 죽었더라면 참 좋았을 거요, 대머리 남자가 말했다.

에이든, 여자애가 말했다. 할머니는 늙으셨어.

난 늙지 않았어.

상대적으로 늙으셨다는 뜻이었어요, 여자애가 말했다. 에이든. 창문 닫아. 제발.

난 토할 것 같아, 대머리 남자가 말했다. 정말이야. 토

* 차량에 달고 이동이 가능한 이동식 가건물의 상표명.

할 것 같다고.

거지 같은 차, 여자애가 말했다.

그런데 이 할망구, 오늘 밤 어디로 가는데? 대머리 남자가 말했다. 어디로 데려갈 거야? 누가 이 할망구를 데리고 가서 상태를 확인하지?

에이든, 당신 정말 더럽게 이기적인 사람이네, 여자애가 말했다.

차가웠어. 내가 제니퍼의 손을 잡았을 때 말이야. 하지만 정말 용감한 아이였어. 이곳에 왔을 때 말이야. 걔는 휘파람을 불었어. 군인처럼 휘파람을 불었지.

할머니, 이 사람한테 얘기해 주세요, 여자애가 말했다.

시내의 목적지에 도착했을 때 대머리 남자는 차를 세우고 밖으로 나왔다. 그는 차 뒤쪽으로 가서 수선스럽게 달그락거렸다. 그런 다음 운전석 반대편으로 가 보도 위에 뭔가를 던지듯이 내려놓았다. 그 물건이 바닥에 부딪칠 때 텅 하는 요란한 소리가 났다. 그는 차 문을 열고 몇 걸음 뒤로 물러섰다. 휠체어가 그의 발 옆에 있었다.

난 할망구를 만지지 않을 거야, 그가 말했다.

난 집에 가서 샤워를 해야겠어, 그가 말했다.

나한테 다시는 전화하지 마, 그가 말했다.

의자가 가죽인 게 정말 다행이군, 그가 말했다.

여자애는 어딘가로 갔고, 그동안 대머리 남자는 자기

차에 앉아 있는 메이를 역겨운 표정으로 노려보았다.

이봐, 힘내시게.

입 닥치고 있는 편이 좋을 겁니다, 대머리 남자가 말했다.

당신 결혼했지? 아내는 이걸 모르나?

대머리 남자는 그녀에게서 등을 돌렸다.

어린애 같으니. 난 당신 같은 사람들을 잘 알아.

그는 아무 말도 하지 않았다. 그렇게 등을 돌리고 서서 발로 보도를 톡톡 두드려 댈 뿐이었다. 여자애가 술집에서 찾은 거구의 사내 두 명을 양옆에 한 명씩 데리고 왔다. 둘 다 정장 차림이 아니었다.

푸, 한 사내가 그렇게 말하며 뒷걸음질했다. 어느 분이 태평스레 일을 보셨네요.

제가 말했잖아요.

조심하세요, 다른 사내가 메이를 들어서 밖으로 꺼내며 말했다. 아니, 제가 할게요, 제가 할머니를 옮겨 드릴게요, 가만히 계세요, 걱정 마시고.

오랜만에 커다란 남자의 품에 안겨 보는구려.

그녀를 들어 옮기던 사내가 웃었다.

영광입니다, 할머니. 그가 말했다.

사내가 그녀를 휠체어에 앉혔고, 이어 거구의 두 사내는 술집으로 돌아갔다. 그들은 길을 건널 때 대머리 남자와 그의 차에 일어난 일에 대해 웃음을 날리며 손을 흔들었다. 대머리 남자는 차 문을 쾅 닫고 열쇠를 눌러 문을 잠갔다. 문이 잠길 때 삐익 하는 소리가 났다. 그는 가차 없이 가 버렸다.

나도 젊었을 때 저런 사람을 두어 명 알았지.

그러셨겠죠, 영 부인, 여자애가 말했다.

저런 사람은 조심해야 해.

저도 제 앞가림은 할 줄 알아요, 여자애가 말했다. 걱정 마세요.

메이는 메이의 달콤한 냄새 속에 앉아 있었다. 그녀는 느낄 수 있었다. 이제 차가워진 몹시 찝찝한 것이 주변까지 퍼지고 다리로 흘러내렸다. 여자애는 그녀를 밀고 어두운 보도를 따라갔다. 모퉁이를 돌아 사람들이 많은 거리로 들어섰다. 엄청 시끄럽고 음식 냄새가 진동했다. 이런 추위 속에서도 사람들이 어디에나 서 있거나 앉아 있었다. 먹을 것을 살 노점들도 있었다. 서커스 공연장 같기도 했고 교수형을 집행하는 형장 같기도 했다. 사람들이 바글바글했다. 한 줄로 늘어섰던 사람들이 메이의 휠체어가 지나갈 수 있도록 길을 터 주었다. 여자애가 웃으면서 그 줄은 이동식 간이 화장실에 가려는 사람들의 줄이라고 메이에게 말해 주었다.

음, 난 지금은 화장실에 갈 필요 없어.

그건 우리가 알고 있잖아요, 여자애가 말했다.

우리 어디로 가는 거야?

그리니치, 여자애가 뒤에서 말했다.

오.

오고 싶다고 했잖아요, 여자애가 말했다.

내가 그랬던가? 그리니치 풍물 장터인가 보지?

그렇게 부를 수도 있겠네요, 여자애가 말했다.

여자애는 휠체어를 밀고 경사로를 올라가서 커다란 막사 안으로 들어갔다. 막사 안에는 히터가 있었다. 오, 따뜻해! 어떤 여자가 메이의 휠체어를 밀고 뒤쪽으로 갔다. 수도꼭지와 여러 물건들이 놓인 싱크대가 있었다. 막사 안에는 사람들을 씻길 더운물과 여러 도구들이 있었다. 요즘에는 막사에서 할 수 있는 일들이 이렇게 많다니 참 놀라웠다. 친절한 여자가 샤워기로 그녀를 씻기고 수건으로 몸을 닦아 주었다. 게다가 막사 찬장에는 베이비파우더도 있었다. 얼마 후 여자애가 파란색 파자마와 바지와 윗도리와 외투 등을 가지고 돌아왔다.

얘야, 이것 좀 손목에서 잘라 주지 않으련?

여자애는 가위를 찾아서 메이의 생년월일이 쓰인 플라스틱 팔찌 같은 것을 잘랐다. 메이는 기분이 한결 좋아졌다. 그러고 나서 여자애가 휠체어를 밀고 다시 막사 밖으로 나오니 거기에는 한 남자가 앉아서 기다리고 있었다. 조금 나이 들어 보였지만 꽤 잘생긴 사람이었다. 정장 차림이 아니었다.

영 부인, 이분은 마크예요, 여자애가 말했다. 이분이 할머니를 찾았어요. 오늘 밤 이분이 할머니를 집으로 모시려 하는데 괜찮으신지 알고 싶어 하세요.

하버 하우스만 아니라면.

할머니는 배를 무서워해요,* 여자애가 말했다.

난 배를 무서워하지 않아.

남자가 그녀의 손을 잡고 악수를 했다.

악수할 땐 조심해야 해요. 꽉 잡으면 안 돼.

알겠습니다, 남자가 말했다.

할머니는 이제 멋지고 깨끗해요, 여자애가 말했다.

남자는 메이를 어디 따뜻한 곳으로 데리고 갈 것이다. 부인을 모시게 되어 기쁩니다, 그가 말했다. 그는 메이를 큰길에서 차로 모실 거라고, 여자애가(그는 그 애를 조라고 불렀다.) 미리 할머니를 데리고 가 차도 가장자리에서 기다리면 그가 신속히 할머니를 태우고 얼른 차를 뺄 수 있을 거라고 했다.

여자애는 메이가 탄 휠체어를 밀고 다시 인파를 헤치며 나아가 많은 사람들이 운집해 있는 곳으로 들어섰다. 대단한 행사였다. 전쟁 후에 열린 행사를 방불케 했다. 여자애가

---

* 고유 명사인 하버(Harbour)를 항구로 여전히 잘못 이해하여 엉뚱한 말을 함.

휠체어를 멈추고는 앞쪽으로 와서 몸을 숙여 메이의 목에 두른 스카프를 매만지고 모자를 반듯이 바로잡아 주었다.

이게 다 뭐지?

어머, 할머니한테서 이제 무척 좋은 냄새가 나요, 여자애가 말했다. 정말 향긋한 냄새가 나요.

풍겨 나오는 냄새는 어쩔 수 없는 거야. 막을 수가 없어.

여자애는 한 팔로 메이의 몸을 돌리며 모여 있는 사람들 위쪽으로 죽 늘어선 집들의 뒤편을 가리켰다.

저 창문들 보여요? 한가운데에 있는 저 창문이요. 거기에 그가 있어요, 여자애가 말했다.

정장 차림을 한 남자?

그는 정장을 입고 있지 않아요. 내가 아는 한은 그래요, 여자애가 말했다.

음, 그럼 난 아직 죽지 않았구나.

그럼요, 여자애가 말했다.

1월 29일에 부쳐

영 아주머니, 죄송스럽게도 올해는 제가 아주머니를 찾아뵙지 못합니다. 저는 캐나다로 파견 근무를 나와서 2월 말까지는 영국에 돌아가지 못할 것 같습니다.

하지만 이 카드로 안부 인사 올립니다.

늘 행복하시길 빕니다.

아울러 건강하시길 바랍니다.

마일스

The

더

사실은(The fact is), 런던이 항상 여기인 것은 아닐지도 모른다! 런던의 역사에는 런던이 사실상 존재하지 않았던 시기도 있었다! 브룩은 셰퍼드 전자기 시계 옆에 서 있다. 아이는 자신의 옆구리를 잡는다. 호흡을 가다듬을 때 하는 행동이다. 그러고 나서 몰스킨* 책이 그대로 있는지 보려고 청바지 호주머니에 손을 넣는다. 몰스킨 책은 책이 아니라 어니스트 헤밍웨이나 브루스 거시기 같은 유명한 작가들이 멋들어지게 사용했던 공책을 일컫는 말이다. 아이는 애나가 표지에 붙여 준 스티커의 가장자리를 느낄 수 있다. 아이의 호주머니 안에 **역사**라는 단어가 있다. 역사라

* 이탈리아 노트 전문 브랜드.

는 말은 참 멋지다! 예를 들면 부디카 여왕*이 런던을 깡그리 불태웠을 때의 그 사건은 이케니라는 부족과 이들이 다른 부족들과 함께 참여한 반란하고 관련이 있었다. 여러분이 단어에 대한 감각과 재치가 있다면 브룩이 방금 전에 비탈을 뛰어올랐을 때 했던 행동 역시 그렇게 부를 수 있을 것이다. 위로 올라감**이라고 말이다. 좀 더 정확히 말하면 아이는 일 분 전에 비탈을 뛰어 올라왔고, 거기에 걸린 시간은 일 분이 채 안 되었다. 하하! 육십 초 미만의 기록으로 들어온 세계에서 가장 빠른 주자 브룩 베이우드. '세계에서 가장 빠른 주자(Fastest Runner In World)'나 다른 문장에서 즉, 더(the)라는 단어를 뺄 수 있다. 왜냐하면 이것은 기사 제목 같은 거여서 사람들은 이 단어가 없더라도 있다고 이해할 것이기 때문이다. 더(the)라는 단어가 내포되어 있다는 뜻이다. 만약 많은 사람들을 잽싸게 피하면서 달릴 필요가 없었다면 오십사 초보다 훨씬 더 빨랐을 게 틀림없다. 오늘은 부활절 공휴일이기 때문에 천문대를 구경하러 나선 사람이 많았다. 셰퍼드 전자기 시계는 노예 시계다. 노예 시계는 주인 시계에 의해 움직이는 시계인데 이 시

---

* 서기 60년 무렵 그레이트브리튼섬을 정복한 로마 제국 점령군에 맞서 싸운 이케니족의 여왕.

** up-rising. '반란'을 뜻하는 uprising이 위로(up) 올라감(rising)이라는 뜻도 된다는 말을 하고 있다.

계의 기계 장치는 노예 시계의 내부가 아닌 다른 곳에 있다. 셰퍼드 전자기 시계의 숫자판에는 일반 시계처럼 12까지 쓰여 있는 게 아니라 두 배 길이의 시계인 것처럼 23까지 숫자들이 쓰여 있고, 일반 시계에서 자정이나 정오를 가리키는 12가 쓰인 맨 위쪽 자리에 24를 나타내는 0이 쓰여 있다. 이는 종종 아무것도 아닌 시(時)를 의미한다. 아무것도 아닌 시 15분이야. 아무것도 아닌 시 삼십 분이야. 박사님, 나, 시계 맞아요? 음, 그 문제로 너무 흥분하지* 마세요. 이것은 시계 배터리나 디지털시계가 나오기 이전 시대에서 비롯된 농담이다. 브룩의 시계는 새것이다. 미투유** 시계다. 시계 표면에 꽃을 내미는 곰이 그려져 있어서 시간을 볼 때마다 곰이 시계 주인에게 꽃을 주고 싶어 하는 것처럼 보인다. 아이의 생일에 엄마 아빠가 선물로 사주었다. 아이는 시계와 함께 진짜 곰 인형도 선물받았는데, 오래된 곰이 아닌데도 오래되어 보이게 만들어졌다. 얼굴에 일부러 커다란 바늘로 기운 자국을 낸 새 인형이다. 낡아 보이는 것이 더 사랑스럽기 때문에 그렇게 했다. 이름은 태티 테디다. 오십사 초는(아이의 시계에 따르면) 브룩이 열 살이 되고 난 뒤의 첫 번째 비탈 오르기 점수다. 아이는 어느 날 열 살이 되어 있었다. 4월 11일 일요일에 열 살이 되

* 원문은 wound up이다. 태엽을 감다라는 뜻에서 나온 말이다.

** 영국의 곰 인형 브랜드.

었다. 2010년 4월 11일이 열 살이 된 날이었다. 내년에는 2011년 4월 11일에 열한 살이 되기 때문에 특별히 더 좋을 것이다. 작년에 학교에서 브룩은 29 다음에 일반적인 숫자들과 다른 수의 영역이 있다고 웬디 슬레이터에게 말했다. 그것은 20 10, 20 11, 20 12, 20 13 같은 식으로 나아간다고 했다.* 웬디 슬레이터는 브룩의 말을 믿었고, 그에 맞게 숙제를 고쳤다. 브룩의 부모는 그에 관한 가정 통신문을 받게 되었다. **넌 아주 똑똑한 것 같아.** 워버턴 선생은 지금까지 이 년 동안 브룩의 학급을 담당했다. 브룩이 총명하다는 것은 의심할 여지가 없습니다. 브룩은 언어적 재능이 뛰어나고 상상력 또한 훌륭합니다. 물론 이런 점은 아무 문제 없습니다. 그러나 전염성이 강한 브룩의 상상력은 때때로 또래 아이들을 어지럽게 할 수 있습니다. **넌 최고로 똑똑한 것 같아.** 어지럽다: 정신이 아찔하고 얼떨떨하게 하다.

하지만 사실은, 사람들이 특별히 이곳에 와서 구경하고자 하는 모든 건물들과 근래에 지어진 탑들과 역사적인 옛 건물들이 있는 오늘날의 그리니치는 오래전 한때 상당히 붐비는 곳이었고, 지금도 정확히 그때처럼 붐비는 지역이

---

* 29를 20과 9라고 별개로 인식해 여기에 이어지는 수는 30이 아니라 9의 다음 숫자인 10이 결합한 20 10이 된다고 말한 것이다. 이와 같은 방식으로 하면 그다음에 31, 32, 33이 아니라 20과 11, 12, 13이 결합한 수가 이어진다.

다. 그러나 아무도 예측할 수 없었던 방식으로 갑작스럽게 한산해진 때도 있었는데, 부디카 여왕이 런던에 불을 질러 잿더미로 만들었을 때뿐만 아니라 로마 제국이 더 이상 제국이 아니게 되었을 때도 그러했다. 그러더니 역사적인 어떤 이유로 런던이 중요한 항구가 아니게 되었다. 하! 중요한 항구가 중요하지 않게 된 것이다.* 이제 역사가들은 그 시절의 그리니치가 매우 중요했다는 것을 안다. 왜냐하면 성당과 성지 등이 있기 때문이다.

사실은, 동전과 유물이 발견되었다.

사실은 말이다. 인공적 사실은 말이다.** 브룩은 허리를 굽혀 신발 끈을 맸다. 사실은 동전에 사람의 얼굴이 새겨져 있었다. 그 동전은 한때 이곳에 로마 제국 시대 영국 양식의 사원이 있었다는 증거물 가운데 하나였다. 동전에 새겨진 것은 황제였던 플라비우스 콘스탄스의 얼굴이고, 동전이 만들어진 시기는 337년으로 거슬러 올라간다. 그리고 플라비우스 콘스탄스의 역사를 보자면 그는 350년에 살해되었고, 그것은 그의 얼굴이 동전에 새겨진 지 겨우 십삼 년 뒤에 일어난 일이다! 그러므로 권력을 가진 사람

---

* 중요한(important)이라는 단어에 항구(port)라는 단어가 들어 있는 것을 이용한 언어유희.

** 유물, 인공물이라는 뜻의 artefact가 '인공적인'을 뜻하는 접두사 arte와 '사실'이라는 뜻의 fact로 이루어진 것을 이용한 언어유희.

들은 더욱더 조심해야 할 것이다. 동전에 얼굴이 새겨졌다고 해서 역사의 영향을 받지 않는다는 의미는 아니기 때문이다. 의사에게 예방 주사를 맞았다고 해서 그 질병에 면역된 게 아닌 것처럼 말이다. 누가 권력을 가졌다고 해서, 예를 들어 우리를 담당하는 누군가가 아무도 모르게 우리의 팔을 몹시 아프게 붙잡고서 귀에 대고 소리를 지를 수 있다고 해서, 마치 손바닥으로 맞은 것처럼 귀가 얼얼하고 아주 오랫동안 그 소리가 귓속에 남아 있는 것처럼 느낄 만큼 크게 소리 지를 수 있다고 해서 그 역사가 그들에게 다시 일어나지 않을 거라는 의미는 아니다.

사실은, 누군가가 우리에게 그렇게 소리를 지르는 것은 뜨거운 공기로 가득 찬 승객 운반용 열기구가 하늘로 날아오르는 대신 아주 작은 방 안에서 위태롭고 빠르게 팽창하는 것과도 같다. 그리하여 열기구의 옆면과 윗면이 벽과 천장에 눌린다. 벽과 천장이 무너지거나 열기구가 폭발하거나 둘 중 하나일 수밖에 없다는 의미다. 여기서 열기구는 우리의 머리를 뜻한다. 열기구가 머리라는 것은 은유법이다. 그게 사실이 아니라는 의미는 아니다. 말로 나타내기 어려운 것을 말하는 한 가지 방법일 뿐이다.

(엄마 아빠가 브룩을 부엌으로 불렀다. 아빠는 창가에 서 있는데 손에 편지 두 통이 들려 있었다. 엄마는 식탁에 앉아 있었다. 엄마가 옆자리 의자를 톡톡 쳤다. 브룩이 와서 앉기를 바

란다는 뜻이었다. 브룩은 문 옆에 계속 그대로 서 있었다. 아이는 아래를 내려다보면서 동시에 눈을 치뜨고 비스듬히 편지를 본다. 아래를 내려다보는 체하면서 실제로는 위를 볼 수 있기 때문이다. 아이는 편지지 위에 학교 표시가 인쇄된 것을 볼 수 있었다. 브룩, 엄마가 말했다. 네가 우리에게 얘기하면 우린 무슨 문제든 해결할 수 있어. 하지만 얘길 하지 않으면 해결할 수가 없잖아. 우린 화나지 않았다, 아빠가 말했다. 우린 그저 이유를 알고 싶을 뿐이야. 브룩은 한쪽 어깨를 으쓱하더니, 이어 다른 쪽 어깨를 으쓱했다. 나중에 엄마는 아이를 안아서 무릎에 앉혔다. 난 뭔가 잘못되었다는 걸 알아, 엄마가 말했다. 난 우리 딸을 잘 알고, 우리 딸이 울적할 땐 그것도 안단다. 이걸 그냥 놔두고 넘어갈 순 없잖아. 아빠가 무척 걱정하셔. 브룩은 아무 말도 하지 않았다. 후에 아빠는 브룩을 데리고 나가 강변을 걸었다. 우리, 터널을 걸을까? 아빠가 말했다. 브룩이 고개를 저었다. 난 네가 터널을 좋아하는 줄 알았는데, 아빠가 말했다. 브룩은 철썩이는 강물을 응시했다. 강물은 무수히 많은 잔물결이 밀고 당기는 것처럼 움직였다. 넌 이제 더 바르게 행동해야 해, 아빠가 말했다. 엄마가 무척 걱정하셔. 네 방에서 잘 나오지도 않고, 학교에도 가지 않고. 어딜 가는 거냐? 뭐가 문제야? 나한테 얘기해 주렴. 아빠도 그 말을 하는 동안 강물을 바라보았다. 그러고 나서 덧붙였다. 나한테 얘기하고 싶지 않으면 선생님께 얘기해도 괜찮아. **넌 최고로 똑똑한 것 같아. 글쎄, 두고 봐, 미스 똑똑**

이. 네 바보 같은 이름이 뭐든 간에 넌 똑똑이잖아. 똑똑한 것이 우리 학급에서는 아주 좋은 것이지만 실제 세계에서는 아무 의미도 없단다. 넌 네가 아무것도 아니라는 것을, 보잘것없는 존재라는 것을 힘들게 알게 될 거야. 그러고 나서 아빠가 말했다. 좋아, 너한테 이런 부탁을 하는 게 아빠가 아니라고 상상해 봐. 네가 혼자 여기에 있다고 상상해 봐. 단, 네가 아빠 나이인 거야. 넌 나이가 들어서 현명해졌어. 더 이상 아홉 살이 아니야. 이제 무슨 말이든 네가 하고 싶은 말을 너 자신에게 할 수 있다고 상상해 봐. 무슨 말이든 말이야. 그렇게 상상했을 때 네가 그 애한테 가장 하고 싶은 말이 무얼까? 한동안 둘 다 아무 말도 하지 않았다. 이윽고 브룩이 입을 열었다. 아빠? 응? 아빠는 진지한 얼굴로 기다리고 있었다. 생각해 보니 사실은 터널을 걷고 싶어요, 브룩이 말했다. 아빠는 고개를 끄덕였다. 아빠는 아이의 두 팔을 잡고 빙글 돌린 다음 아이를 데리고 터널 돔으로 들어갔다. 그들은 엘리베이터를 타고 아래로 내려갔다. 어중간한 오후 시간이라서 터널 안에 사람이 많지 않았다. 그와 브룩은 서투르게나마 휘파람을 불었다. 터널 안에서 한 사람이 다른 사람보다 멀찍이 앞서간 다음에 귀 기울여 들으면 타일에 부딪쳐 산란하는 휘파람 소리가 참으로 들을 만하다. 특히 휘파람을 부는 사람이 보이지 않을 때나 휘파람 소리가 어느 방향에서 들려오는지 알 수 없을 때가 더욱 좋다. 그들은 반대편 끝에 도착해 엘리베이터를 타고 올라간 다음 아일랜드 가든의 잔디밭에 앉아 있는 한쪽 눈이 먼 개를 토닥여 주었고, 그러고 나서 강 건너편의 건물들과 경치를 바라보았다. 그때쯤 아빠는 터널에 들어가기 전에 터널 끝에 도착하면 무엇을 물어볼지 미리 생각해 두었던 것을 잊어버렸다. 그래서 괜찮았다.)

그랬다. 사실은, 4세기 말 그리니치는 무성하게 자란 온갖 식물들로 덮여 있었으며, 그곳을 이용하는 사람도, 거기에 가는 사람도 없었다. 아마 그런 환경 속에서 나타나는 고대의 야생 동물이 많았을 것이다. 개구리나 고슴도치 같은 것들뿐 아니라 텔레비전의 「스프링워치」* 같은 데서 볼 수 있는, 야생에서만 서식하는 동물 말이다. 이 프로그램에서는 정원에 황야를 만들어 살아 있는 동물들이 찾아오게 하고, 나아가 그런 동물들이 그곳을 집으로 삼게 하려면 어떻게 해야 하는지도 알려 준다. 그런 동물들 중에는 예전에 널리 퍼져 있었으나 지금은 찾아보기 힘든 연노랑솔새 같은 희귀종의 새도 있을 수 있다. 요점은 사람들이 런던에서 지금 이 순간 두 번 생각하거나 머뭇거리지 않고 찾아가는 곳들이 심각하게 그냥 사라질 수 있다는 것이다. 그리고 그런 일이 일어날 수 있다면 지금이나, 지금이 아니라 해도 언제든 일어날 수 있다. 역사적 선례가 있기 때문이다. 스펠링이 다른 오바마 대통령은 이와는

* BBC의 자연 다큐멘터리 프로그램.

다른 경우다. 하지만 그와 동시에 대통령의 선례 역시 있다!* 그걸 생각하면 참으로 멋지고 유쾌하다. **넌 최고로 똑똑한 것 같아.**

사실은, 똑똑한 것은 괜찮다. 괜찮은 것 이상이다. 똑똑이가 되는 것이다. 브룩 베이우드: 똑똑이. **똑똑이**. 오늘 여기 있는 이 모든 사람들은, 런던의 그리니치를 보면서 역사는 지나갔으며 끝났다고 생각하는 사람들은, 그 모든 것은 앵글로색슨 사람들이 한때 모든 창과 방패와 더불어 묻혔던 풀의 언덕일 뿐이라고 생각하는 사람들은 다시 보아야 한다. 일단 보아라! 결국 이곳은 천문대로 불린다! 하하! 집에 있는 망원경 책 앞면에는 한 남자의 그림이 있다. 1660년 사람인 그의 온몸은 눈으로 덮여 있다. 뜬 눈이다. 발에도 눈이 있고 무릎에도 눈이 있다. 다리에도, 팔에도 눈이 몇 개씩 붙어 있다. 어깨에도 눈이 하나 있고, 손목에도 하나 있고, 손에도 눈이 하나 있다. 눈이 달린 손은 하늘을 가리키고 있다. 반면에 눈이 없는 다른 손은 일종의 빛의 구름에서 나오고 있다. 그리고 그 위쪽에 있는 손의 손가락에서 단어가, 말이 나온다. 위에 있는 손**이 더 우월한 손인가? 농담이다. 말이 나오는 손을 바라보는 남자는 심지어 배에도 눈이 있다. 나비들이 갑자기 온몸에 내려앉

---

* 선례(precedent)와 대통령(president)의 비슷한 발음을 이용한 언어유희.
** 영어로 upper hand는 우세, 우위라는 뜻이 있다.

은 것 같은 모양으로 눈이 나비처럼 그 사람의 몸을 덮고 있다. 온몸이 나비로 덮여 **있다**고 상상해 보라. 여기서 나비는 눈이다. 모든 눈들이 나비가 날개를 폈다 접었다 하듯이 눈꺼풀을 떴다 감았다 하면서 서로 다른 높이와 각도에서 동시에 본다. 우리는 사물을 볼 때 모든 다른 면에서 동시에 보는 걸까? 그리하여 우리가 보는 것이 우리 뇌 속에서 다른 차원을 지니게 만드는 걸까? 망원경 책에는 옛날에 그리니치에서 연금으로 생활했던 한 선원의 그림도 있다. 선원은 자신의 망원경을 사람들에게 빌려준다. 그 그림 밑에는 선원이 망원경을 해적 처형장*에 맞추어 놓았기 때문에 아마도 사람들은 몹시 망원경을 들여다보고 싶어할 거라고 쓰여 있다. 사람들이 누군가가 처형당하는 모습을 망원경으로 구경하기 위해 실제로 연금 생활자 선원에게 돈을 냈다! 해적 처형장에 있는 사람은 아마 기요틴이 아니라 교수형을 당하고 있을 것이다. 영국에서는 기요틴이 쓰이지 않았기 때문이다. 하지만 역사적으로 살펴보면 영국에는 기요틴과 약간 비슷한 핼리팩스 지빗이라고 불리는 처형 방법이 있었다. 기요틴의 특징은 사형수를 깨끗하고 빠르게 죽이는 것이었다. 기요틴은 프랑스에서 인기 있었다. 역사적으로 보면 지금은 유로스타를 타고 다니는

* 런던 동부 템스강 기슭에 있던 공개된 해적 처형장.

유럽 내에서 1930년대와 1940년대에 1만 6500명이 기요틴으로 처형당했다. 그러다가 1967년에 마지막 사람이 어디에선가 기요틴으로 처형된 이후로는 더 이상 없었다. 브룩은 그곳이 어디인지 기억하지 못한다. 사실을 확인해 보아야 할 것이다. 인터넷이나 때로는 책에서 읽은 사실들의 문제는 간혹가다 진짜 사실이 아닐 수도 있다는 점이다.

프랑스에서 막 머리가 잘린 사람의 얼굴을 찰싹 때린 어떤 사람이 감옥에 가게 되었다는 이야기는 아마 사실일 것이다. 머리가 잘려 나간 뒤에도 여전히 살아 있는지 보려고 그랬다!

다음 내용들도 아마 사실일 것이다. 핼리팩스에서는 옛날 돈으로 13.5펜스를 훔치면 핼리팩스 지빗에 가게 될 수도 있었다. 핼리팩스는 커다란 돌에 짓눌려 죽은 여자가 살던 요크에서 그리 멀지 않다. 브룩은 박물관이 들어선, 그 여자의 역사적인 집을 방문한 적이 있기 때문에 그걸 안다.

하지만 사실은, 어느 것이 진짜인지 어떻게 아는가? 헐, 뻔하잖아, 기록 같은 것들, 그렇지만 기록이 진짜라는 것을 어떻게 아는가? 인터넷에 진짜라고 써 있다고 해서 진짜는 아니다. 그 표현은 사실이다가 아니라 사실인 것 같다여야 한다.

누군가가 1894년에 바로 여기서 바로 이 천문대를 폭파하려 한 것은 사실 같다! 보아하니 그가 천문대를 훼손하지 못한 것은 사실인 듯하다. 그 대신 바로 여기 이 공원에서 자신의 배를 날려 버렸다! 그의 배가 있어야 할 자리에 구멍이 있었고, 한쪽 손은 폭발로 날아갔다. 폭탄을 잡고 있던 바로 그 손안에서 폭탄이 터진 것이다. 음, 이 이야기의 교훈은 손으로 폭탄을 잡지 말라는 것이다. 헐, 뻔하잖아. 실은 그 사람이 죽고 난 뒤에 손에서 나온 5센티미터짜리 뼈가 천문대 벽 근처에서 발견되었다. 하지만 천문대 자체는 전혀 손상을 입지 않았다. 브룩은 두 손을 배에 대고 내부를 볼 수 없는 자기 배를 가만히 만져 보았다. 사람들이 발견했을 때 남자는 아직 살아 있었으며 아직 말을 할 수 있었던 모양이다. 박사님 박사님, 나는 배가 좀 빈 것 같은 기분이에요. 박사님 박사님, 난 정말 손이 필요해요. !!! 아니, 이건 정말 끔찍한 일일 것이다. 남자는 그러므로 말 그대로, 참말로 정말로 진짜로 자기 손을 자기 몸에 생긴 구멍에 넣어 다른 쪽으로 나오게 할 수 있었을 것이다.(폭발로 날아가 버린 손이 아니라 아직 몸에 붙어 있는 손으로 말이다.) 역사란 그런 것이다. 사람과 장소가 사라진다. 목이 잘리거나 손상을 입거나, 그렇지는 않다 해도 거의 그런 상황에 놓인다. 물건이나 장소나 사람이 고문당하고 불태워지는 등 시련을 겪는다. 그러나 그렇다고 해서 역사란 보이지 않는 것이 아니라는 의미는 아니다. 다음과 같은 예를 들어 보자. 여기서는 그리니치의 일부를 볼 수 있다. 하지만 전부를 볼 수는 없다. 우리는 바깥에서 실제로 무슨 일이 일어났는지 모르는 채 여전히 마일스 가스가 나오기를, 또는 나오지 않기를 기다리는 사람들 모두를 볼 수는 없다. 그들이 보이지 않는 것은 단순한 이유 때문이다. 그 장소와 사람들이 나무와 건물들에 가려져 여기서 그 사람들을 다 볼 수 없는 것이다. 그것은 시각의 문제다. 우리는 극장을 볼 수 없다. 극장의 지붕도 보이지 않는다. 그 극장에서는 가스 씨가 방 안에 들어가 문을 잠가 버렸던 첫날 밤, 거기 있었던 휴고라는 사람이 독백극을 하고 있다. 독백극이란 딱 한 사람만 나오는 연극이다. 제목은 '잠들기 전에 몇 마일을 가야 한다'*다. 바깥에 있는 모든 사람들이 마일로라고 부르고 있지만 사실 가스 씨의 이름은 마일스이기 때문에 연극은 가스 씨에 관한, 그리고 방 안에서 일어난 일에 관한 내용인 것으로 여겨진다.

(관객들이 들어와 자리에 앉을 때 휴고라는 사람은 무대 위에 앉아 있었다. 그는 때때로 관객들에게 손을 흔들었고 때로는 관객들이 거기에 없는 것처럼 행동했다. 연극이 시작되었

---

* Miles To Go Before I Sleep. 미국 시인 로버트 프로스트의 「눈 내리는 저녁 숲가에 서서」에 나오는 표현이다. 여기서 마일스(Miles)는 등장인물의 이름이기도 하다. 브룩은 '잠들기 전에 가야 할 마일스'라는 뜻으로 이해하고 있다.

다. 연극은 사람들이 연극이 시작되었다는 것을 알지 못한 상태에서 갑자기 시작되었다. 그는 어떻게 자신이 방 안으로 들어가 문을 잠갔는지에 관해 자기 자신에게, 그리고 관객들에게 많은 이야기를 했다. 배우가 되어 텔레비전에 출연하고 무대에 서고 싶었지만 결국 실패했기 때문이라고 했다. 연극에는 앉아 있는 장면이 많았고, 종종 일어섰다가 다시 앉아서 이야기하는 장면이 이어졌다. 그는 침대에 앉아 말했고, 이어 의자 뒤에 서서 말했고, 그런 다음 의자에 앉아 말했고, 그다음에는 바닥에 앉아 말했다. 말을 아주 많이 했다. 그는 마법사처럼 머리와 수염을 길게 기른 사람으로 꾸몄다. 전혀 가스 씨처럼 보이지 않았다. 브룩과 엄마와 아빠는 금요일 밤에 연극을 보러 갔다. 지루하기 짝이 없었다. 브룩은 후반부에서 잠이 들었다. 이윽고 브룩과 엄마와 아빠는 공연장을 나왔는데 거기서 리 부인을 만났다. 그 연극과 관련이 있기 때문에 날마다 낮 공연과 밤 공연을 보러 온다고 했다. 리 부인은 한 말을 다시 하기도 하면서 오랫동안 이야기했다. 그 연극이 얼마나 사실적인지에 관해 이야기했으며, 자신은 관객 입장이 허용되기 전이나 후에 종종 무대에 올라가 서 보기도 한다고 했다. 실제로 자기 집 방에 있다는 상상을 하곤 했고, 가끔은 정말로 자기 집 방에 있다고 믿을 정도라고 했다. 그만큼 사실적이라는 것이다. 심지어 연극 제작진을 Amazon.co.uk로 보내서 실제 방에 있는 것과 똑같은 DVD들을 몇 개 구해 오도록 했다는 말을 되풀이했다. 연극을 사실과 흡사하게 만들려고 DVD의 표지 그림도 똑같은 것으로 구해 오게 했다. 그 사람은 그 방에 있는 가스 씨와 전혀 비슷해 보이지 않아요, 브룩이 말했다. 어, 우리 가운데 그걸 확실히 아는 사람은 없잖니? 안 그래, 브룩? 리 부인이 말했다. 그리고 매일매일의 연기를 좀 봐요. 명연기예요! 리 부인은 마치 믿을 수 없는 뭔가를 보는 것처럼 고개를 저었다. 우릴 위해 티켓을 따로 챙겨 주셔서 고맙습니다, 브룩의 엄마가 말했다. 특히나 지금처럼 연극이 매진일 때 말이에요. 리 부인은 곧 연극이 진짜 극장으로 옮겨서 공연될 거라는 내용의 이야기를 조금 더 해 주었다. 여기도 진짜 극장인데요, 브룩이 말했다. 연극 재미있었지? 리 부인이 브룩에게 말했다. 지루하고 따분하고 단조롭고 무익했어요, 브룩이 말했다. 리 부인이 웃었다. 얘한테는 좀 어려운 연극이에요, 브룩의 머리 위에서 리 부인이 브룩의 부모에게 말했다. 나한테 많이 어려운 건 아니에요, 브룩이 말했다. 우리 모두 무척 즐겁게 봤답니다. 고마워요. 브룩의 엄마가 말했다. 정말 좋았습니다, 브룩의 아빠가 말했다. 그런 다음 베이우드 부부는 리 부인과 작별 인사를 나누고 극장을 떠났다. 그들은 극장 바깥에 서서 길을 건너려고 기다렸다. 명연기라, 브룩의 아빠가 말했다. 맹한 연기, 브룩이 말했다. 엄마 아빠가 크게 웃어서 브룩은 그 말을 한 번 더 하는 건 어떨까 생각했다. 하지만 사람들은 같은 농담을 두 번 하면 별로 웃지 않는 경향이 있다. 다시 그 말을 하는 것은 브룩의 명연기가 되지 못할 것이다. 맹한 연기가 되고 말 것이다! 극장은 왜 항상 슬픈지 아니, 브룩? 아빠가 브룩의 손을 잡고 길을 건너면서 말했다. 농담이에요, 진지한 얘기예요? 브룩이 말했다. 농담, 아빠가 말했다. 난 포기할래요. 왜 극장은 항상 슬퍼요? 브룩이 말했다. 왜냐하면 자리가 항상 눈물을 흘리고 있으니까,* 아빠가 말했다. 눈물이라는 단어와 발음이 같고 스펠링이 다른 단어인 계단식 좌석에 관한 우스갯말이라는 것을 안다면 좋은 농담이었다. Tiers: 계단식으로 된 좌석의 줄.)

사실은, 리 부인의 남편은 이제 더 이상 리 씨네 집에 살지 않았다. 조시 리는 아빠를 만나려면 블룸즈버리로 가야 한다. 아빠가 떠나간 곳이 그곳이기 때문이다. 연극을 하는 휴고가 지금 리 씨네 집에서 살고 있다. 극장과 아주 가까워서 편리하기 때문이다. 이것도 일종의 역사인가? 그녀는 이 내용을 몰스킨에 쓸 것이다. 하지만 역사는 보통 수도원장이나 왕, 공작 같은 사람들이 누가 그리니치 공원 같은 공원을 소유할지, 누가 감옥에 갇힐지를 두고 싸우는 것을 기록할 뿐이다. 어떤 사람이 가지고 있는 것을 다른 누군가가 탐을 내서 그 사람을 급히 감옥에 처넣은 다음 거기서 썩어 가도록 내버려 둔 채 그사이에 그걸 가져가는 것을 주로 기록한다. 하지만 그렇다고 해서 우리가 모든

* Because the seats are always in tears. 원래는 tears(눈물)이 아닌 tiers(계단식 좌석)으로 '자리가 항상 계단식 좌석이니까.'라는 뜻이다.

역사들을 기록해서는 안 된다는 의미는 아니다. 오히려 그 반대다.

('한 그루 동산'을 예로 들어 볼까, 애나가 브룩에게 몰스킨을 생일 선물로 주며 말했다. 저 동산에 얼마나 많은 나무들이 있는지 보렴. 한 그루이기는커녕 나무가 아주 많잖아. 엘리자베스 여왕의 참나무를 봐. 우린 다 그 이야기를 알고 있어. 이야기를 모른다 해도 우린 아주 쉽게 이 나무를 찾을 수 있지. 엘리자베스 1세 여왕이 갑자기 소나기를 만났을 때 그 밑에 들어가 비를 피했던 시절에 이미 속이 빈 고목이었으니까. 그리고 우린 이 고목이 이십 년쯤 전에 마침내 넘어지고 말았다는 것을 알아. 그때 사람들은 이 나무에 붙은 모든 담쟁이를 벗겨 내어 나무를 보존하려고 결정했지. 그런데 작업을 하다가 고목을 실제로 지탱해 온 것은 다름 아닌 담쟁이였다는 것을 알게 되었어. 그다음에 그들은 금속 조각으로 나무를 영원히 그 자리에 고정해 놓으려 했는데 도중에 실수로 나무를 완전히 쓰러뜨리고 말았단다. 하하! 브룩이 말했다. 마크 파머 씨도 웃었다. 그들 모두 꽤 오랫동안 웃었다. 참 우스워요. 엘리자베스 1세 여왕이 저기 있었다면, 그래서 그런 일들이 벌어지는 걸 보았다면 어땠을까요? 아마 그 사람들의 목을 베었겠지! 하지만 공원에 있는 다른 모든 나무들에 대해서도 생각해 봐, 애나가 말했다. 그것들 모두 역사를 지니고 있단다.)

사실은, 과거에 있었거나 현재 살아 있는 모든 나무는

그 나무와 마찬가지로 역사를 가지고 있다. 어떤 것들의 이야기와 역사를 아는 것은 중요하다. 비록 우리가 아는 것은 우리가 모른다는 것뿐이라고 하더라도 말이다.

사실은, 역사는 실제로는 아무도 모르는 모든 종류의 것들이다.

(어느 날 저녁 식사 시간 무렵에 브룩은 만약 벽과 지붕이 내려앉는다면, 천장이 머리 위로 무너져 내린다면 무슨 일이 벌어질까 걱정하고 있었다. 아이는 걱정하는 대신에 책꽂이에서 책을 꺼냈다. 조지프 콘래드의 『비밀 요원』이었다. 그리니치 천문대와 공원에서 폭탄에 목숨을 잃은 남자가 나오는 소설이었다! 브룩은 다음과 같은 것을 발견했다. 이 특별한 책의 63쪽부터 245쪽에 걸쳐 어떤 단어들에 연필로 동그라미가 그려져 있었다. 과시하는. 초월적인. 그러므로. 더럽혀진. 인상. 성향. 수심에 잠겨. 수완. 브룩은 부엌으로 갔다. 왜 아빠는 어떤 단어들에 동그라미를 쳤어요? 왜 이 단어들을 특별히 골라서 그런 거예요? 아이가 아빠에게 물었다. 아빠는 어떤 봉지를 들고 뭔가를 하고 있었다. 어떤 단어들? 아빠가 말했다. 브룩이 63쪽을 펼친 채로 책을 들어 보였다. 아빠는 숟가락과 봉지를 내려놓고 책을 죽 넘겨 보았다. 흥미롭군, 그가 말했다. 그는 책의 속표지를 들여다보고 나서 누군가가 연필로 2.5파운드라고 가격을 써 놓은 곳을 브룩에게 보여 주었다. 옙, 그가 말했다. 이 책은 중고야. 중고! 재미있는 말이었다. 첫째, 박물관의 천문대

에 있는 시계들에는 초침이 있으니까. 둘째, 조금 이상한 얘기이지만 폭발로 한쪽 손이 날아가 버린 사람이 있으니까. 첫 번째 손. 두 번째 손.* 우리 이전에 누가 가지고 있었던 책인지 모르지만 그가 그랬을 거야, 아빠가 말했다. 예, 그런데 우리 이전에 이 책을 가지고 있었던 사람이 여자일 수도 있잖아요, 브룩이 말했다. 그건 그래, 아빠가 말했다. 어느 쪽일 거라고 생각하세요? 브룩이 물었다. 모르겠어, 아빠가 말했다. 알 방법이 없으니까. 알 방법이 있을 거예요, 브룩이 말했다. 아이는 식탁에 기대어 가볍게 춤을 추었다. 아빠가 브룩에게 책을 돌려주었다. 그는 봉지에 쓰인 글을 읽기 시작했다. 쌀과 관련이 있는 글이었다. 전례 없는. 친밀한. 브룩은 거실로 나와서 양탄자 위에 앉은 다음 연필로 동그라미를 친 모든 단어들을 종이에 적어 나갔다. 초기의. 파렴치한. 아이는 다시 부엌으로 들어갔다. 어느 가게에서 이 책을 구입했어요? 아이가 물었다. 아빠는 걱정스러운 표정으로 밥솥을 바라보았다. 그는 언제나 밥 짓는 데 서툴렀다. 모르겠구나, 브룩, 그가 말했다. 기억나지 않아. 어떤 책이 어디서 났는지, 어디서 샀는지 생각하기란 어렵고 기억하기 힘든 일이란다! 그건 우리가 가지고 있는 어떤 책 전체 역사의, 전체 내력의 일부인 거야! 그러다가 나중에 집에서 그 책을 집어 들었을 때 문득 알게 되지. 손에 책을 들고 봄으로써 그 책이

---

* second hand가 말 그대로 '두 번째 손' 이외에 중고, 초침을 의미하는 점을 염두에 둔 말이다.

어디서 났는지, 어디서 구입했는지, 언제 왜 그 책을 사기로 결심했는지 그냥 알게 되는 거란다. 하지만 아빠, 아빠는 이 책을 처음 소유한 사람이 이 단어들에 동그라미를 친 이유가 뭐라고 생각하세요? 아이가 말했다. 아빠는 수도꼭지 밑에 냄비를 대고 있었지만 수도꼭지를 틀지는 않았다. 말하기 어려워, 그가 말했다. 늘리다, 브룩이 말했다. 아이는 다른 단어를 찾기 위해 책장을 휙휙 넘겼다. 경쟁, 아이가 말했다. 말하는 게 뭐가 어려워요? 그냥 말하면 되잖아요. 아빠가 웃었다. 아니, 난 문자 그대로의 의미로 말한 게 아니었어, 그가 말했다. 왜 그가, 또는 그녀가 그렇게 했는지 말하기 어렵다는 뜻이었어. 아, 브룩이 말했다. 어쩌면 그 또는 그녀는 뜻을 모르거나 이해하지 못하는 단어들에 동그라미를 쳤는지도 모르지, 아빠가 말했다. 입, 옙, 브룩이 말했다. 그랬을 수 있겠네요. 아이는 다시 거실로 나갔다. 아이는 소파로 올라가서 높은 등받이에 무릎을 대고 균형을 유지한 채 손을 뻗어 커다란 사전을 꺼냈다. 적절한: 알맞은, 적합한. 번쩍임: 빛남, 갑작스럽게 빛이 나타남. 늘리다: 증대하다, 본디보다 커지게 하다. 명쾌한의 뜻은 이미 알고 있었다. 아이는 종이에 적은 단어들의 목록을 들여다보았다. 혹시 단어에 동그라미를 친 사람은 그로부터 뭔가 암호를 만든 것은 아닐까, 예컨대 첫 번째 글자들로 암호를 만든 것은 아닐까를 알아보려는 것이었다. 이 소설책은 스파이와 스파이 활동에 관한 내용이기 때문이다. 적어도 뒤표지 글에는 그렇게 쓰여 있었다. 혹은 마지막 글자들에 암호를 숨겼을 수도 있었다. 그건 약간 웨일스어라는 언어처럼 보였다.

하지만 사실은, 이 책에 무슨 일이 일어났는지, 왜 일어났는지는 진실로 수수께끼가 아닐 수 없었다. 그것은 브룩으로서는 결코 알 수 없으며, 따라서 아쉬워도 그 사실을 받아들여야만 하는 문제였다. 그걸 알고 싶은 마음이 너무 간절해 브룩이 침대에 누워 엎치락뒤치락하고 이불을 머리끝까지 뒤집어쓰면서 잠을 이루지 못한 지 며칠이 지났을 때 엄마가 아이한테 그렇게 말했다. 그 문제로 잠을 못 이룬 지 사흘째 되는 날이었다. 새벽 2시가 거의 다 된 시간이었다. 500부터 거꾸로 세어 봐, 엄마가 말했다. 양을 세어 봐. 하지만 그런 종류의 잠 못 이루는 밤이 아니었다. 양 대신 역사에서 튀어나온 모든 죽은 사람들이 줄지어 있는 다른 종류의 불면의 밤이었다. 죽은 사람들이 우울하고 시무룩한 얼굴로 앞을 바라보며 너무 높아서 뛰어넘을 수 없는 문 앞에 수 마일이나 늘어섰는데, 그 수가 너무 많아서 셀 방법이 없었다. 수 마일* 늘어서 있다! 이 모든 사람들이 브룩의 침대 끝이 아니라 마일스 가스 씨가 있는 방의 창문 밖으로 가서 거기에 줄지어 서 있으면 좋을 텐데! 아이티에서 지진으로 집이 느닷없이 붕괴되어 무너져 내리면서 그들을 덮쳤을 때 죽은 모든 사람들, 쓰나미로 죽은 모든 사람들, 아이들을 포함

* for Miles. 마일(mile)의 복수형 첫 글자를 대문자로 씀으로써 마일스를 떠올렸다는 것을 보여 줌.

하여 쓰나미에 휩쓸려 간 모든 사람들, 타고 있던 비행기가 바다로 추락하여 죽은 사람들, 배가 고파서 빵 한 덩이를 훔친 탓에 처형당한 열 살 남자아이, 그저 흑인이라는 이유로 학교 밖에서 칼에 찔려 죽은 남자아이, 남자에게 살해되어 그 남자의 집 뒷마당에 묻힌 여자아이, 그리고 아프가니스탄과 이라크와 다르푸르와 수단에서 벌어진 전쟁에서 죽은 모든 사람들이 말이다. 그들은 다른 모든 역사적인 전쟁에 끼어들 생각이 없었는데도 그런 전쟁에서 죽은 모든 사람들의 앞쪽에 있던 사람들일 뿐이었다. 심지어 어쩔 수 없이 공장에서 일을 하다가 죽거나 빅토리아 시대에 굴뚝 청소를 하다가 죽거나 14펜스도 안 되는 물건을 훔쳤다는 등의 이유로 처형당해 죽은 아이들도 있었다. 처형당해 죽었다고 말할 필요는 없어, 그때 엄마가 말했다. 왜냐하면 처형당했다는 말 속에 죽었다는 의미가 포함되어 있으니까 말이야. 엄마는 인내심이 떨어져 가고 있었다. 하지만 그 단어들로 인해 잠을 이루지 못하는 비밀 요원 불면증은 무척이나 성가시고 짜증스러운 불면증이었다. 비밀 요원 불면증 문제로 브룩이 미안하다고 말해야 할 사람은 없었다. 누가 미안하다고 말해야 한다면 그 사람은 브룩에게 미안하다고 말해야 하리라. 왜 그 단어들을 골랐는지에 대한 답이 무엇인지 브룩이 알 수 없도록 한 데 대해서 말이다! 엄마는 브룩이 결정해야 한다고 다시 말했다. 만약 단어들에 동그라미를 친 이유를 모르는 것에 짜증 내는 일 없이 그 책을 읽고 싶다면 브룩은 그걸 모르는 것을 참아 내겠다고 지금 당장 굳게 마음먹거나, 아니면 알 수 없는 이유가 무엇이든 간에 그 단어들을 눈에 띄게 만드는 동그라미들을 지워 버리겠다고 적극적으로 결정해야 한다는 게 엄마의 말이었다. 브룩은 베개로 얼굴을 덮었다. 그건 목적을 이루지 못하게 하는 거잖아요, 아이가 베개 밑에서 말했다. 아이는 베개 밑에서 한 말이 엄마에게 들렸을지 궁금했다. 엄마는 무슨 말인가를 하고 있었다. 브룩은 제대로 알아들을 수 없었다. 아이는 다시 베개를 치우고 얼굴을 드러냈다. 내일 사무실에서 가져올 내 특별한 지우개는, 엄마가 말하고 있었다. 정말 좋은 지우개야. 그럼 되겠지? 고마워요, 브룩이 말했다. 그래야 할 텐데요. 엄마는 잘 자라며 아이에게 입을 맞추고 불을 끈 다음 문을 닫고 나갔다. 하지만 잠들지 못할 줄 알면서 눈을 감은 브룩의 머릿속에 든 생각은 이것이었다. 소용없을 거야. 아이는 눈을 뜨고 위에 있는 천장을 바라보았다.)

사실은, 인원수 체크 계수기를 가지고 있는 잭슨 씨에 따르면 브룩은 오늘 675번째로 천문대에 입장한 사람이다. 인원수를 확인하는 게 잭슨 씨의 일이다. 잭슨 씨는 종종 기분이 안 좋을 때면 아이가 몇 번째 입장객인지 말해 주지 않으려 한다. 오늘 그는 상당히 기분이 좋다. 허, 런던 아이*만큼이나 사람이 많구나, 그가 말한다. 그동안 뭐

* 런던 템스 강변에 위치한 거대한 바퀴 모양의 대관람차.

했니? 오랜만에 널 보는 것 같다. 오늘은 이곳이 퍽 붐비네요, 잭슨 씨, 아이가 말한다. 방학이라서 그래, 그가 말한다. 아무래도 그 영향이 있어. 넌 내가 오늘 근무를 시작한 이후 675번째 입장객이야. 브룩은 고맙다는 말과 함께 작별 인사를 한다. 그러고 나서 사람들 사이를 누비며 나아간다. 사람들은 여러 가지 사진을 찍고 플램스티드 우물이 있던 곳을 지나간다.

사실은, 플램스티드라는 천문학자는 땅속에 수직으로 40미터 깊이의 구멍을 팠다. 그것은 대단한 깊이였다. 그 깊은 땅속에서 소파에 누워 별들을 바라보았는데, 왜냐하면 가능한 한 깊이 내려가서 보는 것이 높은 곳에 있는 별들을 보는 좋은 방법이라고 생각했기 때문이다. 하지만 그곳은 너무 눅눅해서 이상적인 방법은 아니었다. 브룩은 마지막 남은 허셜 망원경 조각을 지나갔다. 어느 새해에는 허셜 가족 전부가 그 망원경 안에 앉아 있었다. 망원경은 그들이 다 들어가 앉을 만큼 컸다. 허셜이라는 천문학자는 망원경이 크면 클수록 자신이 더 멀리 볼 수 있을 거라고 믿었기 때문에 그렇게 큰 망원경을 만들었다. 지금은 그 망원경이 누구에게도 쓸모가 없어서 해체되었지만, 허셜의 가족이 앉아 있었을 때는 새해 저녁을 먹기에 충분한 공간이었다. 게다가 그들은 망원경 안에서 노래를 부르기도 했다! 정말 멋진 일이다. 그처럼 큰 망원경으로 하늘을 보는 것은 그리니치 도보 터널을 통해 하늘을 바라보는 것과 비슷할 것이다. 텔레스코푸스: 멀리 보는 사람. **최고로 똑똑해** 처음으로 망원경을 발명했을 때 사람들은 기뻐했다. 왜냐하면 요즘의 시시티브이처럼 전쟁에 매우 유용한 발명품이었기 때문이다. **똑똑이** 모스 부호로 보면 브룩의 이름은 다음과 같다. 쓰돈돈돈(B). 돈쓰돈(r). 쓰쓰쓰(o). 쓰쓰쓰(o). 쓰돈쓰(k). 돈(e). 브룩의 이름에는 '쓰'가 많다. 바이킹은 어떻게 비밀 메시지를 보낼까? 노스 부호*로. 브룩은 신나게 달려서 아름다운 관목들을 지나치고, 이어 계단을 올라 안내 책자를 파는 곳으로 들어간다. 카운터 뒤에서 일하는 소피라는 여자애가 손을 흔들어 인사하며 외친다. 그동안 어디에 있었니? 아주 오랜만이다! 우린 네가 이사 갔나 보다 생각했지! 아니야, 난 아직 여기서 살아, 브룩이 큰 소리로 말하며 답례로 손을 흔든다. 소피랑 함께 일하는 여자는 미소를 띠지 않는다. 아이들에게 말을 하지 않는 부류의 사람이기 때문이다. 이곳은 박물관 중에서도 아주 좋은 박물관이다. 그렇지만 브룩이 살던 요크 지역 근처에 위치한 이 박물관에는 아래층에 옛날 물건들을 판매하는 가게들과 한때 살아 있었던 진짜 말들이 있는 오래된 거리가 있다. 요크에 젊은 숙녀가 있었네./ 그녀의 애완

---

* 바이킹이었던 북유럽인을 뜻하는 노스(Norse)가 모스와 발음이 비슷한 것을 이용한 말장난.

돼지가 돼지고기로 변했네./ 오, 개를 요리하다니! 그녀는 울었지./ 그들 모두 그녀를 구슬렸지./ 그녀의 돼지를 포크로 먹으려고 말이네. 이것은 브룩이 금요일 오전에 애나와 파머 씨와 함께 담에 앉아 지은 5행 익살시* 가운데 하나다. 그날은 브룩의 생일 이틀 전이었는데, 애나는 아이에게 생일 선물로 몰스킨을 주면서 스티커에 아주 멋진 글씨체로 '역사'라는 단어를 써 주었다. 난 이것이 너에게 힘을 북돋아 줄 거라고 생각했어, 애나가 말했다. 그리고 난 공식적으로 너한테 역사가라는 임무를 맡기고 있는 거야. 그날 그들의 5행 익살시 쓰기의 역사는 무척 어려웠다. 그리니치를 가지고 운을 맞춰 쓰기가 까다로웠기 때문이다. 하지만 결과적으로는 그 때문에 그리니치에 관한 5행 익살시가 더 재미있었다. 젊은 숙녀가 살았던 곳은 그리니치./ 10시 전에 집에 돌아오라고 아빠가 말했치./ 그녀는 마지막 버스를 놓쳤고./ 아빠는 요란스레 법석을 떨었고./ 그녀는 다시는 아빠에게 허락받지 못했치. 파머 씨는 5행 익살시를 정말 잘 짓는다. 파머 씨와 애나는 이제 떠났다. 넌 우릴 그리워하지 않을 거야, 파머 씨가 말했다. 며칠 후면 학교로 돌아갈 테니까. 오늘은 월요일이다. 오늘이 지나면 방학이 육 일 남는다. **넌 최고로 똑똑한 보잘것없는 존재야** 그것은 앞으

* 리머릭(limerick)이라 하며 AABBA 형식의 각운을 갖는다.

로 육 일 동안 브룩이 가슴속에 희망을 품고 잠에서 깨어날 거라는 의미다. 그리고 어쨌든 학교로 돌아가면 상황은 바뀔 것이다. 브룩은 최고로 똑똑한 사람이 되지 않을 것이다. 그 대신 똑똑이 더(the) 브룩 베이우드가 될 것이다.

사실은, 지금은 봄이어서 날씨가 전보다 한결 따뜻하다. 그렇지만 4월치고는 여전히 추운 편이다. 브룩은 3월에 돌아가셔서 땅속에 계신 그 할머니가 추울지, 아니면 봄이 온다는 것은 그곳에 계신 할머니에게는 더 따뜻해진다는 의미일지 궁금하다. 하지만 그 생각은 말도 안 된다. 죽은 사람은 죽었으므로 느낄 수 없기 때문이다. 할머니가 묻힌 곳이 어디인지는 모르지만, 사람들이 할머니가 살았던 마을의 땅에 할머니를 묻었다는 생각을 하면 왠지 우스운 기분이 든다. 사람들이 할머니를 병원에 데려가려고 왔고, 할머니는 병원으로 가는 길에 앰뷸런스 안에서 돌아가셨다. 돈은 중요하지 않아, 어느 날 할머니가 브룩에게 말했다. 할머니는 브룩의 손을 잡고 있었다. 그때만 해도 할머니는 브룩을 알아보았다. 할머니가 사람들을 알아볼 수 없게 되기 전이었다. 아침에 잠에서 깨어날 때 가슴속에 아무런 희망이 없다면 우리가 생각하는 모든 것들은 중요하지 않아, 할머니가 말했다. 지금 브룩은 가스 씨가 문 밑으로 건네준 쪽지를 가지고 있다. 쪽지는 파머 씨가 쪽지에 쓰인 대로 그 할머니의 집에 찾아간 뒤 이웃 사람들에게 할머니가 어디 있는지 물어보았으며, 그들이 병원에 있다고 말해 주었음을 의미했다. 파머 씨가 조시 리에게 쪽지를 주었고, 브룩은 조시로부터 그 쪽지를 받았다. 앞으로 브룩은 조시와 인터뷰를 해서 언제 그 병원에 갔는지 등등에 대해 질문을 할 예정이다. 왜냐하면 이 또한 그동안 일어난 일의 역사이며 그 일부이기 때문이다. 그리고 브룩은 그 기록을 공책에 적을 것이다. 그것은 역사적인 문서다. 2009년 12월 29일 자 문서다. 쪽지는 역사 몰스킨 책에 두 페이지에 걸쳐 스카치테이프로 붙여 놓았다. 브룩은 그 앞뒤를 빈 페이지로 남겨 두었다. 쪽지에는 가스 씨의 글씨체로 이렇게 쓰여 있다. 안녕하세요. 저는 누군가가 1월 29일에 저를 대신해서 리딩 지역 벨빌파크 12번지에 사는 영 부인을 방문하고 거기에 잠시 머물다 올 수 있기를 바랍니다. 도와주셔서 정말 감사합니다. 고맙습니다. 브룩은 또한 가스 씨가 문 밑으로 밀어 놓았던 최초의 역사적인 쪽지도 가지고 있다. 쪽지에는 날짜가 쓰여 있지 않다. 물은 됐습니다. 그렇지만 곧 먹을 게 필요할 거예요. 아시다시피 저는 채식주의자입니다. 참아 주셔서 감사합니다. 이 쪽지는 몰스킨의 첫 페이지에 있다. 아이는 '사실은'이라고 이름 붙인 온갖 쪽지를 가지고 있다. 그 쪽지들에도 날짜가 쓰여 있지 않다. 그것들도 스카치테이프로 공책에 붙여 둘 생각이다. 잠시 후 아이는 어딘가에 앉아 공책을 살펴보면서 그중 어떤 쪽지를 어느 페이지에 먼저 스카치테이프로 붙일지 고를 계획이다.

사실은, 가스 씨의 모스 부호는 — — • — •/ — — • • — • — • — • • • • 이고, 이름인 마일스의 모스 부호는— — • • • — • • • • • •다.

사실은, 1176년에 처음 건설된 런던 다리가 있었다. 그걸 짓는 데 삼십 년이나 걸렸다. 다리는 1831년까지 있었다. 길이는 300미터가 넘었다.

사실은, 광년은 빛이 일 년 동안 나아가는 거리를 의미한다.

사실은, 태양은 언젠가는 반드시 죽을 것이고, 이와 관련해 우리가 할 수 있는 일은 아무것도 없다. 하지만 꽤 오랫동안 일어나지 않을 일이고, 우리가 살아 있는 동안에는 절대로 일어나지 않을 테니, 그 문제로 잠을 이루지 못하는 것은 쓸데없다.

사실은, 달은 지구로부터 38만 4380킬로미터 떨어져 있다.

사실은, 허블 울트라딥필드 망원경은 육안으로 없는 것처럼 보이는 하늘의 별들을 드러내 보여 준다.

사실은, 허블 우주 망원경은 1990년에 발사되었다. 이 망원경은 각 끝에 거울이 있는 통으로 만들어져 있다.

사실은, 여성 망원경 제작자가 역사 속에 있었는데 그 이름은 재닛 테일러 부인이었다.

사실은, 『로빈슨 크루소』라는 책의 작가가 벽돌 공장을 가지고 있었는데 그 공장에서 만든 벽돌이 그리니치 병원을 지을 때 사용되었다.

사실은, 그리니치에 있는 모든 시계들을 대체한 원자시계가 완벽하게 정확한 시간을 나타내는 것은 아니다. 이 시계도 200만 년마다 일 초의 오차가 생기기 때문이다.

사실은, 세인트피터 성당과 세인트폴 성당을 짓는 데 사용한 회반죽은 얼마간 말총으로 만들어졌다.

사실은, 1273년과 1658년에 그리니치의 항구에 들어와 갇힌 고래들이 있었다. 1600년대에 한 어부가 고래를 향해 닻을 던졌는데 그것이 고래의 콧구멍에 박혔다.

사실은, 박쥐들은 동굴을 나갈 때 항상 왼쪽으로 난다.

사실은, 토끼들은 감초를 먹는 것을 좋아한다.

사실은, 사슴은 결혼식에 관해 알고 있으며, 당신이 누구와 결혼할지도 안다.

'사실은 쪽지'들은 모두 브룩의 글씨로 쓴 것들이다. 단 하나 예외가 있다. 종이비행기 모양으로 접어서 브룩이 받아 보도록 보낸 것이다. 애나는 떠나기 전에 그걸 보고 틀림없이 가스 씨의 글씨체라고 말했다. 브룩은 가스 씨가 쓴 다른 쪽지들의 글씨체와 다르다는 것을 잘 알 수 있었는데도 말이다. 종이비행기 쪽지는 크기가 전혀 안 맞아서 몰스킨에 스카치테이프로 붙여 놓기 어려웠다. 아마도 책이나 이것만을 넣어 둘 별도의 자리가 필요할 듯싶었다. 애나는 오늘 아침에 떠났고 파머 씨도 떠났다. 하지만 그들은 다시 돌아올 것이다. 브룩이 역사 쓰기를 끝냈을 때 그 마지막 역사를 읽어 보고 싶다고 말했다. 그러면서 브룩에게 자신들의 이메일 주소를 알려 주었다. 스코틀랜드의 외투 보관소 안내원을 뭐라고 부를까요? 앵거스 맥코트업.* 농담이다. 애나는 스코틀랜드 출신이다. 오늘은 사진을 찍으려고 천문대 마당에 늘어선 사람들의 줄이 꽤 길다. 본초 자오선 위에 서 있는 사진을 찍고 싶어 하는 사람들이다. 본초 자오선에서 프라임은 국무총리의 프라임과 같은 프라임인가?** 새 정부를 구성하기 위한 선거가 다음 달로 다가온 탓에 모든 뉴스와 신문들이 누가 텔레비전에서 가장 훌륭해 보이는지에 관해 다루고 있다. 모든 후보들이 자기가 승리할 것이라고 말한다. 그렇지만 누가 승리할지는 아무도 모른다. 미래는 볼 수 없다. 천문대에서도 볼 수 없다. 토리당을 주시하라!*** 농담이다. 엄마의 말에 따르면 브룩이 태어나기 전부터, 20세기에 해당하는 오래전부터 집권하지 못한 토리당은 되풀이되는 역사와 관련이 있다. 브룩은 자오선의 눈에 덜 띄는 부분에서, 은색 구

* 앵거스(Angus)는 스코틀랜드의 지명이기도 하다. 맥(Mc)이 들어가는 성의 기원은 스코틀랜드에서 비롯되었다. 코트업(Coatup)은 코트(외투)를 걸어서 간수한다는 뜻.

** 본초 자오선은 영어로 Prime Meridian이고, 국무총리는 Prime Minister인 데에 착안한 궁금증이다.

*** Observe a Tory. 천문대를 뜻하는 영어 Observatory를 이용한 언어유희다.

조물 뒤에서 까치발을 하고 선다. 자오선의 동쪽 편은 서쪽 편에 비해 마당 공간이 훨씬 좁다. 나는 경계에 서 있다, 아이가 스스로한테 말한다. 브룩은 공항에서 보았던 남자를 떠올린다. 엄마가 로테르담의 학술 대회에 참가하게 되어 함께 갔다가 돌아오는 길이었다. 그 남자는 공항에서 브룩네 가족에게 한쪽 옆으로 걸어가라고 요청했다. 그러고 나서 어떤 사무실로 들어가라고 했으며, 그 사무실에 브룩과 엄마와 아빠를 남겨 두고 나가 버렸다. 비품이라곤 탁자 하나와 의자 두 개뿐이고(브룩을 포함해서 세 명이었는데도 의자는 두 개뿐이었다. 브룩은 어리기 때문에 셈에 넣지 않은 모양이었다.) 천장에 카메라가 달린 텅 빈 사무실이었다. 그리고 거울처럼 보이는 칸막이 같은 게 있었는데, 그것은 밖에서 안을 들여다볼 수 있는 비밀 벽이었다. 그들은 두 시간 사십오 분을 거기서 기다려야 했다. 그런 다음에야 밖으로 나올 수 있었는데 왜 그들이 기다려야 했는지 그 이유를 한마디도 듣지 못했다. 브룩은 공항의 그 남자를 상상하며 자오선을 넘는다. 여기서는 자기가 누구라는 걸 증명해 보일 필요가 없다! 다시 자오선을 넘는다. 그리고 또다시 선을 건너뛰지만 그 모습을 눈여겨보는 사람조차 없다. 아이는 그걸 하고 또 한다. 뒤로 앞으로 자꾸 한다. 아이는 투명 인간이다. 어디에도 얽매이지 않은 자유인이다. 아이는 선을 왼쪽에서 오른쪽으로, 오른쪽에서 왼쪽으로 연신 뛰어넘는다. 줄에 서 있던 한 부인이 아이를 보고 웃으며 조그만 카메라로 아이의 모습을 담는다. 그러고는 자기가 찍은 사진이 무척 잘 나왔다는 듯이 브룩을 향해 엄지손가락을 치켜든다. 브룩은 부인에게 손을 흔든다. 아이는 경계의 이쪽 편에 서서 경계의 저쪽 편에 있는 사람들에게 웃으며 손을 흔드는 상상을 한다. 그 사람들은 경계를 넘을 수도 없고 넘어서도 안 되는 사람들이다. 이어 아이는 자오선의 이쪽과 저쪽을 한 발씩 딛고서 둘로 나뉜 세계 위에 다리를 벌리고 선다. 이리 모이세요!* 천문대 비탈을 육십 초 안에 달려 올라갈 만큼 빠른, 작지만 무척 강한 열 살 소녀 브룩 베이우드에 의해 둘로 나뉜 세계가 결합된 것을 보세요! 이 문장은 묵시적인 더(the)로 가득 차 있다. 롤업: 조시 리가 이따금씩 피우는 손으로 말아 피우는 담배의 종류다. 또한 옛날에 지나가는 사람들을 부르기 위해 외쳤던 말이기도 하다. 예컨대 저잣거리 사람들이 관심을 갖고 뭔가 대단히 흥미로운 것을 보도록, 가능하면 와서 보고 돈을 내도록 소리쳐 호객했던 말이다. 이리 모이세요! 아직 완전히 죽지 않은 처형된 사람을 보세요! 잠시 후 브룩은 관광객용 말하는 망원경에 넣을 동전을 찾으려고 호주머니를 뒤지는 사람을 본다. 이리 모이세

* Roll up! 사람을 불러 모을 때 쓰는 말이며, 말아 피우는 담배를 가리키기도 한다.

요! 말하는 망원경에 돈을 낭비할 뻔하다가 날쌘 열 살 소녀 브룩 베이우드에 의해 돈을 절약하게 되는 사람을 보세요! 아이는 휙 그리로 간다.(휙은 후딱의 절반도 안 되는 빠르기다.) 저, 아저씨, 아이가 말한다. 남자가 동작을 멈춘다. 그는 고개를 돌리고 아이를 바라본다. 말씀드리고 싶은 게 있는데요, 그 망원경은 좀 반항적이어서 종종 돈을 먹기만 하고 말은 나오지 않는 경우가 있어요, 브룩이 말한다. 남자는 마치 아이가 거기 없는 것처럼 아이를 바라본다. 그는 아이의 말을 듣지 못한 것처럼 구멍에 동전을 넣고 버튼을 누른다. 말하는 망원경의 목소리가 독일어로 나온다. 브룩은 공손하다. 아이는 목소리가 끝날 때까지 기다린다. 그러고 나서 말한다. 제가 생각하기엔 아저씨는 이번에 운이 좋았어요. 남자는 조그만 발판에서 내려와 가게 쪽으로 떠난다. 어쩌면 남자는 영어를 알아듣지 못하는지도 모른다. 그럴 가능성이 아주 적기는 하지만 말이다. 왜냐하면 독일인들은 대체로 영어를 할 줄 알고, 영국인이 독일어를 할 줄 아는 것에 비해서 독일인들은 영어를 훨씬 더 잘하기 때문이다. 어쩌면 그는 반항적이라는 단어를 알지 못했고, 그래서 브룩이 말한 나머지 말들을 이해하는 데 지장이 있었는지도 모른다. 반항적인: 브룩은 이 단어가 정확히 무슨 뜻이었는지 생각나지 않는다. 아이는 나중에 확인해 보려고 머릿속에서 연필로 그 단어에 상상의 동그라미를 친다. 말하는 망원경의 독일어 목소리는 남성이다. 프랑스어 목소리는 여성이다. 영어 목소리는 남성이다. 프랑스가 독일과 영국에 비해 더 여성적인가? 아니면 이 목소리를 녹음하던 날 그곳에 프랑스어를 할 줄 아는 남성은 없고 여성 프랑스어 구사자만 있었던 것일까? 말하는 망원경에 돈을 넣기보다는 본초 자오선에 서 있었다는 것을 증명해 주며 그 날짜와 시간을 여러 숫자로 정확히 알려 주는 증서가 출력되는 기계에 돈을 넣는 것이 훨씬 더 가치 있다. 예를 들어 2010년 4월 12일 14시 29분에 우리가 거기에 서 있었다면 그 증서에는 2010. 4. 12. 14.29.1234라고 인쇄될 것이다. 그러므로 우리는 일 초의 몇 분의 1 단위까지 상당히 정확히 시간을 알 수 있다. 게다가 우리는 집으로 가져갈 것이 생기고, 이름을 적도록 여백을 남겨 둔 곳에 우리의 이름을 쓸 수도 있다. 그리고 이름을 쓰는 여백 아래에는 대(大)자오환 망원경의 십자선과 경도 0도에 관한 설명이 쓰여 있다. 그 점이 브룩이 가치 있다고 생각하는 이유다. 반면에 말하는 망원경은 모든 언어로 말을 하기는 하지만 그 언어로 말하는 것들은 실은 망원경 없이도 맨눈으로 볼 수 있는 것들이다. 심지어 울프 장군 동상 주변에 있는 또 다른 말하는 망원경으로 가서 들어 보라고 말하기까지 한다. 그 말을 듣고 또 다른 말하는 망원경으로 가서 들어 보는 것은 돈 낭비다. 그 망원경 역시 동상 주변의 그 망원경으로 가서 들어 보라고 말하는 천문대 마당에 있는 이 망원경으로 가서 들어 보라고 말한다! 브룩은 조그만 검은 원에 눈을 갖다 댔다. 그 원은 돈을 넣을 때만 불이 들어오는데 어떤 때는 불이 들어오지 않기도 한다. **배가 보이지 않아**. 이것은 넬슨 제독이 시력을 잃은 눈에 망원경을 대고서 한 말이라고 역사적으로 알려져 있다. 그의 지휘 아래 영국이 전투에서 이겼기 때문에 널리 알려졌을 것이다. 넬슨이 배의 갑판에서 죽기 바로 얼마 전에 한 말이다. 죽으면서 그는 유명한 작가인 토머스 하디에게 말했다.* "나에게 작별의 키스를 해 줘, 하디." 그들이 넬슨 제독의 시신을 브랜디 통에, 아니면 브랜디 비슷한 술을 담아 두는 통에 싣고 전투에서 돌아왔을 때 그 상태로 누워 있는 모습을 보려는 사람들의 줄이 엄청 길었다. 아마 가스 씨의 방 창문을 보려고 리 씨네 집 밖에 늘어선 줄의 길이와 거의 같았을 것이다. 엄마는 그들을 '마일로 군중'이라고 부른다. '마일로 대중.' 신문에서는 이것을 '마일로 광기' '마일로 열기' '마일로 대소동' 등으로 부른다. 브룩은 자기 모습이 한 번도 신문에 실린 적이 없다고 생각한다. 그렇지만 여러 사람들이 신문에 나왔고, 그중 몇몇 사람은 브룩이 아는 사람들이었다. 유튜브에도 마일로에

---

* 넬슨이 탄 배의 함장 토머스 하디는 『테스』로 유명한 작가 토머스 하디와 다른 사람이다. 이름이 같아서 브룩이 착각하고 있다.

관한 영상이 올라왔다. 창문의 블라인드가 조금 움직일 때 찍은 영상과 마일로의 날에 찾아온 방문객들을 찍은 영상이었는데, 그 영상에는 브룩이 아는 사람들이 아주 많았다. 이리 모이세요! 이리 모이세요! 이리 와서 방 안에 있는 보이지 않는 사람을 보세요!

사실은, 하하! 그 집 밖에 있는 사람들, 유튜브를 보는 사람들, 신문을 읽거나 인터넷을 보는 사람들, 이 모든 사람들은 가스 씨에 관한 진실을 모른다.

(사람들이 다시 모였어, 금요일 오후에 아이 엄마가 말했다. 이 지역의 그 동네 쪽으로 가면 또다시 잔뜩 몰려든 사람들의 냄새를 맡을 수 있고, 그들이 내는 소음을 들을 수 있었다. 엄마가 한숨을 쉬었다. 왜 한숨을 쉬었어요? 브룩이 말했다. 나는 그 사람들이 가여워, 엄마가 말했다. 그 사람들 전체가 가여워요, 아니면 한 사람 한 사람이 개별적으로 가여워요? 브룩이 말했다. 둘 다인 것 같아, 엄마가 말했다. 그러고 나서 덧붙였다. 넌 기분이 좀 나아지지 않았니? 나는 별 상관 없다는 느낌이에요, 브룩이 말했다. 그런데 엄마가 그 모든 사람들을 가여워한다면 그건 어마어마한 양의 감정이네요. 알프스산만 한 감정이지, 엄마가 말했다. 그리고 네가 느끼는 감정은 결코 상관없는 게 아니야. 난 그 부분에 대해서도 알프스산만 한 감정을 느끼고 있단다. 마일로 대중이 외치는 소리가 들렸다. 마일로, 마일로, 절대 나오지 마! 마일로, 마일로, 절대 나오지

마! 그리고 마일로, 마일로, 지금 나와! 여긴 당신이 필요해. 정말 필요해! 두 무리의 외침이 조그만 축구 시합의 응원처럼 하나의 소음으로 섞였다. 아빠는 그날 기분이 안 좋았는데 그 이유는 이랬다. 아빠는 인터넷에서 뉴스를 찾아보다가 '오락' 이라는 단어를 보았다. 그 단어 밑에 실종된 여자의 시신을 찾아 숲속의 땅을 파헤치는 사람들에 관한 뉴스가 있었다. 이것이 기분을 잡치게 했다. 아빠는 계속해서 '오락'이라는 말을 했다. 그 말이 구역질 나게 만든다는 듯이 말했다. 텔레비전과 인터넷은 굴욕감을 느끼게 하는 것으로만 가득하므로 아빠는 관심을 돌려서 여느 때처럼 '마일로 대중'이 이곳에 모여 있는 데 대한 느낌을 다시 한번 말했다. 원 참, 엄마가 말했다. 한편이 기운이 나면 다른 편이 맥이 빠지는 상황이라니. 난 졌어. 모든 사람들에게 말이야, 아빠가 말했다. 끔찍해. 그들은 공민권 박탈감을 느껴서 이곳에 오는 거야. 공민권 박탈이 뭐예요? 다시 가르쳐 주세요. 브룩이 말했다. 투표권이 없는 것을 말하는 거란다, 엄마가 말했다. 그럼 그 집 바깥에 있는 모든 사람들, 그러니까 가스 씨의 방 창문 밖에 있는 모든 사람들이 선거에서 자신들은 투표가 용인되지 않는다고 느낀다는 거예요? 브룩이 말했다. 나는 그걸 곧이곧대로가 아니고 약간 은유적인 의미로 말한 거란다, 아빠가 말했다. 은유적인 의미로 그들은 선거에서 투표를 하는 게 용인되지 않는 것처럼 느낀다는 거예요? 브룩이 말했다. 바로 그거야, 아빠가 말했다. 엄마, 브룩이 말했다. 응? 엄마가 말했다. 은유적이라는 게 뭐예요? 다시 얘기해 주세요, 브룩이 말했다. 알프스산만 한 감정, 엄마가 말했다. 그게 은유적인 거야. 우리는 표현하기 어려운 어떤 것을 표현하기 위해서 종종 다른 것으로 대치하거나 다른 것과 결합해 말하잖아. 그 두 가지가 하나의 새로운 것이 되도록 말이야. 알프스산만 한 감정이라고 하면 감정의 규모와 그 엄청난 양이 산에 비길 만큼 크다는 것을 알려 주지. 하지만 은유적이라고 해서 그게 진짜 감정이 아니라는 의미는 아니죠? 브룩이 말했다. 때로는 그게 진짜를 나타내는 유일한 방법이란다, 엄마가 말했다. 종종 무엇이 진짜인지 말로 나타내는 게 매우 어렵기 때문이야. 브룩은 그 말을 외웠다. 은유: 진짜를 나타내는 또 다른 방법.)

사실은, 오늘은 가스 씨의 방 바깥에 모인 군중이 아주 많아서 정말 가고 싶지 않은 방향으로 떠밀려 가게 된다. 이리 모이세요! 이리 와서 보이지 않는 것을 보세요! 잔디가 엉망진창이 되는 것을 방지하는 커다란 플라스틱 매트 위에 앉거나 서 있는 사람들, 그리고 기타를 치거나 점심을 먹는 사람들이 돌아왔다. 음식을 파는 노점도 돌아왔다. 리 부인이 준비한 마일로 상품 가판대도 돌아왔는데, 거기에는 **마일로하이 클럽***이나 **마일로를 위한 스마일-오 ;-)**

---

* MILO-HIGH CLUB. 비행 중에 비행기 안에서 성행위를 하면 회원 자격을 얻는다는 마일하이 클럽(mile-high club)을 빗대어 만든 클럽.

라고 쓰인 티셔츠와 배지와 깃발뿐 아니라 어른들을 따라 온 아이들을 위한 귀여운 마일로 조랑말도 있었다. 지난 며칠 동안은 밤이면 플래시 카메라도 등장했다. 하지만 군중은 점잖게 행동했다. 왜냐하면 군중이 너무 소란스러우면 항상 경찰이 진입했기 때문이다. 오늘 아침에는 텔레비전 카메라도 있었다. 가스 씨의 아내라고 주장하는 여자가 두 명 더 나타났기 때문이다. 실은 가스 씨의 아내인 척하는 사람들이 늘 있긴 하지만 말이다. 두 아내는 누가 진짜 아내인가 하는 문제로 싸우는 모습을 찍은 후에 팔짱을 끼고서 군중을 뒤로한 채 떠났다. 요즘은 거의 매일 텔레비전 카메라가 나타난다. 미국에서 온 카메라도 있다. 지난번에 경찰이 출동하여 모든 사람을 해산한 일이 있기 전에는 프랑스 텔레비전 사람들도 와서 토론을 벌였다. 그때 프랑스 사람들은 가스 씨보다 앞서 남의 방에 들어가 문을 잠가 버린 최초의 사람은 프랑스에 있었으므로 진짜 원조는 가스 씨가 아니라고 말했다. 모자를 쓰고 사람들에게 마일로의 메시지를 전하는 심령술사도 돌아왔다. 가스 씨의 방 창문 밑에서 촛불을 밝힌 채 정원 울타리에 리본이나 곰 인형이나 다른 것들을 묶어 주는 사람들도 돌아왔다. "팔레스타인을 위한 마일로" "위험에 처한 이스라엘 아동을 위한 마일로" "평화를 위한 마일로" "마일로의 이름으로 금함" "아프가니스탄에서의 군대 철수를 위한 마일로"

따위의 글이 쓰인 플래카드를 든 사람들도 돌아왔다. 아마 매번 배트맨 복장을 하고서 그 집의 평평한 지붕에 올라가 가스 씨의 창문 아래로 자신이 가져온 플래카드를 늘어뜨리려고 시도하는 남자도 돌아올 것이다. 여기저기 돌아다니며 사람들에게 얼마나 많이 예수님을 보아야 예수님을 믿겠느냐고 물으면서 양과 무지개와 손을 맞잡은 아이들이 그려진 그림이 있는 전도지를 돌리는 여자도 틀림없이 돌아올 것이다. 그 여자는 언제나 사람들에게 자신과 예수님이 말씀하신 대로 따르지 않으면 죽어서 지옥에 갈 거라고 말한다. 그 여자는 언제나 브룩에게 자신을 도와서 전도지를 돌리지 않겠느냐고 묻는다.

(공손히 말하되 싫다는 뜻을 분명히 전달해야 해, 엄마가 말했다. 엄마, 브룩이 말했다. 엄마도 싫다는 뜻을 전달할 수 있어야 해요. 으응? 엄마가 말했다. 엄마는 얼굴을 찌푸리고 있었다. 엄마는 사무실에서 컴퓨터로 관리 업무를 하고 있었다. 관리 업무란 학사 관리 업무를 줄여서 부르는 말인데, 그것은 머리 아프고 혈압이 오르는 일이었다. 엄마는 타이핑을 하다 말고 고개를 들어 창문의 아치를 바라보았다. 브룩은 바닥에 놓인 커다란 돌들 가운데 하나를 골라 그 가장자리에 서서 줄타기를 하는 시늉을 했다. 그리고 거시기를 할 줄도 알아야 해요, 브룩이 말했다. 난 그에 관해 너에게 거시기하잖아, 엄마가 말했다. 브룩은 바닥의 판석에 누운 채 거시기라는 말에 깔깔깔 웃었다. 엄마가

다가와서 아이에게 간지럼을 태웠고, 이윽고 둘은 오래된 판석 바닥재 위에 함께 누워 속수무책으로 웃었다. 너와 나는, 숨이 다시 정상으로 돌아왔을 때 엄마가 말했다. 우리는 단어를 하나 만들어 냈구나. 네, 그랬어요, 브룩이 말했다. 엄마는 몸을 일으켜 앉으며 고개를 끄덕이고 브룩의 머리를 헝클어뜨린 다음 바닥에서 일어나 다시 철학과 문학 학사 관리 업무로 돌아갔다.)

사실은, 브룩은 그 남자 심령술사에게 30파운드를 지불한 여자와 오늘 아침에 이야기를 나누었다. 여자는 특별한 경로를 통해 방 안에 있는 가스 씨로부터 메시지를 전달받은 대가로 심령술사에게 돈을 지불했다. 브룩이 그 특별한 메시지는 무엇이었느냐고 여자에게 물었다. 여자는 비밀을 안다는 듯이 빙그레 웃었다. 그녀는 마일로가 자신에게만 말하고자 했던 것을 다른 사람에게 얘기해 줄 수는 없는 노릇이라고 말했다. 브룩은 그 메시지가 방 안에 있는 가스 씨한테서 왔다는 것을 확신하느냐고, 확실히 알 수 있느냐고 물었다. 그러자 여자는 지금껏 살아오면서 경험한 어느 것보다도 더 확실한 느낌이라고 말했다. 하지만 여자는 알지 못한다. 이번 일을 피상적으로만 아는 다른 모든 사람들처럼 모르고 있는 것이다. 첫째, 이번 일에 대해 뭘 조금이라도 아는 사람이라면 마일로가 가스 씨의 진짜 이름이 아니라는 것을 알기 때문이다. 둘째, 이 역사에 발을 담근 사람은 가스 씨에 관한 진짜 사실을 알기 때문이다. 어제

리 부인을 계단에 선 채 울게 만든 사실을 말이다. 왜냐하면 리 부인이 구상하고 아주 많은 돈을 투자하여 만든 배지와 티셔츠와 모자와 열쇠고리, 그리고 그림과 글씨로 예쁘게 꾸민 부활절 달걀이 이제는 더 이상 돈을 주고 구입할 가치가 없어질 테니 말이다.

(누구도 이 사실을 알아선 안 돼. 어제 그 사실을 발견했을 때 리 부인이 한 말이다. 조시 리는 엄마의 신경 안정제를 사러 가야 했다. 정신적 충격을 이기지 못해 쓰러진 코끼리에게는 무얼 주어야 할까? 트렁퀼라이저.* 농담이다. 그 일은 어제 아침에 일어났다. 브룩이 집 안으로 들어갔을 때 리 부인은 계단에서 울고 있었다. 브룩은 곧장 계단을 올라갔다. 그 방의 문이 열려 있었다. 그래서 브룩은 안으로 들어가 '사실은 쪽지'들을 주워 모았다. 그것들은 모두 작은 탁자에 가지런히 쌓여 있었고, 그 위에 깨끗한 나이프와 포크가 놓여 있었다. 그 밑에는 일종의 '사실은 쪽지'처럼 '사실은'으로 시작하는 이야기가 쓰인 종이비행기뿐이었다! 브룩이 종이비행기를 뒤집었을 때 날개 위에 브룩의 이름이 쓰여 있었다. 브룩이 가스 씨를 위해 써서 금요일 점심시간에 문 밑으로 넣어 준 이야기는 방 안 어디에서도 보이지 않았다. 시간 여행에 관한 이야기였다.(끝부분에서 브룩은 두 가지 결말을 제시했다. 대신할 수 있는 이야기를 마련한

* 신경 안정제를 뜻하는 트랭퀼라이저(tranquillizer)에서 tran 대신에 코끼리의 코를 의미하는 trunk를 넣어 만든 언어유희.

것이다.) 하지만 이제 방 안에 남아 있는 다른 종이는 없는 것 같았다. 브룩은 자신이 발견한 것들을 점퍼에 넣었다. 애초에 그걸 쓴 사람은 자신이었으므로 브룩의 것이었다. 가스 씨가 만들고 거기에 글을 쓴 종이비행기도 브룩에게 보내려 한 것이므로 브룩의 것이었다. 브룩은 그것도 점퍼에 넣고 점퍼를 허리띠 안으로 끼워 넣었다. 그러고 나서 계단을 내려와 리 부인의 뒤에 섰다. 리 부인은 이제 언제든 그 진짜 방에 들어가 볼 수 있는데도 불구하고 울기만 했다. 밖에서 여길 보고 알 수 있는 사람은 없겠지? 리 부인이 한 말이었다. 밖에서 이걸 알아차릴 사람은 없겠지? 부인이 눈물을 닦으며 말했다. 그러고는 물을 마셨는데, 너무 급하게 마시다 하마터면 사레가 들릴 뻔했다.)

사실은, 애나는 알고 있다. 조시도 안다. 파머 씨도 안다. 브룩도 안다. 리 부인은 이들 모두에게 비밀을 지키겠다는 맹세를 하게 했지만 브룩은 이것이 엄마 아빠에게는 말해도 되는 비밀이라 판단했고, 그래서 브룩의 엄마 아빠도 안다. 그렇지만 만약 밖에 있는 모든 사람들이 안다면 이 일은 아마도 그 사람들로 하여금 훨씬 더 은유적으로 자신들이 선거에서 투표할 수 없는 것과 비슷한 감정을 느끼게 할 것이다. 게다가 돈을 잃을 사람이 리 부인만은 아닐 것이다. 몇몇 사람들은 이 일로 인해 하던 일을 잃게 될 것이다. 그중 한 명이 심령술사인데, 그 사람은 어제 온종일, 그리고 오늘 아침 내내 아무런 일도 일어나지 않은 것처럼 평소와 마찬가지로 그에게 돈을 지불하는 모든 사람들에게 메시지를 주었다. "방 안에서 오는 개인 메시지: 30파운드"라고 쓴 간판이 걸린 그의 천막 바깥에 사람들이 길게 줄을 서서 기다렸다.

사실은, 그 방은 완전히 텅 비어 있으며 그 안에는 아무도 없다!

사실은, 가스 씨는 떠났다.

대학 건물을 향해 공원을 달리는 동안 브룩 베이우드가 어떤 생각을 했는지에 대한 기록: 브룩은 마돈나에 관한 농담을 생각하고 있다. 마돈나*가 아프리카에서 입양한 아이들을 옥스퍼드 거리**에 데리고 간다. 그래서 아이들은 마돈나가 그들을 입양하기 전에 자신들이 만들었던 옷과 상봉하게 된다. 아이들이 이를테면 손이 없는 카디건과 악수를 하거나 블라우스가 너무 오랜만에 아이들을 만난 반가움에 아이들을 꼭 껴안아 주는 생각을 하면 퍽 우스꽝스럽다. 하지만 그와 동시에 브룩은 이 농담에서 뱃속이 싸한 느낌을 받는다. 그 느낌은 폭탄을 가지고 공원에 간 남자에 관한 책 같은 것을 읽을 때의 느낌과도 비슷하며, 임의의 문장을 생각할 때의 느낌과도 비슷하다. 어디서나 흔히 볼 수

---

* 팝 스타 마돈나를 가리킴.

** 런던의 번화가.

있는 이런 문장 말이다. 소녀는 공원을 달렸다. 그런데 이 문장에서 수식어를 덧붙이지 않는다면 소녀는, 또는 남자든 누구든 명백히 흑인이 아니라 백인이다. 아무도 백인이라고 언급하지 않았는데도 말이다. 마치 기사 제목에서 더(the)를 빼도 사람들은 거기에 더가 있다고 여기는 것처럼 말이다. 만약 브룩 자신에 관한 문장이라면 그에 해당하는 수식어를 덧붙여야 할 것이다. 다들 그런 식으로 알고 있을 것이다. 흑인 소녀는 공원을 달렸다. 『해리 포터』에서 안젤리나에 관해서 말할 때도 마찬가지로 그녀는 키가 큰 흑인 소녀라고 한다. 다들 그 사실을 그런 식으로 알고 있다. 어느 인터넷 사이트에는 『해리 포터』 초판본 중 어느 한 권에 등장인물이 흑인인 점에 대한 언급이 있고 이것이 영국판 책에서는 편집되어 빠졌으나 미국 독자들에게 판매된 책에는 남아 있었다는 글이 실렸다. 하지만 그 사실은 진실이 아닐지도 모른다. 왜냐하면 그것은 인터넷에 실린 사실일 뿐이기 때문이다.

그러나 사실은, 나는 허마이어니*이기도 하다, 브룩은 잔디밭을 가로질러 달리며 생각한다.

사실은, 내가 원하면 나는 허마이어니가 될 수 있다. 심지어 『페이머스 파이브』**에 나오는 조지 같은 구식 인물

---

* 한국에서는 '헤르미온느'로 번역함.

** 『The Famous Five』. 영국 작가 이니드 블라이튼이 쓴 소년 소녀 모험담.

이 될 수도 있다. 나는 앤이라는 이름의 소녀가 되고 싶은 마음은 별로 없다. 나는 『철길의 아이들』*에 나오는 보비가 될 수도 있다. 그 아이들은 런던을 떠나갔고 나는 런던으로 왔지만, 그래도 나는 원하면 보비가 될 수 있고 기차 사고가 일어나는 것을 막는 방법을 생각해 낼 수 있다. 나는 신데렐라가 될 수 있다. 한 그루 동산에는 한 그루의 나무만 있는 게 아니다! 그 소녀는 공원을 달렸다. 소녀, 공원을 달리다! 그 소녀는 똑똑이 브룩 베이우드다. 더 브룩 베이우드. 나는 원하면 백설공주가 될 수 있다. 그리고 나는 절대로 사과를 먹는 바보 같은 행동은 하지 않을 것이다. 나뿐 아니라 어느 누구도 그러지 않을 것이다. 나는 『빨간 머리 앤』의 앤이 될 수 있다. 내가 원하면 그 애의 머리가 내 머리 색깔이 될 수 있다.

사실은, 역사를 보면 바닷속 깊은 곳이 무슨 색깔인지 보려고 심해 탐사용 잠수구라는 기계를 발명해 타고 내려간 사람이 있었다. 그곳에는 색깔이 하나밖에 없고, 그것은 푸른색이었다. 그 사람은 그에 대해 그렇게 썼는데, 바다 밑이 푸른색뿐이라는 것에 매우 실망한 듯한 어조였다. 하지만 지금은 바닷속으로 가져갈 수 있는 등이 있다. 전에도 촛불이 있긴 했지만 촛불은 분명히 아무 소용이 없을

* 『The Railway Children』. 영국 작가 이디스 네스빗의 동화.

것이다. 촛불을 가지고 바닷속으로 걸어 들어간다고 상상해 보라! 하하! 하지만 요즘은 바닷속으로 가지고 갈 수 있는 등이 있어서 오렌지색, 노란색, 청록색 같은 참으로 놀라운 색을 띤 물고기들이 휙휙 움직이는 모습을 볼 수 있다. 브룩 베이우드는 공원 출입문을 지나서 거리를 달려 내려간다. 아이는 과거를 향해 달린다. 아이는 그 사람이 막 물속에 잠수구를 내리려고 하는 장소로 가고 있다. 아이가 외친다. 멈춰요! 아이가 말한다. 이걸 보세요, 난 아저씨에게 주려고 이걸 가져왔어요. 이것들은 미래에서 온 거예요. 이걸 아저씨의 잠수구 앞에 달고 내려가세요. 그러고 나서 뭐가 보이는지 보라고요! 이걸 달면 바다 밑에서 등을 밝힌 것 같을 거예요. 우리가 지붕이 철과 유리로만 만들어진 세인트판크라스 기차역을 지나갈 때든, 다른 어디를 갈 때든, 아니면 샌드위치를 사러 이름 없는 가게를 갈 때든 위에서 쏟아지는 파란빛을 보면 우리는 고개를 높이 치켜들어 지붕을 보게 되고, 이어 그 아래에 있는 다른 모든 것을 다시 보게 되잖아요. 바로 그럴 거예요.

교육의 역사 1부: 브룩이 스티븐 로런스 빌딩 앞을 달린다. 역사적인 사건으로 살해당한 소년에게서 이름을 따온 건물이다. 과거에 무언가가 존재했다면 그것은 현재에도 여전히 존재할 수 있는 걸까? 철학적인 질문이다. 미래를 더 좋게 만들기 위해 과거로 여행할 수 있을까? 아이는 도서관을 지나쳐 달린다. 도서관에는 벽 안으로 명판이 부착되어 있다. 나이 든 은퇴한 해군 병사들을 위해 많은 사람들이 돈을 내서 '자리'를 구해 주었다. 왜냐하면 이 대학의 많은 부분은 한때 조국을 위해 바다에서 봉사한 나이 든 해군 병사들이, 전쟁에서 죽지 않고 살아 돌아온 그들이 늙은 데다 집도 없을 때 와서 살던 곳이기 때문이다. 명판은 실은 자리가 아니다. 자리와는 전혀 무관하다. 그냥 죽은 이들을 위한 명판일 뿐이고 헌정물일 뿐이다. 사람들은 이렇게 말한다. 해밀턴 캐나다 자리. 로이드 뱅크 자리. 로이드 뱅크 럽트!* 하하! 농담이다. 그중 하나는 어떤 남자의 어머니가 아들을 추모하여 마련한 것이다. 거기에는 그가 1914년에 HMS 패스파인더**에서 사망했다고 쓰였는데 1914년은 역사적으로 1차 세계 대전이 시작된 해였다. 한 명판에는 이렇게 쓰여 있다. "그들은 삶 속에서 아름다웠다." 그 말은 그들이 죽은 사람들이라는 뜻이다. 죽은 사람들이 그들의 삶 속에서는 아름다웠다는 것이다. 브룩은 달려서 엄마의 사무실이 있는 건물을 지나간다. 엄마의 사무실은 한때 한 해군 병사가 잠을 잤던 곳이다! 더 정확히 말하면 한 명 이상이었다. 복도로 난 문 위쪽 아치에 있는

---

* 뱅크(Bank)라는 단어에서 '파산한'이라는 뜻의 뱅크럽트(bankrupt)를 연상한 언어유희.

** 영국 해군의 순양함.

석판에 브리타니아 46인 또는 유니언 46인 따위의 글이 쓰여 있다. 거기 있는 방들의 숫자에 들어맞는 인원이 마흔여섯 명이라는 뜻이다. 방 바깥의 철학과 복도에는 조그만 탁자가 있는데 누군가가 그 위에 가지고 놀기 좋은 것들을 놓아두었다. 나선형 그림의 꼭대기에 서 있는 플라스틱 토끼, 자석 펜을 이용해서 줄밥*을 끌어당겨 맨얼굴에 머리털과 수염을 붙이는 '텁수룩한 철학자들'이라는 놀이 같은 것들이다. 아이는 페인티드 홀로 통하는 길을 지나간다. 페인티드 홀의 천장에는 아프리카를 상징한다고 여겨지는 여자의 그림이 있는데 매우 예쁘다. 머리에는 코끼리 머리의 윗부분처럼 생긴 모자를 썼다. 다음과 같은 농담이 있다. 한 남자가 길 한가운데에 서 있다. 그는 주변에 코끼리 가루를 뿌리고 있다. 경찰이 그에게로 온다. 경찰이 말한다. 실례합니다만 지금 뭐 하는 거죠? 남자가 말한다. 난 이 길에 샅샅이 코끼리 가루를 뿌리고 있소. 경찰이 말한다. 이 주변엔 코끼리가 한 마리도 없는데요. 남자가 말한다. 알겠소? 코끼리 가루만큼 효과가 강력한 건 없다오. 아이는 달리면서 대학 정문 맨 위에 설치된 두 개의 커다란 구를 지나간다. 그것들은 줄에 둘러싸인 것처럼 보인다. 줄로 동여맨 거대한 공 같은 모습이다. 하지만 실은 그 줄은

* 쇠붙이를 줄로 갈 때 생기는 쇠 부스러기.

경도나 위도를 나타내는 것으로 여겨진다. 어쩌면 무역 항로를 나타내는지도 모른다. 무역의 뿌리*를 나타내는 건 아닐까? 브룩은 그걸 물어볼 생각이다.

(엄마? 브룩이 말했다. 난 너무너무 바쁘다, 브룩, 난 정신을 잔뜩 집중해야 할 일이 있거든, 엄마가 말했다. 엄마의 얼굴은 형편없었다. 지원금 신청서를 작성하는 중이었다. 무엇에 관한 신청서를 작성하고 있는 거예요? 브룩이 말했다. 음, 엄마가 말했다. 테크메사라는 프로젝트에 관한 거야. 테크 메스 아, 브룩이 말했다. 으응, 엄마가 말했다. 그녀는 비극에 등장하는 인물이야. 비극적 신청서로군, 아빠가 말했다. 만약 네게 다음과 같은 선택지가 있다면 무얼 선택하겠느냐에 관한 것이지, 엄마가 말했다. 넌 정말 즐기면서 멋지게 살 수 있는데, 네가 그렇게 함으로써 어딘가에 있는 다른 누군가가 고통을 받아야만 한다는 게 첫 번째 선택지야. 또 하나는, 넌 누군가와 함께 고통을 받는 걸 선택할 수 있어. 그 역시 정말 어려운 시간을 겪고 있는 사람과 함께 말이야. 하지만 네가 그렇게 함으로써 그 다른 사람의 고통은 한결 가벼워지는 거야. 알았어요, 브룩이 말했다. 그걸 결정하기 전에 내게 생각할 시간을 좀 주겠어요? 물론이지, 엄마가 말했다. 생각하지 않는 것보다는 늦게라도 생각하는 게 훨씬 나으니까. 시간을 얼마나 줄 건데요? 브룩이 말

* 뿌리(root)가 항로(route)와 발음이 같은 점을 이용한 언어유희.

했다. 하하! 아빠가 소파에서 웃으며 말했다. 그것이 문제로다! 그리고 엄마? 브룩이 말했다. 응? 엄마가 안경다리를 입에 물고서 말했다. 안경사 아들 얘기 들었어요? 브룩이 말했다. 어느 안경사? 엄마가 말했다. 안경을 직접 만들었던 사람, 브룩이 말했다. 하하! 아빠가 말했다. 오, 맙소사, 엄마가 말했다. 테런스, 난 일해야 해. 아이를 데리고 가 줘. 브룩, 난 일해야 해. 아빠를 데리고 가 주겠니? 하지만 엄마, 이것 한 가지만 물어봐도 돼요? 브룩이 말했다. **뭐?** 엄마가 말했다. 노예 시계가 뭐예요? 브룩이 말했다. 엄마가 자세를 바로 하고 앉았다. 그러고 나서 다시 엉덩이를 의자에 깊숙이 파묻었다. 노예 시계란, 엄마가 말했다. 셰퍼드 전자기 시계는 노예 시계라고들 하잖아요, 브룩이 말했다. 그런데 내가 알고 싶은 것은 노예 시계가 정확히 무엇인가 하는 거예요. 아, 엄마가 말했다. 노예 시계란 것은, 글쎄……. 그리고 알고 싶은 게 또 있는데, 과거에 무언가가 있었다면, 브룩이 말했다. 그건 지금도 어떤 식으로든 일어날 수 있는 거예요? 과거가 현재에 존재하는가, 그리고 과거가 미래에 존재하는가 하는 문제로군, 좋은 질문이다, 브룩, 아빠가 말했다. 그건 철학적인 질문이야, 엄마가 말했다. 그런가요? 브룩이 말했다. 장미는 어둠 속에서도 빨간 걸까? 아빠가 말했다. 만약 나무가 숲속에서 쓰러지는데 거기에 그걸 보거나 그 소리를 들을 사람이 없다면 곰은 숲에서 배설을 하고 교황은 국가 사회주의자인 걸까? 오, 하느님, 엄마가 말했다. 거기에 하느님까지 끌어들이진 마, 아빠가 말했다. 그러면 우린 진짜 또 다른 월드컵 경기에 빠져들게 되니까.)

종교의 역사: 브룩은 신호등 앞에서 기다렸다가 세인트알페지 교회로 가는 횡단보도를 건넌다. 세인트알페지는 소리 내어 말하면 글로 썼을 때 눈에 보이는 것과 상관없이 세인트알피처럼 들린다. 철학은 사실상 참 쉽다. 브룩 자신도 대학에 가면 철학을 공부하게 될지 모른다. 만약 BBC1 채널이 토요일에 방영하는 「무지개 너머 어딘가에」 같은 뮤지컬에서 노래를 부르는 사람이 되지 않는다면 말이다. 아이는 빙 돌아서 달리며 교회 앞으로 간다. 문이 열려 있다. 교회는 텅 비었다. 안으로 들어간 아이는 늘 그래 왔듯이 앞다리를 들고 서 있는 채색한 나무 유니콘을 쳐다본다. 유니콘은 상상의 동물이다. 아이는 창문에 그려진 울프 장군의 그림을 바라본다. 전쟁에서 뛰어난 활약을 펼친 사람이다. 그러고 나서 아이는 탁자가 있는 곳으로 간다. 탁자 위에는 역사적인 바이킹 도끼머리의 사진 복사본이 놓였다. 사진 속 도끼머리는 템스강에서 발견된 11세기의 것으로 지금은 영국 박물관에 있다. 이 때문에 영국 박물관 역시 일종의 강이 된다. 박물관이 도끼머리처럼 진짜 강물 속에서 발견된 것들로 가득 차게 되었으니 말이다. 그 도끼머리는 바이킹이 황소의 머리뼈로 성 알페지의 머리를 내리쳐서 거의 죽음에 이르게 했지만 완전히 죽

이지는 못했을 때 성 알페지에게서 세례를 받은 동정심 많은 사람이 성 알페지를 죽이는 데 사용한 것과 같은—실은 이 도끼가 실제 그 도끼일 수도 있다—도끼머리로 여겨진다. 동정심 많은 그 사람이 성 알페지의 고통을 덜어주기 위해 자기 도끼로 그의 머리를 내리친 것이다. 도끼 사진 아래의 종잇조각에는 불경스러운 행동을 보고 신앙심이 발현되었다라고 쓰여 있다. 도끼날은 무척 무디고 녹슬어 보인다. 그 시절 다음과 같은 일이 일어났다. 11세기 사람인 알페지는 어떠한 세속적 소유도 원치 않는다는 결심에 이른 사람이었고, 그래서 수도원에 들어갔다. 하지만 수도원은 세속적 소유물로 가득했다. 그래서 그는 온천으로, 혹은 어쩌면 바스로 들어가서* 은둔자가 되었다. 어느 쪽이든 간에 아주 독실한 사람이었기 때문에 수많은 사람들이 그를 찾아와서 은둔 생활을 그만두고 수도원을 세울 것을 요청했다. 한번은 그가 이탈리아 어딘가로 가던 길에 강도의 습격을 받았다. 그런데 강도들은 그를 습격하던 중에 자신들의 마을이 불타 무너지고 있다는 소식을 들었고, 그들이 알페지에 대한 공격을 멈추었을 때에야 불이 꺼졌다. 나중에 그는 (제단에서 칼에 찔려 죽은 작가 사뮈엘 베케트처

* bath라는 옛 기록을 온천으로도, 서머싯주의 온천 도시인 바스로도 해석할 수 있음을 보여 준다.

럼)* 캔터베리 대주교가 되었으며, 많은 덴마크인을 개종시켰다. 그가 개종시키지 않은 일부 덴마크인들이 그를 포로로 붙잡아 그리니치까지 데려갔다. 데려갈 때 발에 쇠사슬을 채웠는데 그것은 의복이 아니라 역사와 관련이 있는 기구였다. 그리고 그를 개구리가 가득한 감옥에 가두었다. 그곳이 지리적으로 바로 여기, 지금 이 교회가 있는 곳이었던 듯싶다. 이야기는 계속되어 참으로 신기하게도 그는 개구리와 이야기를 나누었고, 개구리 역시 그에게 이야기를 했다. 마치 그와 개구리가 오랜 친구 사이였던 것처럼 말이다. 비록 그는 신기하게도 개구리와 이야기를 나눌 수 있었지만, 신기하게도 마을이 불타 무너지게 할 수 있었지만, 그리고 신기하게도 덴마크인들이 앓았던 심한 배탈을 자주 치료해 주었지만, 그 덴마크인들은 누가 몸값으로 많은 돈을 내지 않으면 그를 절대 풀어 주지 않겠다고 했다. 그리고 그의 몸값을 지불하겠다는 사람은 없었다. 그가 은둔자였을 때 찾아와 조언을 구하던 사람들도 어느 한 사람 몸값을 내 주려 하지 않았다. 그래서 어느 날 밤 덴마크인들은 잔치를 벌였고, 자기들이 먹은 고기의 뼈를 그에게 던지는 놀이를 시작했다. 그 뼈 가운데 하나가 황소의 머리뼈였다. 하지만 죽은 후에도 그는 계속해서 기적을

* 헨리 2세 때 캔터베리 대주교가 된 토머스 베케트에 관한 내용이다. 브룩이 이를 작가인 사뮈엘 베케트와 혼동하고 있음을 보여 준다.

일으켰다. 예를 들어 죽은 나뭇가지를 땅에 꽂고 그의 피를 뿌린 뒤에 다음 날 아침에 보면 나뭇가지가 이파리로 덮여 있었다. 이 교회에는 오르간 건반 옆에 사람들이 글을 쓸 수 있는 책이 하나 놓였다. 오늘 거기에는 다음과 같은 글이 쓰여 있다. 아빠 친구인 팀이 천국에서 편안히 쉴 수 있게 도와주세요. 우리 가족과 나는 그분을 몹시 그리워하고 있으니까요. 하느님 감사합니다. 아멘. 하느님, 우리 엄마와 내 친한 친구들이 건강하고 행복하게 지낼 수 있도록 기도해 주세요. 제 생활 속에서 일어나는 모든 멋진 일들에 감사드립니다. 제가 늘 건강할 수 있도록 기도해 주세요. 감사합니다. 세 번째 토요일. 사랑하는 하느님 — **마리오 링어**가 평온하게 지내도록 도와주세요./ 그는 부러진 다리(다리에 핀을 꽂고 깁스를 했답니다.)가 낫기를 기다리며 집에서 지내는 환자거든요. 감사합니다. 거기에, 펼쳐진 페이지 한가운데에 연필이 세로로 길게 놓여 있다. 빨간 연필인데 연필 표면에 경도 0° 0 00이라고 쓰여 있다. 천문대에서 파는 연필들 중 하나다. 브룩은 연필이 여기 있을 줄 알았다. 브룩이 교회에 들어온 이유가 바로 그것이다. 교회 안에는 아무도 없다. 아이는 연필을 빌리는 것뿐이다. 아이는 연필을 호주머니에 넣는 동안 고개를 돌리고 있다. 그러고 나서 연필 끝이 보이지 않도록 점퍼를 당겨서 매무새를 가다듬는다. 아이는 유리 같기도 하고 투명 아크릴 수지 같기도 한 것 뒤에 있어서 아무도 연주할 수 없는 유명한 건반을 바라보는 척한다. 그것은 콘솔*이라 불린다. 컴퓨터 콘솔을 생각해 보면, 그리고 또 콘솔이라는 단어에 사람들을 위로한다는 뜻도 있다는 것을 생각해 보면 그건 재미있는 단어다. 아이는 오르간 연주대 옆 안내문에 쓰인 역사를 읽는다. 이 18세기 연주대는 1910년에 오르간을 다시 제작할 때 거기서 비롯되었다. 전문가들은 건반 중간의 일부 옥타브는 튜더 왕조 시대 때 것인 게 거의 확실하며, 따라서 토머스 탤리스, 메리 공주, 엘리자베스 여왕이 그리니치 궁전에서 살 때 연주했을 개연성이 있다고 믿는다. 브룩은 그들을 쉽게 상상할 수 있다. 메리 공주가 여왕이 되기 전이었다. 여왕이 되어 빨간 가발을 쓰고, 이는 썩어서 까매지고, 걷기 힘들 만큼 많은 보석을 착용하고 다니기 전이었다. 공주의 손이 작고 귀여웠던 시절이었다. 그 시절의 공주를 상상하기는 아주 쉽다. 어려운 것은 이 연주대를 연주했을 텐데도 안내문에 언급되지 않은 모든 사람들의 모든 손을 상상하는 것이다. 그런 사람들이 얼마간 있었을 게 틀림없다. 브룩은 낡은 노란색 건반을 연주하는 누군가의 손을 상상해 본다. 그 손의 손목을 상상해 본다. 만약 브룩이 상상하는 사람이 여자라면 파란색 원피스 소매다. 만약 남자라면 갈색 트위드 재킷 소매다. 그러고 나서 브룩은 그 여왕을 상상한다. 하지만 지금 살아 있고, 게

* console. 오르간의 연주대.

다가 아주 젊은 여왕이다. 갑자기 비가 내렸기 때문에 여왕이 공원을 가로지르며 달리다가 나무 밑에 들어가 비를 피한다. 특별할 것 없는 그냥 오래된 나무다. 하지만 여왕이 나무 아래서 비를 피하는 것이 이 일을 역사적인 것으로 만들었고, 그리하여 모든 파파라치들이 이제는 더 이상 거기 있어 봐야 아무 소용이 없는 리 씨네 집에서 이곳으로 달려와 이 모습을 사진에 담는다. 그와 더불어 월터 롤리*의 모습도 찍어 대는데, 월터 롤리는 질척한 길을 걷는 여왕과 여왕의 발걸음을 위해 자신의 외투를 진창 위에 깔아 주고 있다. 사진사들은 최고의 사진을 얻기 위해 여왕에게 몇 차례 그 외투 위에 서서 자세를 취할 것을 주문한다. 이제 여왕은 화면 앞에 앉아 있다. 조정의 많은 신하들이 여왕에게 이런저런 요청을 하고 있으나 여왕은 그들의 말을 무시한다. 왜냐하면 한창 콜 오브 듀티** 게임에 빠져 있기 때문이다. 여왕은 창문을 향해 총을 겨눈 채 망원조준경을 들여다보고 있다. 그 모습이 아미나와 비슷하다. 아미나는 브룩보다 한 학년 위인 여자애인데, 전쟁이 벌어지는 지역에서 살다가 왔으며 신실한 크리스천이라는 것을 모든 아이들이 알고 있다. 아미나는 자신을 향해 발사된 총알이 빗맞은 바로 그 순간에 크리스천이 되어 하느님을 믿

* 엘리자베스 1세의 총애를 받은 신하.

** Call Of Duty. 전쟁 비디오 게임.

게 되었다고 말하곤 한다. 그 일을 말할 때면 매번 허공에 선을 그리는데, 그 선은 그 애가 총알이 날아온다고 느꼈던 머리 부위 가까이로 왔다가 그 애를 지나쳐 간다. 그 애는 총알이 빗맞은 그 순간부터 하느님을 믿었다고 말한다. 헐. 하지만 브룩이 알고 싶은 것은 총알에 맞아 죽은 사람들은 어찌 된 일인가 하는 것이다. 하느님이 그 사람들을 좋아하지 않았다는 의미일까? 아니면 그 사람들이 하느님을 믿지 않았다는 의미일까? 아니면 그 사람들이 그릇된 하느님을 믿었다는 의미일까? 아니면 그 사람들은 하느님을 믿었지만 하느님은 그들을 벌하기로 마음먹었다는 의미일까? 죽은 사람들은 하느님을 믿는 것에 관해 어떤 생각을 가지고 있을까? 하지만 그것은 말도 안 되는 헛소리일 뿐이다. 왜냐하면 죽은 사람은 뭘 생각할 수도 믿을 수도 없기 때문이다. 그들은 그저 죽어서 그 할머니처럼 땅속에 누워 있거나, 화장되었다면 유골이 되었을 뿐이다. 브룩은 하느님을 믿을 필요도 생각할 필요도 없는 죽은 사람들이 묻힌 땅 위의 모든 비석들을 지나서 교회를 떠난다. 연필을 다 쓰고 나면 이곳으로 돌아와 연필을 돌려줄 것이다. 아이는 스트레이츠마우스를 지났을 때 걸음을 멈춘다. 역사 몰스킨에 글을 쓰는 일을 여기서 하는 게 좋을까, 아니면 템스강에 좀 더 가까이 가서 하는 게 좋을까? 어디가 더 좋은 역사적 장소일까? 연필에는 이렇게 쓰여 있다. 이 연필은 시디 케이스를 재활용하여 만들었습니다, 런던 NMM* 2007. 브룩이 겨우 일곱 살이었을 때, 이곳이 아니라 해러게이트에서 학교에 다니고 있었을 때 만들어진 연필이다.

교육의 역사 2부: 오늘이 지나면 부활절 방학이 육 일 남는다. **얼마 안 되지만** 괜찮다. 이 정도면 꽤 많은 날이다.

(웬디 슬레이터는 헬로키티 펜으로 과제물을 작성하고 있었다. 헬로키티 펜은 끝에 붙은 고리에 조그만 헬로키티를 달아 놓은 아주 짧고 두툼한 은색 펜이었다. 하지만 그 펜은 그처럼 재미있는 모양이어서 손으로 잡고 쓰기가 조금 어려운 데다 손 전체로 감싸고 쓰도록 되어 있어서 웬디 슬레이터의 글씨를 지진아의 글씨처럼 보이게 했다. 개는 진동기**로 글씨를 써, 잭 섀드워스가 말했다. 클로에와 에밀리가 미친 듯이 웃었다. 브룩은 좋은 각운을 생각해 냈다. 웬디 슬레이터는 바이브레이터로 글씨를 써.*** 하지만 브룩은 입 밖에 내어 말하지 않았다. 왜냐하면 그걸 말하면 모든 아이들이 말을 따라 하게 되고, 그러면 모든 아이들이 웬디 슬레이터를 괴롭히는 결과를 초래할 테니까 말이다. 그리고 각운은 내용을 쉽게 잊어버리지 않도록 하기 때문에 잊지 않고 더 오래 괴롭힐 테니까 말이다. 넌 진동기가 뭔지 모르지? 조시 배넘이 웬디에게 말했다. 얘도 알아, 브룩이 말했다. 아

---

* 국립 해양 박물관.

** 바이브레이터(vibrator). 자위 기구를 뜻하기도 함.

*** Wendy Slater writes with a vibrator.

냐, 난 몰라, 웬디가 말했다. 대니얼과 토머스 같은 남자아이들이 몇 명 더 모여들었다. 메건과 제시카도 도서관 서가에서 왔다. 너도 모르잖아, 조시가 브룩에게 말했다. 어휴, 난 진동기가 뭔지 명확히 안단 말야, 브룩이 말했다. 브룩은 웃음소리에서 고개를 돌려 다시 '비행'에 관한 책으로, 몽골피에 형제를 다루는 쪽으로 돌아갔다. 몽골피에 형제는 자기들이 새로운 기체를 발명했다고 믿었으나 사실은 덥혀진 공기를 발견했을 뿐이었다. 브룩은 하트를 잘 그리지 못했다. 가위로 똑바로 자를 줄은 알았지만 두 손가락을 맞부딪쳐서 딱 소리를 내지는 못했다. 브룩은 페이스북 페이지가 없었다. 억양이 좀 특이했다. 다른 여자아이들처럼 말하지 않았다. 어쨌든 다른 여자아이들이 말하는 것하고는 달라 보였다. 브룩은 평범한 휴대 전화도 없다는 것을 다들 알았다. 아이폰은커녕 일반 휴대 전화도 없다는 것을 알고 있었다. 웬디 슬레이터는 여전히 아이들에게 진동기가 무엇인지 묻고 있었는데 그때 워버턴 선생님이 교실로 돌아왔다. 선생님은 웬디의 말을 들었으면서도 듣지 않은 척했다. 선생님은 「브리튼스 갓 탤런트」*에 나오는 사이먼 카월**처럼 남자아이들에게 한 눈을 찡긋하고 나서 여자아이들에게 눈짓을 해 보였다. 사이먼 카월이 극장 무대 위의 출연자가 마음에 들고 그 출연자가 다음 라운드에 진출할 것으로 여겨질 때 그들에게 보내는 윙크 같은 것이었다. 브룩은

---

* 영국의 오디션 프로그램.

** 「브리튼스 갓 탤런트」의 심사 위원 중 한 명.

선생님이 교실을 빙 둘러보는 것을 보았다. 아이들이 브룩을 좋아하지 않는 것을 용인하는 눈길이었다. 브룩은 프랑스 거리를 메운 군중 위로 높이 떠서 바람에 날아가는, 몽골피에 형제가 처음 만든 열기구 그림을 뚫어지게 바라보았다. 아이들은 모두 다 워버턴 선생이 브룩을 좋아하지 않는 것을 알았다. 감히 그 이야기를 입 밖에 꺼낸 아이는 없었지만 말이다. 브룩은 되는대로 함부로 날아가는 그림 속의 열기구를 바라보았다. 작년에 브라질을 출발해 프랑스로 가던 비행기가 폭풍우를 만나 바다로 추락한 사건이 있었다. 비행기는 바다에 빠졌고, 승객들은 모두 익사했다. 한 과학 담당 기자가 신문에서 말하기를 현대의 제트 여객기는 어떤 폭풍우에도 견딜 수 있어야 한다고 했다.

사실은, 브룩은 새벽 5시에 엄마 아빠의 침실에 서 있었다. 블라인드 밑으로 빛이 새어 들고 있었다. 아이는 잠을 이룰 수 없었다. 그래서 침대에서 나와 이리로 왔다. 엄마 아빠의 침실 문은 조금 열려 있었다. 문을 열었을 때 삐걱거리는 소리가 나지 않았다. 엄마는 얼굴을 아빠의 반대쪽으로 향하고 누워 있었다. 아빠는 침대에 등을 대고 누워 있었다. 엄마의 한쪽 팔이 아빠의 배와 옆구리 위에 얹혀 있었다. 엄마의 숨결은 일정하고 조용했다. 아빠의 숨소리는 들리지 않았지만 이불 밑에서 가슴이 오르내리는 것이 보였으므로 아빠가 죽지 않은 것은 확실했다. 엄마 아빠의 잠든 모습은 정말 행복해 보였다. 브룩은 대답 대신에 무슨 말을 할지 생각했다. 벽난로는 누가 발명했어요? 세상에서 가장 위험한 케이크는 뭐죠? 아빠가 부엌 창가에서 있었다. 손에는 편지가 두 통 들려 있었다. 출석률이 80퍼센트 미만인 브룩의 무단결석 행위에 대해 우려하는 바입니다. 브룩의 지능은 의심할 나위 없이 뛰어납니다. 하지만 행동은 개선해야 할 점이 대단히 많습니다 이것이 교장 선생님이 쓴 편지의 내용이었다. 엄마가 옆자리 의자를 톡톡 쳤다. 우리에게 얘기해 줘. **똑똑해 — 똑똑해 — 최고로 똑똑해.** 알프레드 대왕. 훈족의 왕 아틸라. 맞았어, 워버턴 선생님이 외쳤다. 이제 과제 도서는 치워라. 역사 지도도 집어넣고. 대니얼. 이 복사물 좀 나눠 주렴. 고맙다. 진동기는, 브룩은 나직이 혼잣말을 했다. 진동하는 물건이야.)

그 그 사실은 쪽지들은 모두 여기에 모을 것이다. 브룩은 강 근처 나무 벤치에 앉아 있다. 조금만 가면 터널로 내려갈 수 있는 곳이다. 거기서 아이는 역사 몰스킨의 빈 페이지들을 세고 있다. 그 그 사실은 쪽지들은 실시간으로 가장 먼저 작성되었던 채식주의자에 관한 쪽지와 그다음에 배치할 영 부인에 관한 쪽지에 뒤이어 나올 것이다. 그 그! 그를 잇달아 두 번 말하려니 우습다. 그가 전혀 필요하지 않은 경우도 있고, 그를 두 번 이상 사용해야 하는 경우도 있다. 그 그 그 그 그…… 하며 그가 열여섯 번 쓰이는 경우도 있다! 아주 많은 그를 연달아 계속 말하면 시동이 걸리지 않는 자동차 소리처럼 들린다. 브룩이 가지고 있는 그 사실은 쪽지는 열여섯 개다. 그걸 정리하는 데는 서른두 쪽, 또는 열여섯 쪽의 두 배가 필요할 것이다. 그 다음에는 수요일에 가스 씨를 방문했던 일에 관한 역사적인 기록을 위해 브룩이 쓰려고 하는 글이 올 것이다. 그 글은 한 쪽이나 두 쪽을 차지하게 될 테니 아마도(아이는 쪽수를 센다.) 이 페이지일 것이다. 그러고 나면 가스 씨가 그 방을 떠난 사실은 여기에 써야 할 것이다. 그것이 이 역사의 끝일 것이다. 가스 씨의 이야기가 담긴 그 글이 말이다. 끝부분에 얼마간의 빈 쪽을 남겨 두는 것은 좋은 생각 같다. 다른 어떤 일이 일어날 경우를 대비해서, 이 역사가 아직 끝나지 않은 경우를 대비해서 말이다. 남은 쪽수는 충분하다. 많은 편이다. 아이는 몰스킨 책의 바른 자리에 손가락을 대고 연필을 꺼낸다. 그리고 최대한 예쁘게 쓰려고 노력하면서 페이지의 맨 위에서부터 글을 쓰기 시작한다.

2010년 4월 7일 수요일 오후 2시 30분쯤, 스물네 시간 방식으로 쓰면 14시 30분쯤 브룩 베이우드는 문을 두드린 뒤에 가스 씨의 방으로 들어가 앉았다. 그런 다음 그에게 차 한잔 마시겠느냐고 물었고, 그는 그러고 싶다고 말했다. 차는 마크스 앤드 스펜서의 얼그레이 홍차로 검은 상자에 든 것이었다. 우유는 탈지유 같은 것이었다. 브룩 베이우드는 리 씨네 부엌에서 차를 끓였다. 계단을 올라갈 때 브룩은 계단 양탄자에 차를 흘리지 않았다. 차를 주었을 때 그는 설탕을 원치 않았는데 그것은 다행스러운 일이었다. 왜냐하면 브룩이 올라오면서 설탕을 가져오지 않았기 때문이다. 가스 씨는 아주 건강했다. 브룩 베이우드는 그를 만나서 기쁘다고 말했고, 그도 브룩을 만나서 기쁘다고 했다. 브룩 베이우드는 자기를 기억하느냐고 물었고, 그는 기억한다고 대답했다. 그는 브룩에게 할아버지와 할머니에 관한 농담을 포함해서 몇 가지 재미있는 농담을 들려주었다. 똑! 똑! 농담의 변형판 같은 '너 기억하겠어?'에 관한 엄청 긴 농담도 해 주었다.(나중에 '역사'에서 보아라.) 그런 다음 브룩 베이우드는 가스 씨에게 비스킷을 먹겠느냐고 물었다. 왜냐하면 브룩은 리 씨네 부엌 어디에 비스킷이 있는지 알기 때문이다. 가스 씨는 정중히 거절했다. 그래서 아쉽게도 방문 시간이 끝났고, 브룩 베이우드는 작별 인사를 했다. 가스 씨도 작별 인사를 했고, 둘은 악수를 나누었다. 브룩 베이우드는 문을 닫고 나와서 머그잔을 들고 계단을 내려와 싱크대에서 씻었다. 그것을 식기 세척기에 넣으려 했으나 세척기에는 깨끗한 식기들이 가득 들어서 그러지 못했다. 가스 씨가 그 역사적인 날에 사용했던 머그잔은 호랑이 그림이 그려진 잔이었다. 브룩 베이우드는 머그잔의 물기를 닦아서 다시 찬장에 넣었다. 아이는 여기까지 쓴 글을 다시 읽어 본다. 그러고 나서 가지런히 줄 맞추어 썼는지 확인한다. 선이 없는 백지에 쓴 것치고는 그리 나쁘지 않다. 줄을 넘기지 않고 단어를 다 쓰려다 보니 글자가 점점 작아지게 된 줄의 끝부분들에서 약간 기울어지기는 했지만 자연스러운 현상이다. 아이는 글을 다시 한번 읽는다. 끝까지 다 읽었을 때 역사적인이라는 단어를 선을 그어 지운다. 앞표지에 역사라는 단어가 있는 책에 쓴 글이라서 그 말이 이미 내포되었기 때문에 굳이 쓸 필요가 없다. 그런 다음 아이는 비록 그 말이 내포되었다 해도 자신은 그 말을 쓰고 싶은 게 아닐까 생각한다. 그래서 아이는 연필로 글을 쓴 것이 다행스럽다. 그 단어를 어떻게 할지 나중에 확정할 수 있으니까.

(나흘만 지나면 열 살이 되는, 세계에서 가장 빠른 계단 오르기 선수 브룩 베이우드는 수요일마다 그 집에 오는 청소부 아주머니가 막 집을 나와 물건들을 밴에 싣고 있을 때 현관문에 이르렀다. 아주머니를 슬쩍 지나서 현관문이 아직 열려 있는 동안에 안으로 들어간 브룩은 달리기가 빠른 아이라는 명성에 걸맞게 정말 빠르게 계단을 뛰어 올라갔다. 전달하고자 하는 가장 최근의 '사실은 쪽지'가 있었다. 실은 지난번 쪽지 이후 몇 주 만에 전달하는 것이었다. 브룩이 애초부터 뭘 누군가에게 전달하고 싶은 생각이 있었던 것은 아니었다. 하지만 그 무렵 브룩은 오래된 텔레비전 프로그램에서 이 사실을 보았고, 아주 재미있고 좋은 사실이라는 생각이 들었다. 다른 사람과 공유하면 좋을 것 같았다. 브룩은 문 앞에 서서 재킷의 앞 호주머니에서 쪽지를 꺼냈다. 그리고 쪽지를 편 다음 나무 문 밑으로 밀어 넣기 위해 허리를 굽히면서 문에 대고 소리 내어 말했다. 문에 대한 농담 한번 들어 볼래요? 그때 방 안에서 그러지 뭐 하는 목소리가 들려왔다. 좋아요, 브룩이 말했다. 문을 두드리는 쇠고리를 발명한 사람은 무슨 상을 받았게요? 목소리는 아무 말도

하지 않았다.(목소리의 주인공은 가스 씨였다.) 포기할 거예요? 브룩이 말했다. 응, 포기할게, 목소리가 말했다. 노벨상,* 브룩이 말했다. 이어 그 목소리가 말했다. 똑똑. 거기 누구세요? 하고 브룩이 말했다. 토비, 목소리가 말했다. 토비 누구? 브룩이 말했다. 토비냐 토비가 아니냐 그것이 문제로다, 목소리가 말했다. 그것은 햄릿에 관한 것이었기 때문에 브룩은 신나게 웃었다. 이어 브룩이 똑똑 시리즈 농담을 꺼냈다. 그런데 브룩이 "똑똑." 하고 말했을 때 그 목소리가 "들어와."라고 했다. 그래서 브룩은 손잡이를 돌렸는데 문이 열렸다. 잠겨 있지 않네! 브룩이 말했다. 가스 씨는 실내 운동용 자전거에 앉아 있었다. 한 발은 페달에, 다른 한 발은 몸체에 놓여 있었다. 몇 달 동안이나 잠겨 있지 않았어. 지난여름 이후로 죽, 가스 씨가 말했다. 하지만 여태껏 아무도 문을 두드리지 않더구나. 아저씨에게 줄 쪽지를 가져왔어요, 브룩이 말했다. 반가운 얘기구나, 가스 씨가 말했다. 사실은 쪽지니? 내가 준 쪽지들이 안 보이네요. 오늘의 사실은 뭐지?

사실은, 수수께끼 시계는 태엽을 감을 필요도 없고 돌봐 주는 사람도 없는 것 같은데 혼자서 저절로 잘도 간다. 가스 씨는 쪽지에 쓰인 글을 소리 내어 읽었다. 맞아, 좋은 내용이구나, 그가 말했다. 고맙다. 지난 몇 주 동안 그 많은 사실을 내게 보내 줘서 정

* The no bell prize. 벨이 필요 없게 만든 데 대한 상이라는 뜻의 농담.

말 고마워. 내가 뭘 알고 싶어 할 거라는 생각을 할 만큼 친절한 사람이 누굴까 궁금했다. 난 아저씨에게 이게 필요할 거라고 생각했어요, 브룩이 말했다. 아저씨는 여기에만 있으니 조금 따분할 수도 있을 테니까요. 마치 신문을 배달해 주는 것만 같아. 하지만 신문보다 더 나아, 가스 씨는 말했다. 나를 위해 사실들을 찾고, 그걸 기록하는 데 많은 시간을 들인 데 정말 감사한다. 괜찮아요, 브룩이 말했다. 그리 많은 시간을 들이진 않았어요. 바로 그 점이 내가 손으로 직접 쓴 글씨를 좋아하는 이유란다, 가스 씨가 말했다. 그건 시간에 관한 것이지. 무슨 뜻이에요? 브룩이 말했다. 어, 가스 씨가 말했다. 글을 쓰는 데는 시간이 걸리잖아. 한 단어 한 단어 써 나가야 하니까 말이야. 그리고 네가 보내 준 쪽지들은 네 필체로 쓴 거잖아. 그건 너 말고는 어떤 사람도 만들 수 없는 유일한 예술품 같은 걸 나한테 보내 준 것과도 같아. 그러니 고맙지 않겠니. 아, 정말 멋져요! 브룩이 말했다. 특별히 내가 물어보고 싶었던 사실이 하나 있긴 했어, 가스 씨가 말했다. 가스 씨는 자전거에서 내려와 서랍장이 있는 곳으로 가서 '사실은 쪽지' 뭉치를 뒤적이더니 그중 한 장을 집어 들었다. 이거, 그가 말했다. 사실은, 사슴은 결혼식에 관해 알고 있으며, 당신이 누구와 결혼할지도 안다. 나는 그게 사실이라고 굳게 믿어요, 브룩이 말했다. 그 노래에 나와 있는 내용이거든요. 어떤 노래? 가스 씨가 물었다. 내가 어디로 가는지 알고 있다는 내용의 노래요, 브룩이 말했다. 그 노래, 난 모르겠는데, 가스 씨가 말했다. 브룩이 그를 위해 노래를 불렀다. 내가 어디로 가는지 난 알고 있죠. 누가 나와 함께 가는지 알고 있죠. 내 사랑이 누구인지 알고 있죠. 내가 누구와 결혼할지 사슴은 알고 있죠. 가스 씨가 웃기 시작했다. 아니야, 아니야, 네가 우스워서 웃는 게 아니야, 그는 웃다가 말했다. 넌 정말 노래를 잘 불렀어. 그건 그냥 생각일 뿐이란다. 산비탈에 서 있는 한 무리의 사슴들은 우리가 누구랑 결혼할지 알고 있다는 생각일 뿐이야. 그는 조금 더 웃고 나서 눈가를 닦았다. 아, 재밌네, 그가 말했다. 아, 재밌어. 아저씨는 아주 오랫동안 여기서 지냈어요, 브룩이 말했다. 그렇게 오랫동안 지내기에 여긴 너무 좁아요, 여기서 나가고 싶지 않으세요? 내가 나갈 수 있을까? 가스 씨가 말했다. 왜 안 나가는지 난 모르겠어요, 브룩이 말했다. 음, 난 그렇게 생각해요. 그러니까 내 말은 이곳에 오랫동안 죽칠 수 있는 사람은 별로 없을 것 같다는 거예요. 어, 난 잘 모르겠다. 난 그동안 꽤 바빴단다, 가스 씨가 말했다. 그러고 나서 자기가 얼마나 많은 거리를 달렸는지 알려 주는 총거리 표시기를 브룩에게 보여 주었는데, 자전거에 부착된 그 표시기에 3015.78마일이라고 쓰여 있었다. 거의 3016마일을 달렸다. 그렇지만 실내 자전거는 아저씨가 들어오기 전부터 이 방에 있었어요. 그러니 이미 숫자가 어느 정도 기록되어 있었을 거라고요, 브룩이 말했다. 진실을 얘기하자면, 전적으로 오로지 진실만을 얘기하자면, 가스 씨가 말했다. 내가 이 자전거의 안장에 처음 앉았을 때 표시기에 쓰인 숫자는 6.5마일이었어. 난 거짓말 안 해. 그러자 브룩이 말했다. 그 모든 마일들을 아저씨가 탔다는 게 참 재미있네요. 게다가 아저씨 이름이 마일스잖아요. 이름이 마일스인 사람이 그 많은 마일을 달리다! 그러네, 가스 씨가 말했다. 그의 소매 끝은 닳아서 해졌고, 셔츠 끝부분에는 찢어진 자리가 있었다. 이젠 나도 채식주의자예요, 브룩이 말했다. 혹시라도 그가 브룩이 찢어진 옷으로 자신을 판단한다고 생각할까 봐 한 말이었다. 브룩이 찢어진 데를 보고 있다는 것을 그가 알아차린 게 틀림없다는 생각이 들었기 때문이다. 그런 다음 아이는 차를 한잔 마시겠느냐고 물었다. 정말 그러고 싶구나, 그가 말했다. 몇 달 동안 차를 한 잔도 마시지 못했거든. 내가 차를 준비하는 동안 부엌에 내려와 계실래요? 브룩이 말했다. 하지만 그는 아니라고 했다. 괜찮다면 여기 그대로 있을게. 아무튼 고맙다. 문을 닫을까요? 아이가 말했다. 그는 그래 닫아 주렴 했다. 그러나 아이가 머그잔에 차를 타서 계단을 올라왔을 때 그는 스스로 문을 열어 놓은 채 문간에 서 있었다. 거의 복도에 서 있는 것처럼 보일 정도였다. 그는 조금 피곤해 보였다. 그의 뒤쪽에서 들려오는 밖에 있는 사람들이 내는 모든 소음들을 브룩은 들을 수 있었다. 지금은 방문이 열렸기 때문에 그 소음들이 계단통에서 나는 소리처럼 우스꽝스럽게 들렸다. 둘은 다시 방 안으로 들어갔고, 가스 씨는 두 팔을 옆구리에 붙인 자세로 섰다. 브룩이 말했다. 다시 문을 닫을까요? 가스 씨가 고개를 끄덕였다. 그런 다음 다시 자전거에 앉아 두 팔을 핸들 위에 얹은 채 두 손으로 머그잔을 잡았다. 브룩은 바닥에 앉아 엄마 아빠와 함께 그리스에 가서 어떤 섬의 호텔식 아파트에서 지내던 때의 이야기와 그 아파트 주인의 가족이었던 노인에 관한 이야기를 해 주었다. 노인은 언제나 집 밖 큰길가에 놓인 하얀 플라스틱 의자에 종일토록 앉아 있었고, 브룩네 가족이 시내로 나가거나 돌아오면서 노인 곁을 지나갈 때면 항상 안녕 하며 인사를 건넸다. 그러던 어느 날 우리는 아침에 외출을 했는데 길에 차에 치여 죽은 개가 있었어요, 브룩이 말했다. 커다란 개였어요. 할아버지는 의자에 앉아 길을 쳐다보고 있었죠, 이제는 바로 앞쪽 길 위에 뻗어 있는 죽은 개를 지켜보는 것만 같았어요. 할아버지는 아마 개가 차에 치이는 것도 봤을 텐데 그냥 의자에 앉아서 쳐다만 보는 거였어요. 왜 할아버지는 개가 계속 차에 깔리는 걸 막기 위해 찻길에 있는 개를 길옆으로 치우는 것조차 하지 않으려 했을까요? 시내에서 돌아왔을 때, 그리고 슈퍼마켓에 갈 때 보니 개가 납작하게 깔려서 다리와 꼬리 같은 부분이 길바닥에 달라붙어 버렸는데도 말이에요. 사람들이 하는 걸 보면 참 이상해요. 맞아, 가스 씨가 말했다. 그건 참 이상해. 가스 씨는 아주 천천히 말했다. 어쨌거나 개는 이미 죽어 버렸다는 거야 알지만, 브룩이 말했다. 하루 종일 다른 차들에 깔리고 또 깔리고 계속 깔리고 있는 걸 생각하면 너무 끔찍하잖아요. 그리고 만약에 할아버지가 알던 개였으면 어떡해요? 그러니까 그 할아버지의 개라는 말이 아니라 할아버지가 쓰다듬어 주었거나 이름을 아는 개였다면 말이에요. 가스 씨가 고개를 끄덕이며 어깨를 으쓱했다. 그는 머그잔의 차를 한 모금 마시다가 멈칫했다. 아! 설탕이 필요할 거라는 걸 잊었네요, 그렇게 말하며 브룩이 아래층에서 설탕을 가져오려고 벌떡 일어났다. 아냐, 그러지 마. 아무튼 정말 고맙다, 가스 씨가 말했다. 넌 정말 친절하구나. 하지만 난 차가 뜨거워서 조금 놀랐을 뿐이야. 브룩은 바닥에 다시 앉았다. 내가 말을 너무 많이 하고 있죠? 브룩이 말했다. 전에도 내가 말을 너무 많이 한다는 걸 알고 계셨잖아요? 아냐, 계속 얘기해 주렴, 가스 씨가 말했다. 좋아요, 브룩이 말했다. 때때로 난 이런 꿈을 꾸는데, 아저씨는 꿈속에서 아저씨가 자는지 깨어 있는지 모르는 그런 꿈을 꾼 적이 있어요? 있어, 가스 씨가 말했다. 나도 종종 그런 꿈을 꿔. 네 꿈 이야기를 해 주렴. 진심이에요? 브룩이 말했다. 왜냐하면 다른 사람의 꿈 이야기를 듣는 것은 종종 무척 따분한 일일 수 있으니까요. 엄마가 때때로 아침 식사 시간에 아빠에게 하는 말이 그거예요. 나는 따분해하지 않아, 가스 씨가 말했다. 그리고 만약 따분하면 네게 그렇다고 말할게. 좋아요, 음, 이런 꿈을 꾼 적이 있어요. 몇 주 전에 꾸었는데 마치 오래전에, 막 아홉 살이 되었을 때 꾸었던 것 같은 느낌이에요, 브룩이 말했다. 일종의 역사적인 성격의 꿈이에요. 꿈속에 한 소년이 나오고, 오래전으로 역사를 거슬러 올라가는 얘기예요. 거기에 나도 있다는 걸 빼고는 말이에요. 소년은 나와 나이가 같아요. 걔는 찢어진 옷을 입었어요. 아저씨 옷은 비교도 안 될 만큼 훨씬 더 많이 찢어진 옷이에요. 게다가 예전부터 아주 가난한 아이였던 것처럼 엄청 더러워요. 그 아이가 서 있어요. 그 뒤로 엄청 많은 군중이 모여 있고요. 아저씨 방 창문 밖에 있는 군중처럼. 물론 그 사람들이 역사상 그 시대의 옷을 입었다는 점은 다르지만 말이에요. 군중 뒤로 그 사람들이 모두 다 쳐다보는 것이 있는데 커다란 기둥이 있는 무대 같은 거예요. 기둥 끝에 굵은 밧줄이 달렸고, 밧줄 끝에는 올가미가 있어요. 그때 소년이 내게로 와서 빵 한 덩이를 들어 보이며 말하는 거예요. 저길 봐. 소년은 자기 어깨 너머의 군중을 가리키며 계속 말했어요. 저 사람들은 내가 이걸 훔쳤다고 날 사형에 처하려고 해. 그러면서 내게 빵을 건네는 거예요. 나는 배가 고파서 그걸 받았어요. 소년이 말해요. 이봐, 이런 일은 온당치 않아. 그때 나는 꿈에서 깨어났어요. 그러고 나서는 다시 잠이 들지 못했어요. 아저씨도 이런 꿈을 꾼 적 있어요? 똑같은 꿈을 꾸진 않았어. 아무튼 네 꿈은 매우 건강한 꿈인 것 같구나, 가스 씨가 말했다. 그렇게 생각하세요? 브룩이 말했다. 난 잠에서 깨어났을 때 그런 일이 벌어졌다는 걸 알았는데, 만약 오래전 역사에서 실제로 그런 일이 일어났다면 내가 할 수 있는 것은 아무것도 없었고, 실제로 일어난 게 아니라 내 꿈속에서만 일어났다 해도 난 여전히 그 일을 막을 수 없었는데도 그렇게 생각하세요? 꿈속의 소년은 단지 그 일이 온당치 않다는 자기 말에 네가 동의해 주기만을 바랐던 것 같아, 가스 씨가 말했다. 그건 진짜진짜 온당치 않았어요, 브룩이 말했다. 그렇고말고, 가스 씨가 말했다. 그건 온당치 않았어. 그러고 나서 그는 그건 아주 똑똑한 꿈이었다고 말했다. 맞아요, 브룩이 말했다. 그렇지만 지나치게 똑똑한 게 아닐까요? 아니, 가스 씨가 말했다. 전혀 그렇지 않아. 그리고 어쨌거나 지나치게 똑똑하다는 따위의 말은 있을 수 없어. 브룩은 방 안을 둘러보면서 여기가 학교에 가지 않는 날에 와서 시간을 보내기 좋은 장소가 아닐까 생각해 보았다. 그런 다음 가스 씨에게 정말 최고로 똑똑한 것에 전혀 아무 문제가 없다고 생각하느냐고 물었다. 클레버레스트*산의 꼭대기 말이지, 가스 씨가 말했다. 브룩이 웃었다. 이어 가스 씨가 아주 천천히 말했다.

사실은, 어떤 산이든 꼭대기에서는 약간 어지럼증을 느끼게 될 거야. 높은 곳에 위치한 그곳의 공기 때문이지. 똑똑함은 대단한 거야. 그걸 지닌다는 건 정말 좋은 거지. 하지만 단순히 지니기만 해선 아무 소용이 없어. 그걸 사용하는 법을 알아야 하는 거야. 그래서 네가 똑똑함을 사용하는 법을 알게 되면 넌 더 이상 최고로 똑똑한 게 아니란다. 혹은 그게 마치 경쟁인 것처럼 다른 누구보다도 더 똑똑해지려고 안달하지 않게 되는 거란다. 우리가 할 일은 가장 똑똑해지려고 하는 대신에 한 사람의

---

* 똑똑하다는 뜻을 지닌 영어 clever의 최상급인 cleverest의 발음 끝부분이 세계 최고봉인 에베레스트와 같은 점을 이용한 언어유희.

똑똑이가 되는 거야. 그러고 나서 가스 씨는 굉장한 똑똑 농담을 해 주었다. 이쪽에서 문을 두드리는 것처럼 똑똑 하고 말하면 상대가 거기 누구세요? 한다. 이쪽에서는 할머니라고 말하고, 이어 상대가 할머니 누구? 한다. 그러고 나서 이쪽에서 다시 똑똑 하고, 상대는 거기 누구세요? 한다. 이쪽에서 할아버지라고 말하면 상대는 할아버지 누구? 한다. 그런 다음 이쪽에서 똑똑 하고, 상대가 거기 누구세요? 한다. 그리고 이쪽에서 다시 할머니라고 말한다. 이처럼 할머니 할아버지를 몇 차례 더 말하면서 똑같은 문답을 되풀이한다. 그런 다음에 이쪽에서 똑똑 했을 때 상대가 거기 누구세요 하면 이쪽에서 고모라고 말한다. 이어서 상대가 고모 누구? 물으면 이쪽에서 나는 그 모든 할머니와 할아버지들을 다 없애 버린, 네가 반가워할 고모야라고 말한다. 브룩은 숨이 막힐 듯이 웃었다. 잠시 후 브룩이 말했다. 나는 농담이 무슨 쓸모가 있는지, 그리고 사실이 무슨 쓸모가 있는지 알 것 같아요. 하지만 책은 무슨 쓸모가 있는 거죠? 내 말은 이야기책 같은 거 말이에요. 만약 이야기가 사실이 아니고 일어난 일을 바탕으로 지어낸 거라면, 그러니까 천문대를 폭파하려 했던 실제 인물에 관해서 지어낸 책 같은 거라면 무슨 쓸모가 있는 거예요? 가스 씨가 머리를 숙여 자전거 핸들에 댔다. 책꽂이에 놓인 책은 얼마나 조용한지 생각해 보렴, 그가 말했다. 펼쳐 보는 사람 없이 거기에 가만히 놓여 있을 때 말이다. 그런 다음 네가 그 책을 펼칠 때 무슨 일이 일어나는지 생각해 봐. 네, 그런데 정확히 무슨 일이 일어나죠? 브룩이 말했다. 내게 좋은 생각이 하나 있다, 그가 말했다. 아직 쓰이지 않은 이야기의 맨 첫 부분을 너한테 얘기해 줄 테니 네가 나를 위해서 그 이야기를 써 보는 거야. 그럼 우린 그 과정에서 무슨 일이 일어나는지 알 수 있어. 좋아요, 브룩이 말했다. 정말 흥미로운 생각이에요. 그래? 가스 씨가 말했다. 좋아. 그럼 시작한다. 옛날에 조그만 방에서 사는 사람이 있었다. 그 사람은 그 방을 나가는 일 없이 실내 자전거로 3000마일이나 달렸다. 아저씨가 얘기하는 그대로 정확히 기억해야 하나요? 브룩이 말했다. 아니면 대충 기억해도 돼요? 네가 좋을 대로 대충 기억해도 돼, 가스 씨가 말했다. 네, 그런데요, 브룩이 말했다. 내가 그 이야기를 쓴다면 아저씨도 이야기를 하나 써야 해요. 내가 아저씨한테 어떻게 시작할지 말해 주는 것으로요. 좋아, 가스 씨가 말했다. 그게 공평할 것 같구나. 그럼 그렇게 하는 거다. 내 시작 부분은 뭐니? 시작이라기보다는 하나의 발상이라고 생각해요, 브룩이 말했다.

좋아, 가스 씨가 말했다. 난 들을 준비가 돼 있다, 온몸이 귀로 덮여 있어! 그거 재미있는 말이네요. 브룩은 온몸이 눈으로 덮인, 망원경책 속 남자의 그림에 관해 이야기했다. 그게 내 시작 부분이니? 가스 씨가 말했다. 눈이 나비처럼 몸을 덮고 있는 남자 말이다. 아니에요, 브룩이 말했다. 그건 이거예요. 아저씨는 지금 있는 그 자리에, 그 자전거에 앉아 있다고 상상하는 거예요. 그와 동시에 아저씨의 또 다른 존재가 이 방에 아저씨와 함께 있다고 상상해야 해요. 그러니까 함께 있는 그 사람은 사나흘만 지나면 열 살이 되는, 즉 열 번째 생일을 앞둔 아저씨 자신인 거예요. 다시 말하면 아저씨는 이 방에 있는데 정확히 나와 똑같은 나이이고, 그와 동시에 지금 아저씨만큼 나이 든 아저씨도 이 방에 있어요. 그러니까 나이가 아주 많지는 않고 조금 많은 아저씨 말이에요. 아저씨는 노인들처럼 나이가 많지 않지만 그래도 꽤 많은 편이잖아요. 이해했다, 가스 씨가 말했다. 알았어. 나와 또 다른 나. 그래, 알았어. 그런 일이 현실에서 실제로 일어난다면 아저씨는 또 다른 아저씨에게 무슨 이야기를 해 주고, 또 다른 아저씨는 아저씨에게 무슨 이야기를 해 줄까요? 브룩이 말했다. 가스 씨는 잠시 눈을 감았다. 그러고 나서 눈을 크게 떴다. 그럼 네 생일이 얼마 안 남았구나? 그가 말했다. 11일 일요일이에요, 브룩이 말했다. 그 이야기를 써서 네 생일 선물로 줄게, 가스 씨가 말했다. 그런데 네가 백지를 한두 장 나에게 가져다주어야 하는데. 그럴 수 있니? 네, 브룩이 말했다. 그리고 비스킷도 드릴까요? 실은 이 집 아주머니가 비스킷을 어디에 보관하는지 알고 있거든요. 아니, 난 비스킷은 필요 없어, 가스 씨가 말했다. 하지만 나는 하나 먹고 싶어요, 브룩이 말했다. 그러렴, 가스 씨가 말했다. 고마워요, 브룩이 말했다. 브룩은 계단을 내려가서 리 아저씨가 블룸즈버리로 떠나기 전에 서재로 사용했던 방으로 들어갔다. 그 방에는 리 아저씨가 와서 가져가기를 기다리는 물건과 가구들이 아직 그대로 놓여 있었다. 브룩은 책상 위의 복사지 함에서 A4 용지를 찾았다. 이야기가 얼마나 길지 짧을지 몰라서 두 장을 꺼냈다. 그런 다음 부엌으로 가서 전자레인지 위의 찬장 문을 열고 음식물 쓰레기 처리기 옆에 있는 기구 위로 올라갔다. 브룩은 플라스틱 상자를 열고 차 마실 때 먹는 과자를 한 개 꺼냈다. 이어 뚜껑을 닫은 뒤 아무도 물건을 만지지 않은 것처럼 상자를 원래 있던 자리에 정확히 두었다. 아무튼 어른이 먹어도 된다고 했으니 하나 꺼내 먹어도 괜찮을 것이다.)

사실은. 어쩌면 사실은. 아마도 사실은. 이야기는 이렇다. 옛날에 한 남자가 시계를 2층 창문 밖으로 던졌다. 남자는 왜 시계를 2층 창문 밖으로 던졌을까? 시간이 나는 것을 볼 수 있어서. 하지만 이 농담은 전적으로 좋지만은 않다. 왜냐하면 실은 다음과 같이 끝나게 마련이니까. 그래서 그는 시간이 추락하는 것을 볼 수 있었다. 브룩은 역사 몰스킨의 맨 뒷장을 펼친다. 브룩이 그에게 줄 A4 용지를 가지고 다시 위층에 올라갔을 때 가스 씨가 해 준 정말 좋은 농담을 거기에 적기로 마음먹었다. 아이는 맨 위에 이렇게 적는다. 4월 7일 수요일 오후 3시 30분쯤, 스물네 시간 방식으로 쓰면 15시 30분쯤 가스 씨가 브룩 베이우드에게 들려준 농담. 아이는 이 제목에 밑줄을 긋는다. 그런 다음 아래와 같이 적는다.

마일스 가스 씨 — 넌 한 달 후에 나를 기억하겠니?

브룩 베이우드 — 네.

MG — 넌 육 개월 후에 나를 기억하겠니?

BB — 네.

MG — 넌 일 년 후에 나를 기억하겠니?

BB — 네.

MG — 넌 이 년 후에 나를 기억하겠니?

BB — 네.

MG — 넌 삼 년 후에 나를 기억하겠니?

BB — 네.

MG — 똑똑.

BB — 거기 누구세요?

MG — 거봐, 넌 이미 나를 잊어버렸잖아.

오늘 여기 앉아서 가스 씨는 어디로 갔을까 생각해 보는 것은 퍽 재미있는 일이다. 그는 어디에나 있을 수 있다! 창문을 지켜보고 있는 모든 사람들과 지난 일요일에 직접 그 방에 들어가서 블라인드를 약간 움직였다가 화들짝 놀라며 창문에서 물러선 리 부인을 생각해 보는 것은 퍽 재미있는 일이다. 리 부인이 아주 약간 블라인드를 움직였을 뿐인데도 바깥의 군중이 흥분하여 소리를 질렀다. 그 후 리 부인은 울음을 완전히 멈추고 상당히 만족스러운 표정으로 그 방을 나왔으며, 또다시 주변의 모든 사람들에게 이제는 가스 씨가 그 방에 없다는 사실을 누구에게도 발설하지 않겠다고 목숨을 걸고 맹세하게 했다.

하지만 사실은, 만약 가스 씨가 바로 이 순간 바깥의 군중 사이에 서서 그가 있는 것으로 여겨지는 그 방 창문을 바라보고 있다면 아주 놀라운 일일 것이다. 그리고 그도 블라인드가 움직이는 것을 다른 모든 사람들과 함께 지켜보았으며, 사람들이 그가 블라인드를 움직였다고 여기는 것을 보았다고 상상해 보라!

(지금 뭐 하니, 브룩? 금요일 밤에 아빠가 말했다. 난 바빠요, 브룩이 말했다. 아이는 라디에이터를 등진 채 양탄자 위에 앉아 있었다. 뭐 하느라 바빠? 아빠가 말했다. 난 이야기를 쓰고 있어요, 브룩이 말했다. 여보, 당신은 뭐 하고 있어? 아빠가 엄마에게 말했다. 날 내버려 둬. 난 이 시험 문제지들을 교정 보는 중이야, 엄마가 말했다. 아빠가 엄마의 손 가까이에 있는 탁자에서 문제지 한 장을 집어 들었다. 엄마는 아빠의 손에 들린 문제지를 낚아채려 했다. 아빠는 춤을 추듯 걸어서 방 저편으로 갔다. 세상에는 좋은 것도 나쁜 것도 없다. 생각이 그렇게 만들 뿐이다.* 이에 대해 논하라, 아빠가 말했다. 그걸 햄릿에 관한 문제로 사용하지 않았으면 좋겠는데, 엄마가 말했다. 그게 1학년생 철학의 일반적인 질문이라면 참 좋을 것 같아. 내년이 있잖아, 아빠가 말했다. 내년, 그래, 엄마가 말했다. 브룩, 그 인용구를 내년에 사용하도록 잊지 말고 내게 상기시켜 줘. 알았

---

* 셰익스피어의 『햄릿』 2막 2장에 나오는 구절.

어요, 브룩이 말했다. 아빠는 엄마가 문제와 대조하면서 참고하고 있는 『햄릿』을 집어 들고 휙휙 넘겨 보았다. "세상의 무심한 아이들처럼 지냈습니다." 아빠가 말했다. 하! 이 세상엔 무심한 아이가 한 명도 없는데 마치 그런 아이들이 있는 것처럼 말하는군. 누가 한 말이지? 엄마가 물었다. 로젠크란츠가 한 말이에요, 브룩이 말했다. 어…… 맞았어, 그 사람이야, 아빠가 말했다. 브룩이 맞혔어. 이걸 어떻게 알지? 브룩은 천재야. 아빠를 닮았어. 테런스 베이우드 2세, 지금 무엇에 관해 쓰는 거니? 방 안에 틀어박혀 절대로 거기를 나가지 않으려 하는 남자에 관한 거예요. 그러나 그 방에는 실내 자전거가 있고, 그 사람은 그걸 타고 3000마일이나 되는 거리를 달리죠, 브룩이 말했다. 세기의 전환기에나 있을 법한 얘기구나, 아빠가 말했다. 가스 씨 같은 사람 이야기? 엄마가 말했다. 나에겐 팽 드 시에클이라기보다는 카프카적인 이야기로 들리는구나. 팽 드 사이클!* 아빠가 말했다. 누가 그 사람에게 그러라고 시킨 거니? 엄마가 말했다. 우리 안에서 쳇바퀴를 돌리는 쥐처럼 쉬지 않고 계속 바퀴를 돌려 건물 전체에 전력을 공급해야 하는 그런 사람 이야기 같은 거야? 아니에요, 브룩이 말했다. 그 사람은 그러는 걸 무척 좋아해요. 그렇게 하라고 시키는 사람은 없어요. 그리고 그 사람은 그 방을 절대 나가지 않지만, 그런데도 온통 숲이었던 시절의 그리니치

* 프랑스어로 fin de siècle은 세기말을 뜻한다. 세기를 뜻하는 시에클이 자전거를 뜻하는 사이클과 발음이 비슷한 점을 이용한 언어유희.

를 자전거로 달리고 산꼭대기까지 자전거로 올라가요. 산 정상에선 숨 쉬기가 쉽지 않지만 그 사람은 어떻게 숨을 쉬어야 하는지 알게 되죠. 그리고 그 사람은 자전거로 시간을 달려서 반란을 일으키고 런던을 불태운 여왕 곁을 지나가고, 이어 런던을 다시 세운 모든 사람들을 지나가고, 비를 만나 나무 밑에서 비를 피하는 여왕을 지나가죠. 그때 그는 자전거에서 내려 입고 있던 방수 외투를 벗어 여왕을 위해 진창 위에 깔아 줘요. 굉장한 신사구나! 아빠가 말했다. 그러고 나서 자전거를 타고 감옥 창문 가까이까지 가는데, 거기서 그는 그 시대의 그 개구리들이 그 시대의 그 성 알페지와 얘기하는 것을 듣게 되죠, 브룩이 말했다. 개구리들이 뭐라고 말하는데? 아빠가 물었다. 개구리들은 자신들의 개구리 언어로 얘기해요. 날씨에 관해서, 개구리 알을 낳는 것이 얼마나 어려운지에 대해서, 처음에 다리 없이 시작하여 다리가 자라는 것이 얼마나 재미있는 경험인지에 대해서, 감옥 안은 얼마나 아늑하고 습한지에 대해서, 자기들이 그 안에서 지내게 되어 얼마나 기쁜지에 대해서 얘기하죠. 성 알페지에게는 미안한 일이지만 말예요. 알페지는 사슬에 묶인 데다 자기들 같은 개구리가 아니니까요. 그리고 개구리들은 알페지의 철학적 질문들에 개굴개굴하며 자기들 언어로 대답해요, 브룩이 말했다. 그러나 성 알페지는 개구리의 말을 이해할 수 있어요. 그리고 알페지는 자전거를 타는 그 사람에게 개구리들이 무슨 말을 하는지 얘기해 줘요. 결말은 어떻게 돼? 아빠가 말했다. 나도 몰라요, 브룩이 말했다. 하지만 내가 바라는 것은 결말 부분에서 그 자전거가 런던의 모든 지붕들을 가로지르며 달리는 거예요. 그런데 자전거가 지붕으로 올라가 그렇게 달리는 것을 어떻게 실감 나게 쓸지는 아직 몰라요. 개구리들은 계속 지껄여 대서 당나귀 뒷다리를 떼어 낼 것 같으니* 아마도 그 녀석들이 마구 지껄여서 자전거에 날개를 달아 줄 수도 있겠구나, 아빠가 말했다. 네, 그럴 수 있을 거예요, 브룩이 말했다. 좋은 생각이에요! 하지만 쓸모없어요. 왜냐하면 실은 나는 이게 지어낸 이야기인 동시에 사실에 기반을 둔 진실된 이야기이기를 바라거든요. 그러니까 넌 말을 하는 초자연적인 개구리와 더불어 사실주의를 함께 원하는구나, 아빠가 말했다. 어쩌면 결말이 하나가 아니라 둘 이상인 이야기일 수도 있겠다. 브룩이 말하는 뜻은 상상력의 소산인 동시에 철저히 진실된 작품을 원한다는 거야, 엄마가 하던 일에서 눈을 떼지 않고 말했다. 우리 딸이 얼마나 엄마를 닮았는지 보라고. 천만에, 아빠가 말했다. 브룩은 아빠를 닮았어. 얘는 섬세한 감각으로 이야기를 쓰잖아. 네 엄마가 어젯밤에 나를 상대로 감싸고 옹호했던 이야기들과 아주 다르단 말이야. 아빠는 간지럽히려는 것처럼 엄마를 콕콕 찌르기 시작했다. 정확히 무엇과 아주 다르다는 거예요? 브룩이 말했다. 테런스, 난 일해야 해, 엄마가 말했다. 하지만 엄마는 웃고 있었다. 네 엄마와 나는 어

---

* '계속 지껄이다'라는 뜻을 지닌 관용구 'talk the hind legs off a donkey'를 원뜻을 살려 '말로써 당나귀 뒷다리를 떼어 내다'라는 의미로 사용했다.

젯밤에 전환기적 남성상에 대해 지적인 논쟁을 벌였단다, 아빠가 말했다. 내가 「로닌」이라는 영화를 보느라 텔레비전을 끄고 침대에 들어가려 하지 않아서 네 아빠가 약이 올랐기 때문이야, 엄마가 말했다. 액션 배우가 벽을 무너뜨리거나 어젯밤 같은 경우에는 총을 가진 남자가 거의 목숨을 잃을 뻔한 위기를 겪으며 주차장에서 추격을 하는 장면들이 너무 재미있어서 네 엄마가 영화가 끝날 때까지는 잠자리에 들 수 없다고 말했기 때문이지. 그리고 네 엄마는 전환기적 남성의 예로서 아널드 슈워제네거와 알 파치노를 프루스트의 스완*이나 조이스의 블룸**보다 더 좋아한다고 엄마의 모든 학생들과 동료들과 고용인들에게 이르겠다고 말했을 때 나를 몹시 거칠게 대하며 가슴을 꽤 세게 때리기까지 했단다, 아빠가 말했다. 당신이 남자다운 남자라면 얼마나 좋겠어, 엄마가 말했다. 그리고 「로닌」에 슈워제네거는 안 나온다고. 맞아, 하지만 그가 『잃어버린 시간을 찾아서』에 나온다면 굉장할 거야, 아빠가 말했다. 그리고 우린 그처럼 훌륭한 롤모델을 우리에게 제공한 데 대해 위대한 작가들에게 감사할 따름이겠지. 실베스터 스완.*** 레오폴드 슈워제네

---

* 마르셀 프루스트의 소설 『잃어버린 시간을 찾아서』에 나오는 인물인 샤를 스완을 가리킴.

** 제임스 조이스의 소설 『율리시스』의 주인공 레오폴드 블룸을 가리킴.

*** 실베스터 스탤론과 샤를 스완을 결합한 이름.

거.* 로버트 드블룸.** 엄마와 아빠 둘 다 웃었다. 브룩은 글을 쓰고 있던 종이에서 눈을 떼고 고개를 들어 엄마 아빠를 바라보았다. 엄마와 아빠는 새와 꽃과 할리우드 배우들과 관련된 말들을 마치 선물로 포장한 조그만 돌들을 던지듯이 서로에게 던지고 있었다. 브룩은 방 안을 둘러보며 모든 책장에 놓인 모든 책들을 살펴보았다. 닫혀 있는 책들이 말없이 책장 위에 조용히 앉아 있었다. 엄마는 목청을 돋우어 웨슬리 스나입스에 관해 이야기했고, 아빠는 손을 내밀며 웃었다. 엄마 아빠, 정말 재미있는 농담 알고 싶으세요? 브룩이 말했다. 어서 얘기해 봐, 아빠가 여전히 애정 어린 표정으로 엄마를 바라보며 말했다. 그래, 엄마가 아빠와 똑같은 흡족한 표정으로 여전히 아빠를 바라보며 말했다. 그러더니 둘 다 동시에 얼굴을 돌려 브룩을 바라보았다. 좋아요, 브룩이 말했다. 옛날에 한 남자가 있었어요. 어떤 남자? 아빠가 말했다. 바보처럼 그렇게 끼어들면 얘기하지 않을래요, 브룩이 말했다. 알았어, 알았어, 아빠가 말했다. 계속해. 옛날에 한 남자가 있었는데, 브룩이 말했다. 그 남자는 노래 부르는 것을 절대 멈추지 않으려 했어요. 네 아빠에 대한 농담이니? 엄마가 말했다. 방해하지 말고 계속 들어 보세요, 브룩이 말했다. 미안, 알았으니 계속해, 엄마가 말했다. 어서. 좋아요, 브룩이 말했다. 이 사람은 하루 종일 노래를 불렀어요. 결국 사람들은 그가 온종일 노래 부르

* 레오폴드 블룸과 아널드 슈워제네거를 결합한 이름.

** 로버트 드니로와 레오폴드 블룸을 결합한 이름.

는 것에 몹시 화가 나서 만약 노래를 멈추지 않으면 총살형 집행대 앞에 그를 세우겠다고 말했어요. 하지만 여전히 계속해서 노래를 불렀지요. 그래서 군인들이 총을 들고 도착해 그 사람을 처형하기 위해 끌고 가서는 사형 집행대 말뚝에 묶고 천으로 눈을 가렸어요. 그러고 나서 지휘관이 말했어요. 마지막 소원이 있으면 말해 보라. 그래서 그 사람은 말했어요. 예, 저는 마지막 소원으로 노래를 한 곡 부르고 싶습니다. 허락한다, 지휘관이 말했어요. 그래서 그 사람은 노래를 부르기 시작했어요. 9999개의 녹색 병. 벽에 걸려 있네.* 아빠가 웃었다. 엄마도 웃었다. 재미있는 농담이구나, 아빠가 말했다. 나쁘지 않네, 엄마가 말했다. 난 더 재미없는 것도 많이 들었거든.)

사실은, 상상해 보라. 브룩은 역사 몰스킨을 닫고 자리에서 일어선다. 그리고 미투유 시계를 본다. 오후 4시 16분이다. 스물네 시간 방식으로는 16시 16분이다. 과거의 모든 문명이 태양과 달과 별들을 보고 그것들이 서로 연결되어 있다는 것을 생각해 내는 상상력을 갖지 못했다면 어찌 되었을지 상상해 보라. 그들의 눈앞에 있는 그것들이 시간

---

* 영국 동요인 「열 개의 녹색 병」을 이용한 노래. 이 노래는 "열 개의 녹색 병, 벽에 걸려 있네. 그중 하나가 우연히 떨어졌네. 벽에는 이제 아홉 개의 녹색 병이 걸려 있네."로 시작하여 하나씩 하나씩 줄어들어 하나도 남지 않을 때까지 계속된다. 따라서 이 사람은 9999개의 병이 하나씩 하나씩 떨어져 0이 될 때까지 노래를 계속 부르게 될 것이다.

과, 그리고 시간이 무엇이고 어떻게 작용하는지와 연결되었을 수 있다는 상상력을 갖지 못했다면 어찌 되었을지 상상해 보라. 브룩은 '사실은 쪽지'들을 전부 접어서 끼워 둔 그 몰스킨을 뒷주머니에 넣는다. 아이는 스웨터 안에서 종이비행기를 꺼낸다. 종이비행기는 약간 구겨졌지만 여전히 날 수 있을 것이다. 브룩이 그걸 세 번이나 다시 접었는데도 그리 많이 헐지는 않았다. 아무튼 비행기를 다시 폈을 때 접는 방법이 생각나지 않는다 해도 비행기를 올바르게 접어 만드는 방법에 관한 설명서가 이야기와 함께 나온다. 그러므로 브룩은 편안한 마음으로 비행기를 펴서 거기에 쓰인 이야기를 읽고, 그런 다음 동일한 방법으로 다시 접을 수 있다. 가스 씨를 위해 브룩이 쓴 이야기의 첫 번째 결말에서 자전거를 탄 사람은 올챙이에서 개구리로 변하는 방법을 아는 개구리들로부터 자전거를 몽골피에 열기구로 바꾸는 방법을 배웠다. 그 열기구는 현실에서 실제로 존재했던 열기구다. 그리하여 그 사람은 그것을 타고 런던의 지붕들 위로 구름 낀 하늘을 날아 배를 타고 가면 강 저 아래쪽에서 볼 수 있는 커다란 금빛 시계인 빅벤을 지나가기도 한다. 텔레비전에서는 자전거가 강굽이를 돌아 사라질 때 보안 카메라에 잡힌 그의 영상을 보여 준다. 두 번째 결말에서는 실내 운동용 자전거가 실제 일반 자전거가 되고,(이것이 이 결말에서 유일하게 상상력을 동원한 부분이다.)

그 사람은 그 자전거를 끌고 문을 나가 계단을 내려가고, 이어 현관문을 나가 보도에 이른다. 거기서 그는 자전거에 올라타 페달을 밟으며 거리로 나가고, 런던시의 일반 통행인인 다른 모든 사람들 속으로 들어가 사라진다. 브룩의 손에 들린 비행기의 날개에는 가스 씨의 글이 쓰여 있다.

똑똑이

더 브룩 베이우드에게

아이는 철책을 향해 햇빛 속을 달린다. 거기에 다다른 아이는 철책에 올라가 몸을 구부려 강을 바라본다. 오늘 템스강은 녹갈색이다. 강은 날마다 모습을 바꾼다. 아니, 분마다 바꾼다. 아니, 초마다 바꾼다. 매초 매초 다른 강이다. 지금 물 아래에 있는 모든 사람들, 터널 안에서 저쪽 끝까지 걸어갔다가 다시 이쪽으로 돌아오는 모든 사람들을 상상해 보라. 왜냐하면 수면 아래에서는 완전히 다른 일이 항상 일어나고 있기 때문이다. 브룩은 강을 내려다보고 나서 하늘을 쳐다본다. 오늘은 구름이 있는 파란 하늘이다. 그런 다음 브룩은 유유히 흐르는 역사적인 강을 등지고서 철책 아래 조그만 담에 앉는다. 브룩은 손에 들고 있던 종이를 펴고는 거기 쓰인 이야기를 다시 읽는다.

옮긴이의 말

원숙의 경지에 들어선 소설 미학

서창렬

There but for the. 이 작품의 원서 제목이다. 문장이 중간에 끊겨 버려서 무슨 뜻인지 알 수가 없다. 관용적으로 쓰는 'There but for the grace of God go I.'라는 문장을 줄인 것일 가능성이 있다. '하느님의 은총이 없었다면 나도 그렇게 되었을 것이다.'라는 뜻이다. 아니, 그보다는 전혀 다른 의도로 정한 제목일 가능성이 더 커 보인다. 있는 것보다는 없는 것에, 함축된 것에 더 중요한 무엇이 있다는 메시지일 듯도 싶다. 아무튼 독자의 참여 없이는 완성되지 않는 제목이다. 이 소설은 그런 소설이다. 수동적인 편안한 독서를 허락하지 않는다. 독자가 능동적으로 독서 행위에 참여하고 집중해서 읽어 내야 하는 작품이다.

이야기 속의 이야기라고 할 수 있는 도입부도 당혹스

럽다. 한 남자가 실내 운동용 자전거에 앉았는데 눈과 입에는 우편함의 뚜껑 같은 것이 부착되어 있다. 그 옆에 조그만 소년이 나타나 식사용 나이프로 그것을 떼어 낸다. 그러고 나서 소년은 남자에게 종이비행기 접는 법을 가르쳐 준다. 남자는 종이비행기의 바깥쪽은 종이로 접은 비행기처럼 보이지만 그 속을 들여다보니 작은 기계처럼 매우 깔끔한 모습으로 종이가 단단히 겹쳐지고 접혀져 있다는 것을 알게 된다. 이 이야기가 암시하는 바는 소설의 끝부분에 가서야 어렴풋이 드러나는데, 아무튼 종이비행기는 처음부터 독자를 당혹스럽게 만드는 상징으로 작용한다.

작가 앨리 스미스는 소설의 형식과 구조와 언어를 다루는 데 어떤 경지에 들어선 것처럼 보인다. 그녀는 이 작품에서뿐 아니라 이미 전작들에서도 그러한 면모를 보여 왔으며, 작품을 발표할 때마다 평단의 찬사를 받았고 주요 문학상의 단골 후보가 되었다. 장편 소설 위주로 살펴보자면 2001년 작품 『호텔 월드』는 맨부커상과 오렌지상 최종 후보에 올랐고, 2004년에 발표한 『우연한 방문객』 역시 맨부커상과 오렌지상 최종 후보에 올랐으며, 휘트브레드상을 수상했다. 두 작품이 거푸 두 개의 주요 문학상 최종 후보에 오른 것은 영국 문단에서 드문 일이다. 2007년에 발표한 『소녀 소년을 만나다』도 클레어 매클린상 후보에 올랐으며, 이 작품 『데어 벗 포 더』 역시 2012년 오렌지상 후보 작품이었다. 그리고 아직 국내에 소개되지 않은 2014년 작품 『양쪽이 되는 법(How to be both)』으로 맨부커상 최종 후보에 오름과 동시에 마침내 베일리스상(오렌지상이 베일리스상으로 이름이 바뀌었다.)을 수상했다. 2015년에는 문학에 기여한 공로를 인정받아 대영제국훈작사(CBE) 작위를 받았다. 이처럼 그녀는 적어도 평단 평가로는 대가의 반열에 들어선 듯싶다.

『데어 벗 포 더』는 작가의 문학적 완숙미와 언어를 다루는 기술이 눈부실 만큼 현란하게 드러나는 작품이다. 너무 눈이 부셔서 그녀가 그려 내는 그림을 똑똑히 바라보고 그 함의를 또렷이 파악하기 힘들 정도다. 그녀의 작품을 처음 접하는 독자들은 다양한 울림을 지닌 이 작품의 낯선 기법에 다소 주눅이 들 것도 같다. 하지만 익숙지 않은 새로운 형식미를 기꺼이 받아들이는 적극적인 자세로 읽어 나간다면 각자 나름의 방식으로 이 작품의 매력에 한껏 빠져들 수 있을 거라고 믿는다.

이야기는 그리니치 천문대가 있는 런던의 변두리 그리니치에 위치한 집에서 열린 디너파티에서 손님으로 초대된 한 남자가 디저트가 나오기를 기다리는 동안에 2층으로 올라가서는 방에 들어가 안에서 문을 걸어 잠그는 것으로 시작된다. 이제 우리는 본격적으로 이 남자에 관한 이야기가 진행될 것으로 예상하고 책장을 넘기는데, 그는 이야기의 중심에서 사라져 버리고 그와 희미하게 관계가 있는 사람들이 등장하여 각자 자신들의 이야기를 해 나간다. 마일스 가스라는 남자는 부재하지만, 그럼에도 그는 이 소설의 중심을 이루는 인물이다. 작품에도 나오는 말인 '부재하는 현존'이라는 개념에 해당하는 인물인 것이다.

이야기는 네 사람의 관점으로 진행된다. '데어(there)'라는 장에서는 사십 대의 스코틀랜드 출신 여자 애나가 등장한다. 여주인 제네비브 리가 마일스의 휴대 전화 속 주소록에서 이름을 발견하고 무작정 연락한 인물이다. '영구 임시 센터'라고 불리는 곳에서 일하다가 얼마 전에 그만둔 애나는 런던에 뿌리를 내리지 못하고 일자리를 잃은 사람이다. 이십 년 동안 마일스를 보지 못했을 뿐 아니라 거의 잊고 있었던 그녀는 서서히 그와 특별한 인연이 있었던 기억을 되살려 낸다. 마일스는 한 은행이 후원한 고등학생 글짓기 대회에서 선발되어 유럽 여행을 떠났을 때 변방의 스코틀랜드 출신이라는 자괴감에 시달렸던 그녀에게 도움을 준 학생이었다.

'벗(but)'이라는 장에서는 육십 대에 들어선 동성애자 마크의 이야기가 펼쳐진다. BBC 잡지 부서에서 사진 조사원으로 일하는 사람이다. 오래전에(사십칠 년 전에) 자살로 세상을 떠난 어머니의 목소리가 요즘 들어 수시로 불쑥불쑥 나타나서는 각운을 맞추어 그에게 말을 건넨다. 어머는 전달하지 못했다는 생각이 든다. 그만큼 이 작품의 과 진폭이 크다는 방증이 아닐까 싶다. 다른 이들은 게 이 소설을 읽어 냈을지 궁금해진다. 책이 나오면 런히 인터넷을 검색하며 독자 리뷰를 살펴봐야겠다. 튼 지금으로서는 미처 몰랐던 대단한 작가 앨리 스미 이 작품은 소홀히 취급할 수 없는 굉장한 소설이라는 만이 선명하다.

니는 1950년대에 활동한 유명한 시각 예술가였다. 마크가 마일스를 그 디너파티에 데려간 사람이지만 그와 마일스는 극장에서 만나 잠시 이야기를 나누고 갑자기 기분이 동하여 술을 함께 마신 사이일 뿐이다. 둘은 '그러나(but)'라는 단어에 대해 토론하고, 결국 그 단어를 좋아하기로 마음먹는다. 왜냐하면 '그러나'는 서로를 연결하는 접속사이며, 또한 우리를 항상 흥미로운 옆길로 데려다주는 단어이니까.

'포(for)'라는 장은 치매를 앓는 여든네 살 할머니 메이 영의 머릿속에서 일어나는 이야기다. 치매를 앓기는 하지만 노인의 판단력은 꽤나 날카롭다. 노인은 인생의 마지막 시기에도 양로원이 아닌 좀 더 인간적 품위를 지킬 수 있는 곳으로 탈출을 꿈꾼다. 노인과 마일스의 관계 역시 우리가 방심하고 있을 때 슬며시 드러난다. 열여섯 나이에 죽은 막내딸의 기일이면 어김없이 노인을 찾아오는 이가 바로 마일스였다. 노인은 목소리를 잃은 사람처럼 말을 하지 않고 지냈는데 마일스에게서 부탁을 받은 마크의 요청으로 막내딸의 기일에 병원을 찾아온 여자애(리 부부의 딸인 조시다.)를 만나고 나서 목소리를 되찾는다. 이 또한 부재하는 마일스가 노인의 목소리를 돌려준 '부재하는 현존'의 예라고 하겠다.

마지막 장인 '더(the)'는 브룩 베이우드라는 아홉 살 아이의 시각으로 이야기가 전개된다. 대단히 조숙하고 대단히 똑똑한 흑인 아이이다. 기사 제목 같은 데서는 the라는 단어가 없어도 사람들이 the가 내포되어 있다고 이해한다는 것을 알고 있으며, 여자아이가 공원을 걸어간다고 하면 사람들은 으레 흑인 여자아이가 아닌 백인 여자아이가 걸어가는 것으로 여긴다는 차별적 인식도 자각하는 똑똑한 아이다. 아이는 애나가 '역사'라고 이름 붙여 준 몰스킨 공책에 그동안 일어난 일을 적고 마일스의 쪽지들을 모아 붙인다. 마일스가 방에 들어가 스스로를 유폐한 이후로 마일스를 만난 유일한 사람도 이 아이고, 마일스를 가장 잘 이해하는 사람도 이 아이 브룩이다. 이 소설의 진정한 주인공은 브룩이라 해도 무방할 것이다. 너무 조숙하고 똑똑해서 현실적인 아홉 살 여자아이라기보다는 작가의 분신 같은 느낌이 들지만, 그 점을 접어 주고 읽으면 기억, 역사, 시간 등 이 소설에서 다루는 묵직한 주제들에 대한 순수하고 직관적인 아이의 생각에 우리도 즐거이 동참할 수 있다.

이 소설은 어떤 소설보다도 언어유희가 많다. 재치 있고, 한편으로는 아재 개그 같은 언어유희가 곳곳에 널려 있다. 게다가 운을 맞추어 건네는 말도 나오고, 5행 익살시도 나온다. 작가 앨리 스미스의 유난스러운 언어 감각을 보여 주는 부분일 텐데 우리말로 옮기다 보니 그 재미가 반감되지 않았을까 염려스럽다. 하지만 소설은 언어 예술

이라는 점을 염두에 두고 유쾌하게 감상
마음이다.

여러 등장인물들을 통해 드러나는 문
도 이 작품에서 놓칠 수 없는 요소다.
를 향해 손을 흔들면서 "이 미친 영상물
전이나 삼십 년 전에만 미리 보았더라
나르시시즘으로 보였을 것"이라고 생각
은 모든 것을 약속하지만 거기엔 찾는
하는 것의 단어를 입력하면 우리가 원
불필요한 군더더기가 된"다고 생각하
지는 매력은 "완전히 새로운 방식의
함에 대한 일종의 기만"이라고 여긴
황이나 전투 문제를 드론이 수행할
야기를 하고, 캐럴라인은 얼마든지
있는 호랑이의 이미지가 있는데 왜
걱정하느냐는 헛소리를 지껄인다.
많은 사람들은 마일스의 이름을 좀
일로로 바꾸어 상업적으로, 또는 자
용하는 데 혈안이 되어 있다.

여러 가지 면에서 낯설고 현대
더』를 이해하는 데 도움이 되는 기
긴이 나름대로 정리해 보았지만 여

데어 벗 포 더

1판 1쇄 찍음 2020년 7월 22일
1판 1쇄 펴냄 2020년 7월 30일

지은이 앨리 스미스
옮긴이 서창렬
발행인 박근섭·박상준
펴낸곳 (주)민음사

출판등록 1966. 5. 19. 제16-490호
서울시 강남구 도산대로 1길 62(신사동)
강남출판문화센터 5층(06027)
대표전화 02-515-2000 | 팩시밀리 02-515-2007
홈페이지 www.minumsa.com

ISBN 978-89-374-4427-2 (03840)